CHRISTINE RATH

Sanddornduft

INSELZAUBER Wind im Haar und Sonne auf der Haut … Die erfolgreiche Karrierefrau Kerstin genießt die ersten warmen Tage auf der zauberhaften Ostseeinsel Hiddensee. In der kleinen Pension »Silberdistel« ihrer Tante hat sie schon als Kind glückliche Ferientage erlebt. Bei vielen Strandspaziergängen sammelt sie neue Kraft. Bis sie den attraktiven Dirk kennenlernt, der ihr Gefühlsleben gehörig durcheinanderbringt. Als ihre Tante ins Krankenhaus kommt und Regen und Sturm es Kerstin unmöglich machen, das Haus zu verlassen, findet sie in den alten Sachen ihrer Mutter auf dem Dachboden ein wunderschönes Bernsteinkästchen mit Schulheften. Immer tiefer taucht Kerstin in die Vergangenheit ein und entdeckt ein lange gehütetes Geheimnis. Sie beginnt zu ahnen, dass ihre eigene Geschichte untrennbar mit dem Schicksal ihrer Mutter verbunden ist. Dirk steht ihr dabei zur Seite, doch auch er hat ein Geheimnis … Kerstin muss eine Entscheidung treffen, die nicht nur ihr eigenes Leben für immer verändern wird.

Christine Rath, Jahrgang 1964, lebt seit ihrer Kindheit am Bodensee und betreibt mit ihrer Familie ein kleines Hotel in Ludwigshafen. Ihre Wurzeln hat sie allerdings auf der Ostseeinsel Hiddensee, von der ihr Vater stammt. Hier verbrachte sie als Kind viele glückliche Sommerferien im Haus ihrer Großeltern. Und auch heute noch zieht es sie auf das »Söte Länneken«, um in der zauberhaften Natur am Meer Ruhe und Erholung zu finden.
Mehr über die Autorin und ihre Bücher erfahren Sie auf www.christinerath.de

Bisherige Veröffentlichungen im Gmeiner-Verlag:
Wildrosengeheimnisse (2013)
Butterblumenträume (2011)

CHRISTINE RATH

Sanddornduft

Roman

Original

GMEINER

Ausgewählt von
Claudia Senghaas

Personen und Handlung sind frei erfunden.
Ähnlichkeiten mit lebenden oder toten Personen
sind rein zufällig und nicht beabsichtigt.

Besuchen Sie uns im Internet:
www.gmeiner-verlag.de

Im Ehnried 5, 88605 Meßkirch
Telefon 07575/2095-0
info@gmeiner-verlag.de

2. Auflage 2014

Lektorat: Claudia Senghaas, Kirchardt
Herstellung: Mirjam Hecht
Umschlaggestaltung: U.O.R.G. Lutz Eberle, Stuttgart
unter Verwendung eines Fotos von: © schachspieler / photocase.com
Druck: GGP Media GmbH, Pößneck
Printed in Germany
ISBN 978-3-8392-1490-9

»In liebevoller Erinnerung an meinen Vater Herbert, dessen große Liebe neben seiner Familie bis zu seinem letzten Atemzug seine Heimat, die Insel Hiddensee, war.«

»Die Insel«

Hier, wo mein Haus steht, wehte einst niedriges Gras: ums Herz Erinnerung weht, wie ich dereinst mit Freunden hier sass. Wir waren zu drein, vor Jahrtausenden mag es gewesen sein. Es war einsam hier, tief, tief! So waren auch wir. Verlassenheit über der Insel schlief. Dann kam der Lärm, ein buntes Geschwärm: entbundener Geist, verdorben, gestorben zuallermeist. Und nun leben wir in fremdmächtiger Zeit, verschlagen wiederum in Verlassenheit. In meines Hauses stillem Raum herrscht der Traum.

Gerhart Hauptmann

PROLOG

Hiddensee
Sommer 1988

Es gibt Momente im Leben, da spürt man, dass sich alles verändern wird. Irgendetwas ist anders als sonst, so, als ob etwas in der Luft läge, das man nicht greifen kann.

Heute, viele Jahre später weiß ich genau, warum das alles geschah, und kann meine Erinnerungen mit den tatsächlichen Geschehnissen in Einklang bringen. Aber damals war ich ein kleines Kind und hatte nur dieses unbestimmte Gefühl, dass etwas anders war als sonst und eine dramatische Veränderung bevorstand.

Dabei hatte alles so schön angefangen. Mama und ich waren vom Bodensee zu Oma und Opa nach Hiddensee gereist, um auf dieser kleinen Insel in der damaligen DDR ein paar unbeschwerte Ferientage zu verbringen.

Den Sommertag, den ich nie vergessen sollte, hatten wir am Strand verbracht. Es war ungewöhnlich heiß, wir hatten viele Muscheln gesammelt und unsere von der Sonne erhitzten Körper in der Ostsee gekühlt.

Mama hatte mich anschließend abgerubbelt und mir meinen gelben Bademantel übergezogen, damit ich mich nicht erkälte. Meinen geliebten Minnie-Mouse-Badeanzug hatte sie am Strandkorb zum Trocknen aufgehängt, aus unserer bunten Badetasche Schokokekse gezaubert und mir aus dem neuesten Bummi-Heft vorgelesen.

Wie immer waren wir sehr weit gelaufen, weil Mama die einsamen Stellen des Strandes beim kleinen Leuchtturm bevorzugte.

Als wir am Abend zurück zum Haus meiner Großeltern gingen, konnte ich irgendwann nicht mehr laufen. Sie nahm mich hoch und trug mich das letzte Stück, obwohl sie ja schon die schwere Badetasche transportieren musste.

Oma hatte Fischfrikadellen zum Abendessen gemacht und weil das Wetter so schön war, aßen wir draußen auf der Terrasse. Ich liebte es, hier zu sein, weil ich während des Essens das Meer rauschen hören und die Möwen, die über uns kreisten, beobachten konnte. Außerdem kam am Abend immer ein kleines Kätzchen vorbei, von dem meine Oma nicht wusste, zu wem es gehörte. Ich durfte es stundenlang streicheln und musste nicht so früh ins Bett wie zu Hause.

Doch an diesem Abend war alles anders. Ich spürte es, schon lange bevor dunkle Wolken die tief stehende Abendsonne verdunkelten und ein kühler Wind aufkam.

Es lag an Mama. Sie war nicht wie sonst … sondern schweigsam und mürrisch. Allerdings erst, seitdem wir vom Strand zurückgekommen waren.

Sie brachte mich gleich nach dem Essen ins Bett, versprach aber, noch einmal nach mir zu sehen und mir »Gute Nacht« zu sagen.

Ich lag im Bett und betrachtete die Muschel, die ich am Nachmittag am Strand gefunden hatte.

Sie glitzerte so schön im Schein meiner kleinen Nachttischlampe.

»Huuuuuuuiiiiiii!« Der Wind war stärker geworden und heulte ums Haus.

Dicke Regentropfen platschten auf einmal gegen mein

Fenster und ich hörte ein seltsames Knacken draußen vor dem Haus.

Mir war unheimlich und ich hatte Angst. Wo blieb nur Mama? Warum durfte ich nicht wie sonst unten bei ihr im Wohnzimmer sein?

Ich zog die Decke hoch bis unter mein Kinn und kuschelte mich fest an meinen geliebten Teddy.

Dann hörte ich Stimmen im Haus. Es waren Frauenstimmen, die hoch und schrill waren. Ich hörte unheimliche Geräusche, die ich nicht einordnen konnte … lautes Türenknallen, Treppenstufen, die knarrten und immer wieder diese lauten, hysterischen Frauenstimmen. Ich versteckte mich noch tiefer unter meiner Decke und hielt meinen Teddy ganz fest.

Auf einmal kam eine Männerstimme dazu, ebenfalls laut und gefährlich dröhnend …

Noch einmal wurde mit einer Tür geknallt. Danach war alles still. Nur mein Herz klopfte laut.

Endlich kam Mama zur Tür herein. Sie war total außer sich und sah aus, als hätte sie geweint.

»Mama, was ist denn mit dir?« fragte ich ängstlich.

»Nichts, meine Kleine … alles ist gut«, sagte sie, doch ihre Stimme zitterte dabei.

Es war nicht gut, das spürte ich. Denn Mama legte sich vollkommen angezogen neben mich ins Bett und streichelte meinen Kopf, bis ich eingeschlafen war.

Als ich am nächsten Morgen erwachte, war Mama schon auf und dabei, unsere Koffer zu packen.

»Wohin fahren wir denn, Mama?« fragte ich sie.

Unsere Ferien hatten doch gerade erst begonnen! Und das Wetter war auch wieder schön. Mama hatte mir doch versprochen, heute mit Tante Ingrid und der Pferdekutsche zur ›Heiderose‹ zu fahren!

»Wir fahren sofort nach Hause!« sagte Mama stattdessen, nahm mich an die Hand und ging mit mir schnellen Schrittes zum Hafen, um auf das erste Schiff zu steigen.

Ohne sich auch nur ein einziges Mal umzudrehen.

1. KAPITEL

Der Fluch der Schönheit

25 Jahre später

Verflixt, das Ding muss doch irgendwie aufgehen! Manchmal hilft im Notfall nur rohe Gewalt.

Und *dies* ist ein Notfall, so viel ist sicher. Ich wende meine ganze Kraft auf, um den Deckel des nagelneuen Anti-Age-Make-ups ›Futurelight‹ zu öffnen … und schwups … habe ich die braune Masse nicht, wie meine Kolleginnen, auf der sorgfältig manikürten Hand, sondern auf meiner nagelneuen Seidenbluse. So was Dummes aber auch!

Wir sollen die extrem pflegende und die lichtreflektierende Wirkung sofort spüren und unsere Empfindungen der Schulungsleiterin mitteilen. Stattdessen stehe ich auf und verabschiede mich diskret auf die Toilette, um die Bluse einigermaßen zu retten. Schließlich sollte sie nach Möglichkeit noch den Rest des Tages überstehen.

Mein Spiegelbild entlockt mir nicht gerade ein Lächeln. Mein Gesicht ist rot und erhitzt, die Haare strähnig, der Blick fahl und die Augenränder tief. Vielleicht sollte ich das ›Wunder-Make-up‹ lieber gleich direkt ins Gesicht statt auf die Hand schmieren?

Eigentlich liebe ich diese Schulungstage unserer Kosmetikfirma ›Celine Dupont‹. Sie ermöglichen uns nicht nur das Kennenlernen der allerneuesten Produkte, sondern sind immer verbunden mit einem Kurzaufenthalt im schicken Sheraton-Hotel und der großartigen Stadt München.

Zum Beispiel wurden wir heute wieder einmal mit einem wunderbaren Mittagsmenü verwöhnt, das aus einem Salat mit feinen Gemüsestreifen und Ziegenkäse als Vorspeise und Hähnchenbrust mit Champignon-Frischkäsefüllung auf Salbeisauce an einer Gemüsevariation und Basmatireis als Hauptgericht bestand und seine Krönung in einem Dessert aus Lavendeleis an Limettensauce fand. Zum Kaffee wurde ein luftig-leichter Sahnebaiser in Form eines Schwanes gereicht. Während wir uns alle genussvoll diese Leckerei munden ließen, schwebte auf einmal ein Riesen-Geschenkkarton in Puderrosa herein. Frau Müller, die Schulungsleiterin, öffnete die schwarze Satinschleife, der Karton ging auf und ihm entstieg … ein wunderschönes, elfengleiches blondes Model in einem rosafarbenen Hauch von Chiffon-Nichts, die einen Glasflakon in Form eines Schwanes in Händen hielt. Unser neuer Duft ›Celine No. 1!‹!

Natürlich war in dem puderfarbenen Geschenkkarton für jede von uns ein eigenes Exemplar verborgen, auf das wir uns sogleich stürzten und den schönen Duft ausprobierten.

Er ist einfach perfekt für das Frühjahr, so blumig, weich und pudrig.

Ich habe schon viele derartige unvergessliche Momente in dieser Firma erlebt und doch bin ich immer wieder überwältigt von der Fantasie und dem Einfallsreichtum des Unternehmens.

Zum Beispiel wurden wir einmal zu einer Tagung nach Amsterdam eingeladen. Nachdem wir den Tag mit einer Stadtführung und einer Grachtenrundfahrt sowie einem Besuch des ›Rembrandthuis‹ und des ›Van Gogh Museum‹ mit seinen unglaublichen Gemäldeschätzen verbrachten, wurden wir in unsere wunderschönen Zimmer im ›Grand

Hotel Krasnapolsky‹ direkt gegenüber dem Königspalast gebracht. Dort konnten wir jedoch nur wenige Minuten ausruhen, denn wir wurden zu einer ›indischen Reistafel‹ erwartet, was sich ziemlich langweilig anhört, in Wirklichkeit jedoch ein grandioses Buffet mit den leckersten indischen Spezialitäten war. Am Ende dieses Abends erloschen die Lichter und nur noch die Deckenbeleuchtung, die aus Tausenden von kleinen Lampen zu bestehen schien, strahlte wie ein Sternenhimmel auf uns herab. Wundervolle Musik erklang und wie aus dem Nichts erschien ein Tanzpaar, das zu diesen fast altmodischen Klängen über das Parkett schwebte.

Verliebt sahen sie sich in die Augen und am Ende des Liedes küssten sie sich und der Mann sagte: »You are my lucky star!«

Die Frau, die ein mitternachtsblaues, schulterfreies Abendkleid trug, zauberte einen Flakon hervor und ein neuer Stern am Dufthimmel von ›Celine Dupont‹ war geboren: ›STAR‹.

Nicht zuletzt diese Momente sind es, die ich an meinem Job so liebe und die mich all den Stress vergessen lassen. Irgendwie machen sie mich immer sehr stolz, für diese Firma arbeiten zu dürfen!

Dennoch bin ich heute einfach unglaublich müde. Meine Füße schmerzen, als hätte ich einen Marathonlauf hinter mir, aber das liegt sicher nur an den zwar superhübschen, aber leider total unbequemen Pumps, die ich zu meinem schwarzen Business-Kostüm trage. Am liebsten würde ich sie sofort ausziehen!

Noch mehr als meine Füße schmerzt allerdings mein Kopf. Ob es an dem viel beschriebenen Föhn liegt, der ja so häufig in München zu Gast ist … oder ich einfach nur einen langen Tag hatte, ist schwer zu sagen. Was heißt eigentlich ›langer Tag‹?

Eine lange Woche liegt hinter mir, eine Woche voller Arbeit … wie schon in den ganzen Wochen, um nicht zu sagen Monaten, zuvor. Aber ich will mich nicht beklagen. Schließlich ist dies doch mein Traumjob!

Seit fünf Jahren bin ich nun schon als Gebietsrepräsentantin für die französische Luxus-Naturkosmetikfirma ›Celine Dupont‹ im Süden Deutschlands unterwegs und besuche exklusive Parfümerien, Kosmetikinstitute und Schönheitsfarmen. Dort verkaufe ich nicht nur unsere wunderbaren Produkte, sondern berate die Kosmetikerinnen und halte Schulungen ab, wie sie diese am besten anwenden können. Ich kenne die schönsten Orte und die komfortabelsten Hotels in ganz Baden-Württemberg und Bayern und nenne zudem einen superschicken roten Audi als Dienstwagen mein eigen. Im Gegensatz zu den meisten meiner Kolleginnen, die ein BWL-Studium oder zumindest eine andere kaufmännische Ausbildung absolviert haben, bin ich eigentlich ›nur‹ Kosmetikerin und habe meinen Job dem mehr oder weniger glücklichen Umstand zu verdanken, dass die damalige Repräsentantin von ›Celine Dupont‹ längere Zeit krank war und schließlich komplett ausfiel. Zu dieser Zeit war ich in einem Wellnesshotel in Lindau am Bodensee tätig und langweilte mich in der dortigen Beautyfarm zu Tode. Ich beschloss, die Gelegenheit zu ergreifen und mich bei ›Celine Dupont‹ zu bewerben, jedoch ohne mir allzu große Chancen auszurechnen.

Ich weiß nicht, was es war … meine Unbekümmertheit oder vielleicht mein Kosmetik-Fachwissen … jedenfalls bekam ich den Job. Ich vermute, gerade weil ich kein Studium vorweisen konnte, habe ich mich von Anfang an besonders angestrengt, immer alles richtig und besonders gut zu machen, und habe deshalb immer ein bisschen ›mehr‹ getan als nötig. Im letzten Jahr konnte ich sogar die

Umsatzzahlen in meinem Gebiet um 30 Prozent steigern und dies angesichts der großen Konkurrenz auf dem Kosmetikmarkt, die inzwischen nicht nur in Kosmetikinstituten und exklusiven Parfümerien, sondern auch Kaufhäusern und Drogeriemärkten vertrieben wird.

Selbst wenn ich einmal ›frei‹ habe, kann ich nicht richtig abschalten und beschäftige mich mit der Reiseplanung der nächsten Tage, den Umsatzzahlen der einzelnen Betriebe, und wie ich sie dazu bewegen kann, die Umsätze zu steigern. In diesem Zusammenhang mache ich mir auch unentwegt Gedanken über die ›Celine Dupont‹-Kundin und wie wir neue Interessentinnen gewinnen können.

Bisher waren es vorwiegend ältere und vor allem gut betuchte Damen, die sich mit unserer Marke verwöhnen und ein klein wenig französisches Flair in ihr Badezimmer holen wollten. Wenn wir allerdings langfristig Erfolg haben wollen, müssen wir auch andere Zielgruppen ansprechen.

Frauen wie mich zum Beispiel, die zwar noch jung sind, aber deren Haut durch ein anstrengendes Arbeitsleben bereits erste Ermüdungserscheinungen aufweist.

Apropos … ich sehne mich nach einem Schaumbad, einer Gesichtsmaske und meinem kuscheligen Sofa … und Marc, meinem Verlobten. Eigentlich wollte ich heute Abend noch heimfahren, schließlich ist es ja nicht so weit von München bis zum Bodensee, wo wir beide leben. Aber es scheint ein langer Abend zu werden. Wie es aussieht, ist die Tagung noch längst nicht zu Ende. Ich werde wohl doch das für mich gebuchte Hotelzimmer in Anspruch nehmen und erst morgen nach dem Frühstück, dann aber dafür hoffentlich herrlich ausgeruht, nach Hause fahren.

Gerade beschließe ich jedoch, das Abendessen ausfallen zu lassen – immerhin war das Mittagessen reichhaltig genug –, und es mir mit einem Glas Rotwein sowie einer

Packung Kekse in meinem Hotelzimmer gemütlich zu machen. Wenn es nur schon so weit wäre!

Ich kann so viel reiben, wie ich will … der Fleck will einfach nicht verschwinden. Na toll, die teure Seidenbluse ist im Eimer!

Seufzend gehe ich zurück zum großen Meeting-Raum des Hotels. Auf dem Weg dorthin wähle ich Marcs Nummer und er ist auch sofort am Apparat.

»Wenn das nicht meine Prinzessin ist!«, sagt er mit seiner warmen Stimme und sofort möchte ich mich in seine starken Arme flüchten.

»Hallo, Liebling! Ich habe leider nur kurz Zeit, die Schulung geht heute ewig. Ich glaube, ich werde es nicht mehr schaffen, heimzukommen!«

»Ach nein? Kerstin, das ist jetzt nicht dein Ernst! Du warst die ganze Woche unterwegs! Ich habe um 19 Uhr einen Tisch für uns im ›Goldenen Rad‹ reserviert, und ich habe mich die ganze Woche darauf gefreut, mich endlich einmal wieder in Ruhe mit dir zu unterhalten, bei einem Gläschen Wein und leckerem Essen … ohne Termindruck und das Telefon!«

»Oh Marc! Das tut mir so leid! Aber … 19 Uhr … das würde ich sowieso nicht schaffen! Es ist doch schon kurz vor sechs und das Meeting ist noch nicht einmal zu Ende … Dann muss ich ja auch noch zweieinhalb Stunden an den Bodensee fahren. Können wir es nicht auf morgen verschieben? Ich komme gleich nach dem Frühstück nach Hause, versprochen! Und dann machen wir es uns schön, ja?«

Nach Hause … was für ein wohltuender Gedanke. Marc und ich leben in einer wunderschönen Dreizimmerwohnung in Friedrichshafen am Bodensee, die wir mit viel Liebe und einigen teuren Designermöbeln in ein trautes Heim verwandelt haben und die ich leider viel zu selten sehe.

»Wir machen es uns schön? Wie lange machen wir es uns denn diesmal ›schön‹? Bis du am Sonntagnachmittag schon wieder deine Koffer packst? Verschieben, verschieben … das ist doch dein zweiter Vorname geworden! Ist dir eigentlich bewusst, was du im letzten Jahr alles verschoben hast? Angefangen bei unserer Hochzeit zum Beispiel?« Seine Stimme klingt auf einmal nicht mehr warm, sondern eiskalt.

Das Schlimmste aber ist: Er hat recht.

Wir wollten im letzten Sommer heiraten, nachdem Marc mir einen ganz romantischen Antrag in einer Riesenrad-Gondel auf dem Seehasenfest mit Blick auf den Bodensee gemacht hat. Aber ich musste den geplanten Hochzeitstermin verschieben, weil eine wichtige Tagung von ›Celine Dupont‹ in Paris stattfand, bei der wir unter anderem endlich einmal den Betrieb dort besichtigen durften. Seitdem haben wir einfach keinen geeigneten Zeitpunkt mehr für die Hochzeit gefunden. Schließlich soll es ja eine richtig tolle Hochzeit werden, ein Riesenfest! Und nicht nur so eine Aktion zwischen Tür und Angel. Immerhin sind wir schon seit sechs Jahren zusammen und so etwas wie ein echt gutes Paar.

Gut, wir arbeiten beide sehr viel. Aber dadurch können wir uns auch etwas leisten, nicht wie meine Eltern, die immer jeden Pfennig zweimal umdrehen mussten. Die schöne Wohnung, tolle Klamotten und aufregende Urlaubsreisen … das wäre doch sonst gar nicht möglich. Nun ja, jedenfalls, wenn wir einmal Zeit zum Verreisen fänden!

Doch ich war immer so stolz und glücklich, dass Marc so viel Verständnis für meine Arbeit aufbringen konnte. Wir kennen uns nämlich noch aus der Zeit, als ich ›nur‹ Kosmetikerin war, und er weiß, was mir dieser Job bedeutet. Damals war ich 24, Marc 26. Er hat in Konstanz Medizin studiert und nebenbei – ganz klassisch – in einem ›Irish Pub‹ gekellnert. Dort sind wir uns auch zum ersten Mal begegnet, als ich mit einer Freundin der irischen Live-Musik lauschte und in meiner Angewohnheit, immer mit Händen und Füßen zu reden, mein fast volles Glas Guinness-Bier umwarf und Marc zähneknirschend den Tisch säubern musste. Als Wiedergutmachung lud ich ihn, schon leicht angeschickert, für den nächsten Tag auf ein Eis ein. Bereits eine Woche später zog er in meine kleine Wohnung in Friedrichshafen ein.

Wir hatten damals nicht viel Geld, aber waren von Anfang an glücklich, uns gefunden zu haben.

Obwohl ich immer Angst hatte, dieses Glück könnte irgendwann einmal zu Ende sein. Während ich mit meinen braunen Haaren, den grünen Augen und den kurzen Beinen nämlich eher ein Durchschnittstyp bin, sieht er einfach umwerfend aus. Er ist groß, hat eine Superfigur wie ein Olympia-Sportler und wunderschöne, braune Knopfaugen. Das Schönste an ihm aber sind seine langen Wimpern, um die ihn jede Frau beneiden würde. Selbst bei ›Celine Dupont‹ haben wir nicht so eine fantastische Mascara, die dieses Wimpernvolumen herbeizaubern würde. Dazu kommt, dass er heute als Chirurg am Friedrichshafener Krankenhaus tätig ist und dort wahrscheinlich alle Krankenschwestern und Patientinnen heimlich in ihn verliebt sind.

Auf einmal habe ich ganz schreckliche Sehnsucht nach ihm.

»Marc, bitte sei mir nicht böse! Wir sehen uns doch morgen und ich freue mich auf dich! Ich rufe dich nach der Tagung noch einmal an … wenn ich in meinem Hotelzimmer bin, ja? Ich liebe dich!«

»Das bezweifle ich so langsam!«, sagt er gedehnt und legt einfach auf.

Marcs Stimme klang so seltsam … nicht einmal wütend, eher zutiefst enttäuscht, sodass ich selbst ganz traurig werde, als ich auch auflege.

Oh nein, nicht auch das noch!

Frau Möller hat bereits die neuen Produkte eingepackt und wird gerade von Herrn Siegmund verabschiedet. Der Chef persönlich – das hat nichts Gutes zu bedeuten!

Robert Siegmund ist zuständig für das komplette Außendienst-Netz von ›Celine Dupont‹ und somit unser aller Boss. Mit seiner falsch-freundlichen Art schleimt er sich regelmäßig bei allen Repräsentantinnen ein, um sie dann jedoch knallhart und eiskalt auf die neuesten Zielvorgaben hinzuweisen.

Und auch diesmal ist es wieder so weit: nach kurzem Blabla und einigen knappen Sätzen, in denen er kundgibt, wie sehr er sich freue, dass wir uns alle Zeit für diese Schulung genommen hätten und wie toll die neuen Produkte wären und so weiter, kommt er direkt zur Sache.

Er hat eine Powerpoint-Präsentation vorbereitet, die uns stundenlang und haarklein darüber informiert, dass wir allesamt unseren Job besser machen könnten.

Die Umsatzzahlen sind angeblich stark rückläufig, und das, obwohl die Statistik besagt, dass die Beauty-Kundin heute so viel Geld für Kosmetik ausgibt wie nie zuvor, lässt er uns unmissverständlich wissen.

»Die ›Celine Dupont‹-Kundin ist keine, die sich Botox spritzen lässt! Das hat sie auch gar nicht nötig, denn unsere Pflege ist erstklassig und einzigartig wie sie selbst. Unsere Kundinnen lieben die Natur und eine hochwertige Luxus-Kosmetik, die ihre Versprechen hält! Und zwar mit den hochwertigsten, natürlichen Inhaltsstoffen, die es weltweit gibt und dem ganzen Know-how ästhetischer und moderner Schönheitspflege!« Seine Stimme ist tief und dunkel und er wird immer lauter, um seinen Worten noch mehr Gewicht zu verleihen. »Umso erstaunlicher ist es, meine Damen, dass diese hochwertige und einzigartige Schönheitspflege immer weniger verkauft wird! Woran liegt das Ihrer Meinung nach?«

Die Damen blicken sich mit geröteten Gesichtern verwirrt um oder betrachten betreten die Schuhspitzen und zucken die Schultern. Keine traut sich, etwas zu sagen, aus Angst, ihn zu verärgern.

Ich hebe zögernd die Hand.

»Ähmm … Herr Siegmund … erst einmal guten Abend«, fange ich zaghaft an.

»Tja … möglicherweise hängt es ja mit dem hohen Preissegment zusammen. Die wirtschaftliche Situation erlaubt es vielen Damen leider nicht mehr, derart viel Geld für eine Creme auszugeben, auch wenn sie sie noch so gerne hätten!«

Er sieht mich irritiert an. Offenbar hat er eigentlich gar keine Antwort von uns erwartet. Vermutlich wollte er uns wieder einmal nur einschüchtern.

»Interessant … diese Auskunft gerade von *Ihnen* zu bekommen, werte Frau Beier.

Ausgerechnet von der Mitarbeiterin, die in einem der reichsten Bundesländer unterwegs ist, welches bis jetzt die Nase bei den Umsatzzahlen vorn hatte … und nach der Auswertung der ersten drei Monate des Jahres jetzt auf einmal das Schlusslicht von ganz Deutschland bildet! Nun, Frau Beier, dafür haben Sie doch sicher auch eine«, er macht eine bedeutungsvolle Pause »›logische‹ Erklärung, nicht wahr?«

Er lächelt so süffisant, dass ich ihm am liebsten eine reinhauen möchte.

»Wissen Sie, es ist ja schön, dass Sie über die Produkte so gut Bescheid wissen und die gesamten Inhaltsstoffe so wunderbar erklären können. Aber ein klein wenig betriebswirtschaftliches oder kaufmännisches Know-how in Verbindung mit marketingrelevanten Strategien würde Ihnen vielleicht manchmal nicht schaden, meinen Sie nicht auch?«

Ich werde flammendrot, besonders, als sich auch noch die Letzte der 15 Kolleginnen neugierig zu mir umgedreht hat.

»Jedenfalls wird es höchste Zeit, dass Sie die Zahlen ein wenig nach oben korrigieren, Frau Beier. Ich *erwarte* von Ihnen eine deutliche Steigerung des Absatzes, insbesondere im Bereich der dekorativen Kosmetik!«

Von seinem weiteren Geschwafel bekomme ich nicht mehr viel mit. Wie konnte er mich nur vor den anderen so demütigen?

Natürlich sind die Zahlen in diesem Jahr noch nicht so berauschend, das weiß ich ja leider selbst. Man kann schließlich nicht immer nur steigern. Das letzte Jahr war so gut, das ist beim besten Willen nicht zu toppen. Jedenfalls *noch* nicht.

Außerdem ist doch erst Mai … da kann doch noch viel geschehen. Jetzt, wo die Natur erwacht, wollen alle schön und schlank in den Sommer starten.

Andererseits mache ich mir wirklich meine Gedanken um die Zukunft von ›Celine Dupont‹. Wenn wir es nicht schaffen, neue Märkte zu erschließen, dann werden wir uns auf Dauer schwertun auf diesem hart umkämpften Kosmetikmarkt. Denn auch wenn die Pflege noch so gut ist, sie ist in meinen Augen einfach zu teuer.

»Dieses Brechmittel!«, sagt Doris, meine Kollegin aus Köln, als wir den Saal verlassen. Sie hakt mich unter und lächelt mich aufmunternd an: »Komm, wir gehen in die Bar und spülen mit einem oder zwei Prosecco den Ärger herunter!«

»Später vielleicht …«, antworte ich müde. »Ich muss erst mal unter die Dusche … und Marc anrufen. Möglicherweise komme ich dann nach, ja?«

Ich bin so fertig, dass ich jetzt ein paar Minuten für mich brauche. Ehrlich gesagt habe ich sowieso keine Lust, mich dem Geschnatter der anderen auszusetzen und will im Moment einfach nur meine Ruhe.

»Ach komm schon!«, sagt Doris. »Lass dich doch von *dem* nicht so runterziehen! Der ist doch auch nur Befehlsempfänger!«

Ich schüttele den Kopf, verspreche aber, in die Bar nachzukommen, damit sie mich in Ruhe lässt. Dann schlage ich den Weg zum Aufzug ein, der mich auf dem schnellsten Weg zu meinem Zimmer bringen soll.

Dort steht allerdings bereits Herr Siegmund. Es ist zu spät, um umzukehren, daher versuche ich, so gut es geht, ein schmales Lächeln aufzusetzen

»Hallo, Frau Beier!«

Plötzlich tut er so, als könne er nett sein.

»Hören Sie … was ich vorhin gesagt habe … das habe ich nicht so gemeint. Mir ist bewusst, dass Sie eine sehr fähige und talentierte Mitarbeiterin sind! Und viel für unser Unternehmen tun. Ohne Mitarbeiterinnen wie Sie wären wir gar nicht so weit gekommen!«

Ach, auf einmal? Das hat sich aber eben noch ganz anders angehört. Er bringt sogar ein Lächeln fertig, allerdings sieht es ziemlich arrogant aus.

Inzwischen hält der Aufzug direkt vor unserer Nase. Ich wünschte, der Typ würde sich jetzt verkrümeln, ich kann ihn nicht mehr ertragen! Aber den Wunsch erfüllt er mir natürlich nicht. Klar, schließlich hat er vor dem Aufzug gewartet, also will er wohl auch in sein Zimmer. Und sei es nur, um ein wenig von seinem süßlichen Aftershave aufzulegen und ein frisches Hemd anzuziehen, damit er später an der Bar die ›Kontakte zu den Mitarbeiterinnen pflegen kann‹.

Ohne mich!, denke ich, steige ein und drücke auf den Knopf für die 17. Etage.

Herr Siegmund folgt mir in die enge Fahrstuhlkabine. »Oh ... was haben wir denn da?« Sein Blick fällt auf den Make-up-Fleck auf meiner Seidenbluse.

»›Future light‹ scheint sehr farbintensiv zu sein«, sage ich, aber mehr, um überhaupt irgendetwas zu sagen.

Er starrt auf den Fleck, genauer gesagt unverhohlen auf meinen Busen. Dann streckt er die Hand aus und streicht sanft über die Make-up-besudelte Stelle, um kurz darauf entschlossen meine Brust zu berühren.

»Kerstin ... hat dir schon einmal jemand gesagt, dass du wunderschön bist? Du hast die Rundungen an der richtigen Stelle! » Seine Stimme wird heiser und als er näher kommt, rieche ich wieder dieses ekelhafte Aftershave.

Oh Gott, was soll ich denn jetzt tun? Ich will hier weg, aber schnell.

Ein unmögliches Unterfangen, in einem Aufzug!

Dieser Blödmann drückt mich in die Ecke des Fahrstuhls und flüstert mir ins Ohr: »Du bist genau die Richtige für die Beautybranche! Und ich kann so viel für dich tun ...«

»Herr Siegmund ...«, versuche ich ihn zu unterbrechen, doch er drängt sich dicht an mich heran und flüstert mir weiter heiser ins Ohr: »Komm mit in mein Zimmer, Schönheit, du wirst es nicht bereuen!«

In diesem Moment öffnet sich der Fahrstuhl und ich nutze die Gelegenheit, an ihm und einer älteren Dame vorbei hinauszupreschen. Sie hält einen kleinen Pudel auf dem Arm und blickt mir kopfschüttelnd nach, wie ich mit rotem Kopf den Gang entlang stürme.

Nichts wie weg hier! Ich kann und will unmöglich noch länger in diesem Hotel bleiben.

Zum Glück habe ich mein Köfferchen noch im Auto, da ich ja eigentlich nach Hause fahren wollte. Und genau das werde ich jetzt auch tun: nach Hause fahren!

Ich bin so verwirrt, dass es mir vollkommen egal ist, dass ich aus der Stadt heraus eine Stunde im Stau stehe. Alles ist besser, als im Hotel zu bleiben, bei diesem ekelhaften Typen, der sich jetzt wahrscheinlich gerade bei einem Gläschen Schampus köstlich über mich amüsiert und die nächste ›Schönheit‹ anbaggert.

Heute habe ich nicht einmal ein Auge für die herrliche Stadt München. Doch ich nehme mir fest vor, bald einmal privat hierherzufahren, mit Marc. Oder mit Katrin, meiner besten Freundin.

Als ich im Stau stehe, beschließe ich spontan, sie anzurufen und mich ein bisschen bei ihr auszuheulen, doch sie nimmt nicht ab. Wie lange haben wir uns eigentlich nicht gesehen? Ein paar Wochen sind es sicher, die seitdem vergangen sind … Aber es könnte auch länger sein – ich glaube fast, wir haben uns zuletzt so um Weihnachten herum gesehen.

Ist es wirklich schon über vier Monate her? Unglaublich! Das muss sich ändern. Wie so vieles in meinem Leben sich offenbar ändern muss, denke ich gerade.

Mit Katrin bin ich schon mein halbes Leben befreundet. Kerstin und Katrin. Wir waren wie Zwillinge! Wir haben das Pausenbrot geteilt und so manchen Liebeskummer. Davon hatte sie weiß Gott mehr als ich. Denn Katrin ist ständig verliebt, gerät aber irgendwie immer an die falschen

Männer. Sie hat einen kleinen Sohn, Paul, und sobald ihr jeweiliger Herzallerliebster davon erfährt, ergreift er meist die Flucht. Weshalb Paul von Katrin alleine und ihrer großartigen Mutter Bea erzogen wird. Um Bea habe ich Katrin immer beneidet. Sie ist die großherzigste und wärmste Person, die man sich vorstellen kann. Ganz anders als meine Mutter! Wenn Katrin Probleme hatte, und davon hatte sie stets genug, bot Bea ihr immer Trost und Zuversicht, während meine Mutter nur Sätze verlor wie: »Reiß dich zusammen, Kind! Es gibt Schlimmeres im Leben!«

Für einen Teenager gibt es aber nun mal nichts Schlimmeres als eine Fünf in Mathe oder ein gebrochenes Herz. Das ist auch der Grund, warum ich meine Mutter in Momenten wie diesen nicht anrufe. Sie hätte ohnehin kein Verständnis für mich und würde nur wieder einmal sich selbst bejammern. Dabei ist sie erst 53 und eigentlich eine sehr hübsche Frau, mit blonden Locken und blauen Augen.

Doch oft habe ich das Gefühl, dass sie bereits mit dem Leben abgeschlossen hat und außerstande ist, sich an irgendetwas oder irgendjemandem zu erfreuen.

Ich habe keine Ahnung, warum sie so frustriert ist, denn im Grunde geht es ihr richtig gut. Eigentlich stammt sie aus der ehemaligen DDR, von einer kleinen Ostseeinsel namens Hiddensee, die vor Rügen liegt. Meine Mutter kam in den 80er-Jahren, noch vor der Wende, durch einen genehmigten Ausreiseantrag in den Westen. Da ein entfernter Onkel, der inzwischen längst verstorben ist, in Lindau am Bodensee lebte, fand sie hier im Süden eine neue Heimat.

Hier lernte sie auch meinen Vater Hans kennen, einen 15 Jahre älteren Finanzbeamten aus Friedrichshafen. Ich glaube allerdings nicht, dass die beiden eine gute Ehe führten.

Manchmal frage ich mich, warum sie überhaupt geheiratet haben.

Solange ich denken kann, hat meine Mutter an meinem Vater herumgenörgelt. Nichts konnte er ihr recht machen und ständig hielt sie ihm vor, dass er nicht genug Geld verdiene und wir nicht die tollen Reisen machen könnten, die sie sich so sehnlichst in der damaligen DDR gewünscht hatte.

Aber auch wenn wir uns keinen allzu großen Luxus leisten konnten, so lebten wir doch in einem eigenen kleinen Reihenhäuschen am Rande der Stadt. Meines Vaters ganzer Stolz war sein gepflegter kleiner Garten samt Gartenzwerg und Gartenlaube. Doch diese spießige Idylle genügte meiner Mutter nicht und sie wurde von Jahr zu Jahr unzufriedener. Ich glaube, insgeheim warf sie auch mir vor, dass sie meinetwegen keine Karriere machen konnte und immer nur daheim saß. Ständig sprach sie davon, dass sie ja das Hotelfach gelernt habe und wenn wir nicht wären, hätte sie überall auf der Welt eine interessante Tätigkeit in dieser Branche finden können. Mein Vater pflegte ihre Launen und ihre Gleichgültigkeit ihm gegenüber mit viel Geduld und einem Lächeln zu ertragen, wofür ich ihn sehr bewunderte und umso mehr liebte. Ständig sagte er ihr, wie schön sie sei und wie sehr er sie liebte und dass wir beide sein größtes Glück wären.

»Sobald ich in Pension bin und das Häuschen abbezahlt ist, mein Herz, holen wir alles nach! Dann reisen wir in all die fernen Länder, von denen du immer geträumt hast.«

Doch er sollte es nicht mehr erleben. Kurz vor der Erfüllung seines Traums – obwohl ich immer noch nicht sicher bin, dass es auch wirklich *sein* Traum war, denn eigentlich war er mit seinem Grill und seinem Gartenzwerg ganz glücklich – starb er mit Ende 50 an einem Herzinfarkt. Er schlief einfach ein und wachte nicht mehr auf. Für ihn war es ein schöner Tod, aber für mich war es die absolute

Katastrophe. Ich war gerade mit der Schule fertig und fest davon überzeugt, dass sein Herz einfach zu schwach geworden war von dem Genörgel und der ewigen Unzufriedenheit meiner Mutter. Ich war mir sicher, dass diese jetzt, da er tot war und sie einen kleinen Betrag aus seiner Lebensversicherung ausbezahlt bekommen hat, ihre Reiseträume verwirklichen und endlich das Leben führen würde, das sie sich immer gewünscht hat. Und tatsächlich, kurz nach der Beerdigung buchte sie sofort eine Kreuzfahrt, was ich ihr schrecklich übel und zum Anlass nahm, mir, noch während sie fort war, eine eigene kleine Wohnung zu nehmen.

Ich machte sie verantwortlich für seinen Tod und konnte ihr nicht verzeihen, dass sie die vielen Jahre so kaltherzig mit ihm umgesprungen war.

Mein Vater dagegen war ein unglaublich warmherziger Mensch, den ich über alles liebte und den ich schrecklich vermisse. Er hat mir alles beigebracht, was man zum Leben braucht: Schwimmen, Rad fahren, Ski fahren, Auto fahren …

Und was hatte sie mir beigebracht? Nicht einmal das Kuchenbacken!

Als ich ganz klein war, waren wir einige Male in ihrer Heimat, auf der Insel Hiddensee, bei meinen Großeltern, gewesen. Ich erinnere mich an unbeschwerte Strandtage und glückliche Stunden bei Eis und Apfelkuchen in der kleinen Stube des Reetdachhäuschens von Oma und Opa. Doch irgendwie schaffte es meine Mutter, sich auch mit ihren Eltern und ihrer einzigen Schwester zu zerstreiten, weswegen wir dann irgendwann auch dort nicht mehr hinfuhren.

Ihre offizielle Begründung war, der Weg sei einfach zu weit, und als ich klein war, glaubte ich das auch. Doch irgendwann wunderte ich mich, dass Oma und Opa dann nicht einmal zu uns an den Bodensee kamen oder wenigstens einen Brief oder ein Päckchen an mich, ihr einziges Enkelkind, schickten.

Letztes Jahr habe ich zu Weihnachten meine Mutter zu Marc und mir eingeladen, nachdem sich die letzten Jahre das Weihnachtsfest bei ihr zu Hause als stinklangweiliger Pflichtbesuch erwiesen hat. Seitdem mein Vater nicht mehr lebte und in der Küche lautstark davon schwärmte, dass dieses Jahr die beste Gans aller Zeiten auf den Tisch käme, zog mich ohnehin nicht mehr viel in mein altes Zuhause.

Es war aber auch nicht so, dass ich meine Mutter an Weihnachten nicht bei mir haben wollte, Weihnachten ist schließlich Weihnachten. Trotzdem hätte ich viel lieber meine wenige freie Zeit mit Marc alleine genossen. Ich glaube, meine Mutter spürte, dass meine Einladung nur aus Pflichtgefühl entstanden war und sagte mir einen Tag vor Heiligabend ab mit der Begründung, dass ich mich schließlich das ganze Jahr nicht um sie gekümmert hätte und dass ›das an diesem einen Tag im Jahr auch nicht nachgeholt‹ werden könne.

Seitdem herrscht so etwas wie Funkstille zwischen uns. Ein- oder zweimal habe ich sie angerufen, aber jedes Mal unterbrach sie das Gespräch, weil sie angeblich etwas Wichtiges vorhatte. Und von sich aus meldete sie sich überhaupt nicht bei mir.

Deshalb kann ich sie auch jetzt nicht anrufen. Sie würde mich ja doch nicht verstehen. Dabei würde ich sie so gerne fragen, was ich jetzt machen soll.

»Es ist doch nichts passiert!«, würde sie vermutlich sagen. »Männer sind eben manchmal so. Vielleicht hast du es ja auch ein wenig provoziert, mit deiner Kleidung oder einem aufreizenden Lächeln?«

Jedenfalls könnte ich mir eine derartige Reaktion ihrerseits sehr gut vorstellen.

Andererseits: *Möglicherweise* würde sie so etwas sagen, aber vielleicht auch ganz anders reagieren. Ich weiß gerade überhaupt nicht mehr, was ich denken soll.

Es stimmt schon, eigentlich war ja gar nichts … vielleicht habe ich auch ein wenig übertrieben reagiert. Schließlich hat Herr Siegmund mir nur ein paar Komplimente gemacht.

Aber musste er mir deshalb gleich an den Busen fassen?

Ich bin wirklich nicht prüde, aber ich mag einfach nicht, wenn mir jemand ungefragt an die Wäsche geht!

Und außerdem: Es ist ja nicht nur der Zwischenfall im Aufzug. Ich fühle mich so müde und kaputt und habe gerade die schrecklichsten Kopfschmerzen meines Lebens. Irgendwie habe ich das Gefühl, dass mir gerade alles über den Kopf wächst und ich kurz vor einem Burn-out stehe. Ich brauche einfach dringend eine Pause und bin mit einem Mal richtig froh darüber, dass ich mich entschlossen habe, heimzufahren.

Inzwischen ist es dunkel geworden und ich habe vom schönen Allgäu fast nichts mitbekommen. An der Tankstelle in Lindau hole ich mir einen Cappuccino und fische mein Handy aus der Tasche. Zwei Nachrichten sind auf meiner Mailbox und während der heiße Kaffee mir gerade etwas neues Leben einflößt, höre ich sie ab.

Die erste stammt von Marc. Seine Stimme klingt nicht mehr so wütend wie noch vor zwei Stunden, aber immer noch sehr enttäuscht und sehr traurig.

Ich kann mir förmlich vorstellen, wie er sich gerade die dunklen Locken rauft, während er sagt: »Hör mal, Kerstin … Ich hab nachgedacht. Wie schon so oft in der letzten Zeit. Irgendwie habe ich das Gefühl, dass es zwischen uns einfach nicht mehr gut läuft. Ich bin dir doch irgendwie gar nicht mehr wichtig. Gemeinsamkeiten finden schon lange nicht mehr statt. Also … was ich meine … was ich damit sagen will … ich glaube, es ist vielleicht wirklich das Beste, du bleibst in München. Vielleicht gibt das uns *beiden* Gelegenheit, einmal zu überdenken, was wir überhaupt wollen. Und ob unser Weg noch ein gemeinsamer ist. Tja … also dann … mach's gut!«

Was war das denn jetzt? Ich muss mich hinsetzen und gehe zu meinem Auto zurück. Was meint er denn damit? Gelegenheit, zu überdenken, was wir beide überhaupt wollen … das brauche ich doch nicht! Ich weiß doch, was ich will. Und zwar nach Hause, auf dem schnellsten Weg. Und ob unser Weg noch ein gemeinsamer ist? Natürlich, das muss er doch wissen. Warum sollten wir sonst heiraten? Wir lieben uns doch.

Ich habe nur so schrecklich viel zu tun. Mein Kopf tut inzwischen so weh, dass ich das Gefühl habe, er wird jeden Moment platzen. Hektisch krame ich in meiner Handtasche nach Aspirin, die ich immer bei mir habe, weil so etwas in letzter Zeit häufiger vorkommt. Ich spüle sie mit dem letzten Schluck Cappuccino aus der Papptasse herunter, bevor ich die nächste Nachricht abhöre.

Zuerst kann ich die Stimme überhaupt nicht zuordnen und denke für einen winzigen Moment, es könnte meine Mutter sein. Doch die Stimme hört sich etwas anders an und spricht mit einem leicht norddeutschen Akzent, als sie sagt: »Kerstin? Hier ist deine Tante Ingrid von der Insel Hiddensee. Ich weiß, wir haben lange nichts voneinander gehört und du wirst dich wundern, dass ich dich einfach so anrufe. Aber … es ist gewissermaßen ein Notfall und ich habe einfach keine Ahnung, wen ich um Hilfe bitten soll. Es ist nämlich so …« Sie macht eine kurze Pause und spricht dann leise weiter: »… ja, also es ist so, dass ich zu einer Untersuchung ins Krankenhaus muss. Angeblich ist es wichtig und kann nicht verschoben werden. Du weißt ja, dass ich die kleine Pension habe … und nun haben sich dummerweise Gäste angesagt, die hereingelassen und betreut werden müssen … und mir fällt niemand anderer ein, den ich fragen könnte. Deine Mutter und ich – nun, du kennst das ja. Und jemand Fremdem möchte ich das Haus einfach nicht anvertrauen. Es wären nur ein paar Tage … was meinst du, könntest du vielleicht – aber nur, wenn es geht – herkommen und mich hier vertreten? Überlege es dir in Ruhe und rufe mich dann zurück unter«, und dann nennt mir meine Tante ihre Telefonnummer.

Ich bin total perplex. Seit Jahren haben wir keinen Kontakt, sie muss wirklich sehr verzweifelt sein.

Meine Tante Ingrid hat nach dem Tod meiner Großeltern deren Reetdachhäuschen auf Hiddensee geerbt und führt die kleine Pension namens ›Silberdistel‹, soweit mir bekannt ist, alleine weiter. Es sind nur vier Fremdenzimmer, die sie über den Sommer mit Frühstück vermietet.

Wir haben früher selbst immer in einem der weiß möblierten Zimmer gewohnt, was ich als Kind wunderschön fand. Vom Fenster aus konnte man das Meer sehen und vor dem Haus stand eine weiße Gartenbank, auf der meine Großmutter immer saß und mir beim Spielen im Gras zusah. Da auf der Insel keine Autos fahren, konnte ich auf meinem kleinen Fahrrad immer gefahrlos über die Wiese gondeln. An viel mehr kann ich mich nicht erinnern.

Mir ist schon klar, dass Tante Ingrid meine Mutter nicht um diesen Gefallen bitten kann, auch wenn diese nun wirklich Zeit genug dafür hätte. Aber schließlich sind sie seit so vielen Jahren zerstritten, dass ich nicht glaube, dass sie sich so schnell versöhnen können. Ich weiß zwar nicht, was damals vorgefallen ist, aber dieser Streit muss schon eine ernste Ursache haben. Wie auch immer, es ist unmöglich. Selbst wenn mich der Gedanke, wieder einmal nach Hiddensee zu reisen, unglaublich reizen würde, ich habe schlicht und ergreifend keine Zeit dazu!

Ich nehme mir vor, Tante Ingrid morgen früh von zu Hause aus zurückzurufen und ihr meine Situation zu erklären. Auch wenn es mir furchtbar leidtut, dass sie ins Krankenhaus muss, wird sie sicher Verständnis für mich haben, weil ich selbst so eingespannt bin. Ich hoffe nur, dass sie jemand Vertrauenswürdigen finden wird, der sie in den paar Tagen, in denen die Untersuchungen stattfinden, vertreten wird.

Aber zu allererst muss ich mich jetzt um meine Beziehung kümmern.

Der Kaffee und das Aspirin zeigen glücklicherweise ihre Wirkung und ich kann die letzten Kilometer bis Friedrichshafen einigermaßen schmerzfrei zurücklegen. Unterwegs überlege ich mir, was ich Marc alles sagen werde, damit er nicht länger böse auf mich ist. Ich muss ihm unbedingt klarmachen, wie wichtig er mir ist!

Als ich vor unserem Haus ankomme, sehe ich Licht im Wohnzimmer brennen. Gott sei Dank, er ist da und hat sich nicht vor Wut und Frust mit seinen Freunden in einer Kneipe verabredet!

Ich schließe die Tür auf und höre leise Musik. Erst mal tief durchatmen und ihm dann am besten gleich um den Hals fallen und ›Ich liebe dich‹ sagen … das ist sicher keine schlechte Idee. Doch was ist das?

Im ansonsten dunklen Wohnzimmer brennen Hunderte von Kerzen und es erklingt die schöne Stimme von Whitney Houston – von unserer ›Kuschelrock‹-CD.

Mir stockt der Atem: Marc liegt nackt auf dem Sofa … allerdings nicht allein. In seinen Armen liegt eine Frau, die ebenfalls nackt ist. Ich kenne sie, ihre Haare, ihre Figur … sie muss sich nicht einmal zu mir umdrehen. Katrin und Marc küssen sich gerade so leidenschaftlich, dass sie mich noch gar nicht bemerkt haben. Seine Hand streichelt zärtlich über ihren Rücken, während sie ihm liebevoll durch seine dunklen Locken fährt.

Fassungslos stehe ich da und kann mich nicht bewegen, geschweige denn auch nur ein Wort sagen. Die Situation ist so eindeutig, dass es auch gar nichts zu sagen gäbe.

Auf dem Absatz kehre ich um, trete aus der Wohnung und lasse die Haustür lautstark ins Schloss fallen. Noch im Auto stehe ich unter Schock, doch ich starte sofort den Motor und fahre mit quietschenden Reifen aus der gepflegten Einfahrt, nicht ohne noch einen Blick in den Rückspiegel zu werfen und den nackten Marc zu sehen, der in der Einfahrt steht und mir erschrocken und wie ein begossener Pudel hinterherblickt.

Nie wieder werde ich den Anblick der beiden auf unserem Sofa vergessen, in meinem ganzen Leben nicht!

2. KAPITEL

Dat söte Länneken

Wie in Trance fahre ich immer weiter und weiter in der Dunkelheit am See entlang. Das ist es, was ich kann: Autofahren, denke ich traurig. Ich kann offenbar meinen Job nicht richtig ausüben und eine Beziehung pflegen schon gar nicht.

Warum sonst würde mich mein Zukünftiger betrügen – noch dazu mit meiner besten Freundin?

Doch: halt! Was passiert hier? Ich bin gerade dabei, *mir* die Schuld daran zu geben! Also wirklich ... pah! Vor Wut schlage ich mit der flachen Hand gegen das Lenkrad. Wie *konnten* sie mir nur so etwas antun? Und vor allem: Wie lange geht das schon so? Ich bin ja sowieso nie daheim, da ist es doch problemlos möglich, mich zu hintergehen. Sogar in meiner eigenen Wohnung! Natürlich, wo denn sonst? Bei Katrin daheim ist ja der kleine Paul und wahrscheinlich Bea. Die beiden wären vermutlich doch etwas überrascht, wenn Marc dort über Nacht bliebe. Beim Gedanken daran krampft sich mein Magen zusammen. Ich habe das Gefühl, ich befinde mich in einem Albtraum.

Erst die Sache mit Herrn Siegmund und nun auch noch das. Am liebsten würde ich vor allem davonlaufen und niemals zurückkehren ... weder zu dem Riesenberg Arbeit noch zu Marc. Aber wo soll ich denn nur hin?

Zu meiner Mutter? Nein, die würde doch nur wieder mir die Schuld geben und mich, zugegebenermaßen wahrscheinlich erst morgen früh, aber auf jeden Fall sicher wieder nach Hause zu Marc und an die Arbeit schicken.

Mit allerlei klugen Ratschlägen im Gepäck.

Nein, ich muss erst einmal zur Ruhe kommen.

Ganz automatisch hat mein kleiner Audi den Weg auf die Autobahn gefunden, auf der ich mechanisch und komplett in Gedanken versunken Kilometer um Kilometer abspule. Kurz vor Stuttgart bin ich jedoch so müde, dass mir beinahe die Augen zufallen. Ich verlasse die Autobahn und beschließe, mir irgendwo ein Zimmer zu nehmen. Nun bin ich froh, dass ich mein Köfferchen noch nicht ausgeladen hatte! Das Gasthaus ›Zur Sonne‹ in Plieningen kenne ich noch von einem früheren geschäftlichen Aufenthalt, und auch wenn der junge Mann an der Rezeption mich misstrauisch mustert, weil ich so spät noch auftauche, so hat er doch ein gemütliches kleines Einzelzimmer für mich zur Verfügung.

Ich ziehe mich nicht aus, sondern schleudere nur endlich die unbequemen Pumps von den Füßen und lasse mich aufs Bett fallen. In der Minibar findet sich tatsächlich ein kleines Fläschchen Rotwein, welches mir sicher beim Einschlafen helfen wird.

Ich muss unbedingt noch einmal Marcs Stimme hören und rufe seine Nachricht auf meiner Handy-Mailbox ab, in der Hoffnung, irgendein Anzeichen dafür zu finden, warum das passiert ist. So, wie er die Worte gewählt hat, klingt es beinahe wie ein Abschied … das fällt mir jetzt erst auf und ich kann die Tränen nicht länger zurückhalten.

Doch als ich noch völlig apathisch das Handy ans Ohr halte, ertönt da plötzlich die Nachricht meiner Tante Ingrid. Und auf einmal habe ich eine Idee, was ich machen könnte.

Ich nehme mir ein paar Tage Urlaub, schließlich habe ich im letzten Jahr *nur* gearbeitet. Und dann fahre ich nach Hiddensee …

Das ist weit genug weg von Marc und Katrin, Herrn Siegmund und allem, was mir heute wehgetan hat, *und* ich kann meiner Tante einen Gefallen tun. Schließlich war das so etwas wie ein Hilferuf, warum sonst sollte sie ausgerechnet mich anrufen, wenn es auch jemand anderen gäbe, der dafür infrage kommt?

Ich habe jetzt ganz klar vor Augen, was ich tun werde. Die kleine Insel in der Ostsee, auf der ich in meiner Kindheit so glücklich war, erscheint mir wie ein Rettungsanker in der Not.

Mit dem Gedanken, sofort am nächsten Morgen Tante Ingrid anzurufen, schalte ich mein Handy aus und falle gleich darauf in einen unruhigen Schlaf.

Am nächsten Morgen fühle ich mich, als hätte mich ein Bus gestreift. Ich habe das Gefühl, fast gar kein Auge zugetan zu haben und fühle mich hundeelend. Selbst das leckere Frühstück und die herzliche Stimmung in dem kleinen Gasthof vermögen mich nicht aufzuheitern, ebenso wenig wie die Sonnenstrahlen, die durchs Fenster scheinen und einen schönen Frühlingstag versprechen. Ich schalte mein Handy an und entdecke sieben neue Nachrichten, vier von Marc und drei von Katrin, die ich allesamt sofort lösche.

Stattdessen wähle ich die Nummer, die mir Tante Ingrid gestern auf der Mailbox hinterlassen hat.

»Pension Silberdistel, guten Morgen!«

»Tante Ingrid? Hier ist Kerstin! Du hattest mich angerufen?«

»Kerstin … wie schön, dass du gleich zurückrufst! Wie gesagt, wir haben lange nichts voneinander gehört … wie geht es dir denn?«

»Ach, danke, mit geht es ganz gut. Aber was ist mit dir? Du musst ins Krankenhaus?«, frage ich und habe Mühe, bei der Frage nach meinem Befinden die aufsteigenden Tränen zu unterdrücken.

»Ja, das ist wirklich blöd. Die Ärzte meinen aber, es müsste unbedingt sein und da werde ich vielleicht besser mal gehen …«, lacht sie unbekümmert.

»Ich hoffe, es ist nichts Schlimmes? «, unterbreche ich ihren Redefluss. Ganz offensichtlich freut sie sich wirklich, dass ich gleich anrufe, denn ihre Stimme klingt warm und heiter.

»Nein, nein … es ist nur eine Routine-Untersuchung, wie das bei Frauen meines Alters eben so ist!«, wiegelt sie ab.

Frauen ihres Alters? Ich rechne nach. Ingrid ist ein paar Jahre älter als meine Mama, also wird sie ungefähr Mitte 50 sein.

»Der Termin ist Ende Mai und es wird nur ein paar Tage dauern. Das Problem ist aber, dass sich ausgerechnet zu dieser Zeit Gäste angesagt haben und ich habe keinen, der sie betreuen kann.«

»Keine Sorge – *ich* mache das!«, sage ich schnell.

»Kerstin, das muss nicht sein, wirklich. Ich habe mir schon Vorwürfe gemacht, dass ich dich überhaupt angerufen habe. Was musst du nur von mir denken? So lange haben wir nichts voneinander gehört. Du musst ja glauben, dass ich mich gar nicht für dich interessiere und mich erst jetzt melde, wo ich dich brauche. So ist es aber nicht, weil …«

»Aber nein! Das weiß ich doch. Ich hätte ja auch schon längst einmal bei *dir* anrufen können, Tante Ingrid. Um ehrlich zu sein, habe ich öfter einmal an dich und Hiddensee gedacht. Aber du kennst das ja sicher – der Alltag frisst einen manchmal komplett auf.«

»Eben.« Ingrid macht eine kurze Pause. »Und dann komme auch noch ich daher …«

»Ach was!«, unterbreche ich sie wieder. »Ich sag dir was:

Ich helfe dir sehr gerne, Tante Ingrid. Ehrlich! Ich habe noch ein bisschen Urlaub und würde mich freuen, mal wieder etwas anderes zu sehen. Das wäre für mich sogar eine nette Abwechslung!«

»Wirklich?«, hakt Ingrid misstrauisch nach. Vermutlich hat sie überhaupt nicht damit gerechnet, dass ich so spontan zusage.

»Natürlich! Glaub mir, ich würde es dir nicht anbieten, wenn es nicht ginge!«

»Ja, dann …« Ingrid wirkt immer noch zögerlich.

»Ich komme wirklich gerne. Aber hättest du etwas dagegen, wenn ich schon früher zu dir fahre? Dann könntest du mir in Ruhe alles zeigen!«

»Natürlich kannst du schon eher kommen. Wann möchtest du denn? Wie gesagt, Ende Mai ist der Termin und wenn du vielleicht eine Woche vorher …«

»Morgen! Ich würde gerne morgen schon kommen, wenn es dir recht ist!«, antworte ich hastig, fast, als hätte ich Angst, ich könnte es mir noch einmal selbst anders überlegen.

»Morgen schon? Aber ja … natürlich, das wäre wunderbar! Kannst du denn so schnell von zu Hause weg? Musst du nicht arbeiten?«

»Doch, aber ich habe – wie gesagt – gerade Urlaub und weiß eigentlich gar nicht wirklich etwas damit anzufangen, weil alle anderen arbeiten müssen.« Ich lache verlegen.

»Wenn das so ist, Kerstin, und es dir wirklich keine Umstände macht … dann freue ich mich! Vielleicht kannst du dich ja nebenbei ein bisschen auf Hiddensee erholen. Ich bereite ein besonders schönes Zimmer für dich vor und hole dich natürlich am Hafen ab.«

›Oma bereitet das schönste Zimmer für euch vor und ich hole euch mit dem Boot in Schaprode ab‹, pflegte mein

Opa fröhlich ins Telefon zu dröhnen, wenn meine Mutter und ich am Telefon unseren Besuch ankündigten. Natürlich besaß mein Opa ein kleines Boot, mit dem er an der verabredeten Stelle im Hafen von Schaprode auf uns wartete und auch sonst kleinere Ausflüge auf der Ostsee während unseres Aufenthalts mit uns unternahm.

»Sagst du mir Bescheid, wann du ungefähr ankommst? Du wirst doch sicher mit der Bahn fahren. Mit dem Auto ist es viel zu weit und hier auf Hiddensee brauchst du es sowieso nicht!«

»Das überlege ich mir noch«, antworte ich, aber nur, damit sie sich keine Sorgen macht. Schließlich habe ich mir längst vorgenommen, mit dem Auto zu fahren, schon allein, um etwas unabhängig zu sein. Und um etwas zu tun zu haben und nicht nachdenken zu müssen. »Rechne aber mal nicht vor morgen Abend mit mir!«

»Ach, Kerstin … ich weiß gar nicht, was ich sagen soll … ich freue mich ja soo! Tausend Dank und gute Reise, mine Lütte!«

Mine Lütte … meine Kleine … wie lange hat das niemand mehr zu mir gesagt! Ich muss schon wieder die aufsteigenden Tränen herunterschlucken. Dabei habe ich mir heute Nacht geschworen, nicht mehr zu weinen, nicht wegen Marc, nicht wegen Katrin und schon gar nicht wegen dem blöden Siegmund.

»Bis morgen! Ich freue mich darauf, Hiddensee wiederzusehen – und dich natürlich auch!«

Gleich nachdem ich aufgelegt habe, rufe ich in der Firma an und sage, dass ich ab sofort wegen dringender ›Familienangelegenheiten‹ drei Wochen Urlaub brauche. Schließlich habe ich noch genug Urlaubstage, denn ich habe ja im letzten Jahr so gut wie keinen Urlaub genommen.

Die Sekretärin benimmt sich arrogant, verspricht aber, meinen ›Wunsch‹ an Herrn Siegmund weiterzuleiten, welcher mich dann sicher zurückrufen werde.

Noch während ich mein Köfferchen zurück zum Auto trage, schalte ich das Handy wieder aus. Ich habe weder Lust, mit Marc noch mit Katrin oder Herrn Siegmund zu telefonieren. Gleich nach meinem Check-Out aus dem gemütlichen Gasthof setze ich mich ins Auto und fahre auf die Autobahn Richtung Norden. Hiddensee, ich komme!

Obwohl ich auf meinem Weg quer durch Deutschland mehrere Kaffeepausen an diversen Raststätten eingelegt habe und kurz vor Berlin in einen kleineren Stau geraten bin, komme ich bereits am frühen Abend in Stralsund an. Mein Magen rebelliert, aber das wird an dem vielen Kaffee und dem wenigen Essen oder an meiner allgemeinen psychischen Verfassung liegen. Dafür ist das Kopfweh komplett verschwunden!

Ich halte mitten in der Stadt auf dem Marktplatz an und steige aus. Sofort spüre ich die wunderbar klare Nordluft. Allerdings auch einen eiskalten Wind und ich wünschte, ich hätte statt des Kostümchens jetzt meine warme Winterjacke an. Schnell binde ich meinen dicken Schal, den ich immer für den Notfall auf der Rücksitzbank liegen habe, um den Hals und mache mich zu Fuß auf den Weg durch die Stadt in Richtung Hafen.

Ich bin überrascht, wie wunderschön diese alte Hansestadt mit dem historischen Rathaus und den vielen schmucken Giebelhäusern, gemütlichen kleinen Cafés und schnuckeligen Geschäften doch ist.

Da ich die Geräusche meines Magens nicht länger ignorieren kann und inzwischen eindeutig als Hunger erkannt habe, steuere ich am Hafen ein kleines Fischrestaurant an. Direkt daneben befindet sich ein kleines Hotel namens ›Hiddenseer Hotel‹ – wenn das kein Zeichen ist!

Da Tante Ingrid sowieso erst morgen auf mich wartet, beschließe ich spontan, noch eine Nacht im schönen Stralsund zu bleiben und hier in diesem hübschen kleinen Hotel nach einem Zimmer zu fragen. Auf diese Weise werde ich Gelegenheit haben, mir morgen in Ruhe die schöne Stadt anzuschauen und vielleicht noch einen kleinen Besuch im Ozeaneum zu machen, bevor ich über den Rügendamm nach Rügen in Richtung Schaprode aufbreche. Außerdem habe ich das Gefühl, dass ich mir dringend ein paar warme Sachen kaufen muss. Es ist zwar Mitte Mai, aber der Frühling scheint hier noch nicht so wirklich angekommen zu sein, denn es ist deutlich kälter als bei uns im Süden. In meinem kleinen Köfferchen befinden sich ohnehin nur zwei bis drei Blusen und eine schwarze Ersatzhose zu meinem Kostüm. Und mit den Pumps komme ich ja nun auch nicht gerade weit! Noch dazu auf einer Insel, wo man praktisch nur zu Fuß oder auf dem Rad unterwegs ist.

Nachdem ich das hübsche kleine Hotelzimmer mit Blick auf den Hafen bezogen habe, kann ich endlich mein Vorhaben in die Tat umsetzen und in das kleine Fischrestaurant gehen, wo ich mir gebratenen Dorsch und ein Glas Weißwein bestelle. Und auch wenn es mir immer noch alles andere als gut geht und ich nur die Hälfte der Portion essen kann, habe ich zum ersten Mal seit gestern Abend das Gefühl, wieder am Leben zu sein.

In dieser Nacht schlafe ich wieder schlecht. Zu viel beschäftigt meinen Geist, um Erholung zu finden. Doch als ich aufwache, blinzelt die Sonne zum Fenster herein. Na bitte, wenn das kein gutes Omen ist!

Ich bin so sehr gewohnt, morgens alleine in fremden Hotels zu frühstücken, dass ich damit gar keine Probleme habe und mir gleich Kaffee bestelle und eine Zeitung dazu nehme.

Doch ich komme gar nicht dazu, sie zu lesen, denn die freundliche Frühstücksfrau verwickelt mich in ein Gespräch. Sie fragt mich, woher ich komme und was ich im schönen Stralsund so vorhabe. Offenbar war sie auch schon einmal am Bodensee und lässt mich ihre ganze Reise dorthin wissen. Darüber hinaus gibt sie mir einige wertvolle Tipps für meinen geplanten Kleidungseinkauf. Die kann ich nun wirklich brauchen! Mal ganz abgesehen davon, dass ich den ganzen Morgen schon wieder fröstele, komme ich mir in der schwarzen Hose, dem Blazer und den Pumps doch irgendwie fehl am Platz vor zwischen den ganzen sportiv gekleideten anderen Gästen.

Gleich nach dem Frühstück bezahle ich meine Rechnung, packe mein Köfferchen wieder ins Auto und pilgere zu Fuß los in die Stadt. Das Erste, was ich kaufen muss, ist ein paar Schuhe. Meine Pumps sind definitiv nicht geeignet für dieses Pflaster!

Dank der freundlichen Frühstücksfrau ist ein tolles Schuhgeschäft schnell gefunden und bereits kurze Zeit später verlasse ich das Geschäft mit weißen Turnschuhen, sportlichen braunen Sneakers, schwarzen Ballerinas und einem Paar Gummistiefel mit Gänseblümchenmuster. Damit sollte ich fürs Erste zurechtkommen.

Auf in den nächsten Laden!

In einem etwas größeren Bekleidungsgeschäft, das so

ziemlich alle Marken führt, erstehe ich schwarze, blaue und weiße Jeans, eine rote Chinohose sowie beigefarbene Shorts, falls es doch einmal warm sein sollte. Dazu erwerbe ich je einen weißen, marineblauen und quietschgrünen – was angeblich *die* Modefarbe in diesem Frühling sein soll und soo toll zu meinen Augen passt – Pullover mit V-Ausschnitt, mehrere Shirts in Unifarben, die ich an kalten Tagen darunter tragen kann und eine knallrote Daunenjacke. In einer kleinen Boutique kaufe ich noch eine helle Pudelmütze und einen wunderschönen Schal, der mit bunten Vögeln bedruckt ist und so richtig Lust auf den Frühling macht.

Na bitte: Ich werde aussehen wie ein Papagei mit der roten Jacke, der blauen Hose, dem grünen Pulli und dem bunten Schal! Aber endlich einmal habe ich etwas anderes als Schwarz gekauft. Mein Gesicht war so grauenhaft blass heute Morgen, dass ich beim Anblick meines eigenen Antlitzes Mitleid bekam – mit mir selbst. Zu guter Letzt erwerbe ich noch etwas Unterwäsche, Socken und Strumpfhosen sowie einige Kosmetikartikel wie Nagellackentferner, Wattepads und dergleichen in einem Drogeriemarkt. Danach halte ich mich über eine Stunde in einem Buchladen auf und kaufe nicht nur einen wunderschönen Bildband über Hiddensee, der mich auf die kleine Insel einstimmen wird, sondern auch zwei der neuesten Romane, die auf den Bestsellerlisten ganz oben stehen. Nun brauche ich nur noch einen neuen, großen Koffer, um die ganzen Sachen zu verstauen! Erschöpft gönne ich mir einen Cappuccino und ein Stück Apfelkuchen in einem der süßen Cafés am ›Alten Markt‹ und vertiefe mich ein wenig in mein Hiddensee-Buch. Ich lese zum Beispiel, dass Hiddensee von den Einheimischen ›Dat söte Länneken‹ (das süße Ländchen) genannt wird und bereits Ende des 19. Jahrhunderts schon die ersten Touristen auf die kleine Insel kamen. Viele Künstler, Schriftsteller und bekannte Persönlichkeiten wie Gerhart Hauptmann, Thomas Mann, Joachim Ringelnatz, Albert Einstein, Hans Fallada oder Asta Nielsen zog es auf das Eiland, da sie die zauberhafte Natur und die unbeschreibliche Ruhe dort schätzen und lieben gelernt hatten und deshalb gerne auf Kurpromenaden und Bäderarchitektur, wie es sie zum Beispiel auf Rügen oder Usedom gibt, verzichteten.

Ich sehe mir den Plan der Insel an. Von oben betrachtet sieht Hiddensee aus wie ein hübsches kleines Seepferdchen umgeben von Wasser!

Die ganze Insel ist nur etwa 22 Kilometer lang und an der breitesten Stelle 3,5 km breit, im Durchschnitt aber nicht mehr als 800 Meter. Es gibt drei Inselorte: das beschauliche Neuendorf im Süden mit seinen weißen Häusern, den quirligen Verwaltungsort Vitte in der Mitte und das im hügeligen Bereich im Norden gelegene verträumte Kloster. Dort befindet sich das Hochland mit dem Leuchtfeuer ›Dornbusch‹, dem 28 Meter hohen, weißen Leuchtturm, den ich schon auf vielen Bildern gesehen habe. Vom Hochland fällt die Steilküste zur Ostsee ab, was man von einem kleinen Wanderweg aus wunderbar sehen kann.

Vor meinen Augen entsteht auf einmal ein Bild … meine Mutter, meine Tante Ingrid und ich sitzen auf einer Decke auf einer Wiese, machen ein Picknick und blicken auf die gesamte Insel herunter. Meine Mutter und meine Tante trinken Likör und lachen sich über eine Erzählung meiner Tante halb tot.

So schnell, wie das Bild in meinem Kopf entstanden ist, ist es allerdings auch bereits wieder verschwunden. Ich nehme mir fest vor, mir das alles wieder einmal anzusehen. Gutes Schuhwerk habe ich ja nun im Gepäck!

Ich lese weiter, dass sich in der Inselmitte die sogenannte Dünenheide befindet. Hier sind die Sanddünen von Heide bewachsen und zum Landschaftsschutzgebiet zwischen Vitte und Neuendorf geworden. Es muss traumhaft sein, wenn die Heide lila blüht … nur schade, dass dies erst Ende des Sommers sein wird und ich dann schon längst nicht mehr hier sein werde.

Aber noch bin ich ja nicht einmal auf der Insel angekommen!

Nach dem Betrachten der schönen Bilder bin ich jedoch voller Vorfreude. Ich bezahle meinen Cappuccino und verschwinde auf die Damentoilette, wo ich endlich den Hosenanzug und die Pumps gegen Jeans, Pulli und Sneakers tauschen kann. Es macht mich glücklich, in derart kurzer Zeit so viele schöne und sinnvolle Dinge erstanden zu haben. Ich hatte total vergessen, wie viel Spaß Shopping machen kann! Zum Abschluss besuche ich das Stralsunder Ozeaneum und erlebe eine faszinierende Unterwasserreise durch Aquarien der nördlichen Meere.

Erst als ich im Auto sitze und bereits auf dem Rügendamm bin, der mich auf die Insel Rügen bringen soll, schalte ich wieder einmal mein Handy an. Es gibt neue Nachrichten auf meiner Mailbox von Marc und auch von Herrn Siegmund, die ich beide sofort lösche, bevor ich den Apparat wieder ausmache. Die Fahrt führt mich über Samstens, Gingst und Trent in das liebevoll gepflegte kleine Dörfchen Schaprode, von wo aus die Schiffe zur Insel Hiddensee ablegen. Natürlich hätte ich auch von Stralsund mit dem Schiff fahren können, aber die Fahrt hätte eineinhalb Stunden gedauert und ich hätte dort einen teuren Parkplatz für mein Auto anmieten müssen. Meine Tante hat mir vorsichtshalber einen privaten Parkplatz in Schaprode empfohlen, auf dem man gut, sicher und preisgünstig sein Fahrzeug abstellen kann … für den Fall, dass ich doch mit dem Auto anreisen würde!

Der Parkplatz ist schnell gefunden und schon kurze Zeit später befinden sich mein neuer, großer Koffer und ich auf dem Schiff nach Hiddensee. Ich bin ganz aufgeregt, denn ich habe keine Ahnung, was mich erwarten wird. Einerseits bin ich richtig froh, dass ich etwas Abstand zu allem gewinnen kann und erhoffe mir Zeit und Ruhe zum Nachdenken.

Andererseits frage ich mich, ob es wirklich richtig war, einfach abzuhauen und vor meinen Problemen buchstäblich davonzulaufen. Was geschehen ist, ist geschehen. Und meine Schwierigkeiten werden sich sicher nicht von alleine in Luft auflösen, nur weil ich mich hier auf dieser einsamen Insel aufhalte. Wahrscheinlich treibe ich Marc jetzt erst recht in Katrins Arme. Meine Firma wird mich durch eine andere, kompetentere Mitarbeiterin ersetzen und ich werde in Zukunft von Hartz IV und Wasser und Brot leben und mit einer Cognacflasche unter einer Brücke hausen, begleitet von einem verwahrlosten streunenden kleinen Hund, welcher genauso einsam ist wie ich.

Nun, das wäre wohl das Schlimmste, das mir passieren kann. Soll man das nicht immer tun? Sich in einer schwierigen Lage fragen: Was wäre das Schlimmste, was passieren kann?

Ach was, so dicke wird es schon nicht kommen!

Und außerdem: Ich bin ja nur ein paar Wochen weg. Wenn Tante Ingrid aus dem Krankenhaus kommt, fahre ich zurück an den Bodensee. Und dann werden wir sehen, wie und vor allem ob es überhaupt weitergeht mit Marc und mir. Ich kann mir das jedenfalls jetzt gerade überhaupt nicht vorstellen und deshalb bin ich froh, in diesem Moment ganz weit weg zu sein.

Ich kuschele mich fest in die neue Daunenjacke, gehe an Deck und lasse mir den kalten Wind um die Nase wehen.

Der Wind hat leider einige dicke Wolken herangepustet, die die Sonne verstecken, dennoch genieße ich die herrlich frische Luft. Wie schön doch die kleine Insel ist, wenn man sie immer näher auf sich zukommen sieht!

›Dat söte Länneken‹ – wie ruhig und friedlich es da liegt!

Schon eine halbe Stunde später kommen wir im Hafen von Neuendorf an. In meinem neuen Hiddensee-Buch habe ich gelesen, dass der gesamte ehemalige Fischerort unter Denkmalschutz steht. Die weißen und reetgedeckten Häuser befinden sich ohne Zäune einfach auf der grünen Wiese. Richtung Südspitze der Insel, am Gellen, soll es ein großes Vogelschutzgebiet geben, das man aber größtenteils nicht betreten darf. Muss man meiner Meinung ja auch nicht, sollen die Vögelchen dort nur in Ruhe leben und brüten, hier gibt es sicher noch genug andere Wanderwege zu entdecken.

Obwohl es noch nicht einmal Abend ist, hat schon die Dämmerung Einzug gehalten, doch das liegt sicher an den dunklen Wolken, die über uns hängen. Aus meiner Erinnerung weiß ich noch, dass ich einfach über die Wiese in Richtung Meer gehen und mich dann ein klein wenig links halten muss. Das kleine Reetdachhäuschen meiner Tante ist leichter zu finden, als ich dachte, und schon wenige Minuten später stehe ich vor der ›Pension Silberdistel‹.

Das schlichte, kleine Häuschen steht direkt hinter einer Düne und ich kann schon das Meer rauschen hören, was mich augenblicklich mit Glück erfüllt. Eine Umzäunung gibt es nicht, also auch keinen Vorgarten oder so etwas Ähnliches. Lediglich das schöne Reetdach und die Hausmarke dienen dem kleinen Gebäude als Schmuck. An vielen Häusern der Inseldörfer auf Hiddensee finden sich sogenannte ›Hausmarken‹, runenartige Zeichen, die das Eigentum der Hiddenseer vor vielen Jahren kennzeichnen sollten. Das habe ich jedenfalls auch in meinem Buch über Hiddensee gelesen, werde aber auf jeden Fall noch einmal meine Tante Ingrid danach fragen.

Ich stehe vor dem Häuschen und halte einen kleinen Moment inne. Trotz des eisigen Windes, der um die Ecken pfeift, sieht es mit seiner kleinen Lampe im Fenster richtig heimelig aus. Mir ist, als müsste jeden Augenblick mein Großvater mit seiner Pfeife aus der Tür treten und mich in seine Arme schließen. Warum sind wir so lange nicht hier gewesen?

3. KAPITEL

Die ›Boje‹

Lange kann ich mich meinen Gedanken an die Vergangenheit nicht hingeben, denn schon wird die Tür aufgerissen und meine Tante Ingrid stürmt heraus. Jedenfalls muss sie es sein, denn außer ihr wohnt hier ja niemand. Seltsam, dass ich an sie nicht so eine deutliche Erinnerung habe wie an meinen Opa. Doch sie ist auch ohnedies unschwer zu erkennen, denn sie sieht meiner Mutter recht ähnlich, sie hat das gleiche blonde Haar und helle, blaue Augen.

»Kerstin?«, fragt sie zögernd, und als ich nicke, begrüßt sie mich vorwurfsvoll: »Du wolltest doch anrufen!« Sie nimmt mich aber dazu lächelnd und herzlich in die Arme.

Also *dieser* Satz hätte auch von meiner Mutter kommen können, denke ich und grinse insgeheim.

»Ich wollte dich doch am Hafen abholen! Aber nun bist du ja da. Komm erst einmal herein in die gute Stube.« Sie will mir unbedingt den Koffer abnehmen, was ich natürlich nicht zulasse.

Durch einen kleinen Flur gelangen wir in die gemütliche Küche. Seltsam, es riecht hier genau wie früher. Ist es nicht eigenartig, dass man sich manche Gerüche aus der Kindheit merkt?

In der Küche ist es hell und warm, doch ich bin irgendwie enttäuscht. Der alte Küchenschrank meiner Oma, den Opa immer ›das Kökenschapp‹ nannte, ist verschwunden und hat Platz für eine moderne Einbauküche gemacht. Meine

Tante sieht meinen verwunderten Blick und erklärt mir, sie habe eine moderne Küche gebraucht, damit sie die Feriengäste gut versorgen könne.

»Du musst doch todmüde sein nach der langen Fahrt, mein Kind! Ach Mensch, und das Essen ist noch nicht fertig, ich habe doch noch gar nicht mit dir gerechnet.«

»Das ist wirklich kein Problem! Ich habe noch gar keinen Hunger.«

Ich erkläre meiner Tante kurz, dass ich schon am Vorabend in Stralsund angekommen und somit einigermaßen ausgeruht bin. Verständnislos sieht sie mich an, als könne sie sich unschwer vorstellen, dass man nicht ohne Umwege direkt nach Hiddensee kommt.

Im Erdgeschoss befindet sich neben dem kleinen Flur, in dem ein großer alter Spiegel über einer alten Truhe hängt, das Wohnzimmer, zu dem die Tür gerade offen steht, die Küche und noch zwei weitere Zimmer.

»Was hältst du davon, wenn du erst einmal deine Sachen in dein Zimmer bringst? Komm, ich zeige dir, wo du wohnst! Es ist das alte Zimmer deiner Mutter, ich hoffe, es gefällt dir. Du kannst in Ruhe auspacken und ich mache uns inzwischen etwas zu essen, ja?«

Mit diesen Worten geht sie mir voran über eine kleine Holztreppe in das obere Stockwerk. Hier oben sind offenbar die Gästezimmer untergebracht, denn es gibt vier Türen, wovon Ingrid nun eine öffnet. Es ist ein kleines Zimmer, das mit weißen Möbeln und hellblauen Accessoires eine frische Ausstrahlung hat. Das Schönste aber ist der Blick aufs Meer aus dem großen Fenster an der Stirnseite. Darunter steht ein Schreibtisch mit einer hübschen Lampe und daneben befindet sich das Bett, das mit hellblauer Blümchenbettwäsche bezogen ist. Über dem Bett hängt ein großes Aquarell, das den weißen Leuchtturm der Insel zeigt, den kleinen Nachttisch ziert ein gelber Tulpenstrauß. Außerdem gibt es noch einen hübschen Sessel, der mit Rosenstoff bezogen ist, daneben eine Stehlampe und einen schmalen Kleiderschrank.

»Die Dusche haben wir nachträglich eingebaut, früher gab es nur ein Waschbecken«, lässt Ingrid mich wissen.

»Aber nun packe erst einmal in Ruhe aus und komm dann einfach in die Küche, wenn du soweit bist, ja?«

Ich öffne das Fenster und sehe das große, weite Meer vor mir liegen ... ausgebreitet wie ein blauer, mit Schaumkronen verzierter Teppich. Kein Horizont ist zu sehen, nicht einmal ein Schiff, nur Möwen, die sich hell vom Himmel abheben.

Am liebsten würde ich sofort meine Turnschuhe anziehen und mich auf den Weg zum Strand machen. Aber morgen ist auch noch ein Tag, denke ich, heute werde ich erst einmal ein bisschen Zeit mit Ingrid verbringen.

Meine wenigen neuen Sachen habe ich schnell ausgepackt und im Schrank verstaut, das Kostüm lasse ich im Koffer, welchen ich unter das Bett schiebe. Es ist gemütlich hier und total ruhig, bis auf den Wind, der um das Haus heult. Man hört keinerlei Straßenlärm oder sonstige Geräusche wie bei uns daheim. Ich setze mich kurz auf den Stuhl vor dem Schreibtisch und denke an meine Mutter, wie sie hier als junges Mädchen wohl gesessen und auf das Meer hinaus geträumt hat.

Kurz darauf zieht ein köstlicher Duft durch das Haus, der mich aus meinen Gedanken reißt und dazu verführt, in die Küche zu gehen. Vorher habe ich mir noch die Haare, die auf dem Schiff ordentlich durcheinander gepustet wurden, zusammengebunden und etwas Lippenstift aufgelegt. Mein Spiegelbild gefällt mir immer noch nicht, die Augenschatten sind tief und die Gesichtsfarbe bleich, auch wenn die Wangen aufgrund der Kälte leicht gerötet sind.

»Herzlich willkommen auf Hiddensee«, sagt meine Tante, als ich in die warme Küche komme, und reicht mir ein Glas mit einer goldgelben Flüssigkeit.

»Was ist das?«, frage ich sie und schnuppere daran.

»Sanddorn-Whisky-Likör … selbst gemacht!«, antwortet sie stolz.

»Hmmm … lecker! Und den hast du wirklich selber hergestellt, Tante Ingrid?«

»Natürlich! Und das ›Tante‹ lass mal weg, ja? Sonst komme ich mir so alt vor! Immerhin bist du jetzt auch eine erwachsene Frau und kein kleines Mädchen mehr. Hast dich ganz schön rausgemacht und bist ein hübsches Ding geworden!«, schmunzelt sie, bevor sie den Rest ihres Glases in einem Schluck herunterstürzt. »Es gibt frischen Dorsch, ich hoffe, du magst Fisch?«

»Oh ja, allein der Duft ist verführerisch.«

Irgendwie tut es gut, hier zu sein. Auch wenn ich so lange nicht mehr da war, fühlt es sich ein ganz klein bisschen wie Heimat an.

»Was ist eigentlich aus Omas tollem ›Kökenschapp‹ geworden?«, frage ich erstaunt. Früher waren dort nicht nur sämtliche Gläser, Besteck und Geschirr, sondern auch noch andere Schätze wie Kerzen, Tischdecken und Servietten verborgen.

»Daran kannst du dich noch erinnern?«, lacht Ingrid. »Das ist auf dem Dachboden, ebenso wie die Möbel aus dem Zimmer deiner Mutter. So nach und nach habe ich mir immer mal etwas Neues angeschafft und die Dinge, von denen ich mich nicht trennen wollte, nach oben auf den Boden gebracht.«

Während Ingrid den Fisch in der Pfanne wendet, betrachte ich ihren schmalen Rücken und die hochgesteckten, blonden Haare. Sie sieht immer noch sehr gut aus, wenn auch auf eine ganz andere Art als meine Mutter. Meine Mutter hat etwas Feineres, Zarteres, zugleich Verletzlicheres an sich, während Ingrid trotz ihrer schmalen Gestalt kraftvoll und somit dazu geboren scheint, hier auf dieser abgeschiedenen Insel zu leben.

Warum hat diese hübsche Frau eigentlich keinen Mann? An ihrem Aussehen kann es doch nicht liegen. Da ich mir das überhaupt nicht erklären kann, frage ich sie vorsichtig: »Sag mal, Ingrid ... ist das nicht manchmal ein bisschen einsam hier ... so als Frau ganz allein?«

Sie dreht sich um und sieht mir direkt in die Augen, als könne sie erraten, was ich eigentlich wirklich wissen will. Und so ist es auch, denn sie antwortet direkt: »Wenn es dich interessiert, warum ich keinen Mann habe, dann frag auch danach! Hier bei uns redet man nicht um den heißen Brei herum.«

»Na ja ... ich wollte nicht indiskret sein ... ich meine ja nur ...« Ich werde ein bisschen rot.

»Ich weiß genau, was du meinst, Kerstin! Aber die Tatsache, dass man nicht mit einem Mann zusammenlebt, heißt ja nicht, dass man nicht an Männern interessiert ist.« Sie zwinkert mir fröhlich zu. »Siehst du, es ist nicht so einfach, jemanden zu finden, der es lange auf der Insel aushält ... wenn er nicht von hier ist. Die Wintermonate können ganz schön einsam sein, das muss man ertragen können. Vor langer Zeit, da gab es mal jemanden ...« Sie unterbricht sich und blickt gedankenverloren aus dem Fenster.

Ich ahne, es gab ein gebrochenes Herz!

»Aber es sollte nicht sein.« Energisch wendet sie sich wieder dem Fisch in der Pfanne zu.

»Es kommen doch sicher sehr viele Männer hier auf die Insel! Die hier Urlaub machen«, wende ich ein.

»Ja, genau! Die hier Urlaub machen. Du hast es erfasst.

Die hier eine schöne Zeit verbringen wollen und ein Abenteuer suchen. Das ist nichts für mich! Außerdem haben sich die Zeiten geändert. Früher, als wir jung waren, deine Mutti und ich, da gab es hier tolle Tanzveranstaltungen und es war immer irgendwo etwas los. Jetzt kommen andere Leute hierher, Menschen, die Ruhe suchen … die Natur und Abgeschiedenheit. Es sind viele ältere Paare oder Familien mit kleinen Kindern. Da ist es nicht einfach, einen interessanten Mann, der noch zu haben ist, kennenzulernen!«

Während sie spricht, nimmt sie weiße Teller, Besteck und hellblaue Servietten aus dem Küchenschrank und deckt damit den gemütlichen kleinen Esstisch.

»Aber mach dir keine Sorgen um mich!«, lächelt sie mich an und entkorkt eine Flasche Wein. »Ich habe eine Freundin in Stralsund, die ich hin und wieder einmal besuche. Dann gehen wir aus, ins Kino oder Theater und anschließend schön essen … oder manchmal auch tanzen. Da haben wir schon hin und wieder mal jemand Nettes kennengelernt. Nur war bis jetzt niemand dabei, für den ich das hier …«, sie weist mit einer ausladenden Geste auf ihr kleines Reich, »… aufgeben würde. Aber nun lass uns essen, sonst wird ja alles kalt! Und dann musst du mir unbedingt erzählen, wie es euch ergangen ist. Was deine Mutter macht … was hat sie denn überhaupt dazu gesagt, dass du zu mir fährst?«

»Ehrlich gesagt … sie weiß es gar nicht«, gebe ich zu und trinke aus lauter Verlegenheit einen Schluck Wein.

»Sie weiß es nicht? Aber um Himmels willen … sie muss doch wissen, wo ihre Tochter steckt!«

»Ja, du hast recht«, stimme ich zerknirscht zu. Ingrid kann ja nicht wissen, dass ich am Bodensee alles stehen und liegen ließ und praktisch hierher geflüchtet bin. »Natürlich werde ich sie anrufen. Aber heute noch nicht!«

»Gib es zu: Ihr hattet Streit!«

»So ungefähr. Die übliche Weihnachts-Familien-Stress-Situation.«

Ingrid sieht mich zweifelnd an. »Nun überrascht mich gar nichts mehr. Sie hätte dich sonst sicher davon abgehalten, nach Hiddensee zu kommen. Ich kenne deine Mutter. Das war sicher mehr als die ›übliche Weihnachts-Familien-Stress-Situation‹! Dennoch solltest du ihr sagen, dass du hier bist, bei mir. Ich vermute allerdings, dass es ihr nicht gefallen wird!«

»Sag mal, Ingrid, wo wir gerade beim Thema sind ... Was in aller Welt ist eigentlich damals vorgefallen zwischen euch? Wie konntet ihr euch bloß so entzweien, dass seitdem Funkstille zwischen euch herrscht?«

»Hat dir deine Mutter das nie erzählt?«

Ingrid scheint ehrlich überrascht, und als ich den Kopf schüttele, fährt sie fort:

»Dann ist es auch nicht an mir, mit dir darüber zu sprechen. Ich hatte geglaubt, nach all den Jahren würde sie sich vielleicht besinnen ... aber ... ich habe unterschätzt *wie* stur sie sein kann.« Ingrid bricht ab und stellt die Pfanne mit dem dampfenden Fisch auf den Tisch. Mit einem großen Löffel nimmt sie frisch zubereiteten Kartoffelstampf aus dem Topf, füllt ihn in eine altmodische Porzellanschüssel mit Goldrand und stellt auch diese auf den Tisch. Es sieht himmlisch aus!

»Was immer es war: Meinst du nicht, ihr könntet euch vertragen? Ihr seid doch Schwestern!«, schlage ich vor, denn eigentlich finde ich Ingrid richtig nett.

»Vielleicht.« Auf einmal wirkt sie verschlossen. Sie beginnt mir eine Riesenportion Essen auf den Teller zu laden. So viel esse ich normalerweise in der ganzen Woche nicht.

»Aber dazu müsste *sie* hierherkommen. Ich werde ganz sicher nicht den ersten Schritt tun!«

Dazu fällt mir ein, dass meine Mutter offenbar nicht die Einzige ist, die ganz schön stur ist. Das scheint wohl ein Familienleiden zu sein!

Ingrids Lippen werden schmal, doch sie versucht sich an einem Lächeln und wünscht mir einen guten Appetit.

»Lass uns das Thema wechseln: Wie steht es denn bei dir in Sachen Liebe?«

Sie erkennt wohl an meinem Gesicht, dass dieses Thema nun mir ganz und gar nicht gefällt.

»Aha, ich sehe schon. Ist das der Grund, warum du dich so schnell entschlossen hast, mir zu helfen?«

»Aber nein, ich wäre auch so gekommen – ganz bestimmt!«, beeile ich mich, zu versichern.

Doch sie glaubt mir nicht, das sehe ich. Statt einer Antwort lächelt sie jedoch nur. »Wie auch immer, es ist schön, dass du da bist! Brauchst mir nichts erzählen, Lütte. Aber wenn du irgendwann darüber sprechen willst, bin ich für dich da, in Ordnung? Obwohl ich in deinen Augen vielleicht nicht die richtige Expertin in Beziehungsfragen bin.«

Dankbar lächle ich sie an und wir unterhalten uns nun über Alltägliches, über Kinofilme, den langen Winter und wie schön es ist, dass endlich der Frühling Einzug hält. Obwohl das für mich noch meilenweit entfernt scheint, ich habe jedenfalls selten so gefroren wie heute. Ich bin überrascht und höre interessiert zu, wie es möglich ist, einen langen Winter auf einer derart kleinen Insel zu überstehen. Auch dass Ingrid offenbar mehr Kinofilme in der letzten Zeit gesehen hat als ich, verwundert mich.

Noch überraschter bin ich allerdings darüber, wie ich es geschafft habe, diese Riesenportion aufzuessen. Doch mein Teller ist komplett leer.

Nach dem Essen zeigt mir Ingrid die anderen Zimmer im unteren Stockwerk. Das eine ist ihr Schlafzimmer, ein modern eingerichteter, kleiner Raum mit wenigen, aber geschmackvollen Accessoires. In dem anderen Zimmer befindet sich der ›Frühstücksraum‹ für die Gäste, der nur aus drei kleinen Holztischen mit je zwei dazu passenden Stühlen und einem Regal, in dem sich Bücher, Zeitschriften und Gesellschaftsspiele befinden, besteht. Überall hängen schöne Bilder, die Meeresmotive, Leuchttürme oder Fischkutter zeigen. Die Tische sind hübsch gedeckt mit hellen Decken und Kerzen, die farblich genau zu den schneeweißen Spitzengardinen und mintfarbenen Vorhängen passen.

Gleich darauf gehen wir in das gemütliche Wohnzimmer und trinken dort noch einen ›Gute-Nacht-Schluck‹, sprich noch einen leckeren Sanddornlikör. Auch dieses Zimmer ist nicht allzu groß und sowohl mit alten Möbeln, die wahrscheinlich noch von Oma und Opa stammen, als auch verschiedenen neuen Dingen wie einem bequemen, großen Polstersofa und einer hohen Stehlampe bestückt. Ein Kachelofen verbreitet wohlige Wärme und ich setze mich mit meinem Glas auf die Bank davor.

»Viel musst du nicht machen, wenn die Gäste kommen«, sagt Ingrid.

»Es ist ein Ehepaar aus Berlin, das schon seit vielen Jahren bei mir Urlaub macht, immer im Mai. Sie kennen sich gut aus hier. Außerdem werde ich ihnen das Zimmer schon fertig machen, bevor ich ins Krankenhaus gehe. Du musst sie nur hereinlassen, ihnen den Schlüssel aushändigen und natürlich jeden Tag das Frühstück für sie zubereiten. Aber das zeige ich dir noch alles.«

Gut, ein bisschen Kaffee kochen und Spiegeleier braten sollte ich hinkriegen. Solange sie nicht so ein leckeres Abendessen wie eben von mir verlangen, ist alles gut.

»Kein Zimmerservice? Kein Bettenmachen und Bad putzen?«, frage ich sie.

»Aber nein, wo denkst du hin? Das machen die Gäste bei mir selbst«, erklärt mir Ingrid, als sei das die größte Selbstverständlichkeit.

»Nach einer Woche legst du ihnen einfach frische Handtücher und Bettwäsche vor die Tür. Dann musst du die alte nur noch waschen, die Waschmaschine zeige ich dir im Keller, und die Wäsche draußen auf die Leine hängen. Bei dem Wind ist sie im Nu trocken.«

Aha, es gibt also keinen Trockner.

»Geputzt wird das Zimmer erst nach der Abreise der Gäste, also in diesem Fall nach zwei Wochen. Aber bis dahin bin ich längst wieder da.«

Ich kann nicht genau sagen, was es ist, die Wärme des Ofens oder der Likör … auf einmal werde ich schrecklich müde. Nachdem Ingrid mein Gähnen gesehen hat, steht sie auf und sagt: »Mine Lütte, ich glaube, dir steckt die lange Fahrt noch in den Knochen. Geh du man nach oben und schlaf dich ordentlich aus! Wir sehen uns zum Frühstück.«

Dankbar nicke ich ihr zu, wünsche eine gute Nacht und wanke nach oben in mein Zimmer, wo ich kurz darauf begleitet von Meeresrauschen und dem Heulen des Windes in einen tiefen, traumlosen Schlaf falle.

Der nächste Morgen weckt mich mit strahlendem Sonnenschein und Kaffeeduft. Ich komme mir vor wie im Urlaub und habe geschlafen wie ein Stein. Kaum zu glauben, dass ich vorgestern noch völlig mit den Nerven am Ende am Bodensee war. Nach einer ausgiebigen Dusche fühle ich mich munter und erfrischt und beschließe, zur Abwechslung einmal auf großes Make-up zu verzichten und lege nur etwas rosa Lippenstift auf.

Schnell schlüpfe ich in meine Jeans und einen Pulli, binde mir wieder einen Zopf und gehe nach unten in die Küche, wo Ingrid gerade dabei ist, eine große Pfanne voll Rührei für uns zuzubereiten.

Während des gemütlichen Frühstücks in der Küche unterhalten wir uns ein wenig und ich erzähle ihr von meinem tollen, aber sehr anstrengenden Job. Bei der Beschreibung der Tagungen und Schulungen in München, Paris oder Amsterdam hört Ingrid interessiert zu.

»Das hört sich ja alles ganz aufregend an!«, sagt sie. »Aber für mich wäre das nichts. Immer herumreisen und aus dem Koffer leben, nee. Ich brauche mein Zuhause, mein Nest! Ich denke, das hast du wahrscheinlich von deiner Mutter geerbt. Ihr war das alles hier auch immer zu eng und sie wollte hinaus in die große weite Welt. Deshalb hat sie auch das Hotelfach gelernt. Aber in der DDR war das ja nicht so einfach mit dem Herumreisen, damals vor der Wende.«

»Ach, weißt du, Ingrid«, gestehe ich, »das Herumreisen liegt mir eigentlich auch nicht so. Es ist zwar ganz schön, immer neue Orte und Menschen kennenzulernen und ich möchte diese aufregenden Erlebnisse bei ›Celine Dupont‹ ganz bestimmt nicht missen. Aber mir geht es wie dir – mein Zuhause brauche ich schon auch …« Ich denke an Marc und dieser Gedanke versetzt mir einen Stich.

Ingrid sieht mir die Traurigkeit an. Vermutlich um mich abzulenken, sagt sie: »Hör mal, Kerstin, ich fahre heute mit dem Schiff nach Schaprode und mache eine kleine Einkaufstour durch die Supermärkte auf Rügen. Möchtest du vielleicht mitkommen?«

»Auf Rügen? Aber … wie willst du da unterwegs sein, mit dem Bus?«

»Du denkst wohl, du hast es hier nur mit Hinterwäldlern zu tun, was?«, amüsiert sich Ingrid und fängt an, den

Frühstückstisch abzuräumen. »Stell dir mal vor: Ich habe einen Führerschein und sogar ein eigenes kleines Auto! Das steht in einer Garage bei meiner Freundin Susanne in Schaprode. Und ab und an düse ich los, um den Kühlschrank zu füllen … oder den Keller, wenn der Winter bevorsteht oder wir nicht wissen, ob ein Sturm kommt, der uns vom Festland abschneidet. Und oft genug auch einfach nur, um einmal etwas anderes zu sehen. Denn einen Notfallkeller hat hier eigentlich jeder von uns, verhungern muss keiner!« Sie grinst mich an. »Also, was meinst du, möchtest du mitkommen?«

»Nur, wenn du meine Hilfe brauchst. Ehrlich gesagt würde ich sonst lieber hierbleiben und ein wenig die Insel erkunden. Supermärkte und Shopping habe ich daheim genug.«

»Das verstehe ich, leb dich nur erst mal ordentlich hier ein. Du kannst gerne mein Rad nehmen, das steht hinten im Schuppen. Brauchst du eine Karte?«

Diesmal lache ich sie an: »Nein … vielen Dank! Ich habe mir gestern ein wunderbares Hiddenseebuch gekauft, eine Art Reiseführer mit schönen Bildern und einem Umgebungsplan. Ich werde mich schon nicht verlaufen.«

Ich muss schmunzeln, als ich an die Fahrkartenverkäuferin in Schaprode am Hafen denke, die ich gestern gefragt habe, ob sie mir Tipps für Radtouren auf der Insel geben könne. Verständnislos hat sie mich angeschaut und dann mit einem Achselzucken geantwortet: »Die Insel ist ja nicht groß und es gibt nur eine Straße. Entweder Sie fahren von links nach rechts oder von rechts nach links.«

Nachdem ich meine Jacke geholt und die bequemen Schuhe angezogen habe, kann es losgehen. Und auch Tante Ingrid steht schon angezogen im Flur.

»Du möchtest wirklich nicht mit? Nein? Gut, dann sehen wir uns spätestens heute Abend. Im Kühlschrank findest du Essen und Trinken, bitte bediene dich einfach! Einen schönen Tag für dich … und vergiss nicht, deine Mutter anzurufen!«

Ich marschiere los – von rechts nach links – aus dem Ort heraus, um mir den kleinen Leuchtturm anzusehen.

Schon bald sind die letzten Häuser verschwunden und ich laufe immer weiter. Die Sonne hat eine unglaubliche Kraft und so kann ich bereits auf dem Steindamm meine dicke Jacke ausziehen. Wie himmlisch diese Ruhe ist! Man hört nur das Rauschen des nahen Meeres. Ich durchquere das kleine Kiefernwäldchen und stehe kurz darauf vor dem kleinen weiß-roten Leuchtturm. Auf einmal erinnere ich mich: hier war ich als Kind mit meiner Mutter. Auf unserem Weg zum Strand machten wir hier immer eine kleine Pause.

Ich klettere die wenigen Stufen hinauf und genieße den wunderbaren Blick auf die Insel und auf das Meer. Wie schön es hier ist!

Ich gehe den kleinen Strandaufgang hinunter zum Strand und habe das riesengroße, blaue Meer direkt vor mir. Hier setze ich mich einen Augenblick in die Sonne, um die wärmenden Sonnenstrahlen zu genießen. Ich atme tief ein und freue mich über diesen wunderbaren Moment der Stille und des Alleinseins mit der Natur. Ich habe das Gefühl, als ob aller Ärger und alle Sorgen auf einmal ganz weit weg sind. Sind sie ja auch! Hier ist *alles* ganz weit weg, vor allem die Arbeit und der ganze Stress.

Mein kleiner Spaziergang hat mich müde gemacht und ich beschließe, am Strand entlang zurückzuschlendern. Unterwegs finde ich eine schöne Muschel, die ich später in meinem Zimmer in der ›Silberdistel‹ auf meinen Nachttisch lege. Von heute an soll sie meine Glücksmuschel sein!

Nach einem kleinen Schläfchen in der Sonne auf der Liege hinter dem Haus, das mich herrlich erfrischt hat, genehmige ich mir ein Käse-Sandwich in der Küche und eine Tasse Kaffee.

Was nun? Die Sonne strahlt noch immer vom wolkenlosen Himmel und ich bin voller Tatendrang. Daher beschließe ich, Ingrids Vorschlag anzunehmen, das Rad aus dem Schuppen zu holen und diesmal die andere Richtung zu erkunden.

Von links nach rechts …

Zunächst radele ich an den weißen Häusern auf der Wiese vorbei, bis ich beinahe am Ortsende bin. Hier führt die gepflasterte Straße nach Vitte, auf der allerdings bis auf den Inselbus, den Inseldoktor und den einen oder anderen Lebensmittellieferanten für die kleinen Geschäfte fast keine Autos fahren dürfen.

Das Radfahren an dem Lokal ›Heiderose‹ und der Dünenheide vorbei macht mir unglaublichen Spaß, auch wenn ich untrainiert bin und der Wind mir heftig ins Gesicht bläst. Ich wünschte, ich hätte in der letzten Zeit mehr Sport getrieben, dann wäre ich nicht jetzt schon total kaputt. Ich meine richtigen Sport, nicht nur die Pilates-Stunde in dem stylischen Fitness-Studio, in dem ich nur einmal gewesen bin. Aber wann hätte ich das tun sollen, Sport treiben? Meist war ich doch viel zu müde dazu, wenn ich nach zehn Stunden Arbeit und Autobahnfahrt zu Hause ankam.

In Vitte befinden sich nicht nur die »Blaue Scheune«, ein knallblau gestrichenes Reetdachhaus, in dem regelmäßig Kunst-Ausstellungen stattfinden, sondern auch die Schule, eine Arztpraxis, die Polizeistation, die Tourist-Information sowie einige Lokale und Geschäfte, die ich aber alle links liegen lasse und mir für einen späteren Besuch aufhebe. Viel lieber möchte ich bei dem schönen Wetter noch einmal zum Strand. Viele Menschen sind hier, gehen spazieren, suchen nach Bernstein, sammeln Muscheln oder spielen mit ihren Kindern.

Ich laufe ein wenig am Wasser entlang und finde ein paar weitere schöne Muscheln, die ich alle in meine Tasche stecke. Es ist so warm, dass ich meinen Pullover ausziehen kann. Gestern habe ich noch gefroren und die dicke Daunenjacke getragen!

Ich setze mich in den Sand, beobachte Wind und Wellen und träume lange vor mich hin, fern von Zeit und Raum.

Wie spät es wohl sein mag? Irgendwie habe ich so gar kein Verhältnis zu Uhren. So ein Ding am Arm ist mir immer lästig. Komisch, bei einem hübschen Armband habe ich nie das Gefühl, es könnte mich stören. Eigentlich ist es bei meiner Uhrenabneigung ein Wunder, dass ich nicht permanent zu spät komme. Im Gegenteil, meistens bin ich superpünktlich oder sogar zu früh bei meinen Terminen, was den Leuten auch nicht immer recht ist.

Eine Armbanduhr brauche ich dennoch nicht, denn ich habe in meiner Wohnung eine große Uhr im Wohnzimmer hängen, eine in der Küche und einen Wecker im Schlafzimmer, außerdem wird am PC die Zeit angezeigt und im Auto sowieso. Und schließlich gibt es auch in jeder Stadt eine Kirche oder ein Rathaus mit einer Uhr, an der man jederzeit und sogar ohne Brille die Zeit ablesen kann.

Allerdings ist das *hier* nicht ganz so einfach, denke ich lächelnd. Nun wünschte ich doch, ich hätte eine Uhr bei mir. Aber wozu gibt es mein Handy? Zugegeben, ich habe es wieder einmal ausgeschaltet. Weil ich keine weiteren ›Sorry‹-SMS von Marc oder Katrin mehr lesen wollte. ›Sorry, dass ich mit deinem Verlobten geschlafen habe‹? Oder: ›Sorry, Schatz, ich weiß auch nicht, wie das passieren konnte‹?

Als ob man sich für so etwas mit einem einfachen ›Sorry‹ entschuldigen könnte!

Gibt es überhaupt irgendeinen Grund, aus dem ich das Geschehene entschuldigen sollte?

Als ich das Handy einschalte, entdecke ich sofort acht neue Nachrichten. Alle von Marc, insgesamt sind es jetzt 29. Dagegen sind die drei von Katrin richtig dürftig. Aber wahrscheinlich ist ihr schlechtes Gewissen nicht gar so groß. Immerhin wollte ich ja nicht sie heiraten, sondern ihn.

Aber sie ist, vielmehr *war*, meine beste Freundin. Dieser Vertrauensbruch tut fast noch mehr weh als der von Marc. Wir waren zusammen auf dem Gymnasium, in der Tanzstunde, beim Konfirmandenunterricht. Als sie Paul bekam und sich sein Vater aus dem Staub machte, war ich genauso für sie da wie sie für mich, als mein Vater starb.

Wenn ich heute daran denke, kommen mir die Tränen.

Auch meine Liebe zu Marc konnte unserer Freundschaft nichts anhaben. Im Gegenteil, wir unternahmen sogar oft etwas zu dritt oder zu viert, mit Paul.

Wie konnten die beiden mir nur so etwas antun?

Die Tränen, die schon wieder in mir aufsteigen, schlucke ich hinunter und stehe auf. Der Wind hat aufgefrischt und der Strand ist auf einmal so gut wie leer.

Allerdings sollte ich mich vielleicht wirklich einmal zu Hause melden, denn ich lese die neueste Nachricht von Marc: ›Wo in aller Welt bist du?? In deiner Firma sagte man mir, du hättest Urlaub genommen? Geh doch bitte mal an dein Telefon, ich mache mir Sorgen!‹

Ha, Sorgen! Soll er doch Katrin anrufen, die wird ihm die Sorgen schon vertreiben, denke ich wütend. Wenn sie nicht bereits bei ihm ist.

Ich schreibe zurück: ›Du brauchst dir keine Sorgen machen, es geht mir gut. Ich brauche Abstand und Zeit. Du dürftest wissen, warum!!‹

Mehr braucht er nicht zu erfahren, schon gar nicht, wo ich mich aufhalte. Am Ende kreuzt er hier noch auf und das ist so ziemlich das Letzte, was ich jetzt möchte. Im Moment komme ich endlich ein wenig zur Ruhe und will mich nicht schon wieder aufregen. Außerdem kann ich mir beim besten Willen nicht vorstellen, mich wieder mit Marc zu versöhnen. Doch wer weiß, ob er sich überhaupt mit mir versöhnen will? Vielleicht war das nicht nur ein Seitensprung und es sind echte Gefühle im Spiel … und die beiden waren nur zu feige, es mir zu gestehen.

Wenn ich den Gedanken zu Ende denke, bedeutet das nichts anderes, als dass es mit Marc und mir endgültig vorbei ist. Ich stehe auf und klopfe mir den Sand ein wenig ab.

Wieder mogelt sich das Bild der beiden, wie sie engumschlungen nackt auf dem Sofa liegen, in meine Gedanken. Aus und vorbei! Nach diesem Abend *will* ich sogar, dass es aus und vorbei ist mit Marc und mir. Nie wieder möchte ich so etwas erleben!

Vor lauter Grübeln habe ich überhaupt nicht bemerkt, dass wieder dunkle Wolken über dem Meer aufgezogen sind. Ich spüre erst, dass die Sonne nicht mehr da ist, als ich zu frösteln beginne.

So schön und friedlich es eben noch am Strand war, auf einmal fühle ich mich unbehaglich. Ich ziehe meinen blauen Pullover über meine weiße Bluse und packe schnell meine gesammelten Schätze in meine Umhängetasche. Meine geliebte Marc Jacobs-Tasche passt irgendwie überhaupt nicht hierher. Genau wie ich eigentlich. Und doch fühle ich mich heute so viel besser als noch gestern oder vorgestern. Irgendwie scheint der Wind die Kraft zu besitzen, die trüben Gedanken aus meinem Kopf zu blasen. Ich beschließe, heute nicht mehr an Marc zu denken, sondern es mir stattdessen mit einem der gekauften Bücher und einem Tässchen

Tee auf dem großen Sofa in der ›Silberdistel‹ gemütlich zu machen. Je näher ich allerdings der Ortsmitte komme, desto mehr pustet mir der Wind ins Gesicht. Vom Rad musste ich absteigen und schiebe es nun. Noch nicht einmal auf der Straße angekommen, fallen dicke Tropfen aus den schwarzen Wolken. Dazu dieser Wind! Was nun?

Ein paar Häuser vor mir sehe ich ein hübsches kleines Lokal mit dem Namen ›Zur Boje‹. Es sieht einladend aus, außerdem kann ich bei diesem Wetter unmöglich heimradeln, also werde ich dort einen Tee trinken und warten, bis sich die Wetterlage beruhigt hat.

Ich schließe das Rad am Fahrradständer an und trete ein. Es ist noch ziemlich wenig los, aber es ist ja erst 17 Uhr, also noch keine Essenszeit. Das Lokal ist gemütlich eingerichtet, mit dunklem Holz und maritimen Gegenständen. Es läuft Country-Musik und die Atmosphäre ist wunderbar entspannt. Ich setze mich an den rustikalen Holztresen und sehe mich neugierig um. Außer mir befinden sich noch drei Männer in der Gaststube, die ebenfalls am Tresen sitzen und eher gelangweilt aussehen, sowie ein ziemlich interessant aussehender Mann *hinter* dem Tresen und ein äußerst cooler Mischlingshund, der vor einem offenen Kamin liegt.

»Was darf es denn sein, junge Frau?«, fragt der Typ hinter der Bar. Er ist ungefähr Mitte bis Ende 30, hat dunkelblondes Haar, das offensichtlich schon längere Zeit keine Friseurschere mehr gesehen hat, blaue Augen, ein markant geschnittenes Gesicht und einen lässigen Dreitagebart. Seine Figur ist sportlich, aber nicht auf die Art, wie man sie im Fitness-Studio erwirbt. Er sieht eher danach aus, als würde er viel Laufen oder Radfahren, Holzhacken, solche Sachen.

»Tee mit Rum«, sage ich selbstbewusst.

»Tee mit Rum?«, lächelt er verschmitzt. Vermutlich fragt er sich gerade, wie eine Frau wie ich in einer Kneipe wie dieser landen und dann Tee mit Rum bestellen kann.

Blöde Frage! Soll er doch mal aus dem Fenster sehen! Hätte sich das Wetter nicht in Minutenschnelle zum Nachteil verändert, säße ich sicher nicht hier, sondern wäre mit dem Rad unterwegs zurück nach Neuendorf.

»Tee mit Rum!«, sage ich mit fester Stimme und nicke zur Bekräftigung. Was glaubt er denn? Sehe ich so aus, als würde ich nur Champagnercocktails vertragen?

Nun ja, möglicherweise ist da ja vielleicht doch etwas Wahres dran. Oder er hat die Mischung verwechselt und mir stattdessen Rum mit Tee gegeben. Jedenfalls war vor ein paar Stunden noch alles in Ordnung, als ich den zweiten getrunken hatte. Da habe ich nämlich noch einmal vor der Tür nachgesehen, wie das Wetter ist. Da es immer noch ziemlich stürmisch war, habe ich – glaube ich jedenfalls – noch einen bestellt. Oder hat er ihn einfach hingestellt?

So wie den nächsten? Ich weiß es nicht mehr genau. Ich weiß nur, dass man sich suuuuper gut mit dem Typen, Dirk heißt er übrigens, unterhalten kann. Aber als ich den Weg zur Toilette einschlage, beginnt der Boden auf einmal bedrohlich zu schwanken. Ich rempele gegen einen Tisch und schon haben mich zwei starke Arme aufgefangen.

»Hoppala! Ich glaube, ich bringe dich jetzt besser nach Hause!«

»Waaas? Bei dem Wetter? Ich bin doch mit dem Raaad hier. Und muss nach Neeundoof, Neuendoof … Neuendorf!«

Dirk wirft einen Blick vor die Tür, ohne mich loszulassen.

»Hmmm … das sieht tatsächlich nicht gut aus. Du kannst eines meiner Gästezimmer oben benutzen. Und morgen früh, wenn der Sturm vorbei ist, in Ruhe nach Neuendorf radeln. Soll ich deine Tante verständigen?«

Hab ich ihm von meiner Tante erzählt? Muss wohl so sein.

»Jaaa, Tante Ingrid in Neuendooooorf. Ingrid Schlüüüüter.«

Nur wenige Minuten später liege ich in einem frisch bezogenen Bett – wie komme ich denn dahin? Ich bin auf einmal so müde, dieser blöde Sport aber auch … ich möchte nur schlafen …

Als ich aufwache, habe ich den schlimmsten Kopfschmerz meines Lebens. Wo bin ich hier? Ich befinde mich in einem gemütlich eingerichteten Raum, der aussieht wie ein Gästezimmer, aber nicht die geringste Ähnlichkeit hat mit der Stube, die Ingrid für meinen Aufenthalt auf Hiddensee vorbereitet hat. Ich stehe auf, blicke aus dem Fenster und sehe eine mir völlig unbekannte Straße in einem völlig unbekannten Ort. Dann dämmert es mir so langsam … der gestrige Abend, die Country-Musik, der Tee mit Rum, oder besser der Rum mit Tee!

Hilfe! Was habe ich getan?

Ich bin gerade mal 48 Stunden von zu Hause weg und mache größeren Blödsinn als in meiner Jugendzeit.

Und was lief mit diesem zugegebenermaßen ziemlich schnuckeligen Typen, diesem Dirk? Ich werde doch nicht … *Wir* werden doch nicht …?

Ich blicke an mir herunter, doch ich trage immer noch Jeans und Bluse, nur keine Schuhe. Diese stehen fein säuberlich vor dem Bett.

Oh Gott, ist mir das peinlich!

Ich ziehe die Schuhe an und schleiche die Treppe nach unten. Im Flur liegt allerdings der Hund von gestern und blickt mich interessiert aus dunklen Hundeaugen an. »Wuff«, lässt er mich zur Begrüßung wissen.

»Psssst«, versuche ich mein Bestes, doch es ist zu spät. Der Dreitagebart-Mann, Dirk, kommt leicht verschlafen um die Ecke und sagt: »Morgen! Kaffee?«

»Äh … guten Morgen! Hmm … nein danke«

Obwohl der Kaffeeduft wirklich mehr als verführerisch ist. Aber ich fühle mich einfach irgendwie unbehaglich in seiner Nähe. Wie mag ich nur aussehen? *Ist* mir das peinlich!

»Was bin ich Ihnen schuldig?«

Dirk winkt ab. »Der Sturm hat sich gelegt. Und deine Tante habe ich gestern Abend noch verständigt. Also ist alles gut! Möchtest du nicht doch einen Kaffee mit mir trinken?«

»Nein, ich muss zurück, aber vielen Dank für alles. Hören Sie … es ist mir irgendwie unangenehm, normalerweise mache ich so etwas nicht … aber …«, stammele ich hilflos.

»Ist schon klar. Aber du hast ja einiges hinter dir. Da ergibt sich schon einmal eine Ausnahmesituation, in der man ein bisschen mehr trinkt als sonst. So etwas erleben wir hier öfter … eine Ausnahmesituation, meine ich. Nur dass die Gäste meistens nicht so hübsch sind wie du.«

Dieser Typ strahlt mich fröhlich an und ich kann nicht verhindern, dass ich flammendrot werde.

Ausnahmesituation? Wer weiß, was ich ihm alles erzählt habe! Nichts wie weg hier.

»Tja, also dann … vielen Dank nochmals. Tschüss.«

Und bevor er antworten kann, bin ich aus der Tür raus und radele endlich den Weg zurück nach Neuendorf.

4. KAPITEL

Das Krankenhaus

»Du bist keine 24 Stunden hier und verbringst schon die Nacht bei einem fremden Mann?«, fragt Ingrid schmunzelnd, als ich schuldbewusst ihre kleine Küche betrete. Sie trägt Jeans und hat ein rotes Tuch um ihre blonden Locken gebunden.

Zum Glück hat der Wind die Wolken und den Regen vertrieben und ich konnte gemütlich die kleine Dorfstraße Richtung Neuendorf zurückradeln. Die frische Luft hat mir gut getan, nur mein Kopf fühlt sich immer noch matschig an.

»Ich habe die Nacht nicht … mit ihm … du verstehst schon!«, versuche ich, mich zu verteidigen. »An allem war nur das Wetter schuld … und der Tee mit Rum …«

»Schon gut, ich glaube dir ja«, lacht Ingrid. Sie legt frisch gewaschene und gebügelte Handtücher zusammen auf einen Stapel. Immer ein blaues, dann ein weißes. »Der Tee mit Rum, der hat es in sich! Aber keine Sorge, es ist doch alles gut, mine Lütte. Dirk Gottschalk hat mich gestern Abend noch angerufen und mir alles erzählt. Er meinte, du hättest dich ein wenig verirrt und wärst in seiner Kneipe gelandet. Und er hätte dir vielleicht ein wenig zu viel zu trinken gegeben. Allerdings klang es so, als hätte es ihm Spaß gemacht.« Ingrid zwinkert mir zu. »Vorsicht, mine Seute. Er sieht ziemlich gut aus.«

»Wo denkst du hin, Ingrid?«, frage ich sie entrüstet. »Ehrlich gesagt, habe ich die Nase voll von den Männern.

Egal, wie gut sie aussehen! Und wie viel Tee mit Rum sie mir geben … Wäre das Wetter nicht so schlecht gewesen, wäre ich natürlich in die ›Silberdistel‹ gekommen.«

»Natürlich«, antwortet Ingrid, während sie weiter Handtücher stapelt. »Es ist ja auch deine Sache. Du bist erwachsen und kannst selbst entscheiden, was du tust. Und doch fühle ich mich verantwortlich für dich, solange du hier bist. Ich meine, ich habe dich schließlich hierhergelockt, nicht wahr? Noch ein gebrochenes Herz, egal ob es dem Tee mit Rum zu verdanken ist oder dem Wetter oder was auch immer, das muss ja nicht sein.«

»Oh nein, das wird auch nicht passieren! Glaub mir, Ingrid, das Letzte, woran ich im Moment interessiert bin, ist eine Liebelei. Ich habe mir vorgenommen, einen Riesenbogen um alle Männer zu machen, und ganz besonders um die gut aussehenden! Im Gegenteil, ich bin froh, wenn ich meine Ruhe habe. Was meinst du, warum ich hier bin?«, empöre ich mich, während ich bemerke, dass mein Magen laut knurrt.

Auch Ingrid ist das nicht entgangen. »Apropos, ›Warum du hier bist‹«, lächelt sie. »Was hältst du davon, wenn ich dir ein wenig zeige, was du zu tun hast, während ich im Krankenhaus bin? Natürlich *nachdem* du dich mit einem kleinen Frühstück gestärkt hast?«

»Oh … das wäre wunderbar, danke!«, lächle ich sie dankbar an, froh darüber, dass die letzte Nacht und dieser Dirk für den Moment kein Thema mehr sind. Von Männern habe ich *wirklich* im Moment genug!

Und trotzdem muss ich den ganzen Tag an den gestrigen Abend denken. Deshalb kann ich mir auch irgendwann die Frage nicht mehr verkneifen: »Sag mal, Ingrid, dieser Dirk … ist der eigentlich von der Insel?«

Nach unserem ausgiebigen Frühstück hat mir meine Tante erst einmal alles gezeigt, was ich brauche, um die

Gäste zu versorgen. Ich weiß nun genau, wie die Frühstückstische eingedeckt werden müssen, wo sie die Lebensmittel lagert – nicht nur im Kühlschrank, es gibt im Keller auch noch einige Vorratsräume und Gefriertruhen. Dort sind so viele Vorräte, dass wir problemlos einen Krieg oder die nächste Eiszeit überstehen würden! Trotzdem erklärt mir Ingrid, wie und wo ich das Lebensmittelgeschäft auf der Insel finde und wo die großen Supermärkte auf Rügen sind, falls ich einmal etwas ›mehr‹ einkaufen möchte. Des Weiteren bin ich bestens darüber informiert, wo sich die Waschmaschine befindet, die Bettwäsche, die Handtücher sowie der Staubsauger, der Schrubber und die ganzen Reinigungsmittel. Ingrid klärt mich auf, wann ich was fegen und wann feucht wischen muss, wo das Telefon und das Reservierungsbuch ist, was zu tun ist, wenn jemand ein Zimmer buchen möchte, wie man eine Reservierungsbestätigung schreibt und so weiter.

Uff, es ist doch ganz schön viel, was ich mir merken muss. Mein Kopf fühlt sich an, als wäre ich gegen einen Bus gelaufen. Vielleicht habe ich auch einfach nur immer noch einen schrecklichen Kater.

»Ja, das ist er«, antwortet mir Ingrid, nicht ohne die Augenbrauen misstrauisch nach oben zu ziehen.

Vermutlich fragt sie sich gerade, ob er mir denn gar nichts über sich erzählt hat gestern Abend. »Dirk stammt tatsächlich von der Insel. Ehrlich gesagt, kann ich gar nicht so viel über ihn sagen. Seine Familie lebt schon ewig in Vitte, sein Vater war wie der Großvater Fischer, die Mutter ist schon lange tot. Dirk ist das einzige Kind. Er war lange weg … nach der Schule hat er irgendwo studiert, soweit mir bekannt ist. Aber frag mich nicht, was. Ich hatte nicht viel Kontakt zu der Familie. Ich weiß nur, dass er im letzten Jahr wieder aufgetaucht ist und die ›Boje‹ übernommen hat. Seinem

Vater geht es wohl nicht so gut, aber der ist ja auch schon alt. Er hat niemanden mehr, seit seine Frau gestorben ist. Vielleicht ist Dirk deshalb zurückgekommen, damit er sich um den Alten kümmern kann. Ja, so wird es wohl sein.« Ingrid nickt zur Bekräftigung. »Die ›Boje‹ war ursprünglich eine Kneipe, in der nur die Fischer verkehrten und sich ein Bierchen genehmigten. Der letzte Wirt der ›Boje‹ hat immer ordentlich mitgetrunken. Aber dieser Dirk hat die kleine Kneipe ein bisschen umgemodelt und es irgendwie geschafft, dass dort nicht nur Einheimische, sondern inzwischen auch Urlauber einkehren. Es soll dort ganz leckeres Essen geben. Und es ist recht gemütlich, nicht wahr?«

Oh ja! Fast ein bisschen *zu* gemütlich. Und das liegt sicher nicht nur an der anheimelnden Atmosphäre, sondern auch am Wirt selbst, der offenbar für *jeden* ein offenes Ohr zu haben scheint, ›wie man so erzählt‹. Da brauche ich mir also auch gar nichts darauf einzubilden, dass er so nett war zu mir.

»Ich habe gehört, dass Mareike, die Tochter von Harald Hübner, dort aushilft, in der Küche und hinter dem Tresen. Sie ist mit der Schule fertig und weiß noch nicht so richtig, was sie machen soll, will wohl ins Ausland. Tja, dafür braucht man Geld! Und eine hübsche Bedienung hat einer Gaststätte ja noch nie geschadet«, erzählt Ingrid weiter.

Weder habe ich die leiseste Ahnung, wer Harald Hübner ist, noch habe ich eine hübsche Bedienung in der ›Boje‹ gesehen, doch ich lasse Ingrid munter weiterreden.

Irgendwie habe ich das Gefühl, sie ist ein wenig aufgeregt wegen des bevorstehenden Krankenhausbesuchs. Sie läuft wie ein aufgescheuchtes Huhn durch das ganze Haus, erklärt mir alles hundertmal und fragt mindestens ebenso oft, ob ich denn auch wirklich klarkommen werde, so ganz alleine hier.

»Natürlich, Ingrid! Mach dir nur keine Sorgen!«

Wenn sie wüsste, dass ich mir die selbst gerade mache. Zwar habe ich auch einen eigenen Haushalt geführt, aber fremde Leute versorgen? Na, so ein bisschen Frühstück machen und Betten beziehen und sauber machen sollte ich doch wohl hinbekommen, rede ich mir selbst ermutigend zu. So schwer kann das ja nicht sein!

»Ich habe auf jeden Fall mein Handy dabei … du kannst mich jederzeit anrufen, wenn was ist!«

»Na klar, mache ich, danke!«

Obwohl ich auf jeden Fall versuchen werde, gerade *das* zu vermeiden und nur im äußersten Notfall darauf zurückzukommen. Allerdings habe ich den Verdacht, dass sie sich wohl dagegen recht oft bei mir melden wird.

»Außerdem kommst du ja bald wieder«, versuche ich, meine Tante aufzumuntern, während wir gemeinsam Wäsche an der Leine hinter dem Haus befestigen, die schon bald lustig im Wind flattert.

»Ganz bestimmt.«

Sie lächelt und nickt mir zu. »Danke, dass du gekommen bist, Kerstin. Das bedeutet mir wirklich sehr viel. Du hast mir eine große Sorge genommen … ich hätte nicht gewusst, wem ich das Haus sonst anvertrauen sollte. Aber ich habe auch irgendwie ein schlechtes Gewissen deinetwegen. Du hast alles stehen und liegen lassen, um mir zu helfen.« Sie macht eine kurze Pause, doch bevor ich darauf antworten kann, redet sie weiter: »Ich vermute, es steckt ein Mann dahinter. Irgendwie steckt doch immer ein Mann oder eine unglückliche Liebe dahinter, nicht wahr? Ich hoffe, es ist nicht so schlimm und die Dinge werden sich klären. Hast du denn wenigstens deine Mutter angerufen?«

Schuldbewusst schüttele ich den Kopf. Bisher hatte ich noch nicht den Mut dazu. Ich kann nicht einmal sagen, warum nicht, denn es ist doch ihre Heimat, in der ich mich jetzt befinde. Warum nur denke ich, sie könnte böse auf mich sein, weil ich jetzt hier bin?

»Weil du heimlich hierher gefahren bist«, sagt eine kleine, böse Stimme in meinem Kopf. »Und weil sie seit Jahren mit ihrer Schwester zerstritten ist und es jetzt so aussieht, als ob du ihr in den Rücken fällst … du, die eigene Tochter!«

Ich muss es ihr unbedingt sagen, doch ich wünschte, ich könnte den Moment des Anrufs noch ein wenig hinauszögern. Allerdings ahne ich, dass ich damit alles nur noch schlimmer mache.

»Was hältst du davon, wenn du sie jetzt anrufst und wir anschließend einen schönen Spaziergang zum Bodden machen?«, schlägt Ingrid vor.

Bodden nennt man die flachen Küstengewässer, die durch Inseln oder Landzungen vom Meer abgetrennt sind. Also das Wasser, das Hiddensee von Rügen trennt.

Wieder entsteht ein Bild in meinem Kopf: Meine Mutter und ich liegen im Sand und zählen die Wolken über uns. ›Am Bodden sind nicht so viele Wellen und es ist zum Baden geschützter für die Kleine!‹, hatte Mama zu Oma gesagt, bevor wir aufbrachen. Ich hatte den neuen Eimer dabei und die Sandförmchen, die Oma extra für mich gekauft hatte. Auf meinem neuen Badeanzug war Minnie Mouse abgebildet, er war pink und ich liebte ihn. Ich kann mich deshalb noch so gut daran erinnern, weil das Foto von Mama und mir in diesem Badeanzug am Bodden lange Zeit auf unserem Wohnzimmerschrank am Bodensee stand. Ein Bild aus glücklichen Zeiten, auf dem wir beide lachend zu sehen sind.

Warum nur sind wir nie wieder hier auf Hiddensee gewesen? Auch nicht mit Papa?

Ich habe mir nie groß Gedanken darüber gemacht, doch seitdem ich hier bin, stelle ich mir fast täglich diese Frage.

Doch ich traue mich nicht, Ingrid noch einmal nach dem Streit zu fragen, nachdem sie mir beim ersten Mal schon deutlich gesagt hat, dass ich mit diesem Thema zu meiner Mutter gehen muss.

Wenn das so einfach wäre! Sie kennt sie wohl nicht mehr so gut.

Ingrid kommt mir im Gegensatz zu meiner Mutter immer sehr ausgeglichen vor. Sie scheint eine echte Frohnatur zu sein, die sich über vieles freuen kann. Während meine Mutter schon allein durch einen trüben Himmel schlechte Laune bekommt. Wie können zwei Schwestern nur so unterschiedlich sein?

Ich nehme das mobile Telefon und ziehe mich damit in mein, beziehungsweise in das alte Zimmer meiner Mutter zurück.

Der Ausblick aus dem Fenster ist wirklich atemberaubend. Das Meer ist heute wieder tiefblau und hat weiße Schaumkronen. Trotz der Wildheit der Wellen und der Kraft des Windes fühle ich mich augenblicklich beruhigt. Ich setze mich und betrachte einen kurzen Moment das Wasser mit dem endlosen Horizont. Dann atme ich tief durch und wähle die vertraute Nummer.

»Du bist *wooo*?«, fragt die leicht nörgelnde Stimme meiner Mutter.

»Auf Hiddensee«, antworte ich ruhig. »In der ›Silberdistel‹.«

»Bist du verrückt geworden, Kerstin?« Die Stimme meiner Mutter überschlägt sich.

Gut, das überrascht mich nicht. Ich habe bereits erwartet, dass sie … sagen wir einmal ›verwundert‹ sein würde.

»Was um Himmels willen machst du auf Hiddensee? Wir machen uns hier die größten Sorgen um dich! Du verschwindest einfach und lässt uns tagelang rätseln, wo du bist. Und du fährst einfach nach … Hiddensee? Hast du eine ungefähre Ahnung, was du uns damit antust?« Meine Mutter ist total aufgebracht.

Natürlich, es geht wieder einmal nur um *sie*. Auch das habe ich nicht anders erwartet.

»Mama, hör zu: Ich musste einfach mal raus. Es war einfach alles zu viel für mich …«, fange ich vorsichtig an.

»Und da hast du nichts Besseres zu tun, als ausgerechnet nach Hiddensee zu fahren?«

Ich kann an ihrer Stimme hören, dass sie absolut null Verständnis für meine Situation hat.

»Es war so … da kamen ein paar Sachen zusammen … beruflich und privat. Und dann war da dieser Anruf von Ingrid … Sie braucht Hilfe in ihrer Pension, während sie …«

Ich komme nicht dazu, auszureden.

»Ingrid braucht Hilfe?« Meine Mutter lacht hysterisch auf. »Das ist mir ja das Allerneueste. Ausgerechnet Ingrid braucht Hilfe? Die immer alles viel besser kann als die anderen? Und dann braucht sie ausgerechnet *dich*?«

»Ja, ob du's glaubst oder nicht, Mama. Ingrid muss ins Krankenhaus. Und sie wollte die ›Silberdistel‹ nicht einem Fremdem überlassen, zumal auch noch Gäste kommen. Und da sie weiter keine leiblichen Verwandten mehr hat und ihr beiden ja – aus welchen Gründen auch immer – zerstritten seid, hat sie mich angerufen.«

Es entsteht eine Pause, die mir Gelegenheit gibt, noch einmal tief durchzuatmen.

»Ingrid muss ins Krankenhaus?«, fragt meine Mutter, nun etwas ruhiger. »Etwas Schlimmes?«

»Nein, ich denke nicht. Sie sagt, es sei nur eine Routine-Untersuchung und sie sei in ein paar Tagen wieder da. Und in dieser Zeit betreue ich die Gäste hier.«

»*Du*?« Meine Mutter klingt ungläubig, was mich nun doch ein wenig wütend macht. Schließlich bin ich, obwohl eine berufstätige Frau, doch durchaus mit den Tätigkeiten in einem Haushalt vertraut.

»Ja, ich. Ich wollte es dir nur sagen, damit du weißt, wo ich bin«, antworte ich darum nun selbst leicht verärgert.

»Das wird auch höchste Zeit! Marc ist außer sich vor Sorge. Natürlich hat er mich sofort angerufen, als du … verschwunden bist. Wir wussten einfach nicht, wo du bist und ob dir etwas geschehen ist!« Die Stimme meiner Mutter ist ein einziger Vorwurf.

»Ach ja, hat dir Marc auch erzählt, was vorgefallen ist?«, frage ich sie darum. Schlimm genug, dass sie offenbar erst einmal zu Marc und nicht zu ihrer Tochter hält.

»Er hat erwähnt, dass ihr einen kleinen Streit hattet. Aber das ist doch kein Grund, gleich wegzulaufen! Kind, sei doch vernünftig!«

»Soso … ›einen kleinen Streit‹ hat er es genannt?«

Also, *das* macht mich jetzt erst richtig wütend. Was bildet sich dieser Kerl eigentlich ein? Ruft *meine* Mutter an und heuchelt ihr Sorge um mich vor … und sagt ihr, wir hätten einen ›kleinen Streit‹ gehabt? Er lag mit meiner besten Freundin auf dem Sofa … *nackt*! Vor Wut bleibt mir die Luft weg.

»Ich denke, es wäre gut, wenn du ihn auch anrufen und ihm sagen würdest, wo du bist«, unterbricht meine Mutter meine Gedanken.

»Oh nein, das denke ich nicht. Und es wäre mir lieb, wenn du es auch nicht tun würdest, Mama!«

»Aber was soll ich denn sagen, wenn er anruft?« Auf einmal klingt ihre Stimme weinerlich. »Du bringst mich da in eine Situation …«

Natürlich. *Ich* bringe *sie* da in eine Situation. Statt mal zu fragen, was überhaupt vorgefallen ist oder wie es *mir* vielleicht geht.

»Hör zu, Mama. Ich brauche ein wenig Abstand und Zeit für mich, um nachzudenken. Deshalb bin ich hier. Aber nicht nur deshalb. Es ist wirklich so, dass ich deiner Schwester aushelfe, solange sie im Krankenhaus ist. Doch ich werde die Zeit nutzen, um mir klarzuwerden, wie es weitergehen soll. Ich brauche den Abstand auch von Marc. Bitte sag ihm deshalb nicht, wo ich bin, bevor ich es selbst tue, ja? Wenn er dich fragt, sag ihm einfach, ich hätte mich gemeldet und es ginge mir gut.«

»Also Kerstin, ich finde das nicht gut … das ist doch keine Art … *nicht* miteinander zu sprechen!«

Mir liegt auf der Zunge, zu sagen, dass sie selbst seit vielen Jahren nicht mit ihrer Schwester gesprochen hat. Und ich bis heute nicht weiß, warum.

»Was ist eigentlich mit deiner Arbeit? Kerstin, du kannst doch nicht einfach alles hinwerfen! Nur aus einer Laune heraus? Was soll denn jetzt werden? Wann kommst du wieder?«

»Wie gesagt, ich bleibe, solange Ingrid im Krankenhaus ist und ich hier gebraucht werde«, antworte ich mit fester Stimme.

»In der Firma habe ich mir hierfür Urlaub genommen. Ich melde mich wieder, Mama. Bis dann!«

Und dann lege ich auf. Mein Herz klopft heftig vor lauter Aufregung, doch ich habe es hinter mir.

Ich laufe nach unten, nehme die Jacke vom Haken und gehe nach draußen, wo Ingrid bereits auf mich wartet, um mit mir am Bodden spazieren zu gehen.

Ich brauche gar nichts zu sagen, als ich stürmisch aus dem Haus geprescht komme, Ingrid sieht mir auch so an, wie das Telefongespräch mit meiner Mutter gelaufen ist.

Das ist nämlich auch so etwas, was mich und meine Mutter grundlegend unterscheidet. Während ihre Miene immer undurchdringlich scheint und keine Gefühlsregung zeigt, egal, was gerade passiert ist, sieht man mir alle Emotionen sofort an. Ob ich mich gefreut oder geärgert habe, nichts kann ich verbergen. Ich habe mir schon so oft gewünscht, ein ›Pokerface‹ zu besitzen, damit nicht jeder gleich sieht, was in mir vorgeht.

Ingrid zieht eine Augenbraue hoch und lächelt mir aufmunternd zu.

Auf unserem Weg zum Bodden zeigt sie mir die einzelnen Häuser, die wie Spielzeug auf der Wiese stehen, und sagt mir die Namen der Leute, die darin wohnen. Ich höre jedoch nur halb hin und bin total in Gedanken versunken. Es macht mich wütend, dass meine Mutter wieder einmal so gar kein Verständnis für meine Situation zu haben scheint.

Als wir am Wasser ankommen, mogelt sich die Sonne durch die Wolken und taucht das vor uns liegende Wasser in ein silbriges, fast überirdisches Licht. Ich halte den Atem an, so schön ist es hier. Nichts stört die Ruhe, kein Straßenlärm, keine Hektik, keine Menschenansammlungen. Einzig die Musik des Windes und der Gesang der Möwen klingen in meinen Ohren.

Auf einmal fühle ich mich selbst ganz ruhig und entspanne mich von Minute zu Minute mehr. Ich atme tief durch und fühle mich, so seltsam es klingt, frei.

Dann spüre ich Ingrids Blick auf mir.

»Willst du mir nicht erzählen, was dir auf der Seele liegt?«, fragt sie. »Es kann befreiend sein, glaub mir.«

Eigentlich möchte ich nicht darüber reden. Gerade habe ich mich so gut gefühlt. So weit weg von allem. »Ach, Ingrid«, seufze ich, »es kamen einfach ein paar Sachen zusammen. Ich habe viel zu lange viel zu viel gearbeitet. Na ja … und privat … das Übliche.«

»Was ist denn das ›Übliche‹?«

»Du weißt schon: ein Mann, eine Frau … und *noch* eine Frau!«

Dass ›noch eine Frau‹ meine beste Freundin ist beziehungsweise war, verschweige ich. Seltsamerweise kommen mir bei dem Gedanken an Katrin, nicht an Marc, auf einmal die Tränen. Je mehr ich versuche, sie herunterzuschlucken, umso schlimmer wird es. Alles, was ich in den letzten Tagen erfolgreich verdrängt habe, scheint auf einmal aus mir herauszubrechen und die Tränen fließen nur so.

Wortlos nimmt mich meine Tante in die Arme und hält mich fest. Es tut einfach gut, ihren Trost zu spüren. Auch wenn wir uns so lange nicht gesehen haben, sind wir uns auf einmal ganz nah.

»So schlimm?«, fragt Ingrid.

»Warum ist das Leben nur so ungerecht? Und die Liebe?«, schniefe ich.

»Diese Frage kann ich dir nicht beantworten, Kerstin. Vielleicht müssen wir manchmal im Leben auch dunkle Zeiten erleben, um das Licht wieder zu sehen. Und was die Liebe angeht … ich glaube, erst wenn es richtig wehtut, weiß man, dass es Liebe ist. Oder war. Niemand, der einem gleichgültig ist, kann einen verletzen. Ich kann dir nur eines sagen, was immer auch passiert ist und dein Herz jetzt schwer macht: Es geht vorbei! Auch wenn du es dir gerade beim besten Willen nicht vorstellen kannst.«

Ihr Blick wandert versonnen in die Ferne und auf einmal erkenne ich in ihren Augen, dass auch sie einmal den Schmerz empfunden haben muss, den nur die Liebe zu verursachen vermag.

Sie sieht mir an, dass ich es spüre und sagt: »Ja, meine Kleine. Auch ich kenne die ›übliche‹ Geschichte … ein Mann, eine Frau … und *noch* eine Frau. Darum glaub mir bitte: Es geht vorbei! Es gibt noch mehr Männer auf der Welt als nur den einen, der sich nicht für *eine* entscheiden kann. Sowieso für so ein hübsches, junges Ding wie dich! Und nun lass uns nach Hause gehen und ein Schlückchen Sanddornlikör trinken.«

Ich putze mir die Nase und fühle mich tatsächlich ein bisschen leichter. Es ist mir sogar egal, dass mich alle entgegenkommenden Leute merkwürdig ansehen, weil ich so verheult bin.

Natürlich will Ingrid nicht, dass ich sie einige Tage später zum Krankenhaus begleite. Aber selbstverständlich lasse ich es mir nicht nehmen und sitze darum mit ihr auf dem kleinen Dampfer, der uns nach Schaprode bringt, von wo aus wir mit meinem Auto nach Stralsund fahren werden.

Zum hundertsten Mal fragt mich Ingrid, ob ich auch wirklich mit allem klarkommen werde.

Und zum hundertsten Mal nicke ich ihr schmunzelnd zu und sage:«Keine Sorge, Tantchen! Ich werde das Häuschen schon nicht abfackeln!«

»Das mit dem ›Tantchen‹ lässt du bitte schön«, antwortet sie mit gespieltem Ernst. »Es sei denn, sie überweisen mich vom Krankenhaus direkt in ein Altersheim. Und selbst dann …«

»Ich wollte dich doch nur ein bisschen aufheitern.«

Ingrid verdreht die Augen.

Ich kann mir schon vorstellen, wie ihr zumute ist, auch wenn sie mir bis heute nicht gesagt hat, um was für eine Art

Untersuchung es sich überhaupt handelt. Aber wer geht schon gerne ins Krankenhaus? Auf der Fahrt nach Stralsund versuche ich sie daher abzulenken, so gut es geht, und erzähle allerhand Banales aus der Welt der Beautybranche. Ingrid sieht dabei aus dem Fenster und ich habe den Verdacht, dass sie gar nicht richtig zuhört. Vermutlich ist es ohnehin nicht so ganz ihr Thema, denn in ihrem Bad befinden sich außer den üblichen Must-haves wie Duschgel, Deo und Bodylotion höchstens noch Nivea-Creme, Zahnpasta und Sonnenmilch. Vielleicht noch ein Lippenstift und eine Mascara. Die Anti-Age Super-Repair-Night-Creme von ›Celine Dupont‹, die ich ihr zur Begrüßung mitgebracht habe, steht jedenfalls immer noch unausgepackt auf dem kleinen Glasregal. Trotzdem sieht sie für ihr Alter ziemlich jung aus, wie ich finde.

Das macht sicher die gute Luft an der See, ausreichend Schlaf und Bewegung und die gute Ernährung mit viel Fisch. Und die Abwesenheit von Stress!

Als wir beim Krankenhaus ankommen, springt Ingrid fast aus dem Auto. Es ist beinahe so, als würde sie befürchten, ich würde doch noch darauf bestehen, mitzukommen.

»Lass mich doch wenigstens die Tasche reintragen«, bitte ich sie.

Aber Ingrid schüttelt energisch den Kopf.

Sie kann so unglaublich stur sein, genau wie meine Mutter. In *dem* Punkt sind sie sich wirklich unglaublich ähnlich. Kein Wunder, dass sie sich nicht vertragen, wenn beide so verbohrt sind und keine den ersten Schritt macht.

In den letzten Tagen haben Ingrid und ich uns oft bei einem Gläschen Sanddornlikör unterhalten. Ich habe ihr viel von meinem Leben am Bodensee erzählt und sie mir von Hiddensee. Dabei hat sie auch viel über die alten Zeiten gesprochen. Offenbar gab es einmal eine Zeit, in der die beiden Schwestern ein ganz inniges Verhältnis und viel Spaß miteinander hatten. Jedenfalls hat mir Ingrid mit leuchtenden Augen von lustigen Aktivitäten und gemeinsamen Tanzabenden mit einer ganzen Gruppe von jungen Leuten in der ›Heiderose‹ und im ›Hotel am Meer‹ erzählt. Diese feuchtfröhlichen Abende klangen offenbar hinterher immer noch in zusammengeschobenen Strandkörben mit etlichen Flaschen ungarischem Wein und Gitarrenmusik aus. Es fällt mir nicht leicht, die beiden Frauen, so, wie ich sie heute kenne, mit diesem heiteren, unbeschwerten Bild in Verbindung zu bringen.

»Geh du mal lieber ein bisschen in die Stadt. Bestimmt hast du den Trubel auf der Insel schon ganz schön vermisst.«

Wenn ich ehrlich bin, dann habe ich das kein bisschen bis jetzt.

»Also dann: Tschüß, mine Lütte … und pass mir schön auf die ›Silberdistel‹ auf!«, verabschiedet sich Ingrid.

Ich nehme sie fest in die Arme. »Alles Gute, Ingrid! Wirst sehen, alles ist gut. Ruf mich bitte gleich an, wenn du die Ergebnisse hast und du weißt, wann ich dich abholen kann, ja?«

»Mach ich. Also bis dann …« Mit diesen Worten geht Ingrid energischen Schrittes auf das Krankenhausportal zu.

Ich sehe ihr nach, dieser kleinen zarten und doch zugleich kraftvollen Person. Irgendwie habe ich kein gutes Gefühl, sie hier jetzt allein zu lassen.

Schweren Herzens schlage ich den Weg in die City ein. So ein Sturkopp, denke ich noch einmal.

Am Hafen gönne ich mir einen Cappuccino und betrachte das bunte Treiben um mich herum. Das schöne Wetter hat sehr viele Touristen in die Stadt und auf die Schiffe gelockt, sodass hier unglaublich viel los ist.

Ich genieße das Leben, das hier herrscht, und beobachte ein wenig die vielen Menschen, die diesen heiteren Urlaubstag unbeschwert genießen.

Beim Zurückbummeln fällt mir in einer Seitengasse ein kleines Geschäft mit schönen Dingen auf und ich betrachte das Schaufenster. Auf einer Puppe ist ein wunderschönes sonnenblumengelbes Kleid dekoriert. Es hat einen ziemlich schlichten, zugleich figurbetonenden Schnitt, ist bis zur Taille eng und nach unten hin ausgestellt. Der tiefe Ausschnitt ist ebenso wie der Saum mit weißer Häkelspitze verziert. Es ist einfach so schön, dass ich ohne zu zögern den Laden betrete und es auch sofort entdecke. Die einzige Größe, in der es noch verfügbar ist, ist meine! Wenn das nicht ein Zeichen ist …

»Sieht so aus, als hätte es auf Sie gewartet«, meint die nette junge Verkäuferin.

Eigentlich habe ich auf Hiddensee überhaupt keine Gelegenheit, ein solches Kleid zu tragen, und doch kann ich nicht anders … ich muss es haben! Schließlich werde ich bald wieder zurück am Bodensee sein … und bei ›Celine Dupont‹!

Doch werde ich das wirklich?

Gedankenverloren verlasse ich den Laden und stolpere direkt in die Arme eines Mannes.

»Hoppala! Ist das nicht ein bisschen früh für Tee mit Rum?«, fragt er freundlich.

Überrascht und zugleich wütend schaue ich in die blauen Augen von Dirk, der mich fröhlich anlacht. »Hallo, was machen Sie denn hier?«, frage ich ihn irritiert.

»Sie? Ich dachte, das hätten wir bei dem zweiten Tee mit Rum schon in ein ›Du‹ verwandelt?« Noch immer grinst er mich herausfordernd an.

Was um Himmels willen ist da noch gewesen, an das ich mich nicht erinnern kann?

»Ich hatte gehofft, wir würden uns mal wieder auf Hiddensee treffen. Aber du warst wie vom Erdboden verschluckt. Was meinst du … sollen wir etwas trinken gehen? Es muss ja nicht schon wieder Tee mit Rum sein!«

Ich denke nach. Keine Männergeschichten, Kerstin! Andererseits: Ist es denn gleich eine ›Männergeschichte‹, wenn ich eine Apfelschorle trinke? Eigentlich habe ich unheimlich Durst, wie ich gerade bemerke.

»Na gut, warum nicht? Es gibt sogar etwas zu feiern!«

Dabei denke ich an das wunderschöne sonnengelbe Kleid. Und die Tatsache, dass es mir heute viel besser geht als noch vor wenigen Tagen.

Er hat schöne Hände. Ich beobachte ihn heimlich, wie er die Kaffeetasse hält.

Als er es bemerkt, schaue ich schnell zur Seite. Er soll nur nicht denken, ich hätte Interesse an ihm! Tante Ingrid hat recht: Er sieht wirklich gut aus. Aber nicht auf die herkömmliche Art, im Gegenteil. Irgendwie scheint es eher so, als wäre es ihm egal, wie er herumläuft. Heute trägt er zum Beispiel einen blauen Pullover, der wirklich uralt aussieht. Damit passt er jedoch hervorragend zu der alten Jeans und den ausgelatschten Turnschuhen. Die meiste Zeit macht er ein grimmiges Gesicht, doch wenn er lacht, ist es, als ob irgendjemand das Licht anknipst.

Irgendwie strahlt er von innen heraus, so blöd sich das anhören mag. Sein Lächeln lässt Hunderte kleine Fältchen um seine Augen entstehen, doch auch diese tun seiner Attraktivität keinerlei Abbruch. Ich muss lächeln, weil mir schon wieder automatisch die Augencreme mit Algenextrakt von ›Celine Dupont‹ einfällt. So etwas hat seine Haut sicher noch nie gesehen.

»Du denkst an zu Hause?«, fragt Dirk und trinkt einen großen Schluck Cappuccino.

»Wie kommst du darauf?«, frage ich zurück.

»Weil du gelächelt hast!«

Wenn er wüsste, dass der Gedanke an mein ›Zuhause‹ mich im Moment nun wirklich nicht gerade lächeln lässt.

»Ehrlich gesagt, habe ich gerade an meinen Job gedacht.«

»So, so. Das scheint ja eine tolle Sache zu sein, wenn sie dich so fröhlich stimmt.«

»Eine tolle Sache ... ja, das ist sie wohl wirklich. Und trotzdem ...«, seufze ich.

Dirk zieht fragend eine Augenbraue hoch. »Und trotzdem?«

»Es ist ein toller Job und ich arbeite wirklich sehr gerne. Aber ... in letzter Zeit ist es einfach ein bisschen viel geworden!«

Und ehe ich mich versehe, erzähle ich ihm alles. Von ›Celine Dupont‹, den tollen Produkten, den aufregenden Tagungen in den schönen Städten. Aber auch von dem Stress, dem zunehmenden Druck und der Angst, allem nicht gewachsen zu sein.

Ich weiß nicht, warum ich ihm das alles mitteile ... ihm, einem Wildfremden. Aber es tut gut, sich einmal alles von der Seele zu reden. Vielleicht gerade, *weil* er ein Wildfremder ist und wir uns vermutlich nach meinem Hiddensee-Aufenthalt nie mehr wiedersehen werden.

Ich erzähle ihm sogar, dass ich aus lauter Angst, nicht gut genug für diesen Job zu sein, immer viel mehr getan habe als nötig. Immer 300 Prozent gegeben habe und dabei mein gesamtes Privatleben aus den Augen verloren habe. Nur von Herrn Siegmund erzähle ich ihm nicht. An ihn will ich nicht einmal denken.

»Ich verstehe dich sehr gut«, sagt Dirk. »Ich habe auch einmal etwas Ähnliches erlebt. Nur gearbeitet und mein ganzes anderes ›Leben‹ dabei verpasst.« Wieder nimmt sein Gesicht diesen grimmigen Ausdruck an.

»Was hast du denn gemacht, bevor du die ›Boje‹ übernommen hast?«, frage ich neugierig.

»Ach, das ist eine lange Geschichte«, winkt er ab.

Offenbar will er nicht gerne über seine Vergangenheit reden. Ich ärgere mich, weil ich mich im Gegensatz zu ihm so geöffnet habe.

»Schnee von gestern, wie man so schön sagt. Doch ich verstehe dich wirklich. Ich habe eine ganz ähnliche Erfahrung gemacht wie du. Bis das Leben mir eine kleine Lektion erteilt hat! Seitdem denke ich über viele Dinge anders, glaub mir. Und darum kann ich dir auch nur raten: Zieh die Notbremse, Kerstin, solange es noch geht! Du hast nur *ein* Leben.«

Drei Apfelschorlen und etliche Tassen Cappuccino später sitzen wir noch immer in dem kleinen Café und reden. Dirks freundliche und humorvolle Art tut mir unheimlich gut. Er erzählt mir sehr viel über Hiddensee und Rügen, und an der Art, wie er das tut, erkenne ich, wie sehr er seine Heimat liebt.

Fast bedauere ich es ein wenig, als er schließlich sagt: »So … liebe Kerstin. Ich muss leider gehen. Gordon wartet auf mich. Aber vielen Dank für ein paar richtig schöne Stunden.«

»Gordon?«

»Mein Hund, du hast ihn doch schon kennengelernt. Er heißt Gordon nach dieser Ginmarke«, grinst Dirk.

»Es gab einmal eine Zeit, da war sie mein einziger Freund. Heute gibt es Gordon! Dem Namen bin ich treu geblieben, aber so ein Hund ist wahrhaft der bessere Freund als eine Ginflasche.« Er lächelt mich an und sieht mir dabei direkt in die Augen.

Oh nein … ich muss wirklich aufpassen!

»Wäre schön, wenn du Gordon und mich wieder einmal in der ›Boje‹ besuchen würdest. Tee mit Rum und Apfelschorle sind eigentlich immer reichlich vorhanden!« Mit einem Augenzwinkern verabschiedet er sich. Ich sehe ihm nachdenklich nach, da dreht er sich noch einmal um, hebt die Hand und winkt mir kurz zu.

Auch für mich ist es Zeit, aufzubrechen. Auf dem ganzen Heimweg denke ich an unser Gespräch. Dirk ist ein unglaublich guter Zuhörer. Vielleicht habe ich ihm deshalb so viel von mir erzählt. Auch, weil er mich nicht ständig unterbrochen und von sich gesprochen hat.

Viele Leute haben nämlich diese Angewohnheit, dass ihnen, sobald man ihnen etwas erzählt, einfällt, dass ihnen etwas Ähnliches widerfahren ist. Was natürlich noch viiiiel schlimmer, schöner, besser als das eigene Erlebte war. Und auf einmal sprechen sie nur noch über sich selbst.

Dirk ist da ganz anders. Eigentlich hat er von sich so gut wie nichts erzählt, fällt mir gerade auf. Die ganze Zeit hat er mir zugehört und wenn ich ihn etwas gefragt habe, ist er mir ausgewichen und hat das Thema auf etwas Unverfängliches wie den Sommer auf Hiddensee gelenkt. Seltsam.

Dabei hätte ich, wie ich mir nun gerade eingestehe, schon sehr gerne mehr über ihn erfahren.

Auf dem Rückweg nach Schaprode ziehen auf einmal Wolken auf.

Schade, es war so ein herrlicher Tag, der schon etwas davon spüren ließ, wie schön es hier im Sommer sein wird.

Fast genauso oft wie an den geheimnisvollen Dirk denke ich an Ingrid, die nun ganz alleine im Krankenhaus ist. Ich beschließe, sie gleich anzurufen, wenn ich in der ›Silberdistel‹ angekommen bin.

Es ist seltsam, auf einmal alleine in dem kleinen Häuschen zu sein. Auch wenn Ingrid und ich nicht ununterbrochen zusammen waren, so fehlt sie mir nun doch sehr. Als es Abend wird, denke ich an unsere gemeinsamen Spaziergänge am Bodden und den anschließenden obligatorischen Genuss von Sanddornlikör.

Ich gehe alleine ein Stück, doch es ist einfach nicht dasselbe. Außerdem haben die dunklen Wolken nichts Gutes zu bedeuten, denn schon bald, nachdem ich losgegangen bin, beginnt es zu regnen. Ich kehre um, esse ein Käsebrot mit Tomate, und nachdem ich von Ingrid telefonisch erfahren habe, dass es ihr gut geht, mache ich es mir mit einer Kanne Tee und einem der mitgebrachten Bücher auf dem Sofa gemütlich.

Als Einzelkind habe ich ja schon immer viel Zeit alleine verbracht, mit mir selbst und meinen Träumen und Gedanken. Dennoch ist es ein merkwürdiges Gefühl, heute so ganz ohne Gesellschaft in diesem Haus zu sein. Überraschenderweise habe ich aber überhaupt keine Angst.

Als ich später mit meiner Glücksmuschel in der Hand im Bett liege, lausche ich dem Wind und dem Rauschen des Meeres und fühle mich geborgen wie in einem Kokon … weit weg von allen Sorgen und allem, was mich belastet.

Am nächsten Morgen scheint die Sonne hell in mein Zimmer und kitzelt mich wach.

Was für ein Glück, denke ich, denn heute reisen die angekündigten Gäste an.

Das Ehepaar Müller aus Berlin trifft so gegen Mittag ein. Sie sind seit vielen Jahren Stammgäste und haben das gleiche Zimmer wie immer gebucht.

Die beiden sind sehr nette, ältere Leute, die offenbar richtige Hiddensee-Fans sind und jedes Jahr im Mai auf die Insel kommen. Helmut Müller ist ein ziemlich korpulenter Mann, dem man ansieht, dass er gerne mal ein Bierchen zischt. Seine Frau Edith hat knallrot gefärbte, kurze Haare mit einer weißen Strähne am Pony, ist klein, drahtig und hat ihren Helmut augenscheinlich gut im Griff. Jedenfalls dirigiert sie ihn gleich nach oben und erzählt mir in den ersten fünf Sätzen alles über ihre Familie, ihre vier Enkel und ihre Rückenschmerzen. Zudem teilt sie mir alles mit, was sie sich in den nächsten vierzehn Tagen auf Hiddensee vorgenommen haben.

Als Helmut wieder herunterkommt, erkundigt er sich interessiert nach Ingrid. Offenbar hat sie ihm bereits mitgeteilt, dass ich während ihres Krankenhaus-Aufenthalts in der ›Silberdistel‹« sein würde und sie sich jederzeit vertrauensvoll mit allen Belangen an mich wenden könnten. Dieser Satz bereitet mir irgendwie Unbehagen, denn Frau Müller scheint ein bisschen anstrengend zu sein.

Ich komme jedenfalls kaum dazu, Herrn Müller auf seine Frage nach Ingrid zu antworten, da zieht sie ihn schon am Ärmel und sagt: »Helmut! Wir wollten doch zum Strand! Auspacken können wir hinterher noch.«

Insgeheim muss ich schmunzeln. Wird mir doch wieder einmal bewusst, wie stark manche ›kleinen‹ Frauen doch ihre ›großen‹ Männer im Griff haben. Helmut scheint jedenfalls ein richtiger Teddybär zu sein, der zufrieden ist, wenn er irgendwo in Ruhe sein Bier trinken kann. Also trottet er ihr brav Richtung Strand hinterher und ich bin wieder allein.

So langsam gewöhne ich mich an das Alleinsein und genieße sogar die Stille und die Ruhe, die mich umgeben.

In den darauffolgenden Tagen koste ich ebenso wie die Müllers das schöne Wetter aus und mache lange Strandspaziergänge oder fahre mit dem Rad nach Vitte und nach Kloster.

Inzwischen habe ich schon so viele schöne Ecken auf der Insel entdeckt!

Einmal fahre ich mit dem Schiff nach Kloster und gehe dort zu Fuß zum Leuchtturm und den kleinen Weg an der Steilküste entlang zurück ins Dorf. Auf dem Rückweg besuche ich das Gerhart-Hauptmann-Haus und esse ein Eis im Gasthof ›Wieseneck‹.

In Vitte bummle ich durch den Buchladen ›Koralle‹ und den kleinen Andenkenladen mit den vielen Sanddornspezialitäten.

Einige Male gehe ich an der ›Boje‹ vorbei, ohne jedoch den Mut aufzubringen, hineinzugehen.

Warum eigentlich nicht? Schließlich will ich doch gar nichts von diesem Mann! Ich würde nur auch gerne einmal den Schmoraal mit Bratkartoffeln ausprobieren, von dem die Müllers so geschwärmt haben.

Also fasse ich mir ein Herz und betrete das kleine gemütliche Lokal.

Doch Dirk scheint gar nicht da zu sein. Statt seiner ist ein junges, bildhübsches Mädchen in knappen Jeans und einem Top mit sehr tiefem Ausschnitt hinter dem Tresen und lächelt mir aufmunternd zu. Mir fällt sofort ein, dass Ingrid mir von einem Mädchen namens Mareike erzählt hat, die angeblich in der ›Boje‹ arbeiten soll und dass eine hübsche Bedienung einem Lokal noch nie geschadet hätte. Das muss sie wohl sein, die Beschreibung trifft jedenfalls haargenau zu.

Wie es Ingrid wohl geht?

Wir telefonieren zwar jeden Tag, aber angeblich gibt es noch keine Untersuchungsergebnisse. Bei unseren Telefonaten versucht Ingrid zwar, fröhlich und unbeschwert zu klingen, aber ich habe das Gefühl, dass sie ungeduldig ist und heim möchte.

Ganz bestimmt ist ihr auch langweilig. Jedenfalls habe ich sie so gut wie nie lange irgendwo sitzen sehen, und wenn, dann ist sie mit Buchungen am Computer, nähen oder lesen beschäftigt. Meist jedoch hüpft sie quirlig in der Gegend herum oder macht Pläne, was noch alles zu tun ist.

Ich beschließe, sie am Wochenende wieder einmal zu besuchen. Möglicherweise hat sie bis dahin bereits ihre Ergebnisse und alles ist gut. Dann kann ich sie vielleicht sogar gleich wieder mit zurück nach Hause auf die Insel nehmen.

Die Müllers hatten jedenfalls recht: Der Schmoraal ist ein Gedicht, was ich ihnen natürlich am Abend gleich erzählen muss. Die beiden haben auch eine lange Fahrradtour gemacht und sind dabei schon ordentlich braun geworden.

Natürlich gibt Frau Müller ausführlich zum Besten, was sie so alles erlebt haben. Inzwischen finde ich ihre kleinen Geschichten ganz lustig und empfinde sie als nette Abwechslung von meinen einsamen Abenden vor dem Fernseher. So langsam habe ich das Gefühl, dass sich die beiden auf Hiddensee weit besser auskennen als ich.

»Waren Sie denn schon in dem kleinen Bernsteinladen in Kloster?«, fragt mich Frau Müller gerade. Dabei schenkt sie sich selbst noch einmal großzügig vom Sanddornlikör nach. Ich fürchte, ich muss irgendwo neuen organisieren, bevor Ingrid aus dem Krankenhaus zurückkommt. Die Bestände sind jedenfalls beträchtlich geschrumpft in der kurzen Zeit, seit sie weg ist.

Weil es abends doch noch etwas zu kühl ist, um draußen zu sitzen, haben wir es uns in dem kleinen Frühstückraum, von welchem aus man einen wunderschönen Blick über die Wiese zu den anderen weißen Häusern hat, gemütlich gemacht.

»Bisher noch nicht! Ich habe es nur in den Buchladen ›Koralle‹ und in die ›Boje‹ in Vitte geschafft«, erkläre ich.

»Da müssen Sie aber unbedingt einmal hin!«, schwärmt Frau Müller. »Ist aber gefährlich! Da gibt es ja soo wunderbaren Schmuck. Schauen Sie mal, was mir mein Helmut heute geschenkt hat …« Sie zaubert ein Kettchen aus ihrem Ausschnitt, an dem eine kleine, filigrane Insel aus Bernstein hängt.

»Oh … ist die hübsch!«

Ich freue mich ehrlich für Frau Müller. Hat ihr Helmut doch ein schönes Hiddensee-Andenken für sie gekauft. Dafür darf er sicher noch ein Bierchen mehr trinken, denke ich im Stillen.

Helmut ist am Hafen unten und unterhält sich wie jeden Abend mit den Fischern, während wir hier unsere Mädelsgespräche führen.

»Also ich bin Edith!«, sagt Frau Müller, als wir gerade unsere Gläser noch einmal gefüllt haben. »Dieses Zeug ist aber auch lecker – die reinste Medizin!«

Als ihr Helmut zurückkommt, ist es bereits fast dunkel und wir haben nicht mehr viel von der ›Sanddorn-Medizin‹ übrig gelassen. Wir wünschen uns gegenseitig eine gute Nacht und gehen alle nach oben.

Auch ich habe heute keine Lust mehr, den Fernseher einzuschalten. Lieber liege ich im Bett, lausche dem Meeresrauschen und träume ein wenig vor mich hin.

Als mein Handy klingelt, gehe ich ohne zu zögern ran, in der Annahme, es sei Ingrid.

Doch es ist Marc.

»Kerstin … endlich! Wo steckst du denn? Meinst du nicht, es ist langsam an der Zeit, nach Hause zu kommen und mit mir zu reden?«

Vor lauter Schreck verschlägt es mir die Sprache. Ich bin versucht, aufzulegen, da ich so gar keine Lust habe, mit Marc zu sprechen.

Schon gar nicht, mir *seine* blöden Vorwürfe anzuhören!

»Kerstin?? Bist du noch dran?«

»Ja, Marc, das bin ich. Ich habe nur einen Augenblick gebraucht, um mir die passende Antwort zu überlegen. Denn spontan fällt mir eigentlich nur ein: Wie kommst du dazu, in diesem Ton mit mir zu reden?«

Marc ist perplex. »Na, hör mal! Du haust einfach ab, gehst wochenlang nicht ans Telefon, meldest dich selbst aber auch nicht. Du sagst deiner Mutter, sie dürfe mir nicht sagen, wo du bist … Ich kann ja verstehen, dass du sauer bist …«

»Sauer? Äh … Das ist die Untertreibung des Jahrhunderts, Marc!« Wütend setze ich mich im Bett auf und sehe aus dem Fenster. Nicht einmal die schöne sternklare Nacht draußen kann mich jetzt versöhnlich stimmen.

»Okay … Kerstin, ich verstehe dich ja. Es tut mir leid, dass alles so gekommen ist. Aber ich denke, wir sollten endlich einmal reden. Über uns. Über alles. Wie es überhaupt so weit kommen konnte. Da gibt es nämlich einiges zu sagen, glaube ich.«

»Einiges zu sagen? Meinst du damit, warum du mich betrogen hast? Noch dazu mit meiner besten Freundin?«

Ich finde es selbst schrecklich, dass meine Stimme auf einmal diesen schrillen Ton angenommen hat.

»Kerstin, ich weiß, das war eine blöde Situation. Ich wünschte, du hättest uns nicht … dabei gesehen …«

Er sagt nicht: »Ich wünschte, ich könnte alles ungeschehen machen.« Oder: »Ich kann mir selbst nicht erklären, wie das passieren konnte.« Irgendetwas in der Art, das erkennen ließe, dass es ihm wirklich leidtut. Er sagt einfach, er wünschte, ich hätte sie nicht ›dabei‹ gesehen.

»Sei doch mal ehrlich, Kerstin. Du warst nie daheim. Hast eine Verabredung nach der anderen platzen lassen und dich kein bisschen mehr für mich interessiert …«

Ist ja klar. *Ich* bin an allem schuld. Ich habe mich nicht mehr für ihn interessiert und war nie da.

Marc wirft mir noch mehrere Dinge vor, um sich zu rechtfertigen. Doch ich höre gar nicht mehr richtig hin. Auf einmal wird mir das Ganze zu viel. Ich stehe auf und laufe im Zimmer umher. Betrachte mein Gesicht im Spiegel, das in den letzten Tagen und Wochen eine gesunde, braune Farbe angenommen hat und ziemlich häufig richtig entspannt ausgesehen hat. Und jetzt übersät ist von hektischen roten Flecken.

Ein Anruf von Marc und ich fühle mich wie durch den Fleischwolf gedreht!

»Kerstin, komm nach Hause. Oder sag mir, wo du bist, und ich komme zu dir. Dann reden wir über alles.«

Ich kann nicht antworten, möchte keinen Termin mit ihm festlegen. Will nur meine Ruhe. Im Augenblick möchte ich nur hier sein, auf der Insel.

»Ich melde mich.«

Und dann lege ich auf, warte nicht einmal mehr seinen Gruß ab.

Auf einmal habe ich Mühe, zu atmen. Ich muss hier raus, an die frische Luft …

Ich reiße meine Jacke vom Haken und laufe ziellos in den Abend hinaus.

Das Dunkel der Nacht hüllt mich ein wie eine Decke aus Samt. Augenblicklich werde ich ruhiger. Obwohl ich auf der holprigen Wiese kaum etwas sehen kann, weisen die Sterne über mir den Weg. Das Meer rauscht sanft und klingt wie Musik in meinen Ohren.

Dieses leise Rauschen wirkt wie eine Beruhigungstablette auf mich und ich spüre, dass mein Atem langsam wieder gleichmäßiger wird.

Warum nur habe ich mich so aufgeregt? Bestimmt tausend Mal habe ich mir überlegt, was ich wohl sagen, wie ich wohl reagieren würde, wenn ich wieder mit Marc sprechen würde. Erst mal hätte ich ihm gesagt, was für ein Schuft er doch ist. Mich so zu behandeln! Dann wollte ich ihn ganz cool fragen, wie lange das schon geht mit Katrin. Und dass sie ihn getrost behalten kann. Weil ich ihn nämlich überhaupt nicht zurückhaben wollte. All diese Dinge wollte ich ihm sagen, nichts davon habe ich herausbekommen.

Die dunkle Stimme von Marc ist mir direkt unter die Haut gegangen und hat all meine Gefühle für ihn wieder aufgewühlt.

Dabei habe ich doch in den letzten Tagen fast gar nicht mehr an ihn oder den bewussten Abend gedacht. Teilweise habe ich mich bereits über mich selbst gewundert, wie weit ich es in dieser kurzen Zeit geschafft habe, mein ganzes bisheriges Leben aus den Augen zu verlieren.

Und nun ist auf einmal alles wieder da. Als hätte jemand einen Schalter angeknipst oder den Film noch einmal zurückgespult. Meine Gedanken fahren Achterbahn.

Ohne es zu bemerken, bin ich am Strand angekommen. Vor mir liegt das weite Meer.

Ich bin so weit weggefahren und vor meinen Problemen davongelaufen, und doch haben sie mich auf einmal eingeholt. Hier auf dieser kleinen, zauberhaften Insel.

Wütend, vor allem auf mich selbst, dass mich dieser Anruf so sehr aus der Fassung bringen konnte, nehme ich mein Handy aus der Tasche und schleudere es weit weg. Das Meer soll es mitnehmen und mit ihm alle meine Probleme.

Oh Gott, was habe ich getan?, denke ich jedoch schon eine Minute später. Ich muss doch erreichbar sein, für Ingrid und das Krankenhaus.

Fluchend suche ich den ganzen Strand ab. Und tatsächlich, kurze Zeit später finde ich den Apparat wieder, glänzend im Mondschein. Ich puste den Sand herunter, stecke es ein und gehe langsam zurück.

Die frische Luft hat mir gut getan und mich beruhigt, sodass ich vielleicht sogar einschlafen kann.

Auf meinem Nachttisch liegt meine Glücksmuschel. Ich nehme sie in die Hand und betrachte sie nachdenklich. Sie erinnert mich daran, dass meine unbeschwerte Zeit hier bald vorbei sein wird.

Und ich eine wichtige Entscheidung treffen muss.

Vielleicht sogar zwei, denn auch der Gedanke an ›Celine Dupont‹ und den damit verbundenen Stress bereitet mir Magenschmerzen.

5. KAPITEL

Das Bernsteinkästchen

Es ist kein Problem, Nachschub in Sachen Sanddornlikör zu organisieren. Überall auf der Insel finden sich kleine Sanddornlädchen, die Saft, Likör oder andere leckere Sanddornspezialitäten wie Sanddorn-Marmelade oder Sanddorn-Honig verkaufen. Schließlich gibt es unglaublich viele Sanddornbüsche hier, die im Herbst schon von Weitem wunderbar orange leuchten sollen.

Tante Ingrid wird wohl die Nase rümpfen, denn so gut wie ihr selbst gemachter wird in ihren Augen sicher keiner der angebotenen Liköre sein! Doch ich möchte keine weitere Flasche aus ihrer sorgsam gehüteten Speisekammer holen. Auch wenn sie mir oft genug gesagt hat, ich solle ›auch ja alles essen und trinken, worauf ich gerade Lust‹ hätte.

Damit hat sie jedoch sicher nicht gemeint, dass ich so langsam zur Sanddornlikör-Alkoholikerin mutiere, denke ich schmunzelnd, als ich den Korb mit den vielen leckeren Sachen aus dem Sanddorn-Lädchen auf meinem Fahrrad zurück in die ›Silberdistel‹ balanciere.

Nach einer schlaflosen Nacht hat mich die Sonne heute bereits früh ins Freie gelockt. Bei einem Spaziergang am Strand fielen alle Sorgen wieder von mir ab und ich konnte kraftvoll in den neuen Tag starten. Immer wieder bin ich überrascht, wie gut mir die Natur und die Ruhe hier tun!

Bereits am Nachmittag jedoch ziehen auf einmal rabenschwarze Wolken über der See auf, die nichts Gutes verheißen. Die Fischer am Hafen haben Helmut bereits seit Tagen erzählt, dass sich die Schönwetterlage nicht halten und es schon bald sehr viel Regen und Sturm geben würde.

Am Abend scheinen sich die düsteren Prophezeiungen bereits zu erfüllen und es beginnt, wie aus Eimern zu schütten.

Ich suche im Internet nach einem klitzekleinen Hinweis darauf, dass das schlechte Wetter nur ein kurzes Intermezzo ist. Vergeblich! Enttäuscht reisen die Müllers nach zwei weiteren verregneten Tagen, die sie überwiegend mit Lesen und Fernsehen und dem Erzählen der gesamten Familiengeschichte verbracht haben, ab. Sie bieten mir an, die restlichen Tage trotzdem zu bezahlen, aber nach Rücksprache mit Ingrid verzichte ich darauf.

Lieber sollen die Müllers im Sommer noch einmal ein paar Tage wiederkommen, richte ich ihnen aus. Ich bringe sie zum Hafen, wo ich ihnen zum Abschied auf Ingrids Geheiß eine Flasche Sanddornlikör überreiche, worauf sie mich so herzlich in die Arme nehmen, als sei ich eine nahe Verwandte. Sie winken so lange, bis ich das Schiff schon fast nicht mehr sehen kann.

Ich trage die dicke Daunenjacke, doch heute friere ich sogar hiermit. Der Wind bläst mich fast um und ich bin froh, als ich wieder zu Hause bin. Das Wetter ist eindeutig zu schlecht für einen Strandspaziergang, denke ich traurig. Und auf die ›Sanddorn-Medizin‹ mit Edith am Abend muss ich auch verzichten. Stattdessen ist wieder einmal einsames Lesevergnügen auf dem Sofa angesagt. Zum Glück habe ich mich ja mit reichlich Lesestoff eingedeckt und kann problemlos Nachschub in der ›Koralle‹ organisieren!

Die plötzliche Stille im Haus ist seltsam und dennoch irgendwie wohltuend. In den nächsten Tagen mache ich nicht viel außer lesen und fernsehen. Schon der kleine Gang zum

Lebensmittelgeschäft, um Milch, Brot, Butter und Käse zu kaufen, macht bei diesem fürchterlichen Wetter keinen Spaß.

Bald schon wird mir jedoch langweilig und ich beginne, mich ein wenig mehr im Haus umzusehen. Natürlich ist das Zimmer der Müllers längst wieder picobello sauber und die neuen Gäste wollen erst in der nächsten Woche anreisen.

Wenn sie überhaupt kommen! Sollte sich die Wetterlage nicht bessern, könnte ich mir durchaus eine kurzfristige Absage ›aus Krankheitsgründen‹ vorstellen.

Ingrids Schlafzimmer ist die ehemalige Schlafstube meiner Großeltern. Ich weiß noch genau, wie ich als kleines Kind oft bei Oma im Bett meinen Mittagsschlaf halten durfte. Ich fühlte mich geborgen, wenn der Wind ums Haus pfiff und ich in der kuscheligen, gemütlichen Bettwäsche mit dem Rosenmuster lag, im Arm meinen Teddy, ohne den ich nirgendwohin ging.

Vom Bett aus konnte ich damals die Kommode sehen, auf der immer einige Bilder von Mama und mir und Tante Ingrid aufgestellt waren.

Wo sind all diese Dinge geblieben?

Auf einmal habe ich große Sehnsucht danach, diese alten Fotos anzuschauen.

Von mir und Mama hier auf Hiddensee. Und Oma und Opa. Wo sie wohl stecken?

Ob Ingrid sie weggeworfen hat?

Ich gehe durch das ganze Haus, ohne jedoch auf die kleinste Erinnerung an unsere Ferien in diesem Haus zu stoßen.

Doch dann entdecke ich im Obergeschoss eine Holztür, vor der eine alte Kapitänstruhe steht. Neugierig öffne ich sie, finde jedoch nur lauter Wolldecken und Kissen darin. Enttäuscht klappe ich sie wieder zu und schiebe sie kurz entschlossen zur Seite.

Wohin die Tür wohl führen mag? Ich schiebe sie vorsichtig auf, und vor mir liegt eine Treppe, die nach oben führt. Ein kalter Lufthauch schlägt mir entgegen, was mich jedoch nicht davon abhalten kann, die Stufen hinaufzusteigen.

Aha … hier gibt es also einen Dachboden. Am Ende der Treppe befindet sich ein Lichtschalter, den ich sofort anknipse, denn es ist ziemlich duster hier oben. Das liegt vor allem daran, dass es links und rechts des Dachbodens nur zwei runde Fensterchen gibt, die so winzig klein sind, dass sie kaum das Tageslicht hereinlassen. Zumindest heute nicht, denn es ist ja auch draußen dunkel und trübe.

Die Lampe, die ich eben angemacht habe, besteht aus einer kleinen Glühbirne, die auch nicht gerade viel Licht verbreitet. Trotzdem siegt meine Neugier und ich sehe mich interessiert um. Hier steht allerhand staubiges Gerümpel, wie etwa ein paar alte Gartenliegen mit Auflagen, jede Menge Kisten mit Krimskrams und alten Büchern. Ich stöbere ein wenig darin und entdecke das Buch ›Die neuen Leiden des jungen W.‹, setze mich in einen uralt aussehenden Sessel und blättere darin.

Opas Lieblingssessel, erinnere ich mich plötzlich. Er ist immer noch grau wie damals, inzwischen aber reichlich verblichen und verschlissen. Mir fällt ein, wie Opa immer in ihm saß, wenn ich hereinstürmte. Er las in der Zeitung und rauchte seine Pfeife, was von Oma gar nicht gern gesehen wurde. Das Pfeife-Rauchen, meine ich.

Sobald er mich sah, warf er die Zeitung auf den Fußboden und breitete seine Arme aus, damit ich auf seinen Schoß klettern konnte. Dann musste ich ihm all meine Schätze zeigen, die ich am Strand gefunden hatte, und ihm erzählen, was ich erlebt hatte. Oma war unterdessen meistens in der Küche, die damals noch ganz anders aussah, und bereitete ein leckeres Essen zu, während Mama und Ingrid ihr halfen und den Tisch deckten.

Die Erinnerungen sind so deutlich, als wäre es gestern gewesen, dabei muss es weit über 20 Jahre her sein. Inzwischen sind Oma und Opa längst gestorben und mir fällt ein, dass wir nicht einmal bei ihrer Beerdigung waren. Auch meine anderen Großeltern sind schon lange tot. Papa war ja viel älter als Mama und seine Eltern wiederum hatten ihn bekommen, als sie auch schon weit über 30 waren. Sie starben beide, als ich noch ein Kind war.

Der Gedanke daran, dass meine beiden Großelternpaare nicht auf meiner Hochzeit sein werden, macht mich ganz traurig. Doch dann fällt mir ein, dass es ja gar keine Hochzeit geben wird und ich spüre wieder einen Stich im Herzen.

Ich stehe auf und lege das Buch zurück, denn auf einmal ist mir kalt hier oben. Ich kann ja ein andermal wieder hochkommen und mich noch ein bisschen weiter umsehen, denke ich. Vielleicht sind die vermissten Fotos in einer der Kisten oder in einem der alten Möbelstücke, die ganz hinten in der Ecke stehen.

Gerade, als ich wieder heruntergehen möchte, sehe ich es: Omas altes ›Kökenschapp‹. Das muss ich mir nun doch aus der Nähe ansehen!

Es sieht genau aus wie früher …

Mir ist, als würde ich Oma in ihrer Kittelschürze davor stehen und die filigranen kleinen Glas-Schüsseln herausnehmen sehen, in denen es gleich den köstlichen Schokoladenpudding geben wird, den sie zur Belohnung gemacht hat, weil ich so schön den Teller leer gegessen habe.

Ich öffne die Glasvitrine und da sind sie. Die Glasschüsseln … aber auch das getupfte Milchkännchen, das immer morgens und abends mit warmer Milch auf dem Küchentisch stand. Genau wie die getupfte Tasse, aus der ich immer getrunken habe.

Auf einmal bin ich ganz aufgeregt und öffne alle Türen und Schubladen.

Am liebsten würde ich alle Schätze, die ich entdecke, mit nach unten nehmen, begnüge mich jedoch mit ein paar der zauberhaften Dessertschüsseln, einer wundervollen Tischdecke mit wertvoller Spitze und dem Milchkännchen nebst der getupften Tasse. Hinter dem ›Kökenschapp‹ sind noch mehr alte Möbel: ein brauner Kleiderschrank und Opas Schreibtisch sowie ein Bettgestell aus Holz, ein weiterer großer Schrank und eine weiße Kommode. Bestimmt hat Ingrid sie alle nach oben gebracht, als sie unten renoviert und alles neu eingerichtet hat. Die Möbel sind zwar schon ein wenig betagt, jedoch noch gut erhalten und haben meiner Meinung nach irgendwie mehr ›Seele‹ als die neuen Dinge, die allerdings moderner und sicher auch funktioneller sein mögen.

Da mir inzwischen noch kälter geworden ist, gehe ich mit meinen Schätzen und dem Buch schließlich doch nach unten.

Ich schiebe die Kommode wieder an ihren Platz und mache mir in der Küche erst einmal eine heiße Tasse Tee. Es kommt mir seltsam vor, in der modernen Atmosphäre der neuen Einbauküche zu sitzen, während ich eben noch die alte, gemütliche Küche meiner Großeltern vor Augen hatte.

Ich nehme meinen Tee und das Buch mit in mein Zimmer und lege mich in das gemütliche Bett, um zu lesen.

Noch immer heult der Wind ums Haus. Die sonst so liebliche Ostsee hat sich in ein gefährliches, dunkelgraues Ungeheuer verwandelt und ich frage mich, ob ich bei diesem schrecklichen Wetter morgen wirklich nach Stralsund ins Krankenhaus fahren soll.

Noch ehe ich eine Entscheidung getroffen habe, fallen mir auch schon die Augen zu.

Am nächsten Morgen beim Frühstück lese ich erst einmal in aller Ruhe die Zeitung und freue mich über das getupfte Milchkännchen, aus dem ich warme Milch in meinen Kaffee gieße.

Als ich heute aufgewacht bin, hat mich nicht einmal der Dauerregen gestört, der nach wie vor auf das Dach prasselt. So sehr habe ich mich darauf gefreut, wieder in den alten Sachen auf dem Dachboden zu kramen!

Doch noch kann ich nicht nach oben gehen. Zuerst hält mich meine Mutter am Telefon auf, die es wieder einmal aufs Vortrefflichste fertig bringt, mir ein schlechtes Gewissen zu machen, weil ich ihrer Meinung nach schon viel zu lange von zu Hause und der Arbeit weg bin.

»Bis wann muss Ingrid denn noch im Krankenhaus bleiben?«, fragt sie missmutig. »Und was fehlt ihr überhaupt?«

»Das weiß ich nicht so genau. Ingrid meint, sie hätte immer so Schmerzen im Bauch und die Ärzte müssten einige Tests mit ihr durchführen. Ich habe ihr versprochen, so lange hierzubleiben, damit die Gäste bei ihrer Anreise nicht vor verschlossener Tür stehen.«

»Das ist doch nun wirklich nicht dein Problem, Kerstin. Sicher gibt es auch noch andere Leute auf Hiddensee, die das übernehmen könnten!«

Wie soll ich meiner Mutter erklären, dass Ingrid diese Aufgabe aber offenbar nur jemandem aus der Familie anvertrauen wollte? Schlimm genug, dass ihre eigene Schwester dafür offenbar nicht infrage kam.

Und wie soll ich ihr weiter erklären, dass ich dieses Vertrauen nicht enttäuschen möchte, weil Ingrid mir in der wenigen Zeit, die wir miteinander verbracht haben, unglaublich wichtig geworden ist? Sie gibt mir ein Gefühl von Familie, das ich schon lange vermisst habe, wie ich gerade schmerzhaft feststelle.

»Du wirst ja sehen, was du davon hast!«, schimpft meine Mutter weiter. »Ich kann mir jedenfalls nicht vorstellen, dass sich dein Chef das noch lange mit ansieht, dass du einfach der Arbeit fernbleibst.«

Vermutlich hat sie recht. Der Gedanke an Herrn Siegmund bereitet mir zugegebenermaßen schon ein wenig Unbehagen.

»Von Marc ganz zu schweigen … der wird auch nicht ewig auf dich warten. Wenn dir auch nur ein bisschen was an deiner Beziehung liegt, dann komm endlich heim!«

Das klingt schon fast wie ein Befehl. Eigentlich müsste meine Mutter wissen, dass sie damit nur das Gegenteil bei mir erreicht. Wenn es etwas gibt, das ich offensichtlich von dieser Familie geerbt habe, dann ist es auf jeden Fall die Sturheit.

Noch immer zieht mich nicht das Geringste wieder nach Hause zurück. Das Einzige, was ich im Moment wirklich vermisse, ist die liebliche Bodenseelandschaft mit ihrem schon fast mediterranen Klima. Wie gerne würde ich jetzt in einem Biergarten am See sitzen, barfuß in Sandalen, und ein Eis essen. Stattdessen muss ich meine Daunenjacke überziehen, um überhaupt das Haus verlassen zu können, und muss trotz Dauerregens auf einen Schirm verzichten, weil mich ansonsten wahrscheinlich der Sturm erfasst und wie Karlsson vom Dach über die Insel fegt.

»Ich komme bald, Mutter. Aber erst muss Ingrid gesund sein, das habe ich ihr versprochen. Heute Nachmittag werde ich nach Stralsund fahren und ihr einen kleinen Besuch abstatten. Ich melde mich, sobald ich Näheres in Erfahrung gebracht habe, ja?«

Wie üblich hat das Gespräch mit ihr kein gutes Gefühl bei mir hinterlassen. Ich gieße mir eine weitere große Tasse Milchkaffee ein, ziehe meine dicke Strickjacke an und mache mich auf den Weg nach oben.

Hier auf dem Dachboden ist es dunkel, kalt und zugig, aber ich bin neugierig, was ich noch alles entdecken werde.

In dem alten Schrank befinden sich jede Menge betagte Kleider, Jacken und Mäntel.

Nicht gerade das, was die modebewusste Dame unter ›Vintage‹ versteht und auf dem Flohmarkt gerne erwerben würde. Meine Hoffnung, hübsche Seidentücher oder alten Schmuck zu finden, wird nicht erfüllt. Stattdessen stapelweise dicke Wollpullover und Schals, die aussehen wie selbst gestrickt und … nun ja, bereits das eine oder andere Loch aufweisen. Ich stöbere weiter herum und öffne den anderen alten Schrank. Ich glaube, er stand im Wohnzimmer meiner Großeltern, es kann aber auch im Flur gewesen sein.

Hier werde ich endlich fündig. Zwischen weiteren Büchern, alten Tischdecken und Krimskrams entdecke ich sie – alte Fotoalben mit Bildern von meinen Großeltern und ihren beiden Töchtern. Was ich sehe, stimmt mich froh: eine glückliche Familie in einem idyllischen Häuschen am Meer.

In einem der neueren Alben sind auch einige Bilder von meiner Mutter und mir, zusammen mit meinen Großeltern in der Küche, am Strand und vor dem Haus. Als ich das Foto finde, das mich auf dem Schoß meines Großvaters zeigt, wie er mir liebevoll über das Haar streicht, kann ich die Tränen nicht zurückhalten. Ich setze mich wieder in den alten Sessel und betrachte die Bilder lange.

Warum habe ich meinen Großvater nie wiedergesehen? Warum war mein Vater eigentlich nie dabei, wenn wir Mutters Familie besuchten? Und warum sind wir überhaupt nie wieder hierhergefahren? Ich finde keine Antworten auf diese Fragen.

Gedankenversunken betrachte ich die anderen Dinge, die ihr staubiges Zuhause in dem alten Schrank auf dem Boden gefunden haben, alte Vasen, Geschirr, Gläser. Doch nichts bedeutet mir so viel wie die Bilder aus meiner Kindheit.

Dann sehe ich mir die weiße Kommode näher an. In der obersten Schublade befinden sich ein paar hübsche Blüschen mit bunten Mustern, meist aus Baumwolle mit Spitzenbesatz, die selbst genäht aussehen. Ein Jeansrock, ebenfalls mit Spitzenbesatz, der mir auch sehr nach Heimarbeit aussieht. Ein paar Jeans mit seltsamem Schnitt der Marken ›Boxer‹ und ›Shanty‹, die ich nie gehört habe. Sie sind sehr klein, mir wären sie vermutlich viel zu eng, und ich bin schon nicht gerade dick. Die Sachen müssen die beiden Schwestern in ihrer Jugend in der DDR getragen haben. Auch in der zweiten Schublade entdecke ich allerhand anderen Mädchenkram, Bürsten, Kosmetika, dazu jede Menge Modezeitschriften namens ›Sybille‹ oder ›Pramo‹.

Toll! Meine nächsten Tage sind gerettet. Die Zeitschriften scheinen alle aus den 80er-Jahren in der DDR zu stammen und versprechen eine interessante und unterhaltsame Lektüre. Damit werde ich mir viele Stunden vertreiben können, egal, wie das Wetter wird!

Ich lege die Zeitschriften alle auf einen Stapel und die Fotoalben obendrauf, damit ich sie später mit nach unten nehmen kann.

Die unterste Schublade klemmt leider, und zwar richtig. Nein, vermutlich ist sie einfach nur abgeschlossen, und der Schlüssel dazu wurde verbummelt. Nach meinen bisherigen tollen Funden bin ich jedoch neugierig geworden, was sich darin wohl befinden mag. Also schnappe ich den Stapel Zeitschriften, die Bilder und marschiere nach unten, um irgendetwas zu finden, mit dem ich die Schublade öffnen kann.

Ach, ist es herrlich warm in der Küche! Eigentlich will ich gar nicht mehr hinauf auf den kalten Dachboden. Nur noch die eine Schublade, denke ich bei mir, dann gibt es DDR-Mode-Lektüre auf dem Sofa.

Kurze Zeit später habe ich allerhand Werkzeug bei mir. Verschiedene Schlüssel, die ich alle am Schlüsselbrett im Flur gefunden habe, die aber leider nicht passen – nicht, dass ich das wirklich erwartet hätte –, einen großen Schraubenzieher und ein großes Messer.

Nachdem ich eine ganze Weile erfolglos herumgehebelt habe und schon aufgeben will, macht die Schublade endlich einen Ruck und gibt nach.

Es ist mühsam, aber ich kann sie herausziehen. Was ich in ihr entdecke, ist eine echte Überraschung.

Ein alter Quelle-Katalog, mehrere Modezeitschriften wie die ›Freundin‹, ›Brigitte‹, ›Für Sie‹ – alle aus dem Westen!

So etwas gab es hier doch gar nicht. Genauso wenig wie das Fa-Deo, die LUX-Seife, das Litamin-Schaumbad und viele andere Dinge aus dem Kosmetikbereich, die natürlich mein besonderes Interesse wecken. Wo mögen sie herstammen? In der DDR konnte man diese West-Artikel nicht kaufen, jedenfalls nicht in den normalen Geschäften. Lediglich in den Intershops gab es Westware, allerdings auch nur gegen Westmark, das hatte meine Mutter oft genug erzählt.

Mir fällt wieder ein, dass Großvater einen Cousin hatte, der vor vielen Jahren gleich nach dem Krieg in den Westen gegangen war und am Bodensee lebte. Vermutlich hat er hin und wieder einmal ein Päckchen geschickt und die Mädchen haben die Dinge gehütet und aufbewahrt wie Schätze. Diese Schublade ist wirklich der Hammer! Wer bewahrt schon 20 Jahre lang ein Deo auf?

Ganz hinten am Ende der Schublade, verborgen unter einem weichen Schal, entdecke ich jedoch noch etwas anderes, viel Wertvolleres und Schöneres als den ganzen Drogeriekram.

Ein wunderschönes Bernsteinkästchen, verziert mit Hunderten gold schimmernden Bernsteinen. So etwas Schönes habe ich noch nie gesehen, das Kästchen ist eine Besonderheit und sicher in Handarbeit gefertigt. Es hat einen kleinen Hakenverschluss, aber auch dieser klemmt.

Komisch, auf einmal beschleicht mich ein seltsames Gefühl. Die ganze Zeit fand ich es vollkommen normal, in den alten Sachen herumzuwühlen. Doch plötzlich habe ich den Eindruck, etwas Verbotenes zu tun …

Ich ringe mit mir. Fast will ich es zurücklegen, doch dann denke ich: Es hat hier so lange gelegen, ohne dass es jemanden interessiert hat! Wenn es etwas von Bedeutung wäre, würde es hier oben sicher nicht vor sich hinstauben.

Ich atme tief durch und öffne es. Mit Kuli sind die Initialen ›MS‹ in den braunen Stoff, mit dem das Kästchen ausgeschlagen ist, geschrieben. Marie Schlüter …

Aber was ist das?

Schulhefte?

Mit so etwas Profanem hätte ich nun wirklich nicht gerechnet.

Ich dachte eher an alten Schmuck oder noch mehr Fotos, vielleicht von brisanter Art, vom FKK-Strand oder so.

Enttäuscht lege ich das oberste Heft, das ich herausgenommen habe, zurück. Doch dabei fällt tatsächlich eine Fotografie heraus. Es zeigt drei hübsche junge Frauen am Strand.

Eine davon ist ganz offensichtlich meine Mutter in jungen Jahren. Sie trägt einen wunderschönen weißen Badeanzug mit einer großen roten Blüte darauf. Nun bin ich mir auch sicher, wem die Jeans und die anderen Sachen gehört haben müssen, denn sie ist die Einzige auf dem Bild, die unbeschreiblich schlank, wenn nicht gar dünn zu nennen ist.

Also ist das die Kommode meiner Mutter aus ihrem alten Zimmer! An ihrer Seite ist unverkennbar meine Tante Ingrid, damals mit noch mehr Speck auf den Rippen als heute, aber mit demselben hübschen Gesicht, nur viel jünger. Die Dritte im Bunde ist eine ebenfalls sehr aparte Dunkelhaarige mit üppigen Rundungen, die in einem schwarzen Einteiler stecken. Die drei halten sich lachend in den Armen und verbringen offenbar einen lustigen Tag am Strand. Ich drehe das Foto um und entdecke das ›Agfa‹-Zeichen und die Jahreszahl 1982. War das nicht auch eine West-Fotomarke?

Nun muss ich mich doch hinsetzen und schlage das alte Schulheft auf.

Es ist mit einer feinen, sauberen Handschrift von vorne bis hinten eng beschrieben und scheint ein Tagebuch zu sein.

Hiddensee, 8. Mai 1982

Heute ist Tag der Befreiung, aber natürlich dürfen wir mal wieder arbeiten. Dieser Tag ist so unglaublich heiß! Man kann nicht glauben, daß wir erst Mai haben.

Bei der Arbeit im ›Hotel am Meer‹ war wieder die Hölle los. Selber schuld! Was muß ich auch im Hotelfach arbeiten? Jeden Tag diese Knechterei, immer nur die Leute bedienen und dabei lächeln. Ich hätte auf Vati hören und studieren sollen. Aber dann hätte ich die Insel verlassen müssen. Und in die Partei eintreten. Also lächle ich weiter, und manchmal ist es ja auch gar nicht so schlecht. Viele Gäste sind ganz nett und manche geben schon mal ein Trinkgeld, vor allem, wenn das Wetter so gut ist wie im Moment. Immer noch besser als sich im ›Konsum‹ abochsen zu müssen wie Ingrid. Oder den ganzen Tag nur Haare zu machen wie Petra.

Gleich holt Jens mich ab. Wir wollen in die ›Heiderose‹ zur Disko.

Ich habe meine neue Nietenhose an und die Bluse, die ich zum Geburtstag von Mama aus dem ›Exquisit‹ bekommen habe. Hoffentlich trinkt Jens nicht wieder so viel. Dann ist der Abend wieder gelaufen und ich kann entweder mit Ingrid nach Hause gehen oder muß mit zu Petra nach Vitte. Ingrid will immer so früh wieder heimgehen. Sie sagt immer, sie sei müde, aber mein Gott! Sie ist 24 und nicht 74!

Ingrid kann so wahnsinnig langweilig sein. Ich glaube, sie hat nur deshalb immer so schlechte Laune, weil sie keinen Freund hat. Aber das hat sie sich selbst zuzuschreiben! Sie sollte eben mal ein bißchen abnehmen und nicht immer so ernst gucken! Zum Glück gibt es Petra. Mit ihr kann man wirklich Spaß haben.

Ich kann nicht glauben, was ich da lese. Das soll meine Mutter geschrieben haben?

1982 … Da war sie 22 Jahre alt und hat im ›Hotel am Meer‹ gearbeitet, das hat sie uns immer erzählt. Interessant, und einen Freund hatte sie offenbar auch. Von einem Jens habe ich allerdings noch nie gehört. Auch eine Petra hat sie nie erwähnt, oder wenn, dann nicht in irgendeinem wichtigen Zusammenhang, den ich mir gemerkt hätte. Ich bin verunsichert. Darf ich von diesen Erlebnissen überhaupt wissen? Obwohl mein moralisches Empfinden eigentlich dagegenspricht, bin ich so fasziniert, dass ich unbedingt weiterblättern muss. Hauptsächlich aber, weil ich gerne meine Mutter von einer anderen Seite kennenlernen möchte. Einer Seite, die sie jung und unbeschwert zeigt und nicht so nörglerisch und negativ, wie sie heute ist.

9. Mai 1982

Es ist immer noch richtig warm und ich muß wieder arbeiten. Franz hat angerufen und gesagt, ich muß kommen und bedienen, weil wir eine Hochzeit haben und außerdem bereits viele Badegäste im Haus sind. Dabei bin ich noch so müde! In der ›Heiderose‹ war klasse Stimmung, und Fred, der immer Musik macht, hatte tolle neue Westplatten dabei. Am Anfang spielt er meistens was von ›City‹, ›Karat‹ oder ›Silly‹ wegen der Quote. Diesmal hatte er aber auch noch ›Trio‹ und ›Falko‹ und noch mehr von der neuen Deutschen Welle dabei, aber auch ›OMD‹, ›Culture Club‹ und ›ELO‹. Die sind vielleicht gut! Wo kriege ich nur eine Platte von denen her?

Jens war mal wieder total betrunken. Getanzt hat er auch nicht mit mir. Manchmal frage ich mich, ob er überhaupt mein Freund ist. Wir gehen zusammen aus, aber dann entdeckt er seine Freunde und sie lassen sich gemeinsam volllaufen. Ich glaube, er kriegt gar nichts von der Musik mit oder daß ich mit anderen tanze. Weil ich nicht alleine in der Dunkelheit mit dem Rad heimfahren wollte, bin ich dann wohl oder übel schon mit Ingrid heim. Na ja, war wohl besser so, da ich heute eh bedienen muß!

Das klingt schon eher nach meiner Mutter. Offenbar hatte sie schon damals viel an ihrem Freund auszusetzen. Was ich allerdings verstehen kann! Ich hätte auch keine Lust auf einen Typen, der mich bei einer Veranstaltung einfach vergisst und sich lieber mit seinen Kumpeln betrinkt, als mit mir zu tanzen. Ich blättere noch ein wenig in dem Schulheft herum und lese vom Alltag meiner Mutter. Offenbar ging sie ganz gerne ins ›Hotel am Meer‹, obwohl dort viel Arbeit, aber auch einige nette Kolleginnen und Kollegen auf sie warteten. Mit ihrer Schwester Ingrid verband sie ein ganz normales schwesterliches Verhältnis. Ich lese von kleinen Zankereien über ausgeliehene und nicht zurückgegebene Nickis oder Pullover und Lippenstifte, aber auch über viele gemeinsame Aktivitäten wie Tanzengehen und dergleichen. Ganz normale Dinge, die junge Mädchen und Frauen so tun.

Mit dieser Petra aus Vitte war meine Mutter augenscheinlich dick befreundet, denn immer wieder erzählt sie von lustigen Treffen und Abenden mit ihr. Ganz im Gegensatz zu diesem Jens, mit dem sie wohl nur aus Langeweile zusammen gewesen zu sein scheint.

18. Mai 1982

Heute ist etwas Lustiges passiert. Ich war bei Petra in Vitte und habe mir von ihr die Haare schneiden lassen. Ein bißchen jedenfalls. In der Mittagspause sind wir zum Hafen und haben uns dort in die Sonne gesetzt, weil das Wetter so schön ist. Wir haben die Gäste betrachtet, die mit dem Dampfer angekommen sind, und uns darüber amüsiert, daß die mit den Koffern in der Hand erst mal umhergeirrt sind. Für die Leute aus der Stadt ist es offenbar seltsam, daß hier keine Autos fahren und keine Wegweiser stehen. Ein junger Mann hat sich besonders blöd angestellt. Er hatte ziemlich viel Gepäck dabei, wovon ihm die Hälfte dauernd herunterfiel. Wir haben uns halb tot gelacht, aber weil er ziemlich gut aussah, hat Petra ihn angesprochen und ihm angeboten, sein Gepäck mit dem Handwagen, den wir dabei hatten, weil Petra noch im ›Konsum‹ einkaufen gehen wollte, zu transportieren. Er mußte zum Norderende, weil dort seine Oma wohnt. Petra hat die ganze Zeit geredet und gelacht mit ihm, so, wie sie es immer macht mit den Männern, aber ich konnte ihn nur heimlich ansehen. Er hat dunkles Haar mit einem Schnitt, den hier keiner trägt, und wunderschöne grüne Augen. Was für eine seltene Kombination! Die Jungs hier sind meistens blond und blauäugig oder braunhaarig und braunäugig. Jedenfalls sieht er unglaublich gut aus und scheint das auch zu wissen. Kommt mir jedenfalls sehr arrogant und eingebildet vor. Aber vielleicht auch deshalb, weil er aus dem Westen kommt. Das ist mir gleich aufgefallen, denn er trägt Levis-Nietenhosen und Adidas-Turnschuhe und eine Jacke, die es hier in der ›Kaufhalle‹ garantiert nicht zu kaufen gibt. Ich habe gemerkt, daß er mich auch von der Seite angesehen hat, aber immer schnell wieder weggeguckt, damit ich es nicht merke. Gesagt hat er nichts zu mir. Nur mit Petra gelacht, wie alle Männer.

Hat sie gefragt, wo man denn hier weggehen kann und solche Sachen.

Sie sagte: »Dafür, daß deine Oma hier wohnt, kennst du dich aber schlecht aus auf der Insel!«

Er antwortete, daß er lange nicht hier gewesen sei und solche Dinge.

Petra sagte ihm, daß wir oft in der ›Heiderose‹ zum Tanz wären oder in Neuendorf im ›Hotel am Meer‹ oder der ›Stranddistel‹ und verabschiedete sich mit einem koketten »Vielleicht sieht man sich ja einmal?« und einem Augenzwinkern.

Als wir weitergingen, drehte ich mich noch einmal um. Ich bemerkte, daß auch er sich in diesem Moment umgedreht hatte und mir direkt in die Augen sah. Komisch, aber dieser Blick ging mir direkt unter die Haut. Er heißt übrigens Stefan.

Oh, là, là! Da scheint meine Mutter offenbar einen interessanten Mann kennengelernt zu haben.

Einen Mann aus dem Westen.

Ob er der Mann ist, der das Foto gemacht hat? Vermutlich.

Ich würde so gerne weiterlesen, aber dann komme ich heute nicht mehr nach Stralsund zu Ingrid ins Krankenhaus. Also nehme ich das Bernsteinkästchen mit seinem interessanten Inhalt mit nach unten und nehme mir vor, später noch einmal einen Blick hineinzuwerfen. Oder zwei.

6. KAPITEL

Der Kuss

Der Sturm hat sich zum Glück etwas gelegt und obwohl es immer noch regnet, kann ich mein Vorhaben in die Tat umsetzen und nach Stralsund fahren, um Ingrid zu besuchen. Es ist immer noch kalt und ich trage die dicke Daunenjacke. Seltsam, eben habe ich noch von Maitagen gelesen, die richtig heiß waren. 1982 … in diesem Jahr war meine Mutter eine glückliche, junge Frau, die bei ihren Eltern lebte und ein ganz normales Leben führte.

Aber irgendetwas muss sie veranlasst haben, dass sie dieses Leben aufgab und einen Ausreiseantrag stellte, um in den Westen zu kommen.

Das Wenige, das ich bisher gelesen habe, lässt das eigentlich überhaupt nicht vermuten. Jedenfalls kann ich nicht wirklich eine grundsätzliche Unzufriedenheit über den Staat erkennen. Natürlich erwähnt meine Mutter hin und wieder solche Dinge, wie toll die Westmusik doch ist oder dass sie im Fernsehen in der Werbung wunderbare Sachen wie die Creme 24 oder Lux-Seife gesehen hat, die sie auch gerne hätte und nicht verstehen kann, warum sie sich diese nicht kaufen kann, obwohl sie doch hart für ihr Geld arbeitet. Auch schreibt sie manchmal davon, dass sie bei guter Sicht die Insel Môn sehen kann und es bedauert, dort nicht einmal spontan hinfahren zu können, weil ihr als DDR-Bürgerin dies nicht erlaubt ist. All diese Dinge stören sie zwar, aber nicht in dem Maße, dass sie deswegen ihre Heimat verlassen würde. Denn an dieser scheint sie wirklich sehr zu hängen, das habe ich schon aus den ersten Seiten herausgelesen. Wie liebevoll sie die kleine Insel beschreibt, das Meer und den scheinbar grenzenlosen Himmel über ihr! Man kann sich kaum vorstellen, dass sie überhaupt hier weg wollte. Und doch lebt sie heute so weit entfernt von hier. Und hat die Insel seit vielen Jahren nicht einmal besuchsweise wieder betreten. Was ist nur passiert? Mich lässt die Geschichte meiner Mutter einfach nicht los, und obwohl ich immer noch Skrupel habe, muss ich unbedingt weiter lesen.

Und vielleicht Ingrid ein bisschen ausfragen.

Ingrid liegt in ihrem Bett und macht ein Sudoku-Rätsel in einer Zeitschrift. Sie sieht heute sehr blass aus, behauptet aber, es gehe ihr gut und eigentlich könne sie schon längst nach Hause.

Ich bin allerdings nicht so sicher, ob sie das nicht nur meinetwegen sagt, weil sie ein schlechtes Gewissen hat, mich so lange von zu Hause fernzuhalten.

»Glaub mir, Ingrid ... ich bin gerne auf der Insel! Noch habe ich keine Sehnsucht nach dem ganzen Stress, der mich daheim erwartet. Deshalb werde du erst einmal in Ruhe gesund. Was ist denn nun eigentlich mit dir? Konnten die Ärzte schon Näheres sagen?«

Ingrid wird auf einmal verlegen und kramt in ihrem Nachttischchen herum. »Irgendwo habe ich doch noch etwas für dich ... warte mal ... äh ... nein, es gibt noch nichts Neues. Nur immer weitere Untersuchungen. Weiß der Himmel, wofür die gut sein sollen! Als ob ich je krank gewesen wäre! Ich will zurück in die ›Silberdistel‹, und zwar bald. Ach ja, hier ist es doch ...«

Sie zieht einen Schokoriegel aus der Schublade.

»Nimm du den man lieber. Ich werd sonst zu dick hier, so ganz ohne Bewegung.«

Irgendwie kommt mir die ganze Sache wie ein Ablenkungsmanöver vor. Als ob sie mir nicht sagen will, was wirklich mit ihr los ist.

»Ingrid, soll ich vielleicht einmal mit dem Arzt reden?«

»Wozu soll das denn gut sein? Nein, nein, keine Sorge, mine Lütte … ich bin in ein paar Tagen wedder to hus. Ist denn alles in Ordnung auf der Insel?«

Ich erzähle Ingrid besser nicht, dass die Gäste, die eigentlich morgen anreisen wollten, wegen des schlechten Wetters abgesagt haben. Das hat Zeit, bis sie nach Hause kommt, sie soll sich erst einmal in Ruhe auskurieren.

»Na klar!«, sage ich stattdessen betont fröhlich. »Ist zwar ein bisschen langweilig, weil man alle Outdoor-Aktivitäten vergessen kann, aber ich beschäftige mich schon!«

»Kannst ja mal wieder einen kleinen Besuch in der ›Boje‹ machen«, antwortet Ingrid darauf mit einem Augenzwinkern. »Aber nicht so viel Tee mit Rum trinken, hörst du!«

»Keine Sorge, das wird mir so schnell nicht wieder passieren«, lache ich zurück. »Ich bin eher Sanddornlikör-gefährdet! Ich fürchte, ich bin bereits davon abhängig und muss bald eine Entziehungskur machen.«

Endlich kann ich Ingrid ein kleines Lächeln entlocken.

»Sag mal, Ingrid, kann ich dich was fragen?«

»Sicher, nur zu!«

»Meine Mutter hat öfter mal den Namen ›Petra‹ erwähnt …«, fange ich beherzt an. Das ist eine glatte Lüge, aber ich kann Ingrid wohl kaum von meiner Schnüffelei auf dem Dachboden erzählen. »War das eine Freundin von euch?«

»Eher von Marie. Aber wenn sie dir von ihr erzählt hat, müsstest du das doch eigentlich wissen.«

»Sie hat nicht direkt von ihr erzählt. Du weißt ja, wie sie ist. Sie spricht doch nicht mit mir über ihre Vergangenheit.

Sie hat nur manchmal ihren Namen fallen lassen, wie zum Beispiel ›Solche Haare hatte Petra auch …‹ oder so etwas.«

»Ja, das glaube ich wohl. Mit Haaren hatte es Petra schon immer! Hat sie heute noch, ihr gehört der kleine Friseurladen in Vitte am Hafen. Dort hat sie schon gelernt, und nach der Wende hat sie ihn einfach selbst übernommen, weil der Besitzer inzwischen zu alt geworden war.«

»Hast du denn noch Kontakt zu dieser Petra?«, frage ich Ingrid.

»Ach, nun ja, nicht viel, würde ich sagen. Man kennt sich hier auf der Insel und ich lasse mir zweimal im Jahr von ihr die Haare machen. Oder auch mal zwischendurch, wenn es einen Anlass gibt, ein runder Geburtstag oder eine Goldene Hochzeit oder so etwas. Aber befreundet, das waren wir eigentlich nie so richtig. Petra war eher die Freundin deiner Mutter. Aber das verlief sich dann ja auch, als deine Mutter in den Westen ging …«

»Ingrid, ich weiß, dass du nicht mit mir darüber reden willst. Aber ich habe mir in den letzten Tagen viele Gedanken gemacht. Mama war doch früher sehr glücklich hier. Selbst mit mir noch, wenn wir zu Besuch waren. Was ist denn nur passiert, dass sie nie wieder mit mir nach Hiddensee gefahren ist?«

»Das musst du sie schon selber fragen, mine Lütte. Es steht mir nicht zu, irgendetwas auszuplaudern, das deine Mutter lieber für sich behalten will. Aber guck doch mal, die Sonne kommt heraus!«

Schon wieder versucht Ingrid, abzulenken. Sie will einfach nicht mit mir über die Vergangenheit sprechen. So unterschiedlich die beiden Schwestern sein mögen, in diesem Punkt sind sie sich gleich.

Aber ich werde schon noch dahinterkommen! Jetzt, da ich ein wenig über die Vergangenheit meiner Mutter herausgefunden habe, brenne ich darauf, mehr zu erfahren. Und vielleicht dabei herauszufinden, was geschehen ist, das das hübsche, strahlende junge Mädchen von dem Strandfoto derart verändert hat, dass sie eine verbitterte, verhärmte Frau wurde.

Ich beschließe, morgen mit dem Rad nach Vitte zu fahren, wenn das Wetter es zulässt.

Schließlich wollte ich schon lange mal wieder zum Friseur, und ich habe gehört, dass es da diesen Laden am Hafen geben soll …

Den Abend verbringe ich wieder einmal gemütlich auf dem Sofa mit der Lektüre der DDR-Zeitschriften, die im Prinzip die gleiche Mode zeigen, die ich von alten Modefotos aus den 80er Jahren kenne: Breite Schulterpolster, Leggings und Neonfarben.

Am meisten begeistert mich jedoch das Betrachten der alten Fotos. Mein Großvater war ein großer, stattlicher Mann, der in der kleinen Dorfschule sicher sehr angesehen war, meine Großmutter eine gutmütige, zurückhaltende Frau, die auf allen Bildern ihren Mann und ihre Kinder überaus glücklich anblickt. Es muss sehr schmerzhaft für sie gewesen sein, dass ihre Tochter hier alle Zelte abbrach und in den Westen ging. Auch für mich war es schade, dass ich ohne meine Großeltern aufwachsen musste. Wir sind doch eine Familie und hier habe ich meine Wurzeln, denke ich. Wieder schlage ich das alte Schulheft meiner Mutter auf, neugierig zu erfahren, was damals weiter geschah.

13. Mai 1982

Habe diesen Stefan wiedergesehen. Er war im ›Hotel am Meer‹ mit Martin Schluck und ich mußte die beiden bedienen. Mit Martin bin ich in die Grundschule gegangen, er wohnt in Vitte in der Nachbarschaft von der Oma von diesem Stefan. Martin hat die ganze Zeit versucht, mich zu necken und nach irgendwelchen Sachen gefragt, die wir garantiert nicht auf der Speisekarte haben. Ich habe ihm natürlich kräftig Kontra gegeben, schließlich kenne ich Martin schon mein halbes Leben, der kann mich nun wirklich nicht provozieren! Der andere, dieser Stefan, hat wieder überhaupt nichts gesagt und mich die ganze Zeit nur angesehen. Total nervös hat er mich damit gemacht. Aber ich habe versucht, mir nichts anmerken zu lassen, und ihn einfach ganz normal bedient, wie alle anderen Gäste auch. Zum Glück war wieder einmal recht viel los und ich mußte ganz schön viel rennen.

Als ich den beiden ein neues Bier brachte, stieß mich ein Gast von hinten an und die Hälfte des Bieres kippte auf das blaue Hemd von diesem Stefan. So was Blödes aber auch! Das ist mir noch nie passiert. Ich versuchte hektisch, ihn mit der Serviette trocken zu tupfen, doch er lachte nur, nahm mir die Serviette aus der Hand und sah mir wieder direkt in die Augen. Sein Blick trifft mich immer mitten im Herzen, kann so etwas sein?

Ich gieße mir noch etwas Sanddornlikör nach. Wenn mich nicht alles täuscht, scheint sich da eine kleine Liebesgeschichte anzubahnen.

15. Mai 1982

Heute ist wieder Disko in der ›Heiderose‹. Jens hat keine Zeit, weil er seinem Freund Malte hilft, den Bootsmotor zu reparieren. Egal, da muß ich mich wenigstens nicht aufregen, wenn er vor lauter Biertrinken das Tanzen mit mir vergißt. Also gehen Ingrid und ich alleine hin, Petra kommt auch. Ich weiß gar nicht, was ich anziehen soll. Habe in der neuen ›Sybille‹ so tolle Sachen gesehen, aber kaufen kann man die doch nirgends. In Berlin vielleicht. In irgendeinem Exquisitladen. Habe mir aus einem alten Bettlaken eine Bluse genäht und mit der Spitze von unserem alten Sofakissen eingesäumt. Sieht ganz hübsch aus, aber mit Nietenhosen irgendwie langweilig. Habe die Hose ausgezogen, jetzt sieht es ganz gut aus. Ist zwar ein bißchen kurz, aber meine Beine sind schon richtig braun, dadurch wirkt es ganz hübsch. Vati schimpft zwar, daß ich so nicht gehen kann, aber Mutti meint, wenn ich einen Mantel darüberziehe auf dem Rad, wird es gehen. Beim Tanzen ist es ja warm. Meine Haare habe ich nach oben gesteckt, ich hatte nach der Arbeit keine Zeit mehr, sie zu waschen. Eigentlich bin ich es heute abend und nicht Ingrid, die bereits jetzt schon müde ist, aber ich habe keine Lust, den Samstagabend zu Hause zu verbringen und mit Mutti und Vati ›Ein Kessel Buntes‹ im Fernsehen anzuschauen.

Donnerwetter! Meine Mutter in einem derart sexy Outfit!

16. Mai 1982

Bin total fertig. Heute nacht bin ich so spät ins Bett gekommen und heute hatte ich gleich wieder Frühschicht im ›Hotel am Meer‹. Aber es hat sich gelohnt, der Abend war soo schön!

Beim Reinkommen haben mich ALLE Männer angestarrt, als ich meinen Mantel ausgezogen habe. Petra war ganz schön neidisch, denn normalerweise ist SIE es ja immer, die die Männerblicke auf sich zieht mit ihrem großen Busen und dem tiefen Dekolleté.

Ingrid sagte: »Ich muß euch jemanden vorstellen, den ich im ›Konsum‹ kennengelernt habe!« und hat uns freudestrahlend an die Theke gezerrt. Und wer saß da? Dieser Stefan, zusammen mit Martin Schluck.

»Martin? Den kennen wir doch schon!«, hat Petra laut gelacht.

»Nein, das ist Stefan … und das sind meine Schwester Marie und ihre Freundin Petra« , hat Ingrid erklärt.

»Den kennen wir auch schon! Also Ingrid, wenn du irgendwelche hübschen Männer findest, die wir noch NICHT kennen, dann her damit«, grinste Petra, worauf Ingrid knallrot wurde. Sie tat mir ein bißchen leid, denn endlich hat sie auch einmal jemanden kennengelernt. Kein Grund für Petra, gleich so doof zu reagieren. Also habe ich Ingrid in Schutz genommen und gesagt: »Nein, richtig kennen tun wir uns eigentlich noch nicht. Freut mich, dich kennenzulernen, Stefan!« und ihm die Hand gegeben. Wobei er mir wieder tief in die Augen gesehen hat und die Hand ein bißchen länger festgehalten hat, als nötig.

Wir standen eine Weile blöd herum und dann fragte Martin Petra, ob sie tanzen wolle und die beiden verschwanden auf der Tanzfläche. Ingrid verdrückte sich aufs Klo, vermutlich um die hektischen roten Flecken aus ihrem Gesicht wegzupudern. Dieser Stefan sah mich einfach nur an und lächelte.

»Wie geht's deiner Oma?«, fragte ich einfallsreich.

»Na ja, nicht so sehr gut. Deshalb bin ich auch hier.«

»Aha. Wo kommst du denn her?«

»Aus Lüneburg.«

Aus dem Westen, das wußte ich doch.

Ich nickte, als sei es völlig normal, daß jemand aus Lüneburg auf Hiddensee in der ›Heiderose‹ am Tresen herumsitzt.

»Und was machst du so in Lüneburg?«, fragte ich und lächelte ein bißchen.

»Ich bin Ingenieur und arbeite in Hamburg bei der Werft Bloom und Voss.«

»Hamburg … das muß 'ne tolle Stadt sein!«

»Ja, du solltest sie dir mal ansehen …«

Dann fiel ihm wohl ein, daß er totalen Käse von sich gab.

»Sicher, wenn ich von meiner Brasilienreise zurück bin!«, gab ich darum frech zurück.

»Wollen wir tanzen?«, fragte er, vermutlich, um von dem Blödsinn abzulenken.

Wir gingen auf die Tanzfläche und blieben dort den ganzen Abend. Na ja, zwischendurch gingen wir schon einmal kurz zurück, um etwas zu trinken, oder auf die Toilette zu gehen.

Dann kam das Lied »Albany« von Roger Whittaker. Stefan sah mir in die Augen und nahm mich ganz langsam in die Arme. Es war mir total egal, daß mein Rücken vom Tanzen völlig verschwitzt war und sich meine Hochsteckfrisur langsam auflöste. Ich war ganz nah bei ihm, spürte sein Herz klopfen und wollte nur noch diese Hand in meinem Rücken fühlen und daß dieses Lied nie zu Ende ging.

Hab ich's mir doch gedacht, dass sich hier eine kleine Liebesgeschichte anbahnt! Aufgeregt lese ich weiter, obwohl es längst dunkel ist und ich eigentlich schlafen gehen sollte.

Doch noch bevor das Lied zu Ende war, stand auf einmal Jens vor uns und riß mich unsanft aus Stefans Armen. Ich merkte, daß er schon wieder getrunken hatte und ließ mich darum von Stefan wegziehen, denn ich wollte auf gar keinen Fall, daß es Streit gibt. Zum Glück wollte Ingrid kurz darauf gehen und wir brachen auf. Noch nie war ich so froh, sie begleiten zu können!

Auf dem Rad war es ganz schön kühl mit den nackten Beinen, aber innerlich war mir immer noch ganz warm ums Herz, wenn ich an Stefan und unseren letzten Tanz dachte.

Ingrid war sehr still, aber das ist sie meistens auf dem Heimweg, weil sie ja immer müde ist.

»Wo hast du diesen Stefan denn kennengelernt?«, fragte ich sie, um ein Gespräch anzufangen.

»Im ›Konsum‹, hab ich doch gesagt«, antwortete sie einsilbig.

»Hat er bei dir eingekauft?«

»Nein, ich habe ihm einen Zahn gezogen! Natürlich hat er bei mir eingekauft, was denn sonst? Kartoffeln und Brause und so was. Und dabei gefragt, wo man hier so hingehen kann und so.«

Das kommt mir bekannt vor.

Irgendwie scheint das wohl seine Masche zu sein!

Auf einmal habe ich mich geärgert. Bestimmt spricht dieser Stefan alle Mädchen hier so an. Weil er nur eine aufreißen will, solange er hier in den Ferien ist!

Das kennt man ja, die Männer aus dem Westen denken, sie können uns Ostmädchen einfach so ins Bett kriegen, nur weil sie uns einen Lippenstift versprechen!

Aber mit mir nicht. Da muß er sich eine andere suchen.

Er wird bestimmt noch genug andere ansprechen und fragen, »was hier so los ist«.

Und irgendeine wird schon mit ihm mitgehen …

Ich konnte nicht einschlafen, denn ich war so aufgewühlt von diesem Abend.

Und dann hat der Wecker heute Morgen so früh geklingelt! Ich habe ihn an die Wand geworfen und dadurch Mutti geweckt. Muß heute abend unbedingt früh ins Bett.

Ach, das sollte ich vielleicht auch so langsam mal ins Auge fassen. Aber ich kann mich einfach nicht von der Lektüre lösen.

18. Mai 1982

Stefan war wieder im ›Hotel am Meer‹ und hat mich gefragt, wann ich Feierabend habe. Er wollte einen Strandspaziergang mit mir machen. Ich habe ihm gesagt, daß ich heute Doppelschicht machen muß, weil eine Kollegin krank geworden ist, und hinterher Mutti beim Stuben-Saubermachen helfe, weil morgen Anreise ist. Stimmt gar nicht.

»Schade«, hat er gesagt und ist wieder gegangen.

Ja, schade. Mein Herz hat unglaublich geklopft, als ich ihn gesehen habe, und meine Hände haben ganz furchtbar gezittert. Aber ich habe versucht, ganz kühl zu wirken. Mutti sagt immer, daß ich mich als Einzige in der Familie richtig verstellen kann.

Ich hab ihm nachgesehen, wie er weggegangen ist. Seitdem bin ich traurig. Aber es war richtig so. Ich will kein Abenteuer sein für einen Wessi, dem es hier auf der kleinen Ostseeinsel bei seiner Oma nur ein bißchen langweilig ist.

Jens ist vorbeigekommen und wollte mich abholen ins ›Strandcafé‹. Aber ich habe keine Lust, ihm beim Kartenspielen zuzusehen, und gesagt, ich würde mich nicht wohl fühlen und mich lieber ein bißchen ausruhen. Er hat die Schultern gezuckt und ist gegangen. Entweder will er mir wirklich Ruhe gönnen oder es ist ihm schlicht egal. So ist Jens, er ist einfach und unkompliziert und man kann eigentlich keinen Streit mit ihm bekommen. Vati sagt, er sei ein guter Mann. Aber irgendwie genügt mir das nicht. Ich will etwas anderes, jemanden, der mein Herz berührt und meine Seele.

Das kann ich gut verstehen. Sind wir nicht alle auf der Suche nach so einem Menschen?

Ich habe geglaubt, ihn gefunden zu haben, meinen Seelenverwandten. Und dann hat ausgerechnet er mich zutiefst enttäuscht. Aber wahrscheinlich sind es immer gerade die Menschen, die uns am meisten bedeuten, die uns derart verletzen können. So ähnlich hat sich ja auch Ingrid ausgedrückt. Nur die Menschen, die wir lieben, können uns auch richtig wehtun.

Obwohl ich todmüde bin, lese ich weiter.

19. Mai 1982

Heute habe ich frei und konnte endlich wieder einmal ausschlafen! Nach dem Frühstück fuhr ich mit dem Rad nach

Vitte, um Petra zu besuchen. Auf dem Weg zu ihr sah ich Stefan beim ›Ostsee-Hotel‹ stehen und bog schnell ab, in der Hoffnung, daß er mich noch nicht gesehen hatte.

Im Wiesenweg, kurz vor dem Hafen, stand er auf einmal vor mir und sagte: »Du gehst mir aus dem Weg, Marie. Warum?«

»Äh … ich gehe dir doch nicht aus dem Weg. Warum sollte ich?«, stotterte ich herum.

»Gut, dann könnten wir doch eigentlich einen Kaffee zusammen trinken, oder?«

Sein Lächeln und sein Blick lösten schon wieder eine Gänsehaut bei mir aus.

»Eigentlich habe ich keine Zeit … weil … Petra auf mich wartet.«

»Eigentlich? Aber eigentlich könnte sie auch noch eine halbe Stunde länger auf dich warten, nicht wahr?«

»Na gut. Aber nur eine halbe Stunde!«

Mir fiel allerdings nicht ein, wo wir hier schön Kaffee trinken gehen sollten. Vitte ist ja nun nicht gerade Hamburg. Ich schlug darum vor, den Strandspaziergang nachzuholen, zu dem er mich bereits gestern eingeladen hatte.

Man kann so wunderbar mit Stefan reden! Er ist so klug und hat im Gegensatz zu mir schon so viel gesehen von der Welt. Er erzählte mir von Italien und dem tollen Essen dort, der Pizza und dem leckeren Eis, von der Schweiz mit ihren hohen Bergen und von Paris und dem Eiffelturm.

Aber dann nahm er meine Hand und zeigte mit der anderen Hand auf das Meer.

»Weißt du, daß du sehr glücklich sein kannst, Marie?«, fragte er mich.

»Ich? Warum das denn? Weil ich NICHT nach Italien fahren kann … oder nach Paris … oder in die Schweiz …?«, fragte ich.

»Nein, weil du das hier jeden Tag hast. Die Ruhe, den Strand, das Meer. Das ist doch Glück pur.«

Ich fühlte mich irgendwie veralbert, doch dann merkte ich, daß er es ernst meint.

»Du hast recht, Stefan. Ich bin ein glücklicher Mensch … ich liebe Hiddensee … das Meer, den Himmel, den Strand … und doch wünsche ich mir manchmal, nur EINMAL etwas anderes zu sehen. Nach Paris zu fahren, oder Italien. Ich würde ja wieder nach Hause kommen, gerne sogar. Aber ich darf es nicht. Warum darfst du nach Italien reisen und ich nicht? Bist du ein besserer Mensch, nur weil du das Glück hattest, auf der anderen Seite der Mauer geboren zu sein?«

Darauf konnte er mir keine Antwort geben. Er spürte meine Wut und drückte meine Hand fest.

Danach redeten wir nicht mehr von diesen Dingen und Stefan erzählte mir nur von seiner Oma, um die er sich große Sorgen machte. Sie sei schon alt und krank und er hätte Angst, sie nicht mehr wiederzusehen, wenn er das nächste Mal nach Hiddensee käme.

»Wenn du sie nicht mehr wiedersehen kannst, hast du auch keinen Grund mehr, hierherzukommen«, sagte ich und seltsamerweise erfüllte mich dieser Gedanke mit Schmerzen.

»Wer nach Italien fahren kann, oder nach Amerika oder Australien … fährt doch nicht ausgerechnet nach Hiddensee«, stellte ich fest.

Darauf nahm er wieder meine Hand und sah mir tief in die Augen. »Mir würde schon ein Grund einfallen, nach Hiddensee zu fahren … sogar mehrere … genau genommen Hunderte … deine Sommersprossen zum Beispiel!«

Unglaublich sanft streichelten seine Finger über mein Gesicht.

Und dann küßte er mich.

Ich hatte das Gefühl, im Sand zu versinken, in eine andere Welt, in eine andere Zeit, in der es nichts gab, kein Ost, kein West, nur uns beide.

Oh Gott, ich glaube, ich bin verliebt!

»Du bist ja total verrückt!«, hat Petra später zu mir gesagt, als wir bei ihr zu Hause ein Gläschen selbst gemachten Sanddornwein tranken.

»Fang bloß nix mit dem an! Das führt doch zu nichts! Ich meine, wenn du ihn nur vernaschen würdest und ein bißchen ausnutzen, damit er dir Westsachen mitbringt und so, das könnte ich ja verstehen. Aber so bist du nun mal nicht! Ich könnte das … du solltest ihn mir überlassen!«, sagte sie. »DU jedoch wirst dich richtig verknallen und das heulende Elend kriegen, wenn er zurück in den Westen fährt. Und das wird er! Wer kann dich dann aufpäppeln und dir literweise Sanddornwein und Kirschlikör zum Trost verabreichen? Schwester Petra. Also laß lieber gleich die Finger weg. Du bist nicht der Typ für so etwas.«

Petra hat ja so recht.

Er wird wieder wegfahren und mich auf der Insel zurücklassen.

Aber ich muß die ganze Zeit an ihn denken, er geht mir einfach nicht aus dem Kopf.

Wie zärtlich er mein Gesicht gestreichelt hat. Und dann dieser Kuß …

Was soll ich nur machen?

7. KAPITEL

Eine neue Frisur und eine neue Freundin

Es ist mitten in der Nacht, als ich mich endlich von den Aufzeichnungen lösen kann. Ich bin so aufgewühlt, dass ich nicht einschlafen kann.

Meine Mutter war verliebt!

Sie, die ich immer so kühl und unnahbar erlebt habe, war als junge Frau verknallt bis über beide Ohren.

Allerdings muss etwas schiefgelaufen sein mit ihr und diesem Stefan, denn ich weiß ja aus eigener Erfahrung, dass sie einen ganz anderen geheiratet hat, nämlich meinen Vater.

Und verliebt hat sie an seiner Seite nicht gerade gewirkt.

Vielleicht können wir Kinder das ja nie richtig beurteilen, weil wir unsere Eltern in ihrer Jugend nicht erlebt haben. Dennoch fällt es mir schwer, die beiden Frauen – die junge, unbeschwerte, verliebte Marie und die heutige kühle und unnahbare Marie – in Einklang zu bringen.

Es muss in ihrem Leben etwas geschehen sein, was sie für immer verändert und ihr Herz versteinert hat. Etwas, das so schwerwiegend war, dass sie nie darüber sprechen wollte.

Ich beginne zu ahnen, dass vielleicht in diesem Frühling 1982 der Schlüssel dazu zu finden sein könnte.

Am liebsten würde ich alle Schulhefte auf einmal durchlesen, um die Wahrheit zu finden.

Doch irgendwann bin ich todmüde und falle in einen unruhigen Schlaf.

Am nächsten Morgen genehmige ich mir nur ein kurzes Frühstück und ziehe wieder einmal einen der in Stralsund gekauften Pullover und meine Jeans an. So langsam wird meine Garderobe ein wenig eintönig. Wenn das so weitergeht, muss ich wohl doch noch etwas Nachschub besorgen. Eigentlich wollte ich ja so lange gar nicht hierbleiben, sondern nur ein paar Tage.

Tage, in denen ich mir Klarheit verschaffen wollte, wie es weitergehen soll.

Ich verzichte auf großes Frisurenstyling, schließlich gehe ich ja zum Friseur! Daher binde ich die langen Haare einfach nur zusammen und radele los.

Ich bin neugierig auf diese Petra, die ja offensichtlich einmal eine wichtige Freundin meiner Mutter war.

Den kleinen Friseursalon ›Petra‹ finde ich leicht. Er befindet sich ganz in der Nähe der ›Blauen Scheune‹ und des Hafens in einem kleinen weißen Häuschen mit einem hübschen Vorgarten, welcher mit prächtigen Blumen geschmückt ist.

Obwohl wir hier im hohen Norden sind, gedeihen sehr viele wunderschöne Pflanzen und Bäume hier, denke ich, als ich den Laden betrete.

Es ist nur eine Kundin da, die gerade geföhnt wird, und die Friseurin ruft mir ein freundliches »Komme gleich!« zu. Ob das Petra ist? Vermutlich. Sie könnte in etwa in Mutters Alter sein, wirkt allerdings jünger auf mich.

Das liegt zum einen sicher daran, dass sie ein bisschen pummelig ist, was bei Frauen ab einem gewissen Alter ja manchmal gar nicht so schlecht für die Haut ist. Zum anderen könnte es auch daran liegen, dass sie eine richtig flotte Frisur – wie könnte es anders sein bei dem Beruf? – und modisch schicke Kleidung trägt. Ich ärgere mich über mich selbst, dass ich offensichtlich einen anderen Typ Frau erwartet habe, so etwas in Richtung Landpomeranze.

Lächelnd legt sie den Fön aus der Hand und nimmt der Kundin höflich den Umhang ab.

Das gibt mir Gelegenheit, sie noch etwas länger zu betrachten.

Ihr mahagonifarbenes Haar mit hellen Strähnen ist modisch geföhnt und sie ist dezent, aber gekonnt geschminkt. Sie trägt eine weiße Caprihose, dazu eine knallgelbe Tunika und darauf ein Lederband mit einem Riesenanhänger in Form eines Fisches.

An ihren Ohren baumeln große goldene Creolen und ihr Lächeln ist so strahlend wie der heutige Tag.

»Na, denn tschüss, Rosi … und viel Spaß beim Geburtstag!«, ruft sie der Kundin nach dem Abkassieren fröhlich hinterher und wendet sich dann mir zu.

»Was darf ich denn Schönes für Sie tun?«, fragt sie freundlich.

»Meine Haare … die haben einfach gar keinen Schnitt mehr … Hätten Sie vielleicht spontan Zeit, daraus so etwas wie eine Frisur zu machen?«

»Sie haben Glück, gerade hat eine Kundin abgesagt. Sie hat die Magen-Darm-Grippe! Na, da soll sie doch wohl lieber wegbleiben, nicht wahr? Nehmen Sie Platz!«, lacht sie herzlich.

Sanft zieht sie das Band aus meinem Haar und lässt ihre Finger hindurchgleiten.

»Sie haben wunderschönes Haar, so dick und kräftig. Aber es ist wahr: Ein richtiger Schnitt ist nicht zu erkennen. Wann waren Sie denn zuletzt beim Friseur?«

»Ach …«, rätsele ich selbst. Ich kann mich beim besten Willen nicht erinnern.

»Egal. Was sollen wir denn nun genau machen?«

»Machen Sie am besten, was Sie wollen. Ich habe nur eine Bedingung: Bitte nicht zu kurz. *Und*: Ich möchte hinterher besser aussehen als vorher!«

Sie nickt. »Ich verstehe schon. Keine Sorge: Ich werde mir Mühe geben! Sind Sie sicher, dass Sie mir freie Hand lassen?«

Sie wühlt in einer Schublade mit verschiedenen Scheren, während ich zustimmend nicke.

»Also an der Farbe werde ich nichts ändern. Das Kastanienbraun ist wunderschön. Ich schneide Ihnen ein paar Stufen hinein, dann fällt das Haar wieder gut, ja? Der Unterschied wird nicht zu krass, aber dennoch sichtbar sein.«

Während sie mir erst einmal mit duftendem Pflege-Shampoo die Haare wäscht und dabei meine Kopfhaut massiert, plaudern wir ein bisschen. Wie gut es tut, sich einmal verwöhnen zu lassen!

Als Kosmetikerin habe ich oft selbst das Privileg genossen, anderen Menschen durch die Berührung ihrer Haut ein gutes Gefühl und Entspannung zu schenken. Und heute? Hetze ich nur noch von Termin zu Termin.

»Was machen Sie denn auf unserer schönen Insel … Urlaub?«

»Nein, so kann man das nicht gerade nennen. Ich besuche meine Tante, beziehungsweise betreue ihr Haus, während sie im Krankenhaus ist.«

»Nein! Dann bist du Kerstin? Maries Tochter?«

Sie wirbelt den Friseurstuhl so schnell zu sich herum, dass mir schwindelig wird.

»Ich bin Petra, Maries alte Freundin! Mensch, ist das toll, dich zu sehen!«

Petra ist total aus dem Häuschen.

Ich sage ihr wohl besser nicht, dass ich all die Jahre nichts von ihrer Existenz wusste, weil meine Mutter mir nie von ihrer ›besten Freundin‹ erzählt hat.

Petra steht vor mir mit der Schere in der Hand und starrt mich nur an. »Meine Güte … ich kann es nicht fassen. Ich würde ja gerne sagen: Du siehst aus wie die junge Marie … aber das stimmt nicht so ganz. Du hast zwar ihre feine Nase und ihren schönen Mund … aber ihre Augen und ihre Haare … waren ganz anders.«

Versonnen sieht sie mich immer noch an.

»Ich habe schon gehört, dass du auf der Insel bist! Wie schön, dass du mich besuchen kommst. Du bist doch nicht nur zum Haareschneiden hier, nicht wahr?«

»Du hast schon gehört, dass ich auf der Insel bin?«, wundere ich mich.

»Na klar! Das ist eine Insel, noch dazu eine kleine. Hier kennt jeder jeden und so ein Highlight wie du gehört hier natürlich zum Dorfklatsch.« Sie grinst mich fröhlich an. »Ach, es ist ja so schade, dass deine Mutter und ich keinen Kontakt mehr haben. Wir haben so tolle Zeiten in unserer Jugend hier erlebt!«

»Warum habt ihr euch denn aus den Augen verloren? Habt ihr euch gestritten?«, frage ich neugierig.

»So kann man das eigentlich nicht sagen. Ich würde es eher so beschreiben, dass wir einfach in verschiedenen Welten leben. Im wahrsten Sinne des Wortes. Als deine Mutter in den Westen ging … betrat sie eine neue Welt, zu der ihr altes Leben nicht mehr passte. Sie kam dann noch ein paarmal hierher, mit dir, aber irgendwann hörten diese Besuche auch auf. Wir hatten nicht direkt Streit, nur nichts mehr gemeinsam. Es verlief sich einfach irgendwie … wenn du weißt, was ich meine.« Sie seufzt. »Dabei hätte ich mich wirklich gefreut, den Kontakt aufrechtzuerhalten. Und dich aufwachsen zu sehen. Bist so ein hübsches Ding geworden!«

»Ach Petra, ich finde es auch so schade, dass wir nie wieder hier gewesen sind. Erst seitdem ich wieder auf der Insel bin, ist mir klar, wie sehr ich das alles vermisst habe – den weiten Himmel, den Strand, das besondere Licht am Bodden … die ›Silberdistel‹.«

»Wirklich? Einer jungen Frau wie dir fehlt hier doch sicher vieles. Ich meine, es gibt doch wenig Zerstreuungen hier, wenig Geschäfte und keine Klubs« fragt Petra, während sie an meinen Haaren herumschnippelt.

»Och, davon habe ich daheim mehr als genug. Ehrlich gesagt bin ich ganz zufrieden mit der Ruhe hier.«

Petra hebt misstrauisch eine Augenbraue. »Ruhe? In deinem Alter? Da ging es bei uns noch ein bisschen wilder zu! Wenn man uns etwas von Ruhe erzählt hätte, hätten wir die Leute auf den Friedhof nach Kloster geschickt!« Sie grinst.

»Das müssen ja heiße Zeiten gewesen sein in eurer Jugend!«

»Na, ganz so wild war es auch wieder nicht. Soo viel war hier ja nun nicht gerade los. Aber wir hatten schon unseren Spaß! Es gab immer nette Tanzveranstaltungen mit Live-Musik oder Disko. Wir waren einfach ein paar junge Leute, die immer irgendwo zusammensteckten. Dazu gehörten deine Mutter, Ingrid, Martin, Jens, Gesine, Malte und ich … und immer ein paar Urlauber, die gerade auf der Insel waren. Manchmal trafen wir uns auch nur bei jemandem zu Hause oder am Strand. Irgendwer brachte immer ein Fläschchen mit und eine Gitarre!«

»Hört sich lustig an.« Und das meine ich ernst. Wenn ich ehrlich bin, bin ich fast ein wenig neidisch. So eine tolle Gemeinschaft hätte ich auch gerne.

Die nächsten Minuten können wir uns nicht weiter unterhalten, weil Petra meine Haare mit dem Fön und zwei riesigen Rundbürsten bearbeitet.

Wow, das Ergebnis kann sich sehen lassen!

Petra hat den Haaren nicht viel Länge genommen, jedoch mit ein paar Stufen viel mehr Volumen hineingebracht. Nun fallen sie schön in großzügigen Wellen auf die Schultern.

Außerdem haben sie im hereinfallenden Licht einen leichten Goldschimmer. Das Shampoo muss ich haben!

Das Tollste aber ist ein Pony, den sie sehr akkurat auf meine Augenbrauen geschnitten hat. Ich hätte nie gedacht, dass mir so etwas steht. Ich sehe irgendwie total verändert aus.

Eigentlich bin ich das ja auch … verändert. Seitdem ich hier bin.

Ich bin gespannt, wie lange diese tolle neue Frisur in dem Wind da draußen halten wird.

»Den Pony habe ich dir gemacht, damit du regelmäßig zum Nachschneiden kommen musst, solange du hier bist! Und weil ich mir gleich dachte, dass du damit umwerfend aussehen wirst.«

Petra weigert sich hartnäckig, Geld von mir anzunehmen, der Tochter ihrer ehemals besten Freundin.

»Weißt du was? Wenn du mir unbedingt etwas Gutes tun willst, dann lade mich doch auf ein Tässchen Kaffee und ein Stück Kuchen ein! Ich habe jetzt sowieso Mittagspause und dann können wir noch ein bisschen plaudern.«

Schon kurze Zeit später sitzen wir beide auf der Terrasse des ›Hotels Godewind‹ in einem geschützten Eckchen und lassen uns eine Tasse Kaffee und frischen Apfelkuchen schmecken. Dabei erzähle ich Petra von meinem anstrengenden

Job bei ›Celine Dupont‹ und warum ich so glücklich über die Ruhe hier bin.

»Wow, aber das klingt doch nach einem Suuuuperjob! Wenn ich das so höre, wo du schon überall warst, ganz zu schweigen von den tollen Produkten und Präsentationen.«

»Ja, es ist schon ein toller Job, aber …«

»Aber?«

»Aber es wird auch sehr viel von mir verlangt. Habe ich mir die Hacken abgerannt und nach Wochen, die ich unterwegs und nie zu Hause war, die gewünschten Umsatzzahlen erreicht, werden sie die Ziele beim nächsten Mal noch höher stecken. Ich habe das Gefühl, das alles nicht mehr zu schaffen. Wenn ich Feierabend habe, falle ich todmüde ins Bett oder schlafe bereits auf dem Sofa ein. Zu irgendwelchen Unternehmungen habe ich keine Lust mehr, ich mache nur noch die Glotze an und will abschalten.«

Petra nickt. »Das klingt so, als würdest du kurz vor einem Burn-out stehen. Mensch, eine junge Frau wie du! Die kann doch nicht nur arbeiten, die muss sich doch noch ein bisschen amüsieren. Die Jugend, das ist doch die schönste Zeit im Leben. Meine Liebe, ich habe das Gefühl, du musst etwas ändern … sprich doch mal mit deinem Chef. Vielleicht kann er ja etwas für dich tun?«

»Mein Chef? Pah! *Er* ist es doch, der immer noch mehr und mehr verlangt. Wahrscheinlich damit er in Paris bei der Geschäftsleitung selbst gut dasteht. Außerdem …«

Auf einmal erzähle ich Petra die Geschichte mit dem Fahrstuhl. Es tut gut, es einmal auszusprechen.

»Er hat waaas? Also, wenn du mich fragst, ist das doch ein ganz armseliger Wicht! Wenn er es nötig hat, seine Untergebenen anzubaggern, weil er sonst keine aufreißen kann.«

»Nein, ich glaube, darum geht es nicht. So ein Typ wie er kriegt Frauen genug, auch wenn er nicht gut aussieht und nicht einmal besonders charmant ist. Viele Frauen stehen doch auf diesen Typ ›erfolgreicher Geschäftsmann‹. Nein, nein, es geht ihm um etwas anderes … er will Macht ausüben … das kann er doch nicht bei einer X-beliebigen, die er in der Bar aufreißt.«

»Blödmann!«, schimpft Petra.

»Da war ich ja nun fast ein bisschen neidisch auf deine tolle Kosmetikstelle. Aber wenn ich mir es richtig überlege, bin ich doch lieber hier in meinem kleinen Friseurladen, auch wenn mich dieser nicht nach Paris bringt und schon gar nicht reich macht. Aber ich bin mein eigener Herr und wenn mir einer blöd kommt, kann ich sagen: ›Da ist die Tür!‹« Petra rollt mit den Augen. »Obwohl das hier noch nie vorgekommen ist. Dass mir einer blöd kommt, meine ich.«

Ich muss lachen. Das kann ich mir beim besten Willen auch nicht vorstellen bei ihr. Sie wäre der Typ Frau, der mal kurz die Schere ausrutscht, wenn sich wirklich mal einer danebenbenähme.

»Hör mal, Kerstin: Meiner Meinung nach darfst du dir das nicht gefallen lassen. Du musst diesen Herrn Siegmund unbedingt in seine Schranken weisen. Und solltest vielleicht mal den Big Boss in Paris darüber informieren, wie sein toller Angestellter versucht, Druck und Macht auszuüben. Das zählt doch als sexuelle Belästigung am Arbeitsplatz.«

»Ach was, das bringt doch nix. Herr Siegmund wird die Geschichte sicher ganz anders erzählen und dann stehe ich als Lügnerin da. Dann warten sie nur auf eine Gelegenheit, mich hinauszuwerfen.«

Petra macht ein wütendes Gesicht. »Mal ehrlich: Wäre das wirklich so schlimm? Ich habe den Eindruck, dass du ohne diesen ganzen Stress und Druck viel glücklicher wärst.

Ganz sicher! Und eine neue Arbeitsstelle findest du doch bestimmt, jung und hübsch und qualifiziert, wie du bist.«

Ich bin skeptisch. Sie kann ja nicht wissen, dass ich bei ›Celine Dupont‹ nur so hineingerutscht bin. Eine solche Position wird mir doch woanders niemals angeboten.

»Ist der Apfelkuchen nicht fantastisch hier?«, lenkt Petra mich auf einmal ab.

Wir betrachten die vorbeilaufenden Spaziergänger und wundern uns über das doch recht unterschiedliche Wärmeempfinden der einzelnen Urlauber. Die einen tragen Shorts und eine Windjacke darüber, die anderen haben – wie ich – eine dicke Daunenjacke, Schal und lange Hosen an.

Petra hat nur eine leichte Fleecejacke in knalligem Erdbeerrot übergezogen und steckt sich gerade eine Zigarette an. Wie anders sie doch ist als meine Mutter!

Und doch waren die beiden einmal beste Freundinnen. Vielleicht ja gerade deshalb, weil sie so verschieden sind. Ich kann mir gut vorstellen, dass meine Mutter von der lustigen, unkomplizierten Art Petras angezogen wurde. Doch möglicherweise war sie selbst früher ja auch einmal ganz ähnlich, unbeschwerter und heiterer als heute.

Ich möchte so gerne noch mehr von meiner Mutter erfahren, und über die Jugend, über die sie nie mit mir gesprochen hat. Darum frage ich Petra neugierig: »Du hast mir doch vorhin von dem Spaß erzählt, den ihr früher zusammen hattet. Erzählst du mir ein bisschen was davon?«

»Was genau willst du denn hören? Also mit richtig großen Abenteuern kann ich leider nicht aufwarten.« Petra lächelt. »Wir waren einfach ein paar junge Leute, die sich das Leben in der DDR so schön wie möglich gemacht haben. Was die Tanzveranstaltungen angeht, war damals eindeutig mehr los hier. Zu DDR-Zeiten waren Urlauber aus der ganzen Republik auf Hiddensee zu Gast. Ob alt oder jung … jeder wollte nach Hiddensee! «

»Ach ja? Und warum ist das heute anders? Die Insel ist doch immer noch dieselbe!«

»Die Insel ja … aber die Urlauber haben sich verändert. Heute scheint Hiddensee eher eine Insel für Ruhesuchende zu sein. Meist kommen ältere Leute oder Familien mit kleinen Kindern, die abends sowieso nicht ausgehen. Früher hat sogar eine Rockband am Hafen gespielt und viele junge Leute haben sich hier getroffen. Aber die jungen, so wie du, verirren sich heute kaum noch hierher – leider!«

Petra seufzt. Ich kann mir gut vorstellen, dass der unternehmungslustigen Frau hier manchmal das ›Leben‹ fehlt.

»Im Sommer sind schon immer reichlich Leute hier. Es gibt viele Urlauber, die gerade die unberührte Natur suchen und zu schätzen wissen. Und natürlich viele neugierige Tagestouristen von Rügen, die einmal über die Insel gondeln und dann wieder abschwirren. Dennoch hat sich der Tourismus hier verändert. Siehst du, damals in der DDR gab es ja nicht so viele Reisemöglichkeiten. Die Ostsee … Rügen … Hiddensee … das war damals noch etwas ganz Besonderes! Die Badegäste waren glücklich über einen Ferienplatz am Meer. Heute kann man doch für einen Appel und ein Ei nach Mallorca fliegen. Oder in die Türkei und nach Griechenland, all inclusive. Da bekommen sie sogar die Sonne noch gratis mit dazu. Warum sollen sie dann hierherfahren?«

»Vielleicht will das ja gar nicht jeder!«, ereifere ich mich. »Die Hitze im Süden, die vielen Betonburgen und das Dauer-Remmidemmi ist doch nicht für jeden das Nonplusultra. Und eine wunderschöne Natur gibt es doch hier auch. Ich gebe zu, ein bisschen mehr los für junge Leute könnte hier allerdings schon sein …«

»Das ist noch die Untertreibung des Jahrhunderts! Ich wünsche mir auch manchmal etwas mehr Abwechslung. Die meiste Zeit bin ich aber froh, wenn ich abends die Füße hochlegen kann. Nach einem anstrengenden Arbeitstag steht mir dann mehr der Sinn nach einem gemütlichen Fernsehabend als nach ›Remmidemmi‹, wie du es nennst.«

»Vielleicht sollte man einfach umdenken. Eine andere Art Tourismus etablieren: Man könnte doch versuchen, gerade die Ruhe und Beschaulichkeit der Insel zu vermarkten. Hiddensee könnte doch *die* Ruheinsel werden … eine Art Tankstelle für die leeren Batterien der gestressten Manager oder so etwas«, überlege ich.

»Man hört die Geschäftsfrau aus dir!«, stellt Petra amüsiert fest. »Tankstelle für die leeren Batterien gestresster Manager? Ich sehe schon die Schiffe hier angekommen … mit lauter gehetzten Typen in Nadelstreifen mit Laptops und Smartphones unter dem Arm, die als Erstes nach dem WLAN-Zugang fragen. Ich bin mir nicht so sicher, ob es das ist, was wir hier auf Hiddensee brauchen«, zweifelt Petra.

»Es könnte ja sein, dass die Typen in den Nadelstreifen sich nach ein paar Tagen in coole Drei-Tage-Bart-Männer in Jeans und T-Shirt verwandeln!«

»Hmmm … nicht schlecht: Das könnte ein interessanter Anblick sein! Ein paar tollen Männern gegenüber wären die Hiddenseer Single-Frauen sicher nicht abgeneigt! Ich bin der Meinung, auf diese Idee sollten wir einen kleinen Prosecco trinken. Und darauf, dass wir uns endlich wiedergesehen haben!«

Aha. Petra ist also auch Single. Nun, wirklich überraschen tut mich das nicht, denn so viele gute Männer laufen hier ja laut Ingrid nicht herum. Ingrids Meinung nach sind die guten sowieso schon in der ›Jugend weggefangen worden und viel Neues kommt nicht nach‹. Aber wieso haben diese beiden klasse Frauen es offenbar nicht geschafft, selbst einen ordentlichen Mann in der Jugend ›wegzufangen‹?

»Du, Petra … bei diesen jungen Leuten, die immer so viel Spaß zusammen hatten, war da auch ein Stefan dabei?«

Petra sieht mich lange an. »Kerstin, du wirst doch wissen, *wer* Stefan ist! Bestimmt hat dir deine Mutti alles erzählt.«

»Nein, das hat sie eben nicht! Irgendwie macht sie ein großes Geheimnis um ihre Vergangenheit. Als ob sie nicht darüber sprechen könnte! Ich weiß gar nichts von ihr und ihrer Jugend, was ihr so erlebt habt, meine ich.«

»Und was weißt du dann von Stefan?«

»So gut wie nichts. Ich denke allerdings … er könnte ihr vielleicht viel bedeutet haben … in dieser Zeit, kurz bevor sie in den Westen ging. Das muss wohl so 1982 gewesen sein.«

Petra überlegt eine Weile und nimmt einen tiefen Zug ihrer Zigarette.

Dann bläst sie den Rauch aus und sagt:

»Frag deine Mutti lieber selbst nach ihrer Vergangenheit. Was sie dir nicht erzählen will, sollst du vielleicht auch nicht wissen. Sie wird ihre Gründe haben … oder irgendwann freiwillig darüber sprechen. Bis dahin solltest du die Vergangenheit ruhen lassen, Kerstin. Mach einfach ein bisschen Urlaub und erhole dich. Oh … hallo, Dirk! Komm doch mal rüber!«, wird sie auf einmal abgelenkt und winkt den ›Bojen‹-Wirt, der gerade mit Gordon eine Runde spazieren geht, an unseren Tisch.

»Na, Mittagspause?«, fragt er mit einem kurzen Blick auf unsere Kaffeetassen und die leeren Teller.

»Fast vorbei! Aber setz dich doch einen Moment zu uns«, lädt Petra ihn höflich ein. »Das ist übrigens Kerstin … Ingrids Nichte.«

»Ich weiß! Wir haben uns schon kennengelernt. Allerdings noch bevor diese bezaubernde junge Dame diese absolut tolle Frisur hatte. Sonst hätte ich sie gar nicht wieder gehen lassen! Sieht klasse aus, Kerstin!«

Ich kann nicht verhindern, dass ich knallrot werde. Normalerweise reagiere ich nicht so schüchtern auf ein Kompliment. Ich freue mich darüber, auch wenn es dieser Dirk doch immer wieder schafft, mich zu verwirren!

Petra und er plaudern wie alte Freunde über dies und das aus dem Ort und ich sitze daneben und denke an meine Mutter und ihre Begegnung mit diesem geheimnisvollen Mann aus dem Westen. Schade, dass Petra mir nichts über ihn erzählt hat. Aber ich verstehe auch, dass sie nichts ausplaudern will.

Kurze Zeit später steht Petra auf und verabschiedet sich mit den Worten: »Bis bald in der ›Boje‹, Dirk. Tschüss, Kerstin … komm doch mal mit! In die ›Boje‹, mein ich. Er ist gar nicht so knurrig, wie er aussieht. Und kochen kann er besser als Kartenspielen!«

Sie steckt mir noch ihre Visitenkarte mit ihrer Telefonnummer zu und nimmt mir das Versprechen ab, bald wieder vorbeizukommen. Auch ohne Haareschneiden, nur zum Plaudern und Kaffeetrinken. Dann winkt sie uns noch einmal fröhlich zu und geht zu ihrem Laden zurück.

»Petra ist cool, nicht wahr?«, meint Dirk.

»Ja, finde ich auch. Ich kann kaum glauben, dass sie und meine Mutter einmal beste Freundinnen waren!«

»Nein? Warum denn nicht?«

»Weil meine Mutter so ganz anders ist. Verschlossen, negativ.«

»Irgendetwas hat aber auch *sie* Petra geben können. Vielleicht haben sie sich einfach ergänzt?«

Ich nicke. »Daran habe ich auch schon gedacht. Jedenfalls müssen die beiden eine tolle Zeit zusammen verbracht haben.«

»Wann war das denn?«

»Ich glaube, sie kannten sich seit der Schulzeit. Sie haben also ihre Jugend hier zusammen verbracht. Anfang der 80er, kurz bevor meine Mutter in den Westen ging, hatten sie zusammen mit ein paar anderen jungen Leuten angeblich richtig viel Spaß hier auf der Insel.«

»Hast du das von Petra oder von deiner Mutter?«, fragt Dirk mich grinsend, während auch er ein großes Stück Apfelkuchen verspeist.

»Weder noch. Ich habe etwas gefunden, … das aus dieser Zeit berichtet.«

»Das klingt ja aufregend! Und wie waren diese Zeiten so?«

Ich erwähne die Tanzveranstaltungen und das, was mir Petra von den Abenden mit der Gitarre erzählt hat. Mehr möchte ich nicht aus dem Nähkästchen plaudern, es ist schlimm genug, dass ich in dem Tagebuch meiner Mutter lese. Ich muss zugeben, ich habe ein schlechtes Gewissen. Meistens ist es doch eher umgekehrt: Wenn Mütter befürchten, dass ihre Töchter irgendeinen Blödsinn angestellt haben, lesen sie heimlich in deren Aufzeichnungen. Jedenfalls hört man das hier und da. Ich finde so einen Vertrauensbruch eigentlich total verwerflich. Ich verstehe mich selbst nicht und schäme mich dafür. Und doch kann ich es nicht abwarten, nach Hause zurückzukehren und weiterzulesen.

Im Moment genieße ich jedoch das entspannte Gespräch mit Dirk und kraule Gordon ein wenig hinter den Ohren, der das sichtlich gerne hat.

»Komm, wir gehen noch ein bisschen an den Strand! Zurzeit muss man jede Minute ausnutzen, in der es nicht regnet und stürmt«, schlägt Dirk schmunzelnd vor. »Hast du dich schon ein bisschen eingelebt auf der Insel?«

»Ja, das kann man wohl sagen. Ich schlafe, esse, fahre Fahrrad, schlafe, esse … Manchmal bringe ich etwas Abwechslung hinein und ändere die Reihenfolge«, lache ich.

»Oder du gehst zum Friseur.« Dirk räuspert sich. »Falls dir der Sinn nach noch mehr Abwechslung steht, dann komm Gordon und mich doch mal wieder in der ›Boje‹ besuchen! Wir würden uns freuen.«

»Ja, warum nicht?«, sage ich unbestimmt.

»Wie geht es denn deiner Tante?«, fragt er weiter, während wir gemütlich am Strand in Richtung Kloster schlendern.

Ich halte nebenbei Ausschau nach Bernstein, den man ja bekanntlich am besten nach Sturm finden kann. »Ach, ich weiß nicht. Angeblich müssen sie immer noch mehr Untersuchungen machen. Das kommt mir komisch vor. Ich glaube, ich muss der Sache ein wenig auf den Grund gehen und demnächst wieder einmal nach Stralsund fahren.«

»Und dein Mann?« Dirk sieht mich fragend von der Seite an.

Inzwischen ist der Wind wieder stärker geworden und ich fürchte, meine neue Frisur ist gleich im Eimer.

»Welcher Mann? Ich bin nicht verheiratet.«

»Oh. Ich dachte, du hättest mir etwas von deinem Mann erzählt, als du neulich den Tee mit Rum getrunken hast. Ich glaube, ich sollte dir öfter etwas davon einflößen, das macht dich so herrlich gesprächig.«

»Ich bin inzwischen auf Sanddornlikör umgestiegen. Wenn du den auch anbieten kannst, bin ich gerne dabei!«, antworte ich, ohne auf seine Frage nach Marc einzugehen, und presse ein gekünsteltes Lachen hervor.

»Nun, es geht mich ja nichts an … aber … wenn du meine ehrliche Meinung hören willst: Der Typ ist ein Idiot, wenn er eine Frau wie dich betrügt.«

Statt einer Antwort schenke ich ihm diesmal ein ehrliches Lächeln.

»Du scheinst auf jeden Fall noch nicht fertig damit zu sein, wenn du immer noch hier bist.«

Wieder sieht mich Dirk prüfend von der Seite an. Bevor ich antworten kann, sagt er, mehr zu sich selbst: »Sieht mir jedenfalls ganz nach einer unglücklichen Liebesgeschichte aus. Warum kann es nicht *einmal* eine glückliche Liebesgeschichte sein? Seit ›Romeo und Julia‹ enden alle wahren Lieben so. Tragisch. Oder in der langweiligen Frustration einer 3-Zimmer-Wohnung. Was vielleicht sogar noch schlimmer ist.« Dirks Miene hat sich verfinstert.

»Warum sagst du das? Denkst du wirklich so? Hast du vielleicht selbst eine unglückliche Liebe hinter dir?«, frage ich ihn, neugierig, warum er derart negativ über die Liebe denkt.

Doch Dirk gibt mir keine Antwort darauf, sondern richtet seinen Blick in die Ferne und sagt: »Es gibt wieder Regen.«

Dann pfeift er nach Gordon und verabschiedet sich: »Ich muss los. Die ›Boje‹ wartet. Hat mich gefreut, dich zu sehen, Kerstin.«

Und weg ist er und lässt mich mit meinen Gedanken und dem Wind allein.

8. KAPITEL

Der Liebe Schmerz

Es ist eigenartig: Jedes Mal, wenn ich Dirk irgendwo zufällig treffe, bin ich enttäuscht, wenn wir uns wieder verabschieden. Ich muss zugeben, ich genieße seine Anwesenheit. Ich mag seine ruhige Art, seinen Humor und seine klugen Gedanken.

Im Grunde bin ich immer geneigt, ihm mein ganzes Leben zu erzählen und kann mir dabei gar nicht erklären, warum das so ist. Schließlich kennen wir uns doch so gut wie gar nicht und doch ist er mir seltsam vertraut. Und das, obwohl er so gut wie nichts über sich oder sein Leben preisgibt. Das Wenige, das ich weiß, weiß ich von Ingrid.

Dass er studiert hat und einige Jahre weg war von der Insel. Dass er wiederkam, um sich um seinen alten Vater zu kümmern. Irgendwie spüre ich, dass das nicht der einzige Grund für seine Wiederkehr war. Da muss noch etwas anderes gewesen sein. Vielleicht kann ich Petra einmal danach fragen. Die Freundin meiner Mutter gefällt mir gut und ich beschließe, Petra bald wieder einmal zu besuchen.

Sie besitzt eine Leichtigkeit, eine heitere, unbekümmerte Art, die einem sofort sympathisch ist. Außerdem hat sie, was das Haareschneiden angeht, wirklich was drauf. Obwohl mich der Wind auf dem Rad ganz schön durchgepustet hat, sieht die Frisur immer noch sehr gut aus, wie ich in dem Flurspiegel der ›Silberdistel‹ erkennen kann. Das hat Dirk auch gesagt. Verflixt, warum denke ich denn schon wieder an ihn!

23. Mai 1982

Ich versuche, mich von ihm fernzuhalten. Ich versuche es wirklich. Petra hat recht, er wird fortgehen und mich zurücklassen …

Und doch kann ich an nichts anderes denken als an ihn. Ich versuche, mich abzulenken, gehe arbeiten, helfe Mutti bei den Stuben, sehe fern mit Ingrid. Auf Ausgehen habe ich keine Lust. Ich möchte ihm nicht begegnen, ich habe Angst, ihn wiederzusehen und mein Herz zu verlieren.

24. Mai 1982

Bestimmt wird er bald abreisen. Bis dahin bleibe ich einfach zu Hause. Und wenn er erst fort ist, kann ich ihn vergessen. Ganz bestimmt.

25. Mai 1982

Jens fragt jeden Tag, ob wir uns treffen. Er kommt im ›Hotel am Meer‹ vorbei oder bei uns daheim. Mir fallen langsam keine Ausreden mehr ein. Habe auch Muttis Blick gesehen, als ich ihn heute wieder weggeschickt habe. Also habe ich mich mit ihm für morgen verabredet.

Wir treffen uns nach der Arbeit im ›Strandcafé‹ zusammen mit den anderen.

26. Mai 1982

Ich habe Stefan wiedergesehen! Zuerst ging ich zu dem Treffen mit Jens und den anderen im Strandcafé. Ingrid wollte nicht mit. Angeblich war es im Konsum heute wieder so anstrengend und sie wollte lieber noch ein wenig spazieren gehen. Wie langweilig! Aber das muß sie ja selber wissen. Im Strandcafé war es lustig, aber ich hatte Kopfschmerzen und das gab mir einen Grund, mich früh zu verabschieden.

Es ist ja von dort nicht so weit bis nach Hause, außerdem ist heute Vollmond und deshalb war es richtig hell. Ich betrachtete die Sterne über mir und träumte vor mich hin. Auf einmal sah ich ihn. Er kam auf mich zu und ich konnte nicht ausweichen.

»Marie«, sagte er.

Nur dieses eine Wort.

Zärtlich strich er mir eine Strähne meiner blonden Haare aus dem Gesicht.

»Kleine, süße Marie. Warum gehst du mir aus dem Weg?«

Ich brauchte nicht zu antworten. Er wußte, warum.

Daher nahm er einfach meine Hand und ging mit mir weiter. Doch wir gingen nicht heim, sondern schlugen den Weg zum Strand ein. Dort liefen wir immer weiter, Richtung Leuchtturm. Ich spürte die Wärme seiner Hand und sah den Sternenhimmel über mir. Das war mir Glück genug. Ich wollte diesen Moment einfangen wie einen Schmetterling, ihn festhalten, für immer behalten, um ihn nie zu verlieren. Gleichzeitig wußte ich, daß ich das nicht konnte und war deshalb traurig und glücklich zugleich.

Schweigend setzten wir uns in einen Strandkorb.

Wir mußten nichts sagen, weil wir beide dasselbe dachten und fühlten.

Nach langer Zeit brach er das Schweigen und sagte: »Marie, ich muß fort.«

»Ich weiß«, sagte ich.

»Schon morgen.«

Ich kann nicht sagen, was mehr wehtat, das »Ich muß fort« oder das »Schon morgen«.

Es fühlte sich an, als hätte mir jemand ein Messer in die Rippen gestoßen.

Dabei wußte ich es die ganze Zeit und hatte sogar gehofft, ihn nicht wiederzusehen, um ihn vergessen zu können.

Doch nun saß er neben mir und ich wollte ihn nicht gehen lassen.

Ich nickte und sagte: »Ist gut.«

Er drehte sich um zu mir und sagte: »Ich komme wieder, Marie. Sobald ich kann.«

Und dann küßte er mich wieder. Und wieder. Und wieder.

Auf einmal gab es nur noch das Meer. Den Sternenhimmel. Und uns.

Es ist mir egal, wie es ausgeht.

Ich wünsche mir nur, daß er wiederkommt.

Nur das! Es ist das Einzige im Leben, was ich mir wirklich wünsche: ihn wiederzusehen.

27. Mai 1982

Er ist weg.

Ich stand am Hafen und habe gesehen, wie er auf den Dampfer gestiegen ist. Niemand hat mich gesehen, auch er nicht. Ich war hinter dem Fischereischuppen und keiner hat meine Tränen gesehen. In der Hand hielt ich die Muschel, die er mir gestern zum Abschied gegeben hat. Als Zeichen, daß er wiederkommt.

»Das ist deine Glücksmuschel, kleine Marie«, hat er gesagt.

»Wann immer du traurig bist oder daran zweifelst, daß wir uns wiedersehen, dann schau sie dir an und denke daran: Es wird alles gut!«

Und dann hat er mich noch einmal geküßt.

Es wird alles gut. Er wird wiederkommen. Er hat es versprochen.

Eine ›Glücksmuschel‹ hat er ihr geschenkt! Auch ich habe eine Glücksmuschel auf meinem Nachttisch, die ich jetzt in die Hand nehme.

›Es wird alles gut‹, hat er zu ihr gesagt.

Wie schön wäre das!

Ich blicke aus dem Fenster, sehe das Mondlicht und denke an meine Mutter.

Vor vielen Jahren lag auch sie in diesem Zimmer, in ihrem Bett, voller Sehnsucht nach einem Mann, von dem sie nicht wusste, ob sie ihn je wiedersehen würde.

Denn das Land, in das er aufgebrochen war, war für sie so weit entfernt wie der Mond.

Westdeutschland. Der andere Teil, der hinter dem Eisernen Vorhang lag und somit für sie unerreichbar war. Würde Stefan wiederkommen?

Während ich meinen Gedanken nachhänge, piepst auf einmal mein Handy.

›Kerstin, komm zurück. Ich brauche dich. Marc.‹

Zum ersten Mal, seitdem ich hier bin, nehme ich unser Foto aus dem Geldbeutel.

Das Foto, auf dem wir beide zusammen zu sehen sind. Es wurde im letzten Sommer aufgenommen, auf dem Steg im Strandbad Friedrichshafen. Hatte ich da tatsächlich einmal frei, um schwimmen zu gehen? Marc hat den Arm um mich gelegt und wir lachen beide fröhlich in die Kamera. Dieses Bild strahlt so viel Glück aus, dass mir auf einmal die Tränen herunterlaufen.

In den ersten Tagen, nachdem ich ihn mit Katrin erwischt hatte, war ich eigentlich nur unglaublich wütend auf Marc. Wie konnte er mir so etwas antun? Wie konnten *beide* mir das antun? Doch mit der Zeit verwandelte sich die Wut in Traurigkeit und Enttäuschung.

Und jetzt? Was löst das Bild in mir aus? Ich bin immer noch traurig, fühle aber auch eine gewisse Sehnsucht. Ganz tief in meinem Inneren spüre ich, dass ich vielleicht nicht ganz unschuldig bin an der Situation. Natürlich ist die Tatsache, dass ich so viel gearbeitet und mir wirklich nie Zeit für Marc genommen habe, in meinen Augen keine Entschuldigung für sein Fremdgehen.

Doch musste ich wirklich immer und ewig nur an die Firma denken? Hätte ich nicht vielleicht doch hin und wieder eine klitzekleine Pause einlegen und nach einem Termin möglicherweise noch am Abend nach Hause fahren können? Oder einfach mal ein schönes Essen kochen und einen Spaziergang *mit* ihm zusammen machen? Wem wollte ich denn eigentlich ständig etwas beweisen? Mir wird bewusst, dass ich wie besessen war von der Arbeit … ein richtiger Workaholic. Ich habe komplett aus den Augen verloren, dass man sich um die Menschen, die man liebt, kümmern muss.

Und hätte daran denken sollen: Gleichgültigkeit ist der Tod der Liebe.

Ich habe einmal gelesen, dass man die Liebe mit einem Schmetterling vergleichen kann: Hält man ihn zu fest, geht er kaputt, lässt man ihn los … fliegt er davon.

So ähnlich hat sich meine Mutter auch ausgedrückt … sie wollte diesen Moment des Glücks, den sie mit Stefan erlebte, festhalten, aber es ging nicht … und er entschwand wie ein Schmetterling.

Auf einmal sehe ich, dass sich Marc in unserer Beziehung wohl oft alleine gefühlt hat.

Vielleicht sollten wir wirklich einmal miteinander reden? Ich vermisse die Vertrautheit seiner Anwesenheit.

Aber ist das wirklich Sehnsucht, die ich nach *ihm* empfinde? Oder vermisse ich nur das Gefühl, aufgehoben zu sein in einer Partnerschaft?

Ich stehe auf und sehe wieder auf das Meer hinaus.

Wie lange bin ich eigentlich schon weg? Drei Wochen?

Mir wird bewusst, dass ich gar nicht so viel Urlaub genommen habe.

Das heißt, dass ich bald zurück muss.

In mein altes Leben, zu dem Stress, der dazu geführt hat, dass ich kein Privatleben mehr hatte, sodass der Mann, den ich liebte, sich vernachlässigt fühlte und mich mit meiner besten Freundin betrog.

Will ich das überhaupt?

Ich sehe einer Möwe nach, die ihren Weg über das Meer findet, ohne darüber nachdenken zu müssen, ob dieser Weg der richtige für sie ist.

Obwohl ich es gestern gar nicht glauben konnte, weil es so ein schöner und sonniger Tag war, hatte Dirk recht: Heute weckt mich erneut heftiger Regen, der gegen mein Fenster prasselt. Ich bleibe daher noch einige Minuten liegen und koste das wohlige Gefühl in den Federn aus.

Dann stehe ich widerwillig auf, mache mir aber erst einmal einen starken Kaffee, stelle das Radio an und setze mich noch im Schlafanzug auf die Couch, um weiterzulesen.

30. Mai 1982

Es tut so weh. Ich höre nichts von ihm und weiß nicht, ob wir uns jemals wiedersehen werden.

Jeden Abend schlafe ich mit meiner Glücksmuschel in der Hand ein.

Er hat gesagt, daß er wiederkommen wird.

2. Juni 1982

Ich war mit Jens, Petra, Malte, Gesine und den anderen in der Heiderose zum Tanz.

Petra hat mich gefragt, was los ist, weil ich so still bin.

»Was soll los sein?«, habe ich sie gefragt. »Ich bin nur müde. War viel los heute auf Arbeit.«

»Du und müde?«, hat sie mißtrauisch gefragt. »Werd bloß nicht wie deine Schwester!«

Dann hat sie weitergetanzt, sie hat einen neuen Verehrer.

Petra hat immer einen neuen Verehrer. Ich merke mir die Namen nicht einmal mehr.

Jens hat wieder viel getrunken, aber nicht so viel wie sonst.

Er hat mich heimgebracht und wollte mich küssen.

Aber ich hab mich weggedreht. Ich kann das nicht ... ich muß immer an Stefan denken.

14. Juni 1982

Es regnet seit Tagen. Aber das ist mir egal! Mir ist alles egal.

Ich habe mit Jens Schluß gemacht, habe ihm erzählt, daß ich zu jung bin für eine feste Bindung und so. Das stimmt zwar nicht, aber ich kann ihm die Wahrheit nicht sagen.

Dennoch kommt es mir falsch vor, ihm noch länger Gefühle vorzuspielen, die ich nicht habe.

Er war traurig und hat mir die Sache auch nicht richtig geglaubt. Er will auf mich warten, hat er gesagt. Wie soll ich ihm erklären, daß das keinen Sinn macht?

Ich habe den ganzen Abend geweint. Ingrid kam und hat sich zu mir ins Bett gelegt. Sie hat mich im Arm gehalten und die ganze Zeit gesagt: »Ist ja gut.«

Dabei ist es nicht gut! Gar nichts ist gut. Sie denkt, ich weine wegen Jens. Ich kann ihr doch nicht sagen, daß ich Tränen für einen anderen vergieße. Heute abend war sie mir so nah, beinahe hätte ich ihr alles erzählt. Sie sagte, sie sei auch traurig. Die schlimmsten Schmerzen seien die, die von der Liebe verursacht würden, weil wir nichts dagegen tun könnten.

Als ob sie wüßte, wovon sie spricht!

Sie, die nach der Arbeit immer nur spazieren geht!

Fast hätte ich die Türklingel überhört. Ich bin so vertieft, dass ich gar nichts mehr mitbekomme! Oh Gott, habe ich etwa Feriengäste vergessen?

Nein, das kann nicht sein. Familie Vogt wollte doch erst nächste Woche kommen.

Jemand klopft an die Fensterscheibe in der Küche.

Ich öffne die Tür und vor mir steht eine rundliche Dame, die einen Korb in der Hand hält. Mit ihrer roten Kapuze, die sie zum Schutz gegen den Regen trägt, könnte man sie fast für Rotkäppchen halten.

Aber noch überraschter als ich dürfte sie sein. Ich habe immer noch den Schlafanzug an, dabei ist es fast Mittag.

»Hallo! Ich bin Gesine und wollte zu Ingrid. Ist sie da?«

»Nein, tut mir leid, aber kommen Sie doch herein. Sie werden ja ganz nass!«

Die rundliche, kleine Gesine kommt herein, zieht sich die Kapuze von den roten Locken und steht unschlüssig im Flur herum. »Nee. Watt für Wäder … nich veel Sünnschien, daarför immerto Rägen«, schimpft sie auf plattdeutsch.

»Kommen Sie doch ins Wohnzimmer und trinken Sie eine Tasse Kaffee mit mir!«, bitte ich sie noch einmal herein.

Doch sie sagt: »Nein, vielen Dank. Sie sind sicher ihre Nichte Kerstin, nicht wahr? Ingrid hat mir von Ihnen erzählt. Wissen Sie, ich bin eine Freundin von Ingrid. Ist sie etwa noch im Krankenhaus?«

Als ich die Frage bejahe, fährt sie fort: »Oh Gott, hoffentlich ist das nichts Schlimmes. So kenne ich Ingrid nämlich gar nicht. Die geht doch nie freiwillig zum Arzt!« Das freundliche Gesicht von Gesine nimmt einen sorgenvollen Ausdruck an. »Weiß man denn immer noch nichts?«

»Ich habe vor, sie morgen wieder zu besuchen, und hoffe, dort etwas mehr zu erfahren«, erkläre ich.

Gesine streckt mir den Korb hin. Darin sind etwas Obst, Sanddornsaft, einige Zeitschriften und Strickzeug. »Ingrid und ich treffen uns regelmäßig zum Stricken, wissen Sie. Bitte geben Sie ihr den Korb und erinnern Sie sie daran, dass ich mit dem Stricken auf sie warte!«

Ich muss an einen Satz denken, den Dirk gestern Nachmittag bei unserem Spaziergang gesagt hat, als ich ihm erzählte, Petra hätte schon vom Dorfklatsch erfahren, dass ich auf der Insel sei: »Hier ticken die Uhren anders, Kerstin. Man kennt sich, und die Menschen wissen von den Schicksalen der anderen. Die Leute in den Geschäften begrüßen ihre Kunden noch mit dem Namen und fragen, wie es ihnen geht. Wie es ihnen wirklich geht. Und wenn jemand krank ist, kommt ein Nachbar vorbei mit einem Teller Suppe und fragt, ob er etwas vom Einkaufen mitbringen soll.«

Wie schön, dass es so etwas in der heutigen Zeit noch gibt! Obwohl ich am Bodensee aufgewachsen bin, wo es auch noch viele kleine Dörfer gibt, in denen vielleicht eine ähnlich herzliche Gemeinschaft existiert, habe ich selbst so etwas leider nicht erlebt.

Offenbar hatte Dirk recht, denn Gesine bietet mir nun auch noch ihre Hilfe an.

»Wenn irgendetwas ist, kommen Sie ruhig zu uns! Wir wohnen in einem der Häuser vom Schabernack, wissen Sie, wo das ist?«

Ja, die hübschen Reetdach-Häuser stehen ziemlich am Ende des Dorfes Richtung Vitte.

»Sie werden sicher auch nicht ewig hierbleiben können, denke ich mal. Ich hatte Ingrid ja angeboten, dass ich hier aufpasse, aber sie wollte unbedingt ihre Nichte herholen! Na, das hat ja dann auch geklappt. Aber wie gesagt: Wenn es nötig ist, und Sie nach Hause müssen, dann helfe ich gerne aus!«

Mit diesen Worten steckt sie mir einen handgeschriebenen Zettel mit ihrer Telefonnummer zu, den sie offenbar bereits vorbereitet hat.

»Das ist sehr nett von Ihnen, Gesine!«, sage ich höflich. Doch ich habe irgendwie das Gefühl, dass Ingrid ihre Gründe hatte, warum sie *mich* statt ihrer gebeten hat, hier aufzupassen. »Ich komme gerne darauf zurück, wenn ›Not am Mann‹ ist«, versichere ich dennoch.

»Wie schön, dass Sie hier sind«, sagt Gesine, und es klingt ehrlich, auch wenn sie gerade meinen Schlafanzug einer genauen Musterung unterzogen hat. »Es ist so schade, dass Ingrid weiter keine Familie hat. Ihre Eltern sind ja schon lange tot …« Meine Mutter lässt Gesine unerwähnt. »Und geheiratet hat sie auch nie …«

»Warum eigentlich nicht? Können Sie sich das erklären?

Sie ist doch eine hübsche und nette Frau, auch heute noch! Da müssen die Verehrer doch Schlange gestanden haben.«

»Na ja, Schlange gestanden? So würde ich das nicht ausdrücken. Sie hatte schon ihre Chancen bei den Männern, aber Ingrid war immer die Ruhigere, Zurückhaltendere von den beiden Schwestern. Ich glaube, da gab es schon einmal jemanden …, aber es sollte wohl nicht sein! Danach hat sie sich, glaube ich, nie mehr so richtig auf einen Mann eingelassen. Nun, es ist ja leider nicht jedem vergönnt, den Richtigen zu finden. Manche suchen ihr Leben lang! Ich habe Glück gehabt und bin nun schon 35 Jahre mit meinem Malte verheiratet. Wie steht es bei Ihnen? Haben Sie auch einen Mann?«

»Nein … ich bin nicht verheiratet.« Um vom Thema abzulenken, frage ich: »Kann ich Ihnen wirklich nichts anbieten? Auch keinen Sanddornlikör?«

»Um Himmels willen, nein! Ich kann keinen mehr sehen! Vielen Dank. Außerdem muss ich nach Hause, Malte wartet auf mich und ich muss das Mittagessen kochen. Dann will ich mal wieder … Und denken Sie daran: Melden Sie sich, wenn Sie Hilfe brauchen. Tschüss!«

Und schon hat Gesine die rote Kapuze wieder übergestülpt und radelt durch den Regen Richtung Schabernack davon.

18. Juni 1982

Der Brief lag in der Küche, als ich von der Arbeit zurückkam. Ich tat so, als sähe ich ihn nicht, doch ich wußte gleich, daß er nur von einem kommen konnte. Ich habe es an der Briefmarke erkannt, das war keine von unseren. Wir aßen Abendbrot, und Vati erzählte von der Schule und Mutti von der bevorstehenden Silberhochzeit der Gaus und wie viel Kuchen die Nachbarinnen dafür backen müßten. Ich gab mir Mühe, nicht dauernd zu dem Brief hinzusehen, der dort auf unserem alten Küchenschrank lag.

Endlich war es so weit und Vati stand auf, um seine Pfeife zu rauchen.

Ingrid und ich halfen Mutti beim Abwasch, doch meine Hand zitterte so sehr, daß ich befürchtete, ich würde ein Glas hinunterwerfen.

Dann sagte sie endlich den Satz, auf den ich gewartet hatte: »Da ist Post für dich, Marie.«

Ich ging nach oben, legte mich auf mein Bett und drückte den Brief an mein Herz.

Ich wußte, daß er mich nicht vergessen hatte!

›Liebe kleine Marie,

wenn du diesen Brief liest, hast du sicher noch ein paar mehr Sommersprossen in deinem hübschen Gesicht. Ich bin gut in Lüneburg angekommen und die Arbeit bei Bloom & Voss hat mich wieder. Aber irgendwie kann ich die Insel, den Leuchtturm und das Meer nicht vergessen. Und deine Sommersprossen auch nicht. Meiner Oma geht es nicht so gut und darum komme ich bald wieder … am 10. Juli. Wie geht es der Glücksmuschel? Und dir?

Ich freue mich, dich wiederzusehen.

Dein Stefan‹

DEIN Stefan!! Ich bin sooooooooo glücklich.

Wir werden uns wiedersehen. Schon bald! Es sind ja nur ein paar Wochen bis dahin.

Ingrid kam herein und hat mich nach dem Brief ausgefragt.

Ich sagte, es sei jemand, den ich in der Heiderose kennengelernt hätte.

Sie wußte sofort, wen ich meine.

Sie hat mich nur ernst angesehen und gesagt: »Mach keinen Blödsinn, Marie.«

Die ist doch nur neidisch!

9. KAPITEL

Mode aus dem Katalog

25. Juni 1982

Der Gedanke, Stefan bald wiederzusehen, bestimmt mein ganzes Leben. Es ist wunderbar warm geworden und dadurch sind sehr viele Badegäste auf der Insel. Ich habe das Gefühl, daß ich noch mehr arbeiten muß als sonst. Ich bin praktisch nur noch auf der Arbeit.

Aber das macht mir nichts aus! So vergeht die Zeit doch viel schneller ...

Jeden Abend, wenn ich im Bett liege, meine Glücksmuschel betrachte und wie immer an Stefan denke, weiß ich, daß wieder ein Tag vorbei ist. Ein weiterer Tag ohne ihn.

Ab und zu treffe ich mich mit den anderen in der Heiderose oder im Strandcafé. Ich rede und lache mit ihnen, manchmal tanze ich auch.

Aber denken tue ich nur an den einen.

Am liebsten bin ich immer noch mit Petra zusammen. Sie hat ein Herz aus Gold und versteht mich ohne viele Worte. Wir trinken ungarischen Wein, rauchen und lachen uns kaputt über die lustigen Urlauber.

Petra hat ständig eine neue Liebe und fragt mich oft, ob ich nicht auch wieder einen Freund haben möchte.

Ihr könnte ich es ja sagen, daß mein Herz bereits vergeben ist. Doch ich zögere noch. Ich habe Angst, sie könnte mir wieder eine Moralpredigt halten und versuchen, mich von Stefan abzubringen.

Als ob das möglich wäre!

Ich habe es ja versucht. Aber man kann seinem Herzen doch nicht sagen, wen es lieben darf!

Auch Ingrid sieht mich oft so merkwürdig prüfend an, sagt aber nichts. Sie hat nur einmal gefragt, was denn in dem geheimnisvollen Brief stand und ich sagte: »Ach, nur Blabla. Nichts Wichtiges.«

Wie gesagt, ich kann mich ganz gut verstellen.

Dennoch habe ich das Gefühl, sie glaubt mir nicht.

Wenn mich jemand kennt, dann sie! Schließlich sind wir schon unser ganzes Leben zusammen.

Neulich nahm mich Mutti beiseite und fragte mich, ob ich Liebeskummer hätte wegen Jens, ich sei so ›anders‹.

Ich beschloß, daß es das Einfachste ist, wenn sie denken, ich sei seinetwegen manchmal traurig und antwortete daher: »Ja, ich bin traurig, daß es mit uns nicht geklappt hat. Schließlich waren wir ja viel zusammen … Aber zum Glück sind wir immer noch gut befreundet!«

Und das ist keine Lüge! Jens ist natürlich oft dabei, wenn sich alle treffen. Er redet nicht viel mit mir, scheint mir aber auch nicht böse zu sein. Er sieht nur immer sehr traurig aus. Dann schenke ich ihm ein Lächeln und er lächelt zurück. Wahrscheinlich macht er sich dann wieder Hoffnungen, es könnte doch noch einmal etwas werden mit uns …

3. Juli 1982

Nur noch eine Woche!

Heute sind wir zu Fuß zur Heiderose zum Kaffeetrinken gelaufen und mit der Pferdekutsche zurückgefahren.

Es war Muttis Idee, mal wieder einen ›Familienausflug‹ zu machen. Wahrscheinlich meinetwegen. Sie findet, daß ich mich zu sehr ›absondere‹.

Meine Güte, was will sie denn?

Ich bin 22, da sind andere Töchter längst ausgezogen und selbst verheiratet! Nur wir sollen immer noch die kleinen Mädchen sein, die mit den Eltern zusammen spazieren gehen. Ingrid hat ja ihren Spaß daran und wird das vermutlich ihr Leben lang tun! Ich dagegen fand den Ausflug einfach nur langweilig.

Und wäre viel lieber alleine am Strand gewesen und hätte von Stefan geträumt.

Am nächsten Tag klingelt das Telefon unaufhörlich. Es sieht so aus, als würden auf einmal alle Leute ihren Sommerurlaub planen wollen. Leider kann ich nur zwei Buchungen davon annehmen, denn die anderen Anfragen beziehen sich alle ausgerechnet auf die Zeit, in der die Zimmer bereits belegt sind.

Petra ruft auch an und sagt mir noch einmal, wie sehr sie sich gefreut hätte, mich kennenzulernen. Ich sage ihr, dass die Freude ganz auf meiner Seite war und wir verabreden uns spontan für den Abend in der ›Boje‹.

Auf einmal bin ich ganz aufgeregt und überlege, was ich anziehen soll.

Als ob die ›Boje‹ so etwas wie ein Szene-Lokal wäre!

Nun, im Grunde ist sie das ja sogar hier auf der Insel. Schließlich ist dort immer viel los und es gibt nicht so wahnsinnig viel Alternativen.

Der Inhalt meines Schrankes ist nach wie vor sehr überschaubar. Das neue gelbe Kleid kann ich nicht anziehen, dafür ist es am Abend noch zu kühl.

Also ziehe ich einfach wieder einmal meine weiße Bluse an, dazu den bunten Schal und meine Jeans. Mit frisch gewaschenen Haaren sieht es ganz annehmbar aus. Obwohl Petra die Haare weit besser gefönt hatte! Aber bis ich bei dem Wind mit dem Rad in Vitte bin, wäre die Frisur sowieso hinüber.

In der ›Boje‹ herrscht heute Abend wie immer viel Trubel. Wie gewohnt empfängt mich lautes Stimmengewirr und schwungvolle Countrymusik. Dirk begrüßt mich freudestrahlend und verschwindet anschließend in der Küche. Hinter dem Tresen steht die hübsche Mareike und zapft Bier.

Die ganze Theke ist mit Männern besetzt, die ihre Augen kaum von Mareikes tiefem Ausschnitt abwenden können.

Dazwischen sitzt mit einem Gläschen Prosecco Petra und winkt mir fröhlich zu. »Schön, dass du gekommen bist, Kerstin!« Sie gibt Mareike ein Zeichen, dass diese noch einen Prosecco bringen soll und ich setze mich zu ihr.

»Na, immer noch keine Sehnsucht nach der Heimat und der Arbeit?«, fragt sie mich.

»Nicht so wirklich.«

Ich erzähle ihr ein bisschen von meinem Leben am Bodensee und auch von Marc. Dann spreche ich über den Abend, als ich aus München nach Hause kam und ihn nackt mit meiner besten Freundin auf dem Sofa antraf.

»Donnerwetter!« Petra schnappt nach Luft. »Das ist ja ein dickes Ei! Meine Güte, da hast du ja ganz schön was hinter dir … Ach, Männer! Es ist doch immer dasselbe mit ihnen! Man hat nur eine einzige Möglichkeit, damit fertigzuwerden: Indem man es ganz genauso macht wie sie! Noch zwei Prosecco, bitte!«, ruft sie Mareike zu.

Als Dirk mit zwei Fischtellern aus der Küche kommt, fange ich einen Blick aus seinen strahlend blauen Augen auf.

Vielleicht hat Petra ja recht, denke ich. Aber das könnte natürlich am Prosecco liegen, der bereits seine Wirkung zeigt. Ich stelle fest, dass ich noch gar nichts gegessen habe, denn ich wollte ja eigentlich in der ›Boje‹ den leckeren Fisch vernaschen.

Ich bitte daher Mareike um die Speisekarte, die sie mir mit den schnippischen Worten: »Kann aber dauern … Ihr seht ja, was hier los ist!« überreicht.

Ich lege sie ungelesen zur Seite und bestelle noch zwei Gläschen Prosecco.

Dann erzähle ich Petra von meiner Arbeit bei ›Celine Dupont‹ und den tollen Produkten, die zwar sehr gut, aber eben auch sehr teuer sind.

»Du hast auch eine ganz tolle Haut, Petra …« Beinahe hätte ich ergänzt: »… für dein Alter«, kann es mir aber gerade noch verkneifen.

Ich meine es wirklich so, denn Petra hat eine ganz glatte und zarte Haut und das, obwohl sie nicht mehr die Jüngste ist und noch dazu raucht.

»Ja, das macht wohl die gute Luft hier, und die gesunde Ernährung mit dem vielen frischen Fisch«, strahlt sie. »Falls du wissen willst, welche Pflege ich benutze: *Keine* teure französische Kosmetik. Ich benutze schon eine ganze Weile eine tolle Wildrosencreme einer kleinen Naturkosmetikfirma aus Lübeck. Ich habe sie einmal auf einer Beautymesse in Berlin kennengelernt, auf der ich eigentlich wegen Friseurbedarf zu Gast war. Diese noch relativ junge Firma beriet mich am Stand über ihre Produkte und gab mir ein paar Proben mit. Ich war so begeistert, dass ich gleich eine Creme bestellte und wie gesagt seither nichts anderes mehr an meine Haut lasse. Es gibt die Creme leider nicht im Einzelhandel, aber ich kann sie zum Glück über meinen Laden bestellen.«

»Verrätst du mir den Namen der Firma?«, frage ich sie.

»›Tausendschön‹. Wie das Blümchen … Trinken wir noch einen Prosecco?«

»Besser nicht …«

Ich denke daran, dass vor mir noch die Heimfahrt mit dem Fahrrad liegt.

Doch da stellt uns Mareike bereits zwei Gläser auf den Tisch. Einen Prosecco für Petra und einen Sanddornlikör für mich.

»Geschenk des Hauses vom Chef!«

»Oh, Sanddornlikör! Da kann ich beim besten Willen nicht widerstehen!«

»Ja, und dabei ist er auch noch gesund. Wusstest du, dass Sanddorn unglaublich viel Vitamin C enthält?«, schwärmt Petra. »Mehr als Zitronen!«

Vitamin C ist unheimlich gut für unser Immunsystem. Aber auch für die Haut, denn es wirkt gegen freie Radikale, die der Haut empfindlich schaden können. Das weiß ich noch aus meiner Kosmetik-Ausbildung. Außerdem hilft Vitamin C bei der Bildung von Kollagen, welches der Haut Struktur gibt.

Ich habe in den kleinen Läden hier bereits einige Sanddornpflegeprodukte gesehen und beschließe, auch einmal eine Creme zu testen.

Als ich gerade gehen will, setzt sich Dirk zu uns und wir plaudern noch ein wenig, da ich nicht unhöflich sein will.

Er sieht müde aus, wahrscheinlich hat er heute viel gearbeitet.

»Dürfen wir dich denn auch auf ein Gläschen Sanddornlikör, Prosecco, Bier … oder sonst was einladen?«, frage ich ihn.

Doch bevor Dirk antworten kann, sagt Petra: »Dirk trinkt keinen Alkohol. Jedenfalls nicht in der ›Boje‹.«

»Wirklich nicht? Nicht ein klitzekleines Gläschen?« Ich bin erstaunt.

»Nein, Kerstin, nicht einmal ein klitzekleines Gläschen. Ich habe nämlich schon so manchen Kneipenwirt gesehen, der erst mit dem einen Gast, dann mit dem anderen ein ›kleines Gläschen‹ getrunken hat und am Ende jeden Tag sturzbetrunken war. Wie fängt es an und wie hört es auf? Also habe ich mir vorgenommen, zumindest hier in der ›Boje‹ keinen Tropfen zu trinken.«

Er ist schon ein spezieller Typ, dieser Dirk. Aber irgendwie gefällt er mir.

Es wird Zeit, nach Hause zu fahren.

Beim Abschied fragt mich Dirk, ob wir morgen unseren Spaziergang am Strand fortsetzen wollen und hält meine Hand nur einen klitzekleinen Moment länger als gewöhnlich.

Aber vielleicht habe ich mir das auch nur eingebildet vor lauter Sanddornlikör.

10. Juli 1982

Stefan ist da! Endlich. Der Tag, auf den ich seit Wochen gewartet habe. Heute war ich den ganzen Tag so nervös, daß ich dachte, mir fällt im ›Hotel am Meer‹ etwas aus der Hand. Als ich meinen lang ersehnten Feierabend hatte, stand er draußen, auf der gegenüberliegenden Straßenseite.

Ich sah furchtbar aus, eigentlich wäre ich lieber erst heimgegangen, um mich umzuziehen und ein bißchen hübsch zu machen. Doch Stefan nahm einfach meine Hand und wir gingen zum Strand. Dort saßen wir stundenlang im Strandkorb, erzählten uns alles Mögliche, betrachteten die Sterne und lauschten den Wellen.

Er hatte mir tolle Sachen mitgebracht, Schallplatten von ELO und Dire Straits, dann noch wunderbar duftende Seife, die ›Irischer Frühling‹ heißt und andere Kosmetikartikel wie 8x4-Deo und ein Haarwaschmittel, das nach Apfel riecht. Alles, was es bei uns nicht gibt, höchstens im Intershop. Außerdem einen tollen Lippenstift, Strumpfhosen und Mode-Zeitschriften.

Er sagte, er hätte nicht gewußt, womit er mir eine Freude machen sollte und hätte darum einen Quelle-Katalog mitgeschmuggelt, aus dem ich mir ruhig etwas aussuchen könne, was er mir dann beim nächsten Mal schenken werde.

Ich lachte und sagte: »Meine einzige Freude bist du!«

Und das ist die Wahrheit.

Darauf küßte er mich, und dann noch einmal und noch einmal …

Ich blieb, bis es dunkel wurde, denn Stefan ließ mich einfach nicht gehen!

Wir verabschiedeten uns im Dunkeln an der Ecke und ich erzählte zu Hause, daß ich bei Petra gewesen sei.

16. Juli 1982

Stefan muß morgen schon wieder abreisen. Er sagt, er könne nicht so viel Urlaub nehmen, weil bei ihm auf der Arbeit so viel los sei.

Ich verstehe das, ich kenne das ja.

Wir haben uns die ganze Woche jeden Abend nach meinem Dienst gesehen.

Ich war aber so schlau, mir immer frische Sachen, einen Kamm und den neuen Lippenstift mitzunehmen, damit ich mich nach der Arbeit gleich umziehen konnte und nicht erst nach Hause müßte.

Ich wußte doch, daß Stefan wieder auf mich warten und ich keine Zeit haben würde, heimzugehen, um mich hübsch zu machen.

Nach drei Tagen kamen die Fragen von Mutti.

»Wo gehst du denn immer hin nach der Arbeit?«, und so weiter.

Ich vermute mal, Ingrid hat mich bei Mutti angeschwärzt, denn sie hat die Seife und das Deodorant bei mir gefunden.

Ich erzählte irgendetwas. Ist doch eigentlich auch egal, schließlich bin ich alt genug!

Vor drei Tagen habe ich den schönsten Tag meines Lebens verbracht!

Ich hatte frei und es war richtig heiß. Stefan und ich gingen an den Strand und liefen bis weit hinter den kleinen Leuchtturm. Stefan wollte schwimmen gehen, aber ich hatte keinen Badeanzug dabei. Da öffnete Stefan meine Bluse und zog sie mir ganz sanft aus, ebenso wie den Rock. Er küßte mich und zog mir auch noch die Unterwäsche aus.

»Ich denke, hier wird sowieso nur FKK gebadet?«, hat er lachend gefragt. »Du bist so schön …«

Gebadet haben wir dann auch. Aber erst hinterher!! Ich bin so glücklich …

17. Juli 1982

Gestern war ich noch so glücklich, heute könnte ich nur noch weinen.

Er ist fort … doch er hat gesagt, er kommt wieder. Nächsten Monat. Und ich soll ihm schreiben, was er mir mitbringen soll.

Als ich weinend im Bett lag, kam Ingrid in mein Zimmer und hat mich wieder getröstet.

Sie sagte: »Marie, das führt doch zu nichts! Schalte doch deinen Verstand ein. Ich weiß, mit wem du zusammen warst. Aber keine Sorge, von mir erfährt niemand etwas. Es tut mir so leid, daß du jetzt so traurig bist. Aber bedenke, daß ihr nie richtig zusammen sein werdet! Du kannst hier nicht weg und er wird nicht herkommen. Ihr werdet euch immer nur wenige Tage sehen können und du wirst immer wieder weinen, wenn er geht!«

Obwohl ich Ingrid insgeheim recht geben muß und mir klar ist, daß sie es natürlich nur gut mit mir meint, wurde ich trotzdem böse auf sie und warf sie aus dem Zimmer.

Als ich Dirk und Gordon am nächsten Tag wie verabredet abhole, sagt Dirk: »Bevor wir zum Strand gehen, möchte ich dir gerne jemanden vorstellen.«

Kurze Zeit später stehen wir vor einem kleinen Reetdachhäuschen am Bodden. Innen ist es gemütlich, wenn auch ein wenig unaufgeräumt. Man kann eindeutig erkennen, dass hier eine Männerwirtschaft herrscht.

»Das ist mein Vater Jürgen.«

»Hallo«, sage ich schüchtern, denn Jürgen ist ein großer Mann, ein richtiger Seebär. Er ist zwar schon ziemlich alt, muss aber in seiner Jugend auch einmal sehr attraktiv gewesen sein. Wie sein Sohn, denke ich spontan.

Er mustert mich misstrauisch, knurrt irgendetwas auf plattdeutsch und sagt dann zu seinem Sohn, er solle mir einen Kaffee anbieten.

Doch Dirk sagt: »Nee ... lass mal, Vadder. Ich wollte dir nur Ingrids Tochter Kerstin vorstellen. Wir haben uns ein wenig angefreundet und wollen jetzt spazieren gehen.«

Der alte Mann zieht die Augenbrauen hoch: »So, so … spaziern goahn … aha.«

»Brauchst du noch etwas aus dem Laden? Oder möchtest du nachher in die ›Boje‹ kommen und mit mir zu Abend essen? Ich weiß allerdings nicht, ob ich mich zu dir setzen kann oder ob wieder so viel los ist wie gestern.«

»Nee, loat man. Ick moak mi hier'n Swartbrot.«

»Sie waren Fischer …«, unterbreche ich die Unterhaltung der beiden.

»Ik *bün* Fischer!« gibt Dirks Vater knurrig zurück.

»Ja, natürlich … . haben Sie denn auch so einen hübschen Fischkutter?« frage ich ihn verlegen.

Statt einer Antwort schüttelt er den Kopf.

»Gibt doch kaum noch echte Fischer hier auf der Insel.« knurrt er weiter.

»Wie bitte? Wo sonst sollte es denn Fischer geben, als auf einer Insel mitten im Meer?« frage ich ihn.

»Schön wär's ja!« antwortet er verärgert.

Da habe ich wohl einen wunden Punkt getroffen.

»Aber die Sache ist die …«

Jürgen holt aus. Die Fischerei ist *sein* Thema und er spricht nun Hochdeutsch, damit ich ihn auch genau verstehe.

»Bis zur Wende gab es auf Hiddensee 10 Schleppnetzkutter, etwa 8 Reusenboote und etliche Beiboote. Auf diesen Fahrzeugen waren ca. 60 Fischer tätig, dazu kamen mindestens 20 Leute, die als Angestellte an Land beschäftigt waren (Fischerfassung, Handwerkerbrigade, Gaststätte usw.). Das Ganze war eine Fischereigenossenschaft und nannte sich ›Insel Hiddensee‹. Alle Boote und sonstige Produktionsmittel gingen somit durch Aufkauf bis auf einige Ausnahmen von Privateigentum über in Genossenschaftseigentum. Diese Ausnahme waren 4 Fischereifahrzeuge, zu denen auch unser Kutter gehörte. Nach der Wende brach als erstes die Heringsfischerei zusammen. Es gab keine Absatzmöglichkeiten und der Preis fiel von 1,40 Ostmark pro kg auf vielleicht 0,30 DM, während der Kraftstoffpreis anstieg von 13 Ostpfennig auf 25 Westpfennig (alles steuerfrei). Damit war der Untergang der für Hiddensee so typischen Reusenfischerei besiegelt und die vielen Reusen auf dem Bodden waren verschwunden. In dieser Zeit wurde die Fischereiproduktionsgenossenschaft umgewandelt in eine reine Fischereigenossenschaft, alle Angestellten bis auf eine Bürokraft wurden entlassen und die Fischer standen vor der Wahl, ihre Boote zurück zu kaufen oder sich etwas anderes zu überlegen. Es gab die Möglichkeit, mit 55 Jahren in Vorruhestand (Seemannsrente) zu gehen mit Bezügen, die sich aus DDR-Einkünften errechneten. Die meisten haben sich dafür entschieden und eine gute Frührente erhalten, teils bedeutend höher als die Altersrente. Damit waren wir schon mal fast 20 Fischer weniger von heute auf morgen. Ein anderer Aspekt sind die vielen Verordnungen aus Brüssel, Berlin und Schwerin, die das Fischerleben besonders schwer machen. Was wir zu beachten, zu melden, einzuhalten haben, ist eine Wissenschaft für sich. Da braucht es niemanden zu wundern, dass es in der Fischerei fast keinen Nachwuchs gibt!« ereifert sich Jürgen.

»Heute sind wir in unserer Genossenschaft (immerhin die zweitgrößte in Mecklenburg-Vorpommern) keine 20 Fischer mehr, von denen schon viele um die 60 Jahre alt sind. Auch auf Hiddensee werden kaum Fischer übrig bleiben. Aber wir haben ja unser schönes Fischereimuseum, wo wir uns noch zu Lebzeiten mit unserer Geschichte befassen können«, sagt Jürgen verbittert.

»Ach Vadder, du hättest doch sowieso aufgehört damit …«, unterbricht ihn auf einmal sein Sohn Dirk.

»Sei hät mi doar noah froacht!« schimpft Jürgen zurück.

»Sie haben ein sehr hübsches Haus!« lenke ich vom Thema ab, damit die beiden sich jetzt nicht meinetwegen in die Wolle kriegen

»Ja?« Jürgen zieht eine Augenbraue hoch.

»Ja! Ich mag diese Reetdächer. Die sehen irgendwie so heimelig aus.«

»Rohr.«

»Wie bitte?«

»Es heißt ›Rohrdächer‹ nicht ›Reetdächer‹. So heißen die Dächer in Schleswig-Holstein. Bei uns heißen sie ›Rohrdächer‹.«

»Ach Vadder, dat ist doch schietegol«, antwortet Dirk statt meiner.

»Wir wollen dann mal los. Wenn was ist, sag Bescheid, ja?«

Der Alte nickt. »Na denn, tschüss!« Der Fischer gibt mir freundlich die Hand, dann wendet er sich wieder seiner Ostsee-Zeitung zu.

»Alter Besserwisser!«, schimpft Dirk draußen vor sich hin.

»Ich fand ihn eigentlich ganz nett«, sage ich und meine es ehrlich. Er ist ein bisschen wortkarg, aber das sind viele Leute hier, so viel habe ich inzwischen schon festgestellt.

Doch als es um die Fischerei ging, wurde er auf einmal gesprächig. Das war nun einmal sein Leben!

»Ich wusste ja gar nicht, dass du so gut Plattdeutsch sprichst!«, sage ich amüsiert, während wir uns auf den Weg zum Strand machen.

»Das wäre doch wohl sehr ungewöhnlich, wenn ich *das* nicht könnte!«, antwortet Dirk augenzwinkernd. »Schließlich komme ich doch von hier.«

»Wie lange warst du eigentlich weg, Dirk?«, frage ich neugierig. Irgendetwas *muss* ich doch einmal aus ihm herausbekommen.

»Alles in allem über 15 Jahre. Ich habe in Rostock studiert und bin dort geblieben. Habe mir eine Existenz aufgebaut und eine Firma gegründet.«

»Und das gefiel dir irgendwann nicht mehr?«

»Nein, so einfach war das nicht. Es gefiel mir sogar sehr gut. Aber ich habe gearbeitet bis zum Umfallen … Ich hatte eine kleine Werbeagentur, die ganz gut lief und sogar ein paar Angestellte. Wir hatten tolle Kampagnen, ich verdiente gutes Geld und fuhr ein schnelles Auto. Aber leider war ich auch nie zu Hause.«

»Das kommt mir bekannt vor.«

Wir haben den Weg am Strand nach Kloster eingeschlagen, den ich so liebe, und ich finde den Anblick der Steilküste im Sonnenlicht wieder einmal wunderschön. Hin und wieder bücke ich mich, um eine schöne Muschel oder einen Stein aufzuheben.

»Eben. Deshalb habe ich dich auch gewarnt. Kerstin, denke immer daran: Die Arbeit ist nicht das Wichtigste im Leben! Oh … ein Hühnergott!«, unterbricht er sich unvermittelt und hebt einen hübschen Stein auf.

»Ein … was?«, frage ich verwundert.

»Ein Hühnergott ist ein Stein mit einem kleinen Loch in der Mitte. Man sagt, er würde Glück bringen … und deshalb schenke ich ihn dir!« Freudestrahlend drückt er mir das kleine Meeressteinchen in die Hand.

»Vielleicht nur dem, der ihn gefunden hat«, wende ich ein. »Und ein bisschen Glück kann dir ja sicher auch nicht schaden.«

»Da hast du wohl recht!«, grinst Dirk. »Ich schenke ihn dir trotzdem. Ich finde, er passt gut zu dir.«

»Weil er unförmig und mausgrau ist?«, frage ich.

»Weil er zart und wunderschön ist. Und weil das Meer ihn geformt, aber nicht zerstört hat.« Dirk sieht mir ernst in die Augen und ich habe das Gefühl, er kann bis auf den Grund meiner Seele sehen. Dann hebt er einen neuen Stein auf und wirft ihn weit ins Meer. »Aber es stimmt schon: Ein bisschen Glück könnte auch mir nichts schaden! Das können wir doch alle brauchen.«

»Was ist denn passiert?«, frage ich. »Ich meine, mit deiner Agentur? Du sagtest, du wärst recht erfolgreich gewesen?«, hake ich nach. Es *muss* etwas passiert sein, denn sonst wäre Dirk ja nicht hier und würde eine Kneipe betreiben.

»Wir waren richtig gut. Einige Jahre lang hatten wir viele Aufträge, nicht nur in Rostock und Umgebung, sondern bundesweit. Ich liebte meinen Job. Ich *lebte* für meinen Job.

Weißt du, Kerstin, ich denke immer, eigentlich ist es ganz egal, was du tust. Ob dir als Arzt eine gefährliche Herzoperation glückt oder ob du als Lehrerin kleinen Kindern das Einmaleins beibringst, ob du alte Menschen pflegst oder nur ein tolles Essen kochst oder ein Bild malst … man muss nur Leidenschaft empfinden für eine Sache, dann wird es auch gut. Man muss brennen für eine Sache. Herzblut mit hineinpacken. Doch man muss aufpassen, dass man dabei nicht das restliche Leben aus den Augen verliert, sonst ist man irgendwann ausgebrannt. Und genau das ist mir passiert.« Dirk macht eine kurze Pause. »Ich kann nicht einmal mehr genau sagen, wann es anfing, aber ich empfand auf einmal keine Leidenschaft mehr für meinen Beruf. Ich hatte einfach keine Lust mehr. Ich mochte am Morgen nicht aufstehen und sah keinen Sinn in dem, was ich tat. Ich fragte mich, wann ich eigentlich das letzte Mal einen Sonnenaufgang gesehen hatte. Wann ich das letzte Mal ein echtes Gespräch mit jemandem geführt hatte, das sich nicht um Geschäft, Erfolg, Geld gedreht hatte. Ich hatte einfach ›keinen Bock‹ mehr, wie man so schön sagt. Es kam, wie es kommen musste … meine Kreativität, die mich als

Chef über viele Jahre ausgezeichnet hatte, verließ mich, die Qualität meiner Arbeit ließ nach, die Mitarbeiter waren selbst dadurch unmotiviert. Die Aufträge blieben aus. Ich musste Leute entlassen, die jahrelang an meiner Seite mit mir ›gebrannt‹ hatten, für die Feierabend ein Fremdwort war. Das war furchtbar für mich. Ich konnte irgendwann die Miete für die tollen Büros nicht mehr bezahlen … und auch der Porsche wurde abgeholt.«

»Und dann?« Ich ahne, dass das noch nicht alles ist.

»Du möchtest immer alles ganz genau wissen, Kerstin, nicht wahr?« Dirk blickt mich nachdenklich an. »Ich fragte mich, wann ich das letzte Mal auf Hiddensee war. Zuletzt meinen Vater gesehen hatte, der seit dem Tod meiner Mutter hier alleine vor sich hingelebt hatte. Ich kam zurück, die ›Boje‹ stand neu zur Verpachtung aus und ich erinnerte mich daran, dass ich immer schon gern gekocht hatte. Ich blieb, und … was soll ich dir sagen? Seitdem kann ich wieder ruhig schlafen. Auch wenn ich fast jeden Cent, den ich verdiene, dazu verwende, meine Schulden abzuzahlen. Irgendwann werde ich es geschafft haben!«

Ich betrachte Dirk von der Seite, ohne dass er es bemerkt. Er wirkt so ausgeglichen auf mich, dass man neidisch werden könnte. Und doch ahne ich an dem Ausdruck in seinem Gesicht, dass noch ein Stückchen fehlt in seiner Geschichte. Der Teil, der für den Schmerz in seinen Augen verantwortlich ist.

Auf einmal dreht sich Dirk zu mir um, sieht mich ernst an und sagt: »Du glaubst wohl, ich merke nicht, dass du mich beobachtest?«

Und dann lächelt er. Ich glaube, ich habe noch nie jemanden so lächeln sehen. Dieses Lächeln gehört mir, mir ganz allein. Trotzdem bin ich ein wenig verunsichert und wende mich ab.

Doch Dirk fasst mich am Kinn und dreht mein Gesicht wieder zu sich. Auf einmal ist mir sein Mund ganz nahe und ich habe das Gefühl, dass er mich gleich küssen wird. Doch dann lässt er mich ganz unvermittelt los, steht auf und blickt auf das ruhige Meer.

Verlegen blicke ich zu Boden, doch Dirk nimmt meine Hand, zieht mich hoch und wir gehen gemeinsam zurück. Die Hand aber lässt er während des ganzen Spaziergangs nicht mehr los.

Am nächsten Morgen nehme ich gleich die erste Fähre nach Schaprode. Ich muss unbedingt Ingrid besuchen. Nicht nur Dirk hat mich gestern total durcheinandergebracht. Was ich über meine Mutter und diesen Stefan gelesen habe, verwirrt mich sehr.

Es berührt mich, dass sie offenbar sehr verliebt in diesen Mann aus Westdeutschland war und praktisch nur noch für die Tage lebte, die er mit ihr verbrachte. Und Ingrid wusste davon. Deshalb muss ich unbedingt mit ihr darüber reden.

Doch als ich im Krankenhaus ankomme, treffe ich auf eine veränderte Ingrid. Sie sieht traurig aus und blickt abwesend aus dem Fenster. Als sie mich bemerkt, erhellt sich ihre Miene jedoch.

»Kerstin, wie schön, dich zu sehen!«

»Alles in Ordnung, Ingrid?«, frage ich vorsichtig.

Die Frage kommt mir blödsinnig vor, ich sehe es in ihren Augen. Mir wird auf einmal eiskalt und ich möchte es gar nicht hören.

Doch da spricht sie es aus, die Worte, von denen wir beide wissen, dass sie alles verändern werden: »Es ist Krebs, Kerstin.«

Ich nicke, unfähig, irgendetwas Vernünftiges, Tröstendes, Verständnisvolles sagen zu können. Ich kann nicht sagen: »Es wird alles gut.«

Wir wissen beide nicht, wie es ausgehen wird.

Ich weiß nur, dass sie in diesem Moment niemanden hat außer mir.

Und deshalb nehme ich ihre Hand und sage: »Keine Angst, wir schaffen das.«

Sie sieht mich an, und zum ersten Mal, seitdem wir uns wiedergesehen haben, wirkt sie verzweifelt auf mich. »Was ist das Leben? Ein Schatten, der vorüberzieht, ein alter Gaukler, der eine Stunde lang sich auf der Bühne zerquält und tobt … dann hört man ihn nicht mehr.«

»Das ist von Schiller, nicht wahr?«, sage ich, um mich selbst abzulenken, damit mir nicht die Tränen kommen. Ich habe diesen schönen Spruch einmal in der Schule gehört und nie vergessen, weil er so traurig ist.

Ingrid nickt.

Ich drücke ihre Hand ganz fest und sage: »Ich bin bei dir.«

»Ach, Kerstin … du musst doch nach Hause …«

»Ich *muss* gar nichts«, sage ich und drücke ihre Hand. »Außer hier sein. Ich bleibe vorerst in der ›Silberdistel‹ und du machst dir jetzt erst mal keine Gedanken. Du brauchst all deine Kraft, um gesund zu werden.«

Ingrid wischt sich verstohlen eine Träne aus dem Augenwinkel.

Um sie ein wenig auf andere Gedanken zu bringen, packe ich den mitgebrachten Korb aus. »Schöne Grüße von Gesine. Sie wartet auf dich mit dem Stricken, soll ich dir ausrichten.«

»Ach, Gesine … die Gute.« Ingrid lächelt. Und dieses Lächeln bedeutet mir noch mehr als das von Dirk gestern.

Später erfahre ich, dass sie am Darm operiert werden, anschließend eine Chemo-Behandlung und vielleicht noch Bestrahlungen über sich ergehen lassen muss. Zum gegenwärtigen Zeitpunkt kann man nicht sagen, wann sie wieder nach Hause darf.

Zurück in der ›Silberdistel‹ mache ich mir einen Tee, klappe meinen Laptop auf und schließe diesen an Ingrids Drucker an.

Auf einmal, seit Wochen, weiß ich, was ich tun werde.

Ich bin nicht sicher, ob es die richtige Entscheidung ist.

Aber in diesem Moment fühlt es sich gut an und obwohl ich voller Sorge um Ingrid bin, schlafe ich ein, weil ich mir sicher bin, dass ich das Richtige getan habe.

In den nächsten Tagen lese ich ausnahmsweise nicht nur in den Aufzeichnungen meiner Mutter, die sich sehnsuchtsvoll nach ihrer großen Liebe Stefan verzehrt, sondern stöbere ein wenig im Internet nach Naturkosmetikfirmen.

Wie hieß noch einmal die Firma aus Lübeck, von der Petra sprach?

»›Tausendschön‹!«, erklärt sie, als ich sie am Nachmittag besuche und in ihrer Mittagspause einen Cappuccino mit ihr trinke. An der ›Boje‹ gehe ich diesmal bewusst vorbei, der Tag mit Dirk neulich hat mir zwar sehr viel gegeben, mich aber andererseits auch sehr verwirrt.

Irgendwie schafft Petra es immer, mich aufzuheitern. Sie erzählt mir lustige Geschichten von früher, ohne jedoch auf die geheimnisvolle Liebe meiner Mutter einzugehen, und bringt mich mit Berichten über ihre Kunden zum Lachen. Die Hiddenseer scheinen ein bisschen eigen zu sein und es ist offenbar nicht immer leicht, ihr Herz zu erobern. Aber wenn man es geschafft hat, dann gehört es einem meist für immer. Das sind jedenfalls ihre Worte. Dennoch ist Petra nicht verheiratet, was mich bei dieser hübschen Frau immer wieder aufs Neue in Erstaunen versetzt. Vielleicht ist sie ja zu anspruchsvoll und mittlerweile einfach zu unabhängig, um sich dauerhaft an jemand zu binden. ›Irgendeinen‹ will sie sowieso nicht, das hat sie mir mehrfach gesagt.

Als ich ihr von Ingrid erzähle, wird Petra auf einmal auch sehr ernst. »Ach, du lieber Gott! Dass es ausgerechnet sie treffen muss! Sie hat doch immer so gesund gelebt und nicht einmal geraucht!«

»Ich finde es auch schrecklich. Deshalb bleibe ich erst einmal hier, dann kann sie in Ruhe gesund werden.«

»Aber geht das denn? Was wird denn nun mit deinem Job?«, fragt Petra besorgt.

»Ich habe gekündigt. Und weißt du was? Es fühlt sich richtig gut an. Die letzten Jahre war ich so stolz, eine derartige Stelle bekommen zu haben, weil ich immer dachte, ich sei eigentlich gar nicht qualifiziert genug dafür. Insgeheim hatte ich wohl die Befürchtung, das könnte irgendwann jemand bemerken, und habe darum immer noch mehr gearbeitet. Und dabei mein ganzes anderes ›Leben‹ aus den Augen verloren – genau wie meine Partnerschaft.«

»Ich glaube nicht, dass du deine Partnerschaft verloren hast. Vielleicht solltest du wirklich einmal mit Marc sprechen. Mein Gott, was ist schon so ein Seitensprung? Kein Weltuntergang. Vielleicht war es nötig, um dir die Augen zu öffnen, was dir wirklich an Marc liegt. Manchmal kann so etwas ganz heilsam sein und eine Beziehung sogar retten.«

»Meinst du wirklich?«, frage ich zweifelnd.

Obwohl ich zugeben muss, dass ich Marc zu wenig Beachtung geschenkt habe, bin ich immer noch zutiefst verletzt. Ich finde, als mein zukünftiger Mann hätte er mich eigentlich unterstützen und mir Halt geben müssen, statt mit meiner besten Freundin zu schlafen. Ich weiß nicht, ob ich den beiden diesen Vertrauensbruch jemals verzeihen kann. Und ehrlich gesagt weiß ich auch nicht, ob ich überhaupt noch mit Marc zusammen sein will.

Ganz unabhängig von dieser Sache frage ich mich, ob ich ihn eigentlich wirklich vermisse.

Wenn ich es mir recht überlege, hat auch er schon lange sein eigenes Ding gemacht und mich aus seinem Leben ausgeschlossen. Wann hat er mich eigentlich mal gefragt, was bei der Arbeit so los war? Im Grunde hat er immer nur von sich und dem Krankenhaus erzählt.

Ich war ihm doch offenbar gar nicht so wichtig.

Vielleicht haben wir uns einfach auseinandergelebt?

Mein Handy klingelt und es ist Herr Siegmund, der offenbar meine Kündigung erhalten hat.

»Hat Ihnen die Ostseeluft die Sinne vernebelt?«, fragt er mich barsch.

»Nein, ganz im Gegenteil, Herr Siegmund.«

»Hören Sie, unser letztes Zusammentreffen war zugegebenermaßen … sagen wir einmal … nicht ganz so glücklich. Aber das ist doch kein Grund, ihre Arbeit bei uns hinzuwerfen! Sie sind uns eine überaus wertvolle Mitarbeiterin, das habe ich Ihnen bereits gesagt.«

»Ja, Herr Siegmund, das haben Sie. Und ich habe immer sehr gerne bei ›Celine Dupont‹ gearbeitet. Aber völlig unabhängig von unserem ›letzten, etwas unglücklichen Zusammentreffen‹ …«

Ich hole tief Luft und fahre dann entschlossen fort: »… obwohl ich es überhaupt nicht leiden kann, wenn mich Männer einfach ungefragt anfassen, insbesondere dann nicht, wenn sie meine Vorgesetzten sind … habe ich nicht aus diesem Grund gekündigt. Und auch nicht, weil ich finde, dass ich trotz des großzügigen Gehalts für eine 80-Stunden-Woche wohl doch etwas unterbezahlt war …«

»Wir können gerne über eine Anhebung ihres Gehalts sprechen! Ich wollte Ihnen gerade anbieten …«

»Darum geht es nicht, Herr Siegmund. Meine Tante braucht mich hier. Ich bin sicher, sie werden schnell eine fähige Mitarbeiterin finden, die mich ersetzen kann. Wie ich in meiner Kündigung bereits erwähnt habe, möchte ich den mir aus den letzten Jahren noch zustehenden Urlaub gerne nehmen. Die neue Mitarbeiterin kann gerne einen Termin mit mir vereinbaren, wenn ich wieder am Bodensee bin, und die erforderlichen Unterlagen bei mir abholen. Auf Wiederhören.«

»Donnerwetter!«, sagt Petra. »Ich habe ja gar nicht gewusst, dass du so energisch sein kannst.«

»Tja …«, sage ich aufatmend, denn ich fühle mich irgendwie befreit nach dem Gespräch mit Herrn Siegmund. »Die Frauen in unserer Familie wissen genau, was sie wollen. Und sie sind stur genug, das auch durchzuziehen, das solltest du eigentlich wissen!«

10. KAPITEL

Das Fischerboot

30. August 1982

Stefan kommt morgen! Endlich. Ich habe keine Ahnung, wie ich die letzten Wochen ohne ihn verbracht habe. Alles fällt mir viel schwerer, wenn er nicht bei mir ist.

Ingrid hat noch ein paarmal versucht, mit mir zu reden. Sie muß doch wissen, daß es zwecklos ist! Aber woher soll sie es auch wissen? Was weiß sie schon von der Liebe? Sie hat ja keinen Freund, auch wenn sie immer so komisch daherredet wie z. B.

»Es macht keinen Sinn, an etwas festzuhalten, was sowieso nicht für die Zukunft taugt.« Oder: »Die Liebe kann dich an einem Tag zum glücklichsten und am nächsten zum todunglücklichsten Menschen auf der Welt machen. Daher ist es besser, sich gar nicht erst richtig zu verlieben!«

Das mag ja sein. Aber dafür ist es in meinem Fall schon zu spät. Ich kann mir ein Leben ohne Stefan nicht mehr vorstellen.

Was soll ich nur tun? Es zerreißt mich …

1. September 1982

Stefan hat mir den wundervollen Badeanzug aus dem Quelle-Katalog mitgebracht, den ich ihm beim letzten Mal gezeigt habe. Er ist weiß und hat eine große rote Blüte vorne darauf.

»Auch wenn ich dich tausendmal lieber ohne sehe!«, hat er lachend gesagt.

Wir waren am Strand und lagen faul in der Sonne. Auf einmal kamen Ingrid und Petra dazu.

Zuerst war es mir ein wenig unangenehm, weil ich lieber mit Stefan alleine gewesen wäre.

Sie waren aber sehr nett und wir verbrachten lustige Stunden zusammen.

Stefan machte einige Bilder von uns.

Wann soll ich es ihm nur sagen?

Wann will sie ihm ›was‹ sagen?

Ich blättere durch die nächsten Seiten, in denen meine Mutter noch mehr von glücklichen Stunden mit ihrem geliebten Stefan erzählt. Sie treffen sich vorwiegend am Abend, wenn Marie Feierabend hat, und gehen zum Strand, um alleine zu sein.

Bis auf den Tag mit Ingrid und Petra am Strand scheint Marie Stefan von den anderen fernzuhalten, damit kein Gerede aufkommt.

Und immer wieder schreibt sie davon, dass sie dringend mit ihm sprechen muss.

Als ich am Ende des Schulheftes angekommen bin, nehme ich das nächste aus dem Bernsteinkästchen.

Es ist das letzte, wie ich feststelle.

Und was ich darin zu lesen und sehen bekomme, hebt meine Welt endgültig aus den Angeln.

Die nächsten Seiten bestehen aus eingeklebten Fotos, die eine lachende, glückliche Marie zeigen. Mit ihren Freundinnen am Strand, wie das erste Foto, das herausgefallen war. Auf den Fotos trägt Marie den neuen Badeanzug und ein wunderschönes Lächeln, das nur einem Mann gelten kann. Sie hat dieses Licht in den Augen, das nur die Liebe anzündet.

Und dann sehe ich Fotos von *ihm*. Von ihrem geliebten Stefan. Auch er hat dieses Lächeln im Gesicht und dieses Licht in den Augen.

Seine Augen … sind mir vertraut, als ob ich den Mann kenne.

Noch viel mehr … als ob ich selbst in den Spiegel schaue.

4. September 1982

Heute habe ich es Stefan endlich gesagt. Sonst fährt er wieder ab und weiß gar nicht, daß er Vater wird. Wir waren wieder am Strand, bei dem kleinen Leuchtturm, wir beide ganz allein. Nur das Mondlicht und die Sterne waren über uns und ich faßte mir ein Herz und sagte es ihm. Er sah mich ganz lange an … dann lächelte er und sagte: »Ach, meine kleine Marie! Das ist ja wundervoll.«

Sein Gesicht sah allerdings seeeeehr ernst aus, als er das sagte.

Auf einmal kamen mir die Tränen, doch er nahm mich in die Arme und hielt mich ganz fest.

Er strich mir über das Haar und sagte: »Keine Angst, Marie! Irgendwie schaffen wir das schon.«

Auf einmal bekomme ich eine Gänsehaut. Das Foto von Stefan, seine Augen …

Kein Wunder, kommt er mir so vertraut vor: Ich bin am 12. April 1983 geboren.

Dann muss dieser Stefan … mein Vater sein!

Das gibt es doch nicht! Mein Vater ist doch … Hans Beier!

Jedenfalls habe ich ihn mein Leben lang dafür gehalten.

Er war der Mann, der mich großgezogen hat. Der mir Fahrradfahren und Schwimmen beigebracht hat, Lesen und Rechnen.

Und nun erfahre ich auf diesem Wege, daß Hans Beier gar nicht mein Vater ist.

Sondern ein Mann, von dem ich nur weiß, dass er ›Stefan‹ heißt und aus Lüneburg kommt.

Kälte und Dunkelheit greifen nach meinem Herzen. Das heißt, daß meine Mutter mich all die Jahre belogen hat.

6. September 1982

Stefan will mich mitnehmen. Er will, dass unser Kind im Westen aufwächst, in Freiheit. Und er will mich und das Kind bei sich haben. Aber das geht doch nicht! Was sollen wir nur tun?

12. September 1982

Stefan ist abgereist. Nächsten Monat will er mich holen. Er hat mir genau gesagt, wie wir es machen werden und wo ich hinkommen soll. In einem Brief will er mir verschlüsselte Anweisungen mitteilen, von denen nur ich die Bedeutung kenne, falls einmal ein Brief geöffnet werden sollte. Noch hat niemand etwas gemerkt, daß ich ein Kind erwarte. Aber lange werde ich es nicht mehr verheimlichen können. Ich fühle mich furchtbar. Einerseits bin ich so glücklich, daß Stefan und ich uns gefunden haben. Wir beide lieben uns wirklich und wollen nichts anderes, als zusammen zu sein.

Aber das dürfen wir nicht, weil wir beide auf verschiedenen Seiten der Mauer leben.

Obwohl wir beide Deutsche sind. Ist das nicht verrückt?

Ich will bei ihm sein und daß unser Kind in einer richtigen Familie aufwächst.

Und er will das auch.

Aber das bedeutet, daß ich hier weggehen muß. Daß ich all dem den Rücken kehren muß, was mir lieb und vertraut ist. Meinen Eltern, Ingrid, Petra, dem Meer …

Stefan sagt, wir werden eine neue Familie haben.

Und doch tut es mir so weh, hier alles zu verlassen …

20. September 1982

Ich habe den Brief von Stefan bekommen mit den verschlüsselten Anweisungen, was ich tun soll.

Ob es wirklich das Richtige ist, was wir vorhaben? Ich bin voller Zweifel und Angst.

Aber ich liebe ihn doch so sehr!

Ich muß unbedingt mit jemandem darüber reden, aber mit wem denn bloß?

Mutti und Vati und Ingrid kommen ja wohl nicht infrage, die wollen mich sicher davon abbringen.

Und Petra? Die hat einen neuen Freund und ist nur noch mit dem zusammen.

3. Oktober 1982

Übermorgen ist es so weit. Stefan hat seinen Kofferraum umgebaut, in dem ich mich verstecken soll! Dabei habe ich doch Platzangst! Wir fahren dann einfach über die Transitstrecke in den Westen. Als Westdeutscher darf Stefan das ja. Trotzdem habe ich Angst. Ich bin total aufgeregt und habe seit Tagen, wenn nicht seit Wochen, weder richtig gegessen noch geschlafen. Heute war ich noch einmal am kleinen Leuchtturm, ›unserem Plätzchen‹. Es fällt mir so schwer, hier wegzugehen. Natürlich gehen immer wieder Menschen nach Westdeutschland. Sie stellen einen Ausreiseantrag oder hauen einfach ab, so, wie wir das vorhaben. Aber sie haben einen anderen Grund als ich … sie sind unzufrieden mit dem Staat, mit der Diktatur, der Unfreiheit.

Natürlich kann ich nicht gerade sagen, daß ich alles hier gut finde.

Aber im Grunde ist es doch so, wie Vati sagt: »Drüben fliegen einem sicher auch nicht die gebratenen Tauben in den Mund.«

Die Menschen im Westen müssen sicher auch hart arbeiten für ihr Geld. Aber sie können sich wenigstens etwas leisten dafür!

Außerdem muß es wundervoll sein, wenn einem die Welt offensteht. Stefan will mit mir und unserem Kind nach Italien fahren! Allein dieser Gedanke erfüllt mich mit Sehnsucht und Freude.

Und doch ist es nicht so, daß ich hier unglücklich war.

Ich liebe mein Zuhause, auch wenn es mir inzwischen zu eng vorkommt.

Es wird Zeit, meinen eigenen Weg zu gehen. Mit Mutti und Vati teile ich viele Ansichten nicht, aber ist das nicht bei allen Kindern (außer Ingrid) so, wenn sie erwachsen werden?

Jedenfalls wird mir das alles schrecklich fehlen, wenn ich weg bin.

Wer weiß, wann ich wiederkommen kann? Ob ich überhaupt meine Heimat wiedersehen werde?

Stefan will auch weg aus Lüneburg und mit mir zusammen in Hamburg ein neues Leben beginnen. Es muß eine Traumstadt sein und dort arbeitet er ja auch.

Bald werden wir für immer zusammen und eine richtige Familie sein!

Ja, es ist richtig, was ich tue.

Hier enden die Aufzeichnungen.

Es gibt nur einen einzigen Grund dafür: Meine Mutter muss ihr Vorhaben in die Tat umgesetzt haben und tatsächlich mit Stefan in den Westen geflohen sein.

Sonst wäre ich wohl kaum am Bodensee aufgewachsen.

Aber irgendetwas muss geschehen sein, dass Stefan und Marie sich getrennt haben!

Oder getrennt wurden. Denn sie hat offenkundig einen anderen Mann geheiratet, Hans Beier.

Den Mann, den ich mein Leben lang für meinen Vater gehalten habe.

Einen Mann, dem sie nie einen solchen Blick und ein solches Lächeln geschenkt hat wie dem Mann, der das Foto von ihr in dem weißen Badeanzug gemacht hat.

Wie kann ich nur herausfinden, was passiert ist?

Wem hat Marie sich anvertraut?

Eigentlich kommen dafür nur zwei Personen infrage.

Ingrid und Petra.

Ich bin total aufgewühlt und muss dringend mit jemandem sprechen. Jetzt sofort.

Mir fällt nur ein Einziger ein, der dafür der Richtige ist und mit dem ich jetzt zusammen sein will.

»Kerstin! Schön, dass du mich besuchen kommst!«, sagt er, als ich einfach vor seiner Tür stehe.

Die ›Boje‹ hat noch geschlossen, aber Dirk ist bereits in der Küche und brutzelt irgendetwas in der Pfanne, das verführerisch duftet.

»Ich mache gerade Fischfrikadellen mit Kartoffelsalat. Du hast doch Hunger, nicht wahr? Das sehe ich dir an!«

Ich schüttele den Kopf. »Nein, Dirk. Ich muss dringend mit dir sprechen. Ich weiß nicht, mit wem ich sonst … ich weiß eigentlich überhaupt nichts mehr …«

»Nun setz dich erst mal. Du bist ja total aufgeregt, Kerstin. Was ist denn los?« Wortlos holt Dirk die Flasche mit dem Sanddornlikör und gießt mir ein Gläschen ein.

Himmel, ich werde noch zur Alkoholikerin hier! Es war aber auch alles ein bisschen viel in der letzten Zeit.

»Was los ist? Ich habe gerade herausgefunden, dass mein Vater gar nicht mein Vater ist. Sondern dass mein richtiger Vater ein Mann aus Lüneburg ist … und meine Mutter mich die ganze Zeit über angelogen hat. Nicht einmal, dass sie mit einem Ausreiseantrag in den Westen gekommen ist, stimmt. Ach, ich bin so durcheinander … ich kann überhaupt nicht mehr klar denken.«

»Und wie hast du das jetzt auf einmal herausgefunden? Hat Petra dir das gesagt?«

»Nein, Petra spricht auch nicht viel über die Vergangenheit.« Auf einmal erzähle ich ihm alles. Von dem Tagebuch, in dem ich erst nicht lesen wollte, weil ich das Gefühl hatte, es sei falsch, in den privaten Erinnerungen meiner Mutter zu schnüffeln. Dass ich aber so fasziniert davon war, weil die Aufzeichnungen mich meine Mutter als eine völlig andere, heitere und unbeschwerte junge Frau kennenlernen ließen. Und dass ich nicht mehr aufhören konnte, als ich von ihrer Liebe zu dem geheimnisvollen Stefan las. Ich berichte Dirk von den Fotos, die eine glückliche Marie am Strand von Hiddensee zeigen.

Und den Fotos von Stefan, der dieselben Augen hat wie ich.

Dirk hört sich alles ruhig an, füllt mein Glas auf und stellt mir einen Teller mit verführerisch lecker duftenden Fischfrikadellen hin, die ich auch sofort bis auf den letzten Krümel aufesse.

»Ich stimme dir zu: Du musst mit jemandem darüber reden. Zu allererst mit deiner Mutter, finde ich. Nur dann wirst du herausfinden, was wirklich geschehen ist.«

»Spinnst du? Wie soll ich das denn machen, ohne dass sie erfährt, dass ich alles gelesen habe?«, ereifere ich mich. »Das ist doch ein totaler Vertrauensbruch!«

»Und dass sie dich all die Jahre belogen hat und du nur per Zufall herausgefunden hast, dass dein Vater eigentlich ein ganz anderer ist – wie nennst du das? Nein, ich meine, du hast ein Recht darauf, zu erfahren, woher du stammst.«

Zweifelnd ziehe ich einen Kreis mit der Gabel durch die Soße auf meinem Teller. »Und wie soll ich das anstellen?«

»Ich helfe dir dabei«, sagt Dirk und nimmt meine Hand. »Komm …«

Wir gehen zum kleinen Häuschen seines Vaters, der sich ganz offensichtlich über unseren Besuch freut und gleich Tee anbietet.

»Kerstin, wie sagtest du, sei der Name des Nachbarn von diesem Stefan gewesen?«

»Martin Schluck. Er muss am Norderende gewohnt haben. Die direkte Nachbarin von ihm war wohl die Oma von diesem Stefan.«

»Vater, kannst du dich erinnern, wer in dem Häuschen neben den Schlucks am Norderende gewohnt hat?«

»Klar.« Dirks Vater Jürgen zieht genüsslich an seiner Pfeife und schmunzelt. »Aber wer will dat weiten und wurüm?«

»Kerstin versucht gerade ein paar alte Bekannte ihrer Mutter von früher wiederzufinden. Dabei ist sie auf einen jungen Mann gestoßen, der öfter seine Oma hier in Vitte besucht hat.«

»Dat kann bloß Edda Siebler wäst sin. Dei hät näben de Schlucks woahnt. Is oewer schon lang dot, mögen wohl 30 Joahr sinn.«

Stefan Siebler … vielleicht heißt er so. Mein ›Vater‹. Wenn es seine Großmutter väterlicherseits war und er ebenfalls den Namen ›Siebler‹ trägt.

Dirk bringt mich zu meinem Fahrrad zurück. Ich bin immer noch ziemlich aufgewühlt, und doch geht es mir schon viel besser in seiner Gegenwart. Eigentlich möchte ich jetzt gar nicht nach Hause fahren und dort alleine mit meinen Gedanken sein.

Aber Dirk muss die ›Boje‹ aufmachen und obwohl er mir anbietet, mitzukommen, lehne ich ab. Irgendwie ist mir heute nicht nach der Gesellschaft mehrerer Leute.

Also rät mir Dirk, im Internet nachzusehen, ob es heute noch einen Stefan Siebler in Lüneburg gibt. Oder in Hamburg. Die Möglichkeit besteht ja und würde uns ein Stückchen weiterbringen.

»Am Samstag findet übrigens ein Mittsommerfest in Neuendorf am Hafen statt. Was meinst du, möchtest du mit mir hingehen? Es würde dich sicher auf andere Gedanken bringen.«

»Gerne. Wo sollen wir uns treffen?«

»Ich hole dich ab.«

Und bevor ich Dirk erklären kann, wo er mich abholen soll, sagt er: »Ich weiß, wo ich dich finde.«

In den nächsten Tagen haben wir das schönste Frühlingswetter, das man sich vorstellen kann. Neue Gäste, das Ehepaar Vogt aus dem Rheinland, reisen an und bereichern meinen Alltag mit netten Erzählungen aus ihrer Heimat und Erinnerungen aus früheren Urlauben auf Hiddensee. Ich stelle fest, dass die Gäste von Ingrid fast alle schon häufig hier waren und ein persönliches Verhältnis zu ihr aufgebaut haben. Wir sitzen zusammen in der Frühlingssonne hinter dem Haus und meine Gedanken werden herrlich abgelenkt.

Inzwischen war ich noch ein paarmal auf dem Dachboden und habe die alten Möbel betrachtet. Gerne würde ich Ingrid bitten, mir das alte ›Kökenschapp‹ zu überlassen. Sie braucht es doch gar nicht, es steht hier oben ohnehin nur nutzlos herum. Mir ist zwar keineswegs klar, wie ich es zum Bodensee transportieren soll, aber ich hätte es einfach gerne bei mir.

Ich könnte es lindgrün streichen, das würde sicher sehr hübsch aussehen. Aber in welcher Wohnung überhaupt?

Im Internet habe ich tatsächlich einen Stefan Siebler gefunden, aber ob es wirklich *dieser* Stefan ist?

Es fällt mir schwer, die ganzen Ereignisse zu verstehen, und ich würde so gerne mit jemandem darüber reden, der mehr davon weiß.

Deshalb treffe ich mich mit Petra und fühle ihr ein wenig auf den Zahn.

»Es ist ja so schön, dass ich dich kennengelernt habe, Petra. Ich kann jetzt verstehen, dass du die beste Freundin meiner Mutti warst!«, lobhudele ich sie ein wenig.

»Ja? Warum denn?« Misstrauisch zieht Petra eine Augenbraue hoch. Sie scheint wohl Lunte zu riechen.

Wir sitzen in der Sonne und genießen wieder einmal einen Cappuccino zusammen, diesmal auf der Terrasse des ›Café Seepferdchen‹.

»Ich bin einfach gerne mit dir zusammen! Man kann so schön mit dir lachen und reden. Das ging meiner Mutti sicher ganz bestimmt genauso. Sag mal, es war doch bestimmt nicht so einfach für dich, dass sie so mir nichts, dir nichts in den Westen … äh … geflüchtet ist?«, frage ich neugierig.

»Nööö … Das kann man wohl sagen!« Petra steckt sich wieder einmal eine ihrer geliebten Zigaretten an. Dabei betrachtet sie mich von der Seite.

»Einerseits konnte ich sie gut verstehen … sie hatte sich ja echt verknallt. Aber deshalb gleich wegzulaufen? Das war schon ein dickes Ding. Einfach so … in einer Nacht-und Nebel-Aktion zu verschwinden. Vor allem für ihre Eltern war es hart, von Ingrid ganz zu schweigen. Maries Vater war ja in der Partei …«

Nun ist mir klar, warum sich Marie ihren Eltern nicht anvertrauen wollte.

»Er hat immer gehofft, sie würde Jens heiraten und eine brave Ehefrau werden.«

»Die sie ja dann auch wurde … allerdings weit weg von hier. Mit einem Mann aus dem Westen.«

»Ja, ich glaube, das hat ihr Vater ihr nie verziehen. In gewisser Weise war sie ihm so ähnlich … und darum hat es ihn auch so sehr getroffen. Es hat ihm das Herz gebrochen.« Petras Miene nimmt einen betroffenen Ausdruck an.

Doch dann wechselt sie schnell das Thema, als wollte sie nicht mehr von der Vergangenheit preisgeben, und erzählt mir ebenfalls von dem Mittsommerfest in Neuendorf.

»Wenn das Wetter gut ist, dann ist es hier ganz lange hell und wir feiern mit ein bisschen Musik, Essen und Trinken. Und getanzt wird natürlich auch!«

Petra klingt ganz aufgeregt. Wie schön, dass sie auch kommen will und wir uns alle dort treffen werden!

Zurück in der ›Silberdistel‹ wartet ein Brief auf mich.

Er ist aus Lübeck, von einer Firma namens ›Tausendschön‹ …

Am Samstag lacht die Sonne den ganzen Tag. Die Gäste sind schon früh auf den Beinen und wollen eine Radtour nach Kloster machen. Ich freue mich für sie, dass das Wetter so schön ist, denn heute ist ihr letzter Tag auf Hiddensee.

Daher gebe ich Ihnen ein paar Tipps, die ich selbst gut finde. Der Weg zum Leuchtturm ist natürlich ein Muss, ebenso wie der Hochuferweg oberhalb der Kliffkante an der Steilküste. Sie könnten aber auch durch den Dornbuschwald in Höhe der Gaststätte ›Zum Klausner‹ die Treppe nach unten zum Strand gehen. Oder im Ort das ›Gerhart-Hauptmann-Haus‹ anschauen und durch die kleinen Läden bummeln. Einen Kaffee trinken am Hafen und zuvor ein Bernstein-Souvenir in dem kleinen Bernsteinladen kaufen.

Fröhlich winkend radeln die Vogts davon und ich widme mich ein wenig der Hausarbeit. Dabei starre ich ständig auf die Telefonnummer von Stefan Siebler aus Lüneburg.

Was soll ich ihm schon sagen?

»Hallo, ich glaube, dass ich Ihre Tochter bin«?

Und er antwortet darauf mit sonorer Stimme: »Endlich! Darauf habe ich schon lange gewartet! Aber meinst du nicht, wir sollten uns duzen, wenn wir sozusagen verwandt sind?«

Aber vielleicht ist er es auch gar nicht. Vermutlich gibt es Hunderte mit dem gleichen Namen und sie sind in ganz Deutschland verstreut. Was sage ich, in Europa … in der ganzen Welt!

Noch immer habe ich es auch nicht übers Herz gebracht, meine Mutter anzurufen. Dirk war ohnehin der Meinung, ich sollte lieber persönlich mit ihr sprechen.

Persönlich. Das ist es!

Vielleicht sollte ich einfach nach Lüneburg fahren und mir diesen Stefan Siebler einmal ansehen?

Als die Arbeit getan ist, gönne ich mir ein kleines Mittagsschläfchen auf der Liege, die hinter dem Haus in einer windgeschützten Ecke steht. Auf einmal kommt ein kleines Kätzchen vorbei und kuschelt sich an mich.

»Nanu, wer bist du denn?«

Die kleine Katze liegt direkt neben meinem Bein und scheint ebenso wie ich die Sonne zu genießen. Zusammen dösen wir gemütlich vor uns hin und wachen erst wieder auf, als die Liege bereits im Schatten steht.

»Auf Wiedersehen, kleine Katze!«, rufe ich ihr nach, als sie um die Ecke biegt.

Den Rest des Nachmittags verbringe ich mit Schönheitspflege. Ich wasche meine Haare und versuche, den Pony annähernd so schön zu fönen, wie Petra es neulich getan hat. Durch das ständige Draußen-Sein hat meine Haut eine schöne Farbe angenommen, sodass ich kein Make-up benötige. Ich lege nur etwas Mascara und Lippenstift auf, lackiere meine Nägel und benutze etwas ›Celine No.1‹. Weil es immer noch herrlich warm ist, kann ich endlich das neue gelbe Kleid tragen! Für den Abend lege ich mir eine Strickjacke um die Schultern. Zu guter Letzt binde ich noch mein goldenes Armband mit dem Kleeblatt, das mir Marc zu Weihnachten geschenkt hat, um. Beim Hinausgehen schlüpfe ich in die schwarzen Ballerinas und werfe einen letzten prüfenden Blick in den Spiegel.

Für wen habe ich mich eigentlich so hübsch gemacht?

Nun ja. Schließlich ist es lange her, dass ich auf einem

Fest war, denke ich bei mir. Eigentlich viel zu lange für eine junge Frau!

Ich setze mich auf die Bank vor dem Haus und atme tief die laue Abendluft ein. Der warme Wind streichelt sanft über meine Haut und ich schließe die Augen, so schön ist es hier.

Deshalb bemerke ich ihn auch erst, als er mir sanft über die Wange streicht.

»Dirk! Du bist ja schon da!«

»Was heißt ›schon‹? Ich glaube, wir müssen uns beeilen, dass wir noch einen Platz bekommen. Bei dem schönen Wetter heute wird bestimmt ganz schön was los sein!« Dirk nimmt lächelnd meine Hand und zieht mich hoch. »Donnerwetter! Du siehst toll aus heute Abend, Kerstin! Äh … natürlich nicht nur heute Abend. Du siehst immer toll aus … aber heute besonders.«

»Danke!«, freue ich mich ehrlich über das Kompliment und wir gehen gemeinsam los über die Wiese.

Auf dem Weg zum Hafen hören wir bereits Gläserklirren, Stimmen, Musik und Gelächter. Dirk hatte recht: Es ist bereits unglaublich viel los.

Zuerst sieht es so aus, als ob alle Bierbänke und -tische bereits belegt wären. Aber nachdem wir uns ein wenig umgesehen haben, finden wir noch ein Plätzchen am Rand.

Nicht nur Urlauber sind heute Abend hier, sondern auch viele Einheimische. Von Weitem winkt mir Gesine zu. Neben ihr sitzt ein wirklich gut aussehender, stattlicher Mann mit dunklen Haaren und einem Vollbart. Das muss ihr Mann Malte sein, von dem sie mir so glücklich erzählte.

Das Stimmengewirr ist groß, alle erfreuen sich an dem schönen Wetter und unterhalten sich in blendender Stimmung bei Bier, Bratwurst und Fischbrötchen. Ein DJ legt flotte Musik auf und einige Leute tanzen bereits in die laue Sommernacht.

Dirk steht auf, um für uns etwas zu trinken zu holen. »Sanddornlikör gibt es allerdings wahrscheinlich nicht!«, ruft er mir im Weggehen zu.

»Dann nehme ich eine Weinschorle!« Ich sehe ihm nach. Er trägt ein weißes Hemd mit lässig aufgekrempelten Ärmeln, dazu Jeans. Seine Haare könnten immer noch einen ordentlichen Schnitt vertragen, aber wenigstens hat er sich heute rasiert.

»Huhu!«

Ein paar Reihen weiter entdecke ich Petra, die gerade fröhlich winkt. Sie trägt ein enges, knallrotes T-Shirt, das ihre Rundungen betont, und ihre weiße Caprihose. Natürlich hat sie sich selbst wieder einmal eine tolle Frisur verpasst und flott geschminkt. Auf hohen Hacken kommt sie, allerdings nicht mehr so ganz trittsicher, zu mir herüber.

»Wow! Du siehst ja klasse aus! Was es am Bodensee alles gibt!«, meint sie mit einem anerkennenden Blick auf mein Kleid.

»Irrtum, das ist aus Stralsund.«

Ich bin offenbar die Einzige, die ein Kleid trägt. Die meisten haben sich in die klassische Jeans- und T-Shirt-Uniform gesteckt. Wahrscheinlich trauen sie dem Wetter nicht so recht, denn wenn die Sonne weg ist, kann es abends ganz schön kühl werden.

Aber nicht heute Abend. Die Luft ist wie Samt, weich und warm.

»Schau mal!« Petra zeigt mir stolz ihre neuen Gel-Fingernägel.

»Damit werde ich meinem Liebsten heute Nacht den Rücken zerkratzen!«, kichert sie.

Ich habe den Verdacht, dass Petra bereits ganz schön einen im Tee hat.

»Du hast einen Freund?«, frage ich neugierig.

»Ach, das ist nur Wolle. Mein Immer-mal-Wieder-Freund. Oder mein ›Hintertürchen-Mann‹, wenn du so willst.«

»Dein was?«

»Mein ›Hintertürchen-Mann‹. Ich finde, jede Frau sollte sich so einen gönnen.« Petra steckt sich eine Zigarette an. »Du weißt doch, was ein Hintertürchen ist? Das, was man sich offen lässt. Damit man darauf zurückgreifen kann, wenn man mal alleine ist. Du verstehst?«

Jetzt bin ich mir sogar ziemlich sicher, dass Petra einen sitzen hat, und muss lachen.

»Ach, da kommt ja *dein* ›Hintertürchen-Mann‹, grinst Petra, als Dirk mit einer Flasche Wein, Mineralwasser, zwei Gläsern und einer Portion Pommes frites auftaucht.

»Weinschorle gab es nicht, da habe ich zur Feier des Tages Wein mitgebracht. Und Wasser natürlich!« strahlt er.

Petra zwinkert mir zu und stöckelt mit einem »Man sieht sich« zu ihrem ›Hintertürchen-Mann‹ zurück, einem richtig nett aussehenden blonden Mittfünfziger, der sie offensichtlich anzuhimmeln scheint.

»Was meint Petra denn mit ›Hintertürchenmann?‹«, fragt Dirk grinsend.

»Tja, das wüsste ich auch gerne!« antworte ich und tue unschuldig.

Wir unterhalten uns noch ein bisschen über Petra und ihren Begleiter Wolle, den Dirk sehr gut zu kennen scheint und den er sehr schätzt, naschen gemeinsam die Pommes frites und beobachten das bunte Treiben um uns herum.

Als das Lied ›Am seidenen Faden‹ von Tim Bendzko gespielt wird, zieht mich Dirk auf die Tanzfläche, die, von bunten Glühbirnen eingesäumt, hell leuchtet. Fast zärtlich hält er mich in den Armen und ich genieße die schöne Ballade und die sanfte Berührung von Dirks Hand auf meinem Rücken.

Ich hätte nie gedacht, dass mir das Tanzen so viel Spaß machen würde!

Ich möchte immer weitertanzen, mich nach der Musik bewegen und über mir den Himmel sehen, dessen Farbe sich in ein dunkles Blau verwandelt. Richtig dunkel wird es aber nicht.

Auf einmal fällt alles von mir ab. All die Dinge, die mich in der letzten Zeit belastet haben, sind auf einmal ganz weit weg und komplett unwichtig.

Ich muss nichts entscheiden, nichts verstehen, nichts verzeihen.

Ich muss nicht perfekt sein. Nur ich.

Auf einmal ist es doch dunkel geworden. Jedenfalls ein bisschen. Und alle Leute um uns herum sind weg! Petra ist längst mit ihrem ›Hintertürchen-Mann‹ verschwunden, nicht ohne mir noch einmal zuzuzwinkern. Der DJ packt gerade seine Sachen ein und die Betreiber der Buden für Essen und Trinken machen ihre Stände zu.

Haben wir so lange getanzt?

Die Flasche Wein ist längst leer, ebenso wie das Mineralwasser. Ich bin zwar ein bisschen müde, aber möchte noch nicht nach Hause gehen. Ich fühle mich seltsam berauscht, nicht nur vom Wein, sondern von der wundervollen sommerlichen Stimmung und dem ganzen zauberhaften Abend.

Es ist mir egal, dass ich morgen früh aufstehen muss, um den Vogts noch ein letztes schmackhaftes Frühstück vor ihrer Abreise zuzubereiten.

Und dass ich noch ihr Zimmer putzen muss, bevor ich mich selbst auf den Weg mache.

Im Moment zählt nur der Augenblick.

Ich lehne mich an Dirks Schulter und spüre die Wärme, die von ihm ausgeht.

»Komm«, sagt er und nimmt meine Hand.

Wir gehen zum Wasser. Hier am Bodden ist es zauberhaft schön. Und still. Das Mondlicht und die Sterne leuchten auf dem Wasser.

Als sich unsere Lippen finden, scheint es das Selbstverständlichste der Welt zu sein.

Dirk nimmt meine Hand und wir laufen durch das Wasser. Es kommt mir überhaupt nicht kalt vor.

Ein kleines Fischerboot liegt am Ufer zwischen dem Schilf. Wir setzen uns hinein und sehen uns nur an. Dann küsst Dirk mich wieder, und wieder … und wieder.

Auf einmal will ich nichts anderes als in diesen Armen sein … und Dirk spüren, nah bei mir. Ganz langsam ziehen wir uns gegenseitig aus und betrachten uns dabei, als könnten wir es nicht fassen.

Nichts ist mehr wichtig, nur dieser Moment, diese Küsse, diese Hände, die mir ein Kribbeln am ganzen Körper verursachen.

Dirk streicht sanft über meine Brüste und ich bekomme eine Gänsehaut. Ich streiche mit den Fingern über sein Gesicht, als wollten sie sich alle Linien einprägen. Ich küsse es, immer wieder.

Dieser Moment soll nie vorübergehen. Ich will Dirk spüren, jetzt, in mir.

Und ziehe ihn sanft zu mir herunter.

»Dirk …«

»Ja?«

»… halt mich fest!«, flüstere ich in sein Ohr.

So etwas Schönes habe ich noch nie erlebt.

Danach liegen wir uns in den Armen, irritiert, als ob wir nicht wüssten, was gerade geschehen ist.

Und doch war es so natürlich.

»Es tut mir leid«, sagt Dirk.

»Psst …«, antworte ich. »Nichts sagen!«

Er lacht. »Du bist etwas ganz Besonderes, Kerstin. Weißt du das?«

Ich antworte nicht.

»Ich war schon lange keiner Frau mehr so nahe … Du berührst mich. Nicht nur meine Haut, sondern mein Inneres … meine Gedanken und meine Seele.« Dirk atmet tief aus und sagt: »Ich wollte das eigentlich nicht mehr …«

»Was wolltest du nicht mehr?«

Auf einmal beginnt Dirk zu erzählen: »Ich habe dir ja gesagt, dass meine Firma recht gut lief. Ich fand auch privat mein Glück, lernte eine hübsche und nette Frau kennen, wir heirateten und bekamen ein kleines Mädchen. Wie immer, wenn alles im Leben glattläuft, wird man leichtsinnig. Doch das Schicksal zeigt uns immer, wenn wir auf dem falschen Weg sind …« Dirk macht eine kurze Pause. »Nachdem ich sehr lange viel zu viel gearbeitet hatte, fühlte ich mich ausgebrannt. Statt eine Pause einzulegen, kümmerte ich mich um gar nichts mehr in der Firma und ging viel zu häufig in meine Stammkneipe. Als ich meine Firma verlor und auf einmal nichts als Schulden hatte, wusste ich einfach nicht, wie es weitergehen soll. Ich habe mich weiter mit Alkohol getröstet. Wie gesagt, eine Zeit lang war die Ginflasche mein einziger Freund. Meine Frau sah sich das eine Weile an, dann begann sie, herumzunörgeln und mir Vorwürfe zu machen. Heute weiß ich, dass sie etwas verändern, mich wachrütteln wollte. Als sie damit keinen Erfolg hatte, suchte sie ihrerseits Trost. Nicht im Alkohol, sondern bei einem Freund aus dem Tennisklub. Sie verließ mich von heute auf morgen und nahm unsere Tochter Jana mit. Danach fiel ich erst recht in ein tiefes Loch und trank umso mehr … Meine

Exfrau nannte mich einen Penner und erwirkte das alleinige Sorgerecht für Jana. Tja, die Liebe … es sieht so aus, als ob wir sie immer gerade dann verlieren, wenn wir sie am nötigsten brauchen!« Dirk macht wieder eine Pause. »Ich war echt am Boden. Eines Tages stand mein Vater vor der Tür. Er packte wortlos meine Tasche und nahm mich mit nach Hiddensee. Das war meine Rettung! Nach ein paar harten Wochen, in denen ich viel schlief und nachdachte, fand ich langsam wieder zu mir selbst zurück. Die Ruhe und die Natur hier machten mich langsam wieder gesund.«

Ich verstehe Dirk nur zu gut. So ähnlich ist es ja auch mir ergangen.

»Eines Tages hörte ich, dass die ›Boje‹ zur Verpachtung steht. Ich entschied mich, hierzubleiben, die Finger vom harten Alkohol zu lassen und Frauen nur noch in mein Bett, aber nie mehr in mein Herz zu lassen. Das ist mir bis heute Abend eigentlich ganz gut gelungen.« Dirk lacht leise. »Ich habe mir geschworen, mich nie mehr abhängig zu machen. Weder vom Alkohol noch von der Liebe. Dann kann man wenigstens nicht verletzt werden! Letztendlich muss man doch immer mit allem alleine fertig werden. Gerade, wenn man jemanden braucht, steht man alleine da. In guten Zeiten hat man viele Freunde … aber wenn es einem schlecht geht? Dann hat man auf einmal niemanden mehr. Deshalb habe ich Gordon. *Er* bleibt bei mir, selbst wenn wir unter einer Brücke schlafen müssen. Das würde keine Frau tun. Es ist doch so: Was kann ich einer Frau schon noch bieten? Nichts!«

»Ich glaube, du kannst einer Frau sehr viel geben, Dirk«, sage ich und denke dabei an die unbeschreibliche Zärtlichkeit, mit der er mich gerade sehr glücklich gemacht hat.

Trotzdem beschleicht mich ein leises Gefühl der Wehmut … ganz soo deutlich hätte er nun wirklich nicht sagen müssen, dass er keine feste Bindung mehr möchte.

»Wie alt ist deine Tochter, Dirk?«, frage ich, um dem Gespräch eine andere Richtung zu geben. Vielleicht wird das ja die Traurigkeit vertreiben und das gute Gefühl, das ich immer in seiner Anwesenheit habe, wieder herstellen.

»Acht. Sie geht in die zweite Klasse. Hin und wieder darf ich sie inzwischen sehen. Meist hole ich sie ab und wir machen einen Ausflug zusammen. Jana lebt mit ihrer Mutter in Rostock. Als du und ich uns neulich in Stralsund trafen, kam ich gerade von dort.«

Jetzt weiß ich, was Dirks Geheimnis war, worüber er nicht sprechen wollte. Diese Zeit muss sehr schmerzhaft für ihn gewesen sein.

Seine Frau hätte zu ihm halten müssen, als er seine Firma und alles, was er besaß, verlor! Allerdings kann ich sie auch irgendwie verstehen. Es war sicher nicht leicht für sie. Sie hatten immerhin die Verantwortung für ein Kind, der er sich durch Flucht in den Alkohol entzog. Ob er immer so schnell aufgibt?

Auch Marc hat sich durch Flucht unseren Problemen entzogen, allerdings nicht durch die Flucht in den Alkohol, sondern in eine Affäre. Ganz schön feige, finde ich, vor seinen Problemen einfach davonzulaufen.

Andererseits … was habe ich denn gemacht?

»Woran denkst du? Bist du jetzt schockiert, weil ich dir das alles erzählt habe?«

Dirk hält mich immer noch in den Armen und dieses Gefühl der Wärme und Geborgenheit ist einfach wunderschön.

Ich schüttele den Kopf und küsse ihn stattdessen noch einmal sanft.

11. KAPITEL

›Tausendschönchen‹

Als am nächsten Morgen – viel zu früh – der Wecker klingelt, halte ich immer noch meinen ›Hühnergott‹ in der Hand. Ich bin genauso durcheinander wie das Wetter, das sich heute noch nicht recht zwischen gut und schlecht entscheiden mag.

Müde und verschlafen bereite ich das Frühstück für die Gäste zu und lasse nebenbei den gestrigen Abend Revue passieren.

Einerseits fühle ich mich total glücklich. Noch immer spüre ich das warme Gefühl von Dirks zärtlichen Händen auf meinem Körper.

Seit langer Zeit habe ich mich wieder einmal begehrenswert gefühlt. Schön. Geborgen. Geliebt. Dieses Gefühl möchte ich wiederhaben, jeden Tag.

Obwohl die Liebe große Schmerzen verursachen kann, wünschen wir uns doch nichts sehnlicher, als einen Menschen zu finden, der uns so liebt, wie wir sind.

Aber ob Dirk dieser Mensch sein könnte?

Er hat auch einmal geliebt und wurde zutiefst enttäuscht. Ob er überhaupt in der Lage wäre, sich wieder emotional auf eine Frau einzulassen?

So, wie er sich gestern ausgedrückt hat, hat er in dieser Hinsicht keine Ambitionen.

Vom ersten Moment an, in dem ich ihn gesehen habe, wusste ich, dass es in seiner Vergangenheit etwas gab, das ihn verletzt hat. Dieser Ausdruck in seinem Gesicht konnte nicht nur von seiner Geschäftspleite gekommen sein, auch wenn diese noch so schlimm für ihn war.

Weit schlimmer als der Verlust von materiellen Dingen ist doch immer, wenn uns geliebte Menschen ihre Zuneigung entziehen.

Wer wüsste das besser als ich?

Warum mache ich mir überhaupt so viele Gedanken über Dirk?

Ich will doch selbst gar keine neue Beziehung eingehen!

Vor Kurzem wollte ich schließlich einen ganz anderen heiraten …

Marc ist immer noch in meinem Herzen und ich weiß, dass auch er darauf wartet, dass ich zum Bodensee zurückkomme.

Wir sollten wenigstens miteinander reden, damit wir beide wissen, wie es weitergeht.

Doch zunächst muss ich mit jemand anderem sprechen.

Nach mehreren Tassen Kaffee und der Verabschiedung der netten Vogts rufe ich Ingrid im Krankenhaus an und frage, ob es in Ordnung ist, wenn ich zwei bis drei Tage nicht da bin. Ich erzähle ihr von der Naturkosmetikfirma in Lübeck und dass ich, sobald es geht, auf jeden Fall aber vor ihrer Operation, wieder da sein werde.

»Natürlich, meine Lütte! Eine Naturkosmetikfirma in Lübeck? Das klingt ja interessant, da drücke ich dir die Daumen! Du musst mir danach unbedingt Bericht erstatten. Lass dir nur Zeit und sage einfach Gesine Bescheid. Sie wird sicher gerne so lange in der ›Silberdistel‹ nach dem Rechten sehen. Ich habe sowieso ein schlechtes Gewissen, weil du …«

»Stopp, Ingrid! Das haben wir doch schon abgehakt, ja? Das Wichtigste ist, dass du jetzt gesund wirst. Ich bin bald zurück und erzähle dir, wie es war. Jetzt muss ich aber los, das Schiff geht gleich. Pass auf dich auf!«

Auf meinem Weg zum Hafen gehe ich kurz am Schabernack vorbei und bitte Gesine, während meiner Abwesenheit ein bisschen auf die ›Silberdistel‹ aufzupassen.

Sie hängt gerade Wäsche auf, die bei dem Wind sicher schnell trocknen wird, und freut sich offensichtlich über die Abwechslung. Ihre Einladung auf eine Tasse Kaffee muss ich allerdings auf ein andermal verschieben.

Als ich an dem kleinen Fischerboot vorbeikomme, muss ich wieder an die gestrige Nacht denken und mein Herz wird ganz warm.

Ob sie Dirk auch irgendetwas bedeutet hat?

Schließlich hat er gesagt, dass er sich nach der Enttäuschung durch seine Frau vorgenommen hat, Frauen nur noch in sein Bett und nicht mehr in sein Herz zu lassen.

Andererseits hat er aber auch gesagt, ich würde seine Seele berühren …

Ich schiebe den Gedanken beiseite, als das kleine Schiff nach Schaprode kommt, und lenke meinen Blick auf das, was mich wohl erwarten wird.

Was habe ich mir da nur vorgenommen?

Meine Autofahrt nach Lüneburg führt mich über Rostock, Wismar, Lübeck und Hamburg. Komisch, die drei Stunden kommen wir unendlich lang vor, dabei saß ich doch bis vor Kurzem manchmal fast den ganzen Tag im Auto.

Aber auf Hiddensee war ich ja immer nur zu Fuß oder mit dem Rad unterwegs. Es ist unglaublich, wie sich mein Leben in den letzten wenigen Wochen verändert hat!

Am späten Nachmittag komme ich in Lüneburg an. Ich habe mir ein Zimmer im ›Hotel Altes Kaufhaus‹ reserviert. Dieses historische Gebäude wurde sehr liebevoll restauriert und in ein modernes, schickes Hotel verwandelt.

Ich fühle mich in meinem Zimmer sofort wohl und genieße den Ausblick aus meinem Fenster auf die Ilmenau, das Wasserviertel und den alten Hafen.

Der Bummel durch die eindrucksvolle Altstadt mit den vielen historischen Backsteinhäusern mit ihren wunderschönen Giebeln, den zahlreichen kleinen Läden und Cafés tut mir gut. Dies ist eine Stadt, in der es sich sicher sehr gut leben lässt, denke ich. Die Menschen wirken so entspannt und fröhlich auf mich.

Ich genehmige mir in einer Teestube namens ›Johnson's‹ mit englischem Charme eine gute Tasse Tee und esse gemütlich am Stintmarkt, Lüneburgs malerischer Kneipenmeile, zu Abend. Mir ist bewusst, dass ich eigentlich aus einem anderen Grunde hier bin und nur den Moment hinauszögere, die Person zu sehen, von der ich glaube, dass sie mein Vater ist.

In der Nacht schlafe ich schlecht, was sicher nicht an dem guten Bett in dem schönen Hotel liegt, sondern an meinen konfusen Träumen und Gedanken.

Nach dem Frühstück, bei dem ich noch einmal den Blick auf das Wasser der Ilmenau genieße, nehme ich den Zettel mit der Adresse von Stefan Siebler in die Hand und gebe die Straße in mein Navi ein.

Schon kurze Zeit später stehe ich mit meinem Auto und klopfendem Herzen vor einem hübschen kleinen Einfamilienhaus mit einem gepflegten Vorgarten.

Was, wenn er gar nicht *der* Stefan Siebler ist?

Ich mache mich doch komplett lächerlich, wenn ich sage, ich suche meinen Vater …

Und *wenn* er es ist?

Dann wird er sich doch erst recht wundern, was ich jetzt auf einmal von ihm will … nach fast 30 Jahren!

Ich kann mich einfach nicht dazu aufraffen, auszusteigen und an der Haustür zu klingeln.

Aber wenn ich es nicht tue, dann war doch die ganze Fahrt hierher umsonst!

Meine Überlegungen werden unterbrochen, als ein großer, breitschultriger Mann von ungefähr Anfang 60 aus der Haustür tritt. Seine Haare sind bereits leicht ergraut, doch er sieht immer noch sehr gut aus. Er trägt Jeans und ein kariertes Hemd und … kommt direkt auf mich zu!

Ich tue so, als würde ich etwas in meinen Unterlagen suchen, die von ›Celine Dupont‹ zum Glück noch auf dem Beifahrersitz liegen.

Er klopft an die Scheibe und ich öffne sie zögernd, dabei direkt in sein Gesicht blickend.

Noch bevor ich in seine Augen sehen kann, bin ich sicher: Er ist es.

Ich muss schlucken.

»Kann ich Ihnen irgendwie helfen? Suchen Sie jemanden oder warten Sie nur?« Er lächelt mich freundlich an.

»Äh …«

»Ich meine nur, weil Sie die ganze Zeit auf mein Haus gestarrt haben.«

»Ja … äh …«

Himmel, was sage ich denn jetzt? Was für eine blöde Situation!

Ich fasse mir ein Herz und erkläre: »Ich bin Kerstin. Kerstin Beier vom Bodensee.«

Weiter brauche ich nichts zu sagen – ich sehe an seinem Gesicht, dass er weiß, wer ich bin.

»Kerstin!«

Er ringt um Fassung … ebenso wie ich.

Dieser Mann ist ein Fremder für mich und mir doch irgendwie seltsam vertraut.

»Komm herein … ich glaube, es gibt viel zu bereden!«

Wir gehen in das gemütliche, mit antiken Möbeln ausgestattete Wohnzimmer und Stefan verschwindet in der Küche, um Kaffee zu kochen. Und sich wahrscheinlich etwas zu sammeln.

Als er wiederkommt und die Tassen auf den Tisch stellt, zittern seine Hände.

Doch ich bin unfähig, ihm zu helfen, da ich noch viel unruhiger bin.

»Hübsch bist du«, sagt er und lächelt unsicher. »Ich habe mich so oft gefragt, wie du wohl aussehen magst. Ach, Kerstin, ich habe so viele Fragen an dich!«, sprudelt er auf einmal los. »Was machst du so? Wie kommt es, dass du hier bist? Weiß deine Mutter davon?«

Er ist mein Vater und ich bin sein Kind. Und wir wissen *nichts* voneinander. Weil meine Mutter mir nicht die Wahrheit gesagt hat und ich bis vor ein paar Tagen Hans Beier für meinen Vater gehalten habe.

Was soll ich ihm erzählen? Wo ich eingeschult wurde? Was mein Lieblingsessen ist?

»Warum ich hier bin …«, beginne ich. »Ich bin seit ein paar Wochen auf Hiddensee, im Haus meiner Großeltern. Dort bin ich vor ein paar Tagen auf etwas gestoßen, dass mich vermuten lässt, dass Sie … dass du … mein Vater bist. Und: Nein! Meine Mutter weiß nicht, dass ich hier bin.«

»Das hätte mich auch gewundert. Ach … Hiddensee … Es ist so schön dort! Aber vielleicht empfinde ich es auch nur deshalb so, weil ich damit die wunderbaren Erinnerungen verbinde. Erinnerungen an glückliche Zeiten.«

Er steht auf und geht zu einem geschnitzten Sideboard. Mit einem einzigen Handgriff nimmt er zwei Fotos und ein Bündel Briefe heraus und legt sie mir hin.

Das eine Foto ist das gleiche, das ich auch entdeckt habe. Es zeigt meine Mutter in dem hübschen Badeanzug und ihn am Strand von Hiddensee, beide glücklich in die Kamera strahlend.

Das andere Foto ist ein Kinderfoto von mir auf der Schaukel … aufgenommen im Garten meines ›Elternhauses‹ in Friedrichshafen.

»Die Briefe habe ich alle an deine Mutter geschrieben … sie kamen ungeöffnet zurück. Anscheinend wollte sie keinen Kontakt zu mir.«

Auf einmal sieht er unglaublich traurig aus.

Warum wollte meine Mutter keinen Kontakt mehr zu ihm, ihrer großen Liebe, dem Vater ihres Kindes? Ich verstehe das alles nicht.

»Aber bitte denke nicht, dass ich dich vergessen hätte! Ich habe mich so oft gefragt, wie du wohl aussiehst, was du machst und ob es dir gut geht. Nachdem Marie meine Briefe nicht beantwortete und auch telefonisch für mich nicht erreichbar war, nahm ich an, dass sie das Glück ihrer kleinen Familie am Bodensee nicht gefährden wollte. Einmal fuhr ich trotzdem hin … und sah dich im Garten auf der Schaukel. Mir ging es wie dir eben … ich hatte nicht den Mut, einfach zu klingeln. Dann fuhr ein Auto auf den Hof, ein Mann stieg aus und du flogst mit lautem »Papi, Papi!« in seine Arme. Obwohl es mir das Herz zerriss, konnte ich nun erst recht nicht mehr in das Haus gehen. Ich kam mir wie ein Eindringling vor, war es doch offensichtlich, dass deine Mutter ihr Glück mit einem anderen Mann gefunden hatte und nichts mehr mit mir zu tun haben wollte.«

»Aber warum? Sie hat doch … deinetwegen … alles aufgegeben? Ihre Heimat, ihre Familie … alles!«

»Hat sie dir das denn nie erzählt?«, fragt Stefan, dessen Hände langsam ruhiger werden.

»Nein, meine Mutter hat nie über die Vergangenheit gesprochen. Ich wusste nur, dass sie aus der DDR mit einem Ausreiseantrag in den Westen gekommen war und am Bodensee eine neue Heimat fand.«

»Wenn sie nicht mit dir darüber gesprochen hat, dann solltest du die Geschichte vielleicht nicht gerade von mir erfahren. Andererseits bin ich der Meinung, dass du ein Recht darauf hast, die Wahrheit zu kennen.«

Stefan Siebler atmet tief durch und sagt: »Dann will ich dir mal unsere Geschichte erzählen. Deine Mutter gefiel mir auf den ersten Blick. Ich kann mich noch genau erinnern, wie sie am Hafen stand, zusammen mit ihrer frechen Freundin Petra. Sie trug einen schwarzen Stufenrock und eine weiße Bluse. Mit ihren blonden, langen Haaren kam sie mir vor wie ein Wesen vom anderen Stern. In gewisser Weise erinnerte sie mich an die blonde Sängerin von Abba, Agneta sowieso, aber die kennst du vielleicht ohnehin nicht mehr. Wie auch immer, wir liefen uns noch ein paarmal über den Weg. Das ist ja auf Hiddensee nicht so schwer! Aber ich hatte das Gefühl, dass sie mir aus dem Weg ging. Vermutlich hielt sie mich für einen angeberischen Aufreißer aus dem Westen! Bis zu jenem Abend in der ›Heiderose‹ … wir tanzten den ganzen Abend zusammen und verliebten uns rettungslos ineinander.«

Stefan – es fällt mir immer noch schwer, ihn ›meinen Vater‹ zu nennen – macht eine kurze Pause.

»Wir wussten von Anfang an, dass es schwierig, um nicht zu sagen, unmöglich werden würde. Und doch konnten wir nicht voneinander lassen. Zu Hause in Lüneburg ging sie mir einfach nicht mehr aus dem Kopf … und so kehrte ich nach Hiddensee zurück. Manchmal denke ich, es wäre besser gewesen, ich wäre nie wieder zu ihr gefahren. Es hätte uns beiden viel Leid erspart. Aber dann gäbe es dich nicht! Und du bist sicher Maries ganzes Glück. Davon abgesehen, ging es einfach nicht. Wir versuchten es, aber wir konnten uns nicht vergessen. Wie gesagt, ich kehrte nach Hiddensee zurück und verbrachte die schönsten und glücklichsten Sommertage meines Lebens. Als ich sie beim nächsten Mal besuchte, gestand Marie mir, dass sie schwanger sei … sie war total aufgewühlt, glücklich und verzweifelt zugleich. Für mich stand fest, dass es nur einen einzigen Weg gab: den in eine gemeinsame Zukunft. Da für mich ausgeschlossen war, freiwillig in den Osten zu gehen, musste ich Marie zu mir holen. Ich habe mich oft gefragt, ob ein anderer Weg der bessere gewesen wäre. Wenn Marie tatsächlich einen Ausreiseantrag gestellt hätte. Doch Marie befürchtete Ärger mit ihrem Vater und unter Umständen jahrelange Schikanen der Stasi. Außerdem wärest du in der DDR geboren. Also schmiedeten wir einen abenteuerlichen Plan. Ich gebe zu, ich habe die ganze Sache unterschätzt. Wenn ich gewusst hätte, in welche Gefahr ich Marie und dich bringe, hätte ich die ganze Sache nie durchgezogen. Aber wir waren so verliebt und Liebe macht mutig … Wenn man jemanden richtig liebt, dann will man nur mit diesem Menschen zusammen sein, alles andere ist unwichtig. Wir verabredeten einen Treffpunkt an der Transitstrecke, zu dem Marie zuerst mit der Bahn und dann weiter zu Fuß kommen sollte.

Sie muss schreckliche Angst gehabt haben, allein in der Dunkelheit und in der Ungewissheit, ob sie wirklich am richtigen Ort war. Sie versteckte sich hinter einem Baum am Straßenrand und trat erst hervor, als sie mein Auto erkennen konnte. Ich sah ihr ängstliches, kleines Gesicht und fragte mich für einen Moment, ob dieses riskante Unterfangen wirklich gut gehen würde. Doch ihr Lächeln, als sie mich sah, zeigte mir, dass wir alles richtig machten. Sie stieg in mein Auto, in den Kofferraum, den ich zuvor so präpariert hatte, dass sie unter dem Boden liegen konnte. Ich war total aufgeregt und machte mir Sorgen, ob sie wohl genug Luft bekäme. Wir befuhren die Transitstrecke von Westdeutschland nach West-Berlin, die für Transitreisende frei befahrbar war. Grenzkontrollen durften grundsätzlich nicht, sondern nur in Ausnahmefällen bei einem konkreten Verdacht von den DDR-Grenzern durchgeführt werden. Doch wir wurden angehalten und kontrolliert. Es musste uns jemand verraten haben! Als die Beamten den Kofferraum untersuchten, stockte mir der Atem. Und tatsächlich, sie entdeckten Marie, zusammengekauert. Ich werde nie ihr angsterfülltes und erschrockenes Gesicht vergessen.«

Ich schlage die Hand vor den Mund. Mein Gott, wie furchtbar!

Stefan kann nicht weitersprechen, weil ihm selbst die Tränen kommen. Dann, nach einer Weile, sagt er: »Wir wurden sofort abgeführt und ins Gefängnis gebracht. Was danach mit Marie geschehen ist, weiß ich nicht. Ich habe sie nie wiedergesehen ... Wenn sie jedoch nur annähernd die gleichen Schikanen erdulden musste wie ich, und davon bin ich überzeugt, hat sie die Hölle erlebt. Stundenlange Verhöre, Schlafentzug, furchtbares Essen ... aber für mich war das Schlimmste, dass ich nicht wusste, wie es Marie ging und wann ich sie wiedersehen würde. Bei den endlosen Verhören versuchte die Stasi immer wieder, sie bei mir schlechtzumachen, indem man mir weismachen wollte, dass sie außer mir noch andere Männer gehabt hätte. Ich glaubte ihnen kein Wort ... aber ich denke, dass sie Marie ähnlichen Blödsinn über mich erzählt haben. Zum Beispiel, dass ich sie angelogen hätte und überhaupt keine Zukunft mit ihr planen würde. Weil ich bereits eine Frau in Lüneburg hätte.«

»Das ist ja ungeheuerlich!«, rege ich mich auf.

»Ja, denn viele Dinge waren schlimme Lügen. Aber was die Frau in Lüneburg betraf ... das war keine Lüge. Es war leider die Wahrheit … Heute wünschte ich, ich hätte es Marie selbst erzählt. Aber ich dachte, dazu wäre noch Zeit, wenn wir erst zusammen im Westen wären. Auf Hiddensee ergab sich nie die Gelegenheit dazu. Außerdem … wie hätte Marie wohl reagiert, wenn ich ihr gesagt hätte, dass ich bereits verheiratet war? Als charaktervolles Mädchen hätte sie mich doch sicher sofort zum Teufel gejagt. Sie hatte ja ohnehin ihre Zweifel, ob ich, der Wessi, nicht nur ein Abenteuer suchte. Dabei war es ganz und gar nicht so! Sie bedeutete mir alles und ich wollte sie um keinen Preis verlieren! Also wartete ich mit der Wahrheit … und habe sie am Ende doch verloren, und zwar ganz!«

Traurig blickt Stefan auf das Foto meiner Mutter und spricht dann weiter: »Ich hatte eine kleine Wohnung in Hamburg angemietet, ganz in der Nähe meiner Arbeitsstelle. Dort wollte ich es ihr sagen. Dass ich zehn Jahre zuvor ein Mädchen namens Lydia geheiratet hatte, das ebenfalls schwanger von mir war. Ich liebte sie nicht, ich heiratete sie nur aus Pflichtgefühl. Sie verlor damals das Baby und wurde danach depressiv und missmutig. Lydia gab mir die Schuld an ihrer Fehlgeburt und ließ ihre Launen an mir aus. Ich fühlte mich tatsächlich eine Zeit lang schuldig, weil ich sie nicht wirklich und aufrichtig geliebt hatte. Deshalb blieb ich bei ihr. So lange, bis ich deine Mutter traf, diese kleine Fee von Hiddensee.«

Stefan betrachtet wieder das Foto meiner hübschen, jungen Mutter. »Bei ihr war es richtige Liebe, von Anfang an. Von dem Moment an, als sie mir sagte, dass sie ein Kind von mir erwartete, war für mich klar, dass ich mit ihr, meiner großen Liebe, zusammenleben wollte. Ich trennte mich von Lydia, da unsere Ehe ohnehin seit Langem nur noch auf dem Papier bestand. Aber geschieden waren wir natürlich noch nicht, das war in dieser kurzen Zeit ja nicht möglich.

Doch ich vermute, dass die Stasi deiner Mutter erzählt hat, ich hätte bereits eine Frau in Lüneburg.«

»Und du hattest keine Gelegenheit, ihr die Wahrheit zu sagen?«, wundere ich mich.

»Kennst du deine Mutter? Eben. Sie kann ganz schön stur sein. Ich versprach der Stasi, wertvolle Informationen von meiner Arbeit bei der Werft weiterzugeben, wenn nur endlich Marie freikäme. Die Rechnung ging auf, Marie wurde entlassen und zog erst einmal zu ihren Verwandten an den Bodensee. Dort recherchierte sie ein wenig und fand offenbar heraus, dass ihr die Stasi die Wahrheit gesagt hatte und ich tatsächlich verheiratet war.

»Kurz nachdem ich selbst entlassen wurde, rief Marie auf einmal bei mir an … noch ehe ich selbst dazu gekommen war, nach ihr zu suchen.

Ich war überglücklich, sie nach der schrecklichen Zeit im Gefängnis und der quälenden Ungewissheit endlich wieder sprechen zu können. Doch ihre Stimme klang kalt.

Sie stellte mir nur eine einzige Frage: ›Ist es wahr, dass du bereits verheiratet bist?‹

Ich antwortete: ›Ja, Marie, aber es ist nicht so, wie du denkst … lass mich dir erklären …‹«

›Du hast mich belogen.‹ Das waren ihre letzten Worte zu mir und dann unterbrach sie einfach die Verbindung.« Traurig legt Stefan das Bild von Marie beiseite. »Und ich hatte nie wieder die Gelegenheit, auch nur ein einziges Wort mit ihr oder dir zu reden. Vielleicht kannte Marie mich nicht gut genug, um mir richtig vertrauen zu können. Sie hatte mir einmal vertraut … und dieses Vertrauen hatte sie ins Gefängnis gebracht.«

»Und wie ging es dann weiter?«, frage ich. Ich bin total durcheinander.

»Nach dem Besuch am Bodensee, als ich sah, dass sie eine neue Familie gegründet hatte, kehrte ich nach Lüneburg zurück. Ich arbeitete, funktionierte, doch ich war nicht mehr derselbe. Irgendwann traf ich Lydia wieder und sie überredete mich, es noch einmal miteinander zu versuchen. Sie sah ein, dass auch sie Fehler gemacht hatte.«

»Du sagtest doch, du liebtest sie nicht?«

»Nun, ich liebte sie nicht wie deine Mutter. Aber sie war mir eine gute Frau, eine Gefährtin, mehr Freundin als Geliebte. Auch das kann sehr wichtig sein im Leben! Liebe hat viele Gesichter und es gibt auch eines, das durch Gewohnheit und Vertrautheit entsteht. Trotzdem glaube ich, sie spürte, dass ich nicht dasselbe für sie empfand wie sie für mich. Sie starb vor zwei Jahren.«

»Hast du noch mehr Kinder?«

»Nein, nach ihrer Fehlgeburt konnte Lydia keine mehr bekommen.«

»Das tut mir leid.«

»Mir tut es leid, alles. Ich habe viel nachgedacht über das Geschehene und mich oft gefragt, wie mein Leben wohl verlaufen wäre, wenn alles geklappt hätte mit der Flucht.«

Ich atme tief durch. Unser aller Leben wäre ein anderes gewesen, das ist schon mal sicher.

Dann sage ich: »Ich habe dir etwas mitgebracht, von Hiddensee« und ziehe die Flasche mit dem Sanddornlikör aus meiner Tasche. »Ich glaube, *den* können wir jetzt beide vertragen!«

Den ganzen Tag und den Abend reden wir miteinander. So langsam kommt mir Stefan näher, auch wenn er noch immer ein Fremder für mich ist. Deshalb möchte ich auch nicht im angebotenen Gästezimmer schlafen, sondern übernachte noch einmal im schönen ›Hotel Altes Kaufhaus‹.

Stefan will alles von meinem Leben wissen und wir reden stundenlang. Ich bin froh, dass ich nach Lüneburg gefahren bin. Ich habe so vieles erfahren, das für mich von Bedeutung ist.

Aber für heute ist es genug. Außerdem ist mir nicht klar, wie meine Mutter die Nachricht aufnehmen wird, dass ich Kontakt zu ihrer ehemals großen Liebe aufgenommen habe.

Beim Abschied nimmt mich Stefan in die Arme. »Werden wir uns wiedersehen, Kerstin?« In seinen Augen schimmern Tränen.

»Ja! Das verspreche ich dir.«

»Bitte richte Marie … meine Grüße aus.«

Nun, das werde ich mir noch überlegen. Dazu muss ich erst einmal eine gute Gelegenheit finden …

Ich werde aber auf jeden Fall den Kontakt zu Stefan halten und mich hin und wieder mit ihm treffen. Nun habe ich also wieder einen ›Vater‹! Eigentlich ist das ein schöner Gedanke.

Auch wenn ich meinen Papa Hans Beier nie vergessen werde. Er war es, der mich liebevoll großzog, der mit mir Mathe paukte und mich tröstete, wenn ich mir das Knie aufgeschlagen hatte. Auch wenn er nicht mein ›richtiger Vater‹ war, war er doch der Größte für mich, den ich über alles geliebt habe.

Am nächsten Morgen reise ich gleich nach dem Frühstück ab. Mein Termin in Lübeck ist um 14:00 Uhr und so habe ich Gelegenheit, die schöne Landschaft in Ruhe auf mich wirken zu lassen.

Die knapp eineinhalbstündige Autofahrt macht mir heute gar nichts aus. Wenn ich etwas gewohnt bin, dann Autofahren! Außerdem kann ich so wunderbar meinen Gedanken nachhängen dabei. Das Gespräch mit meinem Vater hat mich doch sehr aufgewühlt und ich habe sehr schlecht geschlafen.

Die Geschichte ist ja nicht neu: Zwei Menschen treffen sich, verlieben sich und wollen nichts anderes, als zusammen sein. Aber sie wohnen auf verschiedenen Seiten der Mauer, die Deutschland trennt. Als sich Nachwuchs ankündigt und sie endlich eine richtige Familie sein wollen, wagen sie eine abenteuerliche Flucht. Doch diese misslingt und ihr Traum vom gemeinsamen Leben endet im Gefängnis. Dort werden sie durch psychischen Druck endgültig auseinandergebracht und gehen für den Rest ihres Lebens getrennte Wege.

Obwohl sie sich lieben.

Es macht mich traurig, auch wenn ich nun endlich verstehe, wie meine Mutter sich von einer unbeschwerten und glücklichen jungen Frau voller Liebe in eine kalte, verschlossene Person verwandelte, die um ihr Herz einen großen Stacheldrahtzaun zog. Eine Mauer, höher als jene, die sie zu überwinden suchte.

Die Firma ›Tausendschön‹ befindet sich am Rand der wunderschönen Stadt Lübeck inmitten von blühenden Wiesen. Besser hätte die Lage für eine Naturkosmetikfirma nicht sein können, denke ich.

Der Chef der Firma, ein Herr Engel, begrüßt mich gleich in der in sanftem Grün gestrichenen Eingangshalle. Ich bin überrascht, er ist kaum älter als ich, vielleicht Mitte 30.

Nachdem mir eine nette junge Dame am Empfang eine Tasse Kaffee angeboten hat, was ich sehr gerne annehme, gehen wir in das Büro von Herrn Engel.

»Sie kommen vom schönen Bodensee, Frau Beier? Da haben Sie ja eine lange Fahrt hinter sich und haben bestimmt

Hunger. Soll ich Ihnen etwas zu essen bringen lassen?«, fragt mich Herr Engel aufmerksam.

Er ist ein lässiger Typ in Jeans und gestreiftem Hemd, der einen sehr entspannten und ausgeglichenen Eindruck auf mich macht und mir ein freundliches Lächeln schenkt.

Da hätte ich mir das schwarze Kostüm und das vollendete Makeup sparen können, hier geht es eher natürlich zu.

»Vielen Dank, das ist sehr nett, aber ein Kaffee genügt mir völlig. Ich bin heute nicht vom Bodensee, sondern aus Lüneburg gekommen. Dort lebt mein … Vater«, antworte ich und lächle zurück.

»Ach, das ist ja gar nicht so weit von hier. Lüneburg – auch eine wunderschöne Stadt!«

Herr Engel bedankt sich bei seiner Mitarbeiterin, die uns gerade den Kaffee bringt.

»Frau Beier, erst einmal vielen Dank für das Interesse an unserer Firma. Wie ich Ihren Unterlagen entnehme, möchten Sie sich gerne verändern. Darf ich sie fragen, warum? Die Firma ›Celine Dupont‹ ist doch ein überaus renommiertes Unternehmen in der Kosmetikbranche.

»Oh ja, zweifelsohne. ›Celine Dupont‹ ist eine fantastische Firma mit vielen wunderbaren Produkten. Das ist sicher nicht der Grund für meinen Wunsch, mich zu verändern. Sehen Sie, ich habe die letzten Wochen auf der schönen Insel Hiddensee verbracht, auf der meine Tante lebt. Ich habe viel nachgedacht und mir wurde bewusst, dass ›Celine Dupont‹« zwar wunderbare Produkte vertreibt, aber nicht die Firma ist, in der ich mich langfristig … als Mensch … wohlfühlen kann.«

»Wie meinen Sie das?«

Ich erzähle Herrn Engel von den ständigen Umsatzsteigerungen und dass ich in den letzten Jahren praktisch nur unterwegs war und permanent unter Dauerstress stand.

Er hört mir ruhig zu, nickt ein paarmal und sagt dann: »Wie soll eine Mitarbeiterin überzeugend Schönheit verkaufen, wenn sie selbst total gestresst und ausgebrannt ist? Das widerspricht ganz und gar *unserer* Firmen-Philosophie. ›Natürlich schön‹ sein, das bedeutet für uns in erster Linie, die natürlichen Vorzüge der Frau gekonnt hervorzuheben, Kosmetik ohne Belastung und Risiko für die Umwelt und den Körper herzustellen. Schönheit ist ja nicht nur das, was man auf den ersten Blick sieht. Diesen Gedanken sollen unsere Mitarbeiterinnen auch nach außen repräsentieren. In der heutigen schnelllebigen Zeit, in der die Menschen nur noch von Termin zu Termin hetzen und abends am Laptop die billigsten Anbieter für welches Produkt auch immer suchen, haben wir es uns zum Ziel gemacht, ein wenig dagegenzusteuern.«

Herr Engel macht eine kurze Pause und wir trinken unseren Kaffee.

»Unsere Firma gibt es noch nicht so lange, erst seit einem Jahr. Im Moment sind wir noch weit davon entfernt, reich zu werden, aber wir sind so langsam auf einem guten Weg«, grinst er. »Wir hatten das Glück, dieses alte Gebäude günstig zu erwerben und entwickeln und vertreiben von hier aus unsere Produkte. Wir verzichten hierbei komplett auf Chemie und verwenden nur rein pflanzliche Wirkstoffe sowie Öle und Rohstoffe aus biologischem Anbau und Wildsammlung. Was uns noch fehlt, sind bundesweit Mitarbeiterinnen und Mitarbeiter, die diese wertvollen, aber nicht superteuren Produkte in die Kosmetikinstitute bringen, da die Information und Beratung der Kunden für uns im Vordergrund steht und wir bewusst keinen Onlineshop haben. Herr Engel grinst wieder. »Wir verstehen uns als große Familie und wollen nicht, dass sich unsere Mitarbeiter zu Tode hetzen, um irgendwelche illusorischen Umsatzzahlen zu erreichen, sondern dass alle mit Freude bei der Sache sind. Leider können wir kein großes Gehalt bezahlen, da wir uns – wie gesagt – noch im Aufbau befinden.«

Die Philosophie dieser Firma deckt sich mit dem ersten positiven freundlichen Eindruck, den ich gleich beim Hereinkommen bekommen habe.

Wir plaudern noch ein wenig über die Produkte und deren Inhaltsstoffe und ich erzähle von meiner Auszeit auf Hiddensee. Die Sache mit dem Sanddornlikör lasse ich natürlich aus, doch ich berichte ein wenig über Sanddorn mit seinem hohen Vitamin-C-Gehalt und dass das doch sicher auch für die Herstellung von natürlichen Pflegeprodukten interessant sein könnte.

Herr Engel hört mir interessiert zu und zeigt mir anschließend die ganze Firma inklusive der Produktionshalle.

Als wir uns wie alte Freunde verabschieden, verspricht Herr Engel, mich bald anzurufen.

In den letzten beiden Tagen habe ich so viel erlebt! Ich muss gleich unbedingt zu Dirk und ihm alles erzählen, wenn ich zurück auf Hiddensee bin. Ich freue mich schon auf einen gemütlichen Abend in der »Boje« und Dirks leckere Fischfrikadellen.

Doch es soll alles ganz anders kommen …

12. KAPITEL

Alte Liebe rostet nicht

Wie hatte Stefan gesagt? ›Jemand muss uns verraten haben …‹

Ob das wirklich so war? Es könnte doch sein, dass der Wagen einfach routinemäßig kontrolliert wurde.

Aber möglich wäre es schon … dass die Grenzer ein besonderes Augenmerk gerade auf dieses Auto gelegt haben, weil sie einen entsprechenden Wink von jemandem bekommen hatten.

Doch wer könnte dieser Jemand sein?

Es kommen nur Personen in Betracht, die von Marie, ihrer Liebe und ihrer Fluchtabsicht wussten … also nur diejenigen, die ihr wirklich nahestanden.

Auf einmal kommt mir ein schrecklicher Verdacht.

Ob meine Mutter deshalb mit ihrer Familie gebrochen hat, weil sie glaubte, dass diese sie verraten hatte?

Aber es kann doch unmöglich sein, dass Eltern ihr eigenes Kind verraten! Ich kann mir beim besten Willen nicht vorstellen, dass meine Großeltern zu etwas Derartigem fähig gewesen sein könnten. Zumal Marie ihren Eltern gegenüber sehr verschlossen war und sie sicher nicht in ihre Pläne eingeweiht hat.

Aber es gab jemanden aus der Familie, der oder besser gesagt die von Maries Liebe zu einem Westdeutschen wusste.

Ingrid …

Aber nein, das ist doch genauso unmöglich!

Auf einmal habe ich Sehnsucht nach Dirk, der mir mit seiner ruhigen und verständnisvollen Art sicher helfen kann, meine Gedanken wieder in die richtige Richtung zu bringen.

Ich freue mich schon darauf, ihn wiederzusehen und nehme mir vor, mich nur etwas frischzumachen, wenn ich wieder auf Hiddensee bin, und dann gleich zur ›Boje‹ zu radeln.

Wie friedlich die kleine Insel im Sonnenschein liegt, denke ich, als ich auf dem Schiff sitze und mir den frischen Ostseewind um die Nase wehen lasse. Nach den letzten beiden doch recht aufregenden Tagen kann ich die Ruhe dort und meine geliebten Strandspaziergänge kaum erwarten.

Am Hafen steht eine kleine Pferdekutsche und wartet darauf, die Gäste zu ihrem Feriendomizil zu bringen, doch der kleine Fußmarsch zur ›Silberdistel‹ tut mir nach der langen Autofahrt sehr gut.

Als ich auf das kleine Reetdach-Häuschen – nein … ›Rohrdach‹, wie ich inzwischen erfahren habe – zulaufe, sehe ich schon von Weitem, dass jemand auf der Bank davor sitzt. Automatisch wird mein Gang langsamer, denn ich kenne diese Jacke, diese Haltung, die langen Beine, die dunklen Haare … den ganzen Mann.

»Marc!«, rufe ich erstaunt und er steht sofort auf.

»Kerstin! Endlich! Ich warte schon seit Stunden auf dich.«

»Was machst du denn hier?«

Ich hätte nicht überraschter sein können, wenn ich heute Morgen mit grünen Haaren aufgewacht wäre.

»Da du ja nicht nach Hause kommst, muss ich eben zu dir kommen … um mit dir zu reden! Deine Mutter hat mir verraten, wo du bist.«

Seine Stimme klingt warm, vertraut. Er sieht mich unsicher an.

»Na, dann komm mal rein«, sage ich und gehe voraus.

Mein Herz klopft so laut, dass ich Angst habe, er könnte es hören. Doch Marc kennt mich gut genug, um ohnehin zu wissen, dass ich jetzt furchtbar aufgeregt bin.

Er sieht sich um und sagt dann, leicht herablassend: »Nett.«

Ich sehe an seinem Blick, dass die Einrichtung nicht wirklich seinem Geschmack entspricht. Marc ist nun mal mehr der Typ für Designermöbel.

»Möchtest du etwas trinken? Vielleicht einen Sanddornlikör?«

Gott, bin ich nervös!

»Einen *was*?«

Ebenso unsicher fährt sich Marc durch sein dunkles Haar.

»Hast du vielleicht auch ein Bier? Und ehrlich gesagt: Ich habe tierischen Hunger. Gibt es auf dieser Gott verlassenen Insel vielleicht auch etwas, wo man vernünftig essen und dabei in Ruhe reden kann?«

Ich atme tief durch und zähle in Gedanken langsam bis zehn.

Das hat mir mein Vater Hans Beier schon als Kind beigebracht, wenn ich gerade auf etwas oder jemanden wütend war.

Er sagte: »Wenn du wütend bist, atme erst einmal tief durch und zähle bis zehn. Dann kommst du nicht so leicht in die Verlegenheit, etwas Unbedachtes zu tun oder jemandem etwas an den Kopf zu werfen, was du hinterher vielleicht bereust!«

»Marc, du wirst lachen: So ›Gott verlassen‹ ist diese Insel gar nicht! Und ob du's glaubst oder nicht, man kann hier sehr gut essen.«

Wobei aber die ›Boje‹ dafür heute definitiv nicht infrage kommt!

Ich suche in Ingrids Speisekammer und finde tatsächlich einen Kasten Bier, nehme eine Flasche heraus und reiche sie Marc.

»Danke. Das tut gut!«

Er wirkt erschöpft. Marc muss offenbar den ganzen Tag unterwegs gewesen sein, und zwar meinetwegen! Meine Wut verraucht augenblicklich.

Ich zeige ihm ein wenig das Haus, den Strand dahinter und gehe dann mit ihm zu ›Rosis Café‹, einem Lokal, in dem man auch sehr gut Fisch essen kann.

Die ganze Zeit haben wir über das bewusste Thema kein Wort verloren. Doch als wir uns bei einem Gläschen Wein gegenübersitzen, frage ich Marc: »Worüber willst du mit mir reden, Marc?«

»Ach Kerstin! Das weißt du doch ganz genau! Über uns …« Er macht eine Pause und blickt mir dann direkt in die Augen: »Du fehlst mir.«

»Ach ja? Ich bin sicher, du kannst dich ganz gut trösten … mit Katrin zum Beispiel.«

»Kerstin … das mit Katrin … das war nicht so …«

Ich hebe die Hand: »Oh bitte, Marc! Erspare uns dieses ›Das war nicht so, wie du denkst!‹- Getue. Was glaubst du, was ich gedacht habe, dass ihr da treibt … nackt auf *unserem* Sofa?«

»Ja, das muss schrecklich für dich gewesen sein. Und ich kann es auch nicht entschuldigen …« Marc rauft sich die Haare. »Das alles war ein schlimmer Fehler. Aber du hast mich so viel allein gelassen, weil dir dein Job einfach *immer* wichtiger war als ich … An dem Abend, als du mir wieder einmal abgesagt hast, stand auf einmal Katrin vor der Tür: Sie hat ebenfalls gedacht, du wärst ausnahmsweise einmal zu Hause. Irgendwie fühlte sie sich schlecht und allein, irgendein Typ von ihr war mal wieder abgehauen … und sie wollte sich bei dir ausheulen. Ich bat sie herein, wir tranken ein Fläschchen Wein und dann … auf einmal küsste sie mich …«

Na klar! Jetzt ist Katrin schuld. Immer sind es die bösen Frauen. Erst ich, die immer so viel arbeitet und den armen Marc sich selbst überlässt und dann Katrin, die den armen Marc verführt.

Er macht mich wirklich wütend.

»Ich hoffe für dich, du hast eine bessere Geschichte als diese auf Lager! Du beleidigst meine Intelligenz, Marc.«

»Nein, Kerstin, etwas anderes kann ich dir leider nicht erzählen. Es war genau so, wie ich es gesagt habe … und mehr gibt es dazu auch nicht zu sagen. Dieser Abend war ohne Bedeutung für mich!«

»Ohne Bedeutung? Du schläfst mit meiner besten Freundin und es war ›ohne Bedeutung‹? Das kann doch jetzt nicht dein Ernst sein, Marc!«, empöre ich mich.

»Was willst du denn von mir hören? Dass ich mich in Katrin verliebt habe, oder was? Sorry, damit kann ich nicht dienen! Wenn es so wäre, säße ich jetzt wohl kaum hier. Ich liebe dich, Kerstin, und ich möchte, dass du zurückkommst. Dass alles so wird wie früher.«

Wieder atme ich tief durch … und zähle in Gedanken.

Dann sage ich leise: »Wie kann es das werden, nach dem was geschehen ist?«

»Mensch Kerstin! Du kannst doch deshalb nicht unsere ganze Beziehung wegwerfen! Die ganzen sechs Jahre … Wir wollten heiraten!« Marc nimmt meine Hand. »Verzeih mir bitte …«

Das Essen kommt und das gibt mir Grund, meine Hand wegzuziehen.

»Mein Gott, es war doch nur Sex!«

Obwohl der Fisch auf meinem Teller so verführerisch duftet, habe ich auf einmal gar keinen Appetit mehr.

»Nur Sex?« So einfach ist das? Aber vielleicht ist es das ja wirklich?

Immerhin habe ich ja auch mit einem anderen geschlafen, mit Dirk. Das war doch auch ›nur Sex‹, oder? Unter Freunden … denn schließlich will Dirk nach seiner Enttäuschung doch gar keine richtige Beziehung mehr.

Mir fällt ein, dass ich eben auf dem Schiff noch gehofft habe, ich könnte Dirk heute Abend noch sehen.

»Woran denkst du?«

»Ach, Marc, ich finde, du machst es dir ein bisschen zu einfach. Ich meine, es ist schön, dass du den weiten Weg hierhergekommen bist. Ich weiß es sehr zu schätzen, denn ich kann daran sehen, dass dir wirklich etwas an mir liegen muss. Wir hätten vielleicht schon viel früher einmal miteinander reden sollen.«

»Dann tun wir das eben jetzt!«

Stunden später sitzen wir immer noch bei ›Rosi‹ und reden.

Es fühlt sich auf einmal gar nicht mehr so schlecht an, mit Marc zusammen zu sein. Doch irgendwann fühle ich mich furchtbar müde und auch er muss ja eigentlich fix und fertig sein nach der langen Tour vom Bodensee an die Ostsee. Ich kann ihn unmöglich heute Abend wieder zurück nach Hause schicken. Auf unserem Weg über die Wiese zurück zur ›Silberdistel‹ stolpert er gerade zum dritten Mal.

»Verflucht … warum haben die keine richtigen Wege hier?«, schimpft er vor sich hin.

»Was willst du denn? Das Mondlicht zeigt uns doch den richtigen Weg!«, sage ich, als wir gerade an den Pferden vorbeikommen, die auf der Wiese stehen. Ich muss insgeheim schon ein wenig über Marc lachen.

»Also ich finde diese Einöde hier schon sehr gewöhnungsbedürftig. Dass du dich hier wohlfühlen kannst … als Stadtfrau? Du musst doch wahnsinnig viel vermissen!«

Ich ärgere mich über seine Worte, denn gerade habe ich mich noch über die romantische Stimmung gefreut. Und nun kann ich die Stille, die nur vom Meeresrauschen untermalt wird, und das wundervolle Gefühl, aufgehoben zu sein in einer großartigen Natur, gar nicht mehr genießen. »Wenn du damit Autos, Gestank und viele Menschen meinst … das alles vermisse ich nicht im Geringsten.«

Marc sieht mich verständnislos an und sagt: »Nein, das meine ich nicht, Kerstin. Ich meine: Geschäfte, Kino, Theater – diese Dinge! Ich dachte, du brauchst so etwas. Du kannst dich doch unmöglich innerhalb weniger Wochen in ein Landei verwandelt haben!« Er schüttelt verständnislos den Kopf.

Ich denke an die Personen, die ich hier kennengelernt habe, und finde, dass Dirk und Petra nicht das Geringste mit ›Landeiern‹ zu tun haben. Auch Ingrid nicht, oder Gesine. Oder die vielen Urlauber aus den Städten, die hier ein wenig Farbe hineinbringen und gerade diese Ruhe und die Natur zu schätzen wissen.

Aber Marc versteht das wahrscheinlich sowieso nicht.

Inzwischen stehen wir vor der ›Silberdistel‹ und ich sage: »Du kannst das linke Gästezimmer haben.«

»Das Gästezimmer …? Aber Kerstin … nein! Ich habe gedacht … ich schlafe einfach bei dir!«

Auf einmal reißt er mich in seine Arme und küsst mich stürmisch auf den Mund.

Die Berührung seiner Lippen auf meinen ist mir vertraut und ich lasse es zu, dass mir seine Hände sanft über den Rücken streicheln und meine Bluse hochschieben. Ich würde mich gerne dieser Zärtlichkeit hingeben und den

Augenblick genießen. Doch dann fällt mir plötzlich wieder mein letzter Abend am Bodensee ein …und die beiden nackten Körper, eng umschlungen auf unserem Sofa.

Wie schrecklich ich mich in diesem Moment gefühlt habe!

Ich löse mich aus seinen Armen und sage: »Nein Marc! Ich kann nicht so schnell einen Schalter umlegen und da weitermachen, wo wir aufgehört haben. Ich muss erst einmal in Ruhe über alles nachdenken.«

»In Ruhe? Die hast du doch jetzt wochenlang gehabt! Über was musst du denn *noch* nachdenken? Wir lieben uns doch!«

Ich setze mich auf die Bank vor dem Haus und richte meinen Blick zu den Sternen. »Verstehst du, Marc, ich habe so lange an eine Zukunft mit dir geglaubt. Ich habe dir blind vertraut und mich auf unser gemeinsames Leben gefreut. Wir wollten heiraten …und dann kam dieser Abend … Ich dachte, es zieht mir den Boden unter den Füßen weg. Ob ich dir jemals wieder so vertrauen kann, wie ich es getan habe, kann ich dir heute nicht sagen. Ich verurteile dich aber auch nicht …« Wieder hole ich tief Luft. »… Weil ich weiß, dass so etwas wirklich passieren kann.«

Dabei denke ich an den Abend mit Dirk und wie weit weg Marc und mein ganzes anderes Leben in diesem Moment war.

»Du siehst, obwohl mir die Situation wirklich sehr wehgetan hat, gebe ich dir nicht allein die Schuld an dem, was geschehen ist. Ich habe in der letzten Zeit viel nachgedacht und mich gefragt, warum es überhaupt so weit kommen konnte. Mir wurde klar, dass da wohl schon länger etwas gefehlt hat bei uns. Und … ehrlich gesagt, ich bin mir nicht sicher, ob es sich noch lohnt, dass wir …«

»Doch, Kerstin, es lohnt sich! *Ich* bin mir sicher.« Marc ergreift meine Hand. »Auch das Vertrauen kann wiederkommen. Wir müssen nur zusammen sein! Diese Trennung macht doch erst recht alles kaputt.«

Damit liegt er vielleicht nicht ganz falsch.

Marc und ich, wir hatten doch ein gutes Leben.

Aber will ich wirklich in dieses Leben zurück?

Im Augenblick kann ich beim besten Willen nicht sagen, ob es noch eine Zukunft für uns beide gibt … zu viel ist in der letzten Zeit geschehen.

Dennoch schmerzen mich sein trauriger Blick und die Hoffnungslosigkeit, die ich in ihm sehe.

Es ist ein seltsames Gefühl … Marc kommt mir fremd und zugleich vertraut vor.

»Gute Nacht!«, sage ich, nachdem ich ihm sein Zimmer gezeigt habe.

Marc mustert mich prüfend, ob das wirklich mein Ernst ist.

Und ob er das ist!

Vor lauter Küssen habe ich gestern Abend gar nicht gemerkt, dass sich noch jemand mit uns ins Haus geschlichen hat.

Das kleine Kätzchen von neulich hat offenbar beschlossen, ebenfalls die Nacht in meinem Bett zu verbringen und im Gegensatz zu Marc gestatte ich es ihr. Sie kuschelt sich an meine Füße und spendet mir Wärme, die mir beim Einschlafen hilft.

»Seit wann magst du eigentlich Katzen?«, fragt Marc am nächsten Morgen beim Frühstück, als ich das Kätzchen auf dem Stuhl neben mir kraule.

Weil das Wetter so schön ist, habe ich den Frühstückstisch heute draußen auf der Terrasse gedeckt. Das hat den Gästen letzte Woche auch so gut gefallen.

»Eigentlich kenne ich sie gar nicht. Sie ist mir zugelaufen … Vielleicht sucht sie Ingrid?«

»Wie geht es deiner Tante eigentlich?«

»Sie muss leider operiert werden.«

»Dann musst du wohl noch etwas länger hierbleiben?«

»Ich kann es im Moment selbst noch nicht genau sagen, Marc. Ich denke, ich werde heute einmal im Krankenhaus anrufen.«

»Und wann kommst du zum Bodensee zurück?«, fragt Marc seufzend.

Ich sehe ihm an, dass dieser Besuch bei mir nicht im Entferntesten so gelaufen ist, wie er es erwartet hat.

Statt einer Antwort sehe ich den Möwen zu, die über uns kreisen und sich wahrscheinlich jetzt schon um unsere Frühstücksreste streiten.

»Gut. Ich habe es versucht«, stellt Marc enttäuscht fest. »Nimm dir einfach noch so lange Zeit, bis deine Tante aus dem Krankenhaus kommt. Du weißt ja, wo du mich findest.« Er steht auf und geht hinein, um seine Tasche zu holen.

Ich schließe die Augen, um zu verhindern, dass mir die Tränen kommen. Es hätte doch so einfach sein können! Wir hätten die ganze Sache vergessen und uns vertragen und lieben können … heute Nacht.

Warum konnte ich das nicht?

Und warum tut es auf einmal trotzdem so weh?

Als Marc traurig mit seiner Tasche in der Hand wieder aus dem Haus kommt, stehe ich auf und umarme ihn. Wir halten uns fest in den Armen und auf einmal laufen mir doch die Tränen herunter.

Darum bemerke ich auch erst, dass jemand gekommen ist, als sich dieser räuspert: »Ähmmm … entschuldige bitte, dass ich störe, Kerstin.« Vor uns steht Dirk und sieht ziemlich ernst aus.

Ich löse mich aus Marcs Armen, wische mir verstohlen die Tränen aus den Augen und gehe einen Schritt auf Dirk zu.

»Hallo, Dirk … äh … das ist Marc …«

»Ja, das dachte ich mir schon! Wie gesagt, ich wollte auch gar nicht stören. Ich habe nur gehört, dass du wieder auf der Insel bist und wollte dir das hier vorbeibringen. Du hast es neulich verloren … beim Mittsommerfest.«

Dirk drückt mir das Armband in die Hand, das ich an dem Abend trug, als wir beide auf dem Mittsommerfest tanzten und anschließend in dem kleinen Fischerboot miteinander schliefen. Wahrscheinlich habe ich es auch dort verloren. Wie schön, dass Dirk es gefunden hat!

»Oh … danke, Dirk!«

»Und *wer* ist das?«, fragt mich Marc und sieht Dirk abschätzend an.

Auf einmal sehe ich Dirk mit Marcs Augen: den nicht vorhandenen Haarschnitt, den Dreitagebart, die schlabberigen Jeans. Und ich schäme mich dafür.

»Das ist Dirk … ein Freund …«, stammele ich hilflos daher. »Dirk gehört ein tolles Restaurant hier auf der Insel, die ›Boje‹.«

»Ach, ein Wirt? Da gehst du wohl immer deinen Sanddornlikör trinken?« Marc grinst hämisch und dreht sich um.

Offenbar ist ein Wirt mit Bartstoppeln auf Hiddensee keine Konkurrenz für ihn, den gut aussehenden Arzt.

»Genau. Und manchmal trinkt sie auch Tee mit Rum … Aber das wissen Sie ja sicher besser als ich. Also dann, schönen Tag noch! Tschüss, Kerstin.« Mit diesen Worten schwingt sich Dirk auf sein Rad und braust davon, noch bevor ich mich von ihm verabschieden kann.

»Komischer Typ. Na, hierher passt er ja.« Marc schultert seine Tasche, nimmt mich noch einmal in die Arme und sagt: »Ich muss los. Wie gesagt, ich warte auf dich, Kerstin! Aber lass dir nicht allzu lange Zeit …«

Und auf einmal ist auch er verschwunden.

Verflixt, was für eine blöde Situation!

Hätte Dirk nicht ein paar Minuten später auftauchen können?

Jetzt denkt er sicher, Marc und ich sind wieder zusammen, nachdem er uns gesehen hat, wie wir uns in den Armen lagen. Vor einem gemeinsamen Frühstückstisch.

Irgendwie gefällt es mir gar nicht, dass Dirk so etwas denken könnte. Außerdem tut es mir leid, dass Marc ihn so herablassend behandelt hat. Ich muss unbedingt mit ihm reden!

Ich räume das Geschirr ab und mache das Gästezimmer sauber, dann ziehe ich Jeans und ein rotes Shirt an und trage etwas Lippenstift auf. Ich will gerade nach draußen gehen und das Rad aus dem Schuppen holen, da fällt mir etwas auf. Wo ist das Bernsteinkästchen? Ich bin mir ziemlich sicher, dass ich es zuletzt im Wohnzimmer auf der Kommode stehen hatte. Es ist weg und im ganzen Haus nicht zu finden! Das gibt es doch nicht …

Allerdings neige ich dazu, manchmal in Gedanken Dinge und Gegenstände an den unmöglichsten Orten abzulegen. So habe ich zum Beispiel schon einmal stundenlang meinen Autoschlüssel gesucht und ihn zuletzt im Kühlschrank gefunden. Das Kästchen wird schon irgendwo sein, beruhige ich mich. Die meisten Schulhefte sind ohnehin oben unter meiner Bettdecke, weil ich abends immer noch ein wenig darin lese.

Gerade als ich nach Vitte losradeln will, um mit Dirk zu sprechen, klingelt das Telefon.

»Kerstin?«

Es ist Ingrids Stimme, die schwach und ängstlich klingt. »Kannst du bitte sofort ins Krankenhaus kommen?«

Ich nehme den nächsten Dampfer und fahre, so schnell ich kann, nach Stralsund.

Ingrids Stimme klang so anders als sonst, aufgeregt und voller Sorge.

Atemlos erreiche ich das Zimmer, in dem Ingrid blass in ihrem Bett liegt. Sie sieht aus dem Fenster auf den großen Baum, der davor steht, wendet sich mir aber sofort zu, als sie mich bemerkt.

»Ach Kerstin, danke, dass du gleich gekommen bist. Die Sache ist die … ich werde in einer Stunde operiert. Und ich wollte unbedingt vorher noch einmal mit dir reden. Man weiß ja nie, wie die Sache ausgehen wird …« Sie lächelt schwach.

Ich setze mich auf ihr Bett und nehme ihre Hand: »Es wird alles gut, Ingrid, glaub mir! Du bist doch stark – du schaffst das!«

»Keine Ahnung, ob ich es schaffe. Ob meine Kraft ausreichen wird. Falls etwas schiefgeht und ich hier nicht lebend herauskomme, möchte ich, dass du etwas weißt.«

»Ingrid! So was darfst du nicht einmal denken!«, entgegne ich empört.

Sie sieht wieder aus dem Fenster. »Ich habe dich nicht umsonst angerufen und gebeten, herzukommen und auf die ›Silberdistel‹ aufzupassen. Denn das hätte auch Gesine übernehmen können. Sie war deshalb sogar ein winziges bisschen beleidigt.«

»Das dachte ich mir schon …«, sage ich leise. »Ich habe mich schon gewundert, woher du meine Handynummer hattest.«

»Ach, das war ganz leicht. Aus dem Internet!«, gibt Ingrid zu.

»Aus dem Internet?«, frage ich verwundert.

»Mir ist klar, dass du uns alle auf Hiddensee für Hinterwäldler hältst. Aber wir sind durchaus in der Lage, einen Computer zu bedienen«, ereifert sie sich mit gespieltem Ernst.

»Das weiß ich doch, Ingrid.«

»Wie auch immer. Es war so … Ich spürte schon eine ganze Weile, dass etwas nicht in Ordnung mit mir ist. Ich hatte immer so merkwürdige Bauchschmerzen, die ich anfangs noch ignorieren konnte, die aber irgendwann immer schlimmer wurden. Unser Inselarzt, Doktor Martin, machte dann so komische Andeutungen und gab mir den Termin in der Klinik. Wie gesagt, ich habe keine Ahnung, wie das hier ausgehen wird. Ich habe mir in der letzten Zeit sehr viele Gedanken gemacht. Ich habe über mein Leben nachgedacht, was falsch gelaufen ist, was ich hätte besser machen können und solche Dinge. Dann war ich vor Kurzem auf dem Dachboden und fand ein Foto von deiner Mutter und dir. In diesem Moment war mir klar, was ich zu tun hatte. Ich gab im Internet deinen Namen ein und es erschien ein Foto der Kosmetikfirma ›Celine Dupont‹, welches vor einiger Zeit von dir und ein paar Kolleginnen in München aufgenommen worden war. Ihr standet unter dem Firmenlogo, offensichtlich bei einer Tagung. Ich rief bei ›Celine Dupont‹ an und erzählte, wir hätten einen Termin vereinbart, den ich leider verschieben müsste. Da du aber zu Hause nicht erreichbar wärst, bat ich um deine Handynummer. So einfach war das!« Ingrid lächelt.

»So einfach war das«, wiederhole ich, und bin mir nicht so sicher, was ich davon halten soll, dass die Firma einfach, ohne nachzufragen, meine Handynummer herausgibt. »Gott sei Dank!«, ergänze ich dennoch, als ich Ingrids ängstlichen Blick sehe. »Ich bin froh, dass du mich aufgespürt hast, kleine Miss Marple! Denn sonst säße ich jetzt nicht hier.«

Wieder lächelt Ingrid dankbar. »Ich bin auch froh … denn ich wollte dir nämlich unbedingt etwas sagen. Es gibt etwas, das mich seit vielen Jahren sehr belastet. Und das ist … das Verhältnis zu deiner Mutter, beziehungsweise warum wir heute kein Verhältnis und keinen Kontakt mehr zueinander haben. Wir standen uns nämlich einmal sehr nahe, weißt du!«

Ich nicke und denke an die Aufzeichnungen.

»Wir waren zwar sehr verschieden, denn Marie war immer viel temperamentvoller und lebenslustiger als ich. Aber dennoch liebten wir uns sehr. Nun ja … wie das bei Schwestern eben manchmal so ist!«

Ingrid macht eine kleine Pause.

»In unserer Jugend verbrachten wir viel Zeit miteinander. Wir unternahmen allerlei lustige Dinge, gingen tanzen, an den Strand … was man so macht, wenn man jung ist. Wir waren eine wirklich fröhliche und unbeschwerte Gruppe von jungen Leuten.«

»Ja, das habe ich schon gehört!«

»So?« Ingrid blickt mich verwundert an. »Wie auch immer. Es war alles gut. Bis sich Marie verliebte … in einen Westdeutschen. Von diesem Moment an veränderte sie sich und sonderte sich ab. Ich ahnte, dass dieser Mann dahintersteckte, auch wenn sie immer so tat, als sei er nur ein Flirt. Irgendwie spürte ich, dass da mehr war. Sie wirkte oft so verträumt und verschloss sich total vor mir und unseren Eltern. Ich versuchte, sie von dieser Liebe abzubringen, denn ich bemerkte, dass es ihr wirklich ernst war und wollte natürlich nicht, dass sie hier alles aufgab, um ihm vielleicht in den Westen zu folgen. Ich hatte einfach furchtbare Angst, dass sie fortgehen würde!«

Auf einmal kullert eine Träne Ingrids Wange herunter.

»Aber mit der Zeit spürte ich immer mehr, dass es echte Liebe war zwischen ihr und diesem Stefan. Und dann ... auf einmal ... kam alles so, wie ich es befürchtet hatte. Marie war weg, von einem Tag auf den anderen ... geflüchtet in Stefans Kofferraum!«

Ingrid atmet tief aus.

»Der schlimmste Albtraum geschah: Die beiden wurden entdeckt, verhaftet und ins Gefängnis gesperrt. Wir dachten, wir würden sie nie wiedersehen! Erst einige Jahre später, als Marie längst aus dem Gefängnis entlassen war und am schönen Bodensee lebte, kam sie uns wieder mit dir besuchen. Du kannst dir nicht vorstellen, wie glücklich wir waren! Endlich war die Familie wieder vereint. Sie schien ganz zufrieden zu sein mit ihrem neuen Leben am Bodensee und ihrer kleinen Familie mit dir und Hans Beier. Ich wagte nicht, zu fragen, was geschehen war, weshalb sie nicht mit Stefan verheiratet war, weil sie das Thema sofort wechselte, sobald die Sprache auf ihn kam. Eines Tages fragte ich sie jedoch trotzdem direkt nach Stefan. Aus heiterem Himmel fing sie daraufhin Streit mit mir an. Auf einmal gab sie mir die Schuld an allem und sagte, ich müsse sie verraten haben, denn sonst wäre das Fluchtauto nie kontrolliert worden. Am Anfang hielt ich es für einen schlechten Witz, aber sie meinte es völlig ernst und wurde total hysterisch. Sie sagte, ich sei von Anfang an neidisch gewesen und eifersüchtig, weil ich selbst in Stefan verliebt gewesen wäre. Es gab einen ganz schrecklichen Streit, in den sich schlussendlich auch unsere Eltern einmischten. Er endete damit, dass sie sogar Mutti und Vati entsetzlich beleidigte und unser Vater ihr schließlich aufgrund ihres unmöglichen

Verhaltens die Tür wies. Seitdem ist sie nie wieder gekommen. Obwohl ich selbst zutiefst verletzt war, dass sie mir etwas derart Ungeheuerliches unterstellte, habe ich in der Zwischenzeit mehrmals versucht, den Kontakt wiederherzustellen. Ich wollte so gerne mit ihr über alles sprechen, aber es war vergeblich.«

Ich denke an Stefan, der mir etwas ganz Ähnliches erzählt hat.

»Sie hatte sich ihr eigenes Bild von der Sache gemacht. Und diejenige gefunden, die ihrer Ansicht nach für all ihr erduldetes Leid verantwortlich war: mich.«

Tränen laufen über Ingrids Gesicht und ich drücke ihre Hand fest.

»Und darum habe ich dich angerufen, Kerstin. Um dir zu sagen, dass ich es nicht war, die deine Mutter verraten hat! Glaub mir, ich hätte das nie getan. Im Gegenteil, ich ahnte doch ihre Pläne. Sie schrieb ihre Erlebnisse heimlich in Schulheften auf, führte also eine Art Tagebuch, und versteckte diese in einem Bernsteinkästchen, das ich ihr einmal zu Weihnachten geschenkt hatte. Als nach der Entdeckung ihrer Flucht sofort die Stasi bei uns daheim auftauchte, um ihr Zimmer auf den Kopf zu stellen, brachte ich schnell das Bernsteinkästchen in Sicherheit und versteckte es zunächst in unserem alten Schuppen, später dann in meinem Spind bei der Arbeit im ›Konsum‹.«

»Aber warum denkt sie denn, dass ausgerechnet du sie verraten haben könntest?«, frage ich betroffen.

»Weil sie eben glaubte, dass ich auch in Stefan verliebt war. Schließlich hatte er mich im ›Konsum‹ angesprochen. Dabei wollte ich nichts von ihm! Ich gebe zu, ich hatte wirklich eine geheime Liebe, aber die hatte mit Stefan nicht das Geringste zu tun …«

Ingrid sieht träumerisch aus dem Fenster.

»Erinnerst du dich, was ich dir erzählte über diese Sache: ›Ein Mann, eine Frau … und noch eine Frau‹? Ich war zu dieser Zeit ebenfalls sehr verliebt, in einen Mann, von dem niemand etwas wissen durfte. Aber er war nicht aus dem Westen, sondern aus unserem Dorf, Malte. Doch Malte hatte bereits eine Frau … und wollte diese nicht verlassen, auch wenn uns beide etwas ganz Besonderes verband. Zwei Jahre war ich seine Geliebte … zwei Jahre zwischen Himmel und Hölle, immer in der Angst, entdeckt zu werden. Ich musste nach außen hin so tun, als würde mich einfach kein Mann interessieren. Dabei schlich ich mich regelmäßig aus dem Haus, um an den einsamsten Strandabschnitten spazieren zu gehen und mich dort mit Malte zu treffen … damit uns auch ja niemand bemerkte. Schließlich ist Hiddensee eine kleine Insel und alles andere wäre sofort aufgefallen. Es machte uns beide kaputt. Dann, eines schönen Tages, hielt Malte es nicht mehr aus und bat mich plötzlich, alles hier aufzugeben und mit ihm fortzugehen.«

Ingrid hört auf zu sprechen und atmet tief ein.

»Ich hatte nicht den Mut dazu. Ich wollte nicht weggehen und mein Glück auf dem Unglück einer anderen aufbauen. Das hätte unsere Liebe sicher nicht ausgehalten. Obwohl ich mich in all den Jahren immer gefragt habe, ob es die richtige Entscheidung war. Wäre es wirklich so gekommen? Vielleicht hätten wir auch ein gutes und glückliches Leben zusammen haben können und seine Frau wäre irgendwann darüber hinweggekommen? Heute haben die Leute ja nicht mehr so viel Skrupel, und Trennungen und Scheidungen sind an der Tagesordnung. Aber ich wollte damals keine Ehe zerstören. Nachdem ich mich entschieden hatte, konnte ich auch nicht mehr so weiterleben wie bisher, als heimliche Geliebte. Ich konnte die Situation nicht länger ertragen und trennte mich von Malte, auch wenn der

Schmerz mich innerlich zerriss. Insgeheim habe ich Marie beneidet. Sie hatte den Mut, den ich nicht hatte. Sie wagte aus Liebe zu Stefan diesen Riesenschritt, in den Westen zu gehen. Auch wenn ich mir große Sorgen um die beiden machte, hätte ich ihnen doch niemals geschadet. Das musst du mir glauben, Kerstin!«

Immer mehr Tränen laufen über ihr Gesicht.

»Niemals hätte ich meine eigene Schwester verraten! Ich wollte unbedingt, dass du das weißt.«

»Schhhh … ganz ruhig! Natürlich glaube ich dir.«

Es muss furchtbar für Ingrid gewesen sein. Ihre Schwester riskierte ihr Leben und wagte aus Liebe eine abenteuerliche Flucht. Sie landete im Gefängnis und gab ihrer Schwester die Schuld daran. Und der Mann, den sie von ganzem Herzen liebte, gehörte einer anderen.

Es fällt Ingrid sichtbar schwer, über all diese Dinge aus ihrer Vergangenheit zu sprechen. Schon viel zu lange liegen sie ihr auf der Seele.

Hätten die beiden Schwestern doch nur schon eher einmal miteinander gesprochen! Aber stur, wie sie beide nun einmal sind, waren sie dazu nicht bereit.

Da musste erst diese heimtückische Krankheit Krebs zuschlagen, damit die eine den Mut fand, auf die andere zuzugehen und die Wahrheit ans Licht zu bringen. Noch dazu auf Umwegen über mich!

Die Krankenschwester kommt herein und bringt Ingrid eine Pille, die sie vor der Operation ein wenig beruhigen soll.

Sie bemerkt Ingrids Tränen und sieht mich vorwurfsvoll an: »Haben Sie sie so aufgeregt?«

»Aber nein, wo denken Sie hin! Meine Tante hat nur ein wenig Angst vor der Operation.«

Die Krankenschwester tätschelt ihr mitfühlend den Arm.

»Das verstehe ich, das ist normal. Aber machen Sie sich keine Sorgen. Sie sind bei uns in guten Händen!«

So liebevoll, wie die Krankenschwester ihr über die Wange streicht, bevor sie das Zimmer verlässt, habe ich daran keine Zweifel.

So seltsam es klingen mag: Ich bin froh, dass Ingrid mich nach Hiddensee gebeten hat, aus welchen Gründen auch immer. Was habe ich alles über meine Familie, meine Mutter erfahren! Heute sehe ich sie in einem ganz anderen Licht.

Ich gebe zu, dass ich mich außerdem von meiner eigenen privaten Krise auf Hiddensee sehr gut erholt habe. Was eindeutig nicht nur an der guten Luft und am Sanddornlikör liegt!

Spontan fällt mir Dirk wieder ein und dass ich unbedingt mit ihm sprechen muss.

Das alles ist aber im Moment gar nicht wichtig.

»Ich kann mir vorstellen, dass dich das alles sehr belastet hat, Ingrid«, sage ich und drücke ihre Hand fest. »Aber es ist noch nicht zu spät, um alles wieder in Ordnung zu bringen. Ich helfe dir dabei und spreche mit meiner Mutter. Du wirst sehen, alles wird gut! Erst einmal musst du aber gesund werden. Keine Angst, du wirst die OP gut überstehen, ich spüre das. Bald bist du wieder auf der Insel und dort wird es dir von Tag zu Tag besser gehen.«

Zum Abschied umarme ich sie fest und drücke ihr meine ›Glücksmuschel‹ in die Hand. Ingrid kann sie jetzt besser brauchen als ich. Außerdem habe ich ja noch den ›Hühnergott‹ von Dirk.

»Hier ist ein kleiner Talisman für dich, eine ›Glücksmuschel‹. Ich bin in Gedanken bei dir!«, erkläre ich ihr. Irgendwie habe ich ein merkwürdiges Gefühl, weil auch ich wirklich nicht weiß, wie diese Sache ausgehen wird.

Ich bin schon an der Tür, da ruft mich Ingrid noch einmal zurück: »Kerstin … du solltest ihm verzeihen! Vergiss nicht: Das verlorene Glück kommt nicht zurück!«

Auf einmal habe ich es eilig, nach Hiddensee zurückzukehren.

Auf der Insel angekommen, spreche ich zuallererst mit Gesine. Für übermorgen haben sich neue Gäste angekündigt und ich möchte sie bitten, sich um diese zu kümmern, bis ich wieder zurück bin. Die Zimmer habe ich alle fertig gemacht, sodass sie die Gäste nur in Empfang nehmen und das Frühstück zubereiten muss. Ingrid meinte ja, das würde Gesine sehr gerne übernehmen. Ich muss nämlich dringend an den Bodensee fahren und kann erst in ein paar Tagen wieder hier sein.

»Geht klar!«, sagt Gesine sofort, als ich sie nach ihrer Unterstützung frage. »Mach ich doch gerne! Lass dir man ruhig Zeit … ich bin ja da!«

Ich stelle das Telefon auf Anrufbeantworter um, falls noch mehr Zimmeranfragen kommen und bitte Gesine, diesen täglich abzuhören.

»Kein Problem! Ich habe doch Zeit. Meldest du dich mal von unterwegs, wann du wiederkommst?«

»Natürlich, Gesine. Danke! Ich werde bald zurück sein.«

Auf meinem Weg nach Vitte muss ich ganz schön in die Pedale treten. Der Wind hat aufgefrischt und bläst mir heftig entgegen. Es gibt so vieles, das ich Dirk sagen muss!

Angefangen vom Gespräch mit meiner Tante … über meinen Termin bei der Firma ›Tausendschön‹ … bis zu dem überraschenden Besuch von Marc.

Doch als ich atemlos an der ›Boje‹ ankomme, hat diese noch geschlossen.

Ich klingele, weil ich weiß, dass Dirk ja im selben Haus wohnt. Doch niemand öffnet, dabei höre ich Gordon laut bellen!

Außerdem dröhnt Musik aus dem Haus, und zwar nicht gerade leise. Diesmal allerdings keine Countrymusik, sondern ein Lied vom Schmusebarden Michael Bublé.

Dirk muss zu Hause sein. Wenn er weggeht, macht er immer die Musik aus.

Ich gehe um das Haus herum, vielleicht ist er ja im Garten oder im Schuppen.

Ich werfe einen Blick durch das Fenster und sehe in das Wohnzimmer.

Ja, es ist tatsächlich jemand da. Aber es ist nicht Dirk, der sich im Wohnzimmer mit einem Gläschen Sekt in der Hand aufreizend zur Musik bewegt. Sondern Mareike, deren große Brüste in einem viel zu kleinen schwarzen Spitzen-BH stecken, der ihr vermutlich einmal gepasst hat, als sie noch in die Grundschule ging. Ihr Knackpopo steckt in einem mini-mini-mini Spitzenslip, der perfekt zum viel zu kleinen Spitzen-BH passt. Sie hat die Augen geschlossen und wiegt sich lasziv zur Musik, wobei ihre Brüste beinahe aus dem kleinen BH fallen. Dann scheint ihr jemand etwas zuzurufen, denn sie öffnet die Augen, dreht sich zur Tür und ruft etwas zurück, das ich nicht verstehen kann. Dann geht sie, lächelnd und immer noch die Hüften schwingend, langsam zur Tür. Dabei öffnet sie den BH und zieht ihn sich im Gehen aus. Derjenige, der sie erwartet, wird etwas zu sehen bekommen und sich freuen!

Derjenige – das kann ja nur Dirk sein, wer sonst?

Es ist *sein* Haus. *Seine* Mitarbeiterin, die dort fast nackt herumspaziert.

Ich ringe nach Luft.

Und er muss daheim sein … Denn er hätte *niemals* ohne Gordon das Haus verlassen.

Ich Idiot! Warum rege ich mich denn so auf? Was habe ich denn gedacht? Dass ihm unser kleines Fischerboot-Intermezzo auch nur das Geringste bedeutet hat?

Er hat doch deutlich gesagt, dass er nach seiner Scheidung andere Frauen nur noch in sein Bett und nicht mehr in sein Herz lassen wollte.

Klar, das macht Sinn. Nur *ich* habe insgeheim wieder einmal mehr erwartet, wie mir schlagartig klar wird. Dass wir Frauen immer Gefühle investieren müssen, wenn wir mit einem Mann schlafen. Können wir nicht auch nur *einmal* Sex und Liebe trennen, wie die Männer das offenbar ständig tun?

Die Tatsache, dass wir diese romantische Nacht zusammen verbracht haben, heißt doch noch lange nicht, dass da mehr war oder ist … oder je sein wird.

Vermutlich sieht Dirk nur so etwas wie eine Freundin in mir. Einen Kumpel, mit dem man auch noch Sex haben kann, das ist doch super!

Mein Gott, wie konnte ich nur so doof sein?

Wütend trete ich wieder in die Pedale und radele nach Neuendorf zurück. Ich hole meine Reisetasche und nehme das nächste Boot nach Schaprode.

Auch wenn ich heute nicht mehr ganz zum Bodensee komme, muss ich hier weg.

13. KAPITEL

Die SMS

Ich unterbreche meine Fahrt in Potsdam und finde gleich einen gemütlichen Ort zum Übernachten, das ›Hotel Voltaire‹ in der Innenstadt.

Nachdem ich im Krankenhaus angerufen und erfahren habe, dass Ingrid die Operation ›gut überstanden habe und im Moment stabil‹ sei, man im Moment allerdings noch nicht allzu viel sagen könne und ich deshalb morgen noch einmal anrufen solle, bin ich halbwegs beruhigt.

Weil der Abend noch so schön und hell ist, bummle ich ein wenig durch die Fußgängerzone, kaufe mir ein Eis und betrachte die Auslagen der Schaufenster. Hier gibt es sehr hübsche Geschäfte und eine kleine Shoppingtour würde sich wirklich lohnen.

Da ich morgen allerdings noch eine weite Strecke vor mir habe, verwerfe ich diesen Gedanken wieder und nehme mir stattdessen vor, gleich nach dem Frühstück an den Bodensee zu fahren.

Das bevorstehende Gespräch mit meiner Mutter liegt mir ehrlich gesagt ein wenig im Magen. Ich habe keine Ahnung, wie ich beginnen soll und grüble ständig vor mich hin. Auch der Anblick der leicht bekleideten hübschen Mareike in Dirks Haus spukt mir im Kopf herum.

Auf einmal klingelt mein Handy.

»Doris! Das ist ja eine Überraschung!«, sage ich erfreut, als ich die Stimme meiner netten ehemaligen Kollegin höre.

»Ich wollte mal hören, wie es dir so geht, Kerstin. Wo steckst du denn gerade?«

»Im Moment bin ich in Potsdam. Ich bin auf der Durchreise zurück an den Bodensee.«

»In Potsdam? Was für ein Zufall! Ich bin in Berlin! Wir haben eine Tagung von ›Celine Dupont‹ und gerade Schluss gemacht für heute. Weißt du was, ich habe noch keine Lust, schlafen zu gehen. Sollen wir uns nicht auf ein Gläschen treffen? Es gibt Neuigkeiten, die ich dir unbedingt erzählen muss!«

»So, so!«, sage ich lachend.

Da ich von Natur aus neugierig bin und auch Doris sehr gerne wiedersehen möchte, sitze ich schon ein paar Minuten später im Zug nach Berlin, wo ich eine halbe Stunde später am Hauptbahnhof von Doris abgeholt werde.

»Da drüben ist ein cooler Biergarten, er heißt ›Capital Beach‹.

Kurz darauf sitzen wir in einem Liegestuhl, schlürfen eine ›Berliner Weiße‹ und beobachten dabei die Ausflugsschiffe, die an diesem schönen Sommerabend auf der Spree an uns vorüberziehen.

»Was wolltest du mir denn so Aufregendes erzählen?«, frage ich Doris schließlich.

»Erst einmal wollte ich dir sagen, dass du ganz toll aussiehst! Braun gebrannt und gut erholt … Und diese neue Frisur ist echt super! Wo hast du die denn machen lassen?«

»Auf Hiddensee!«, verkünde ich schmunzelnd.

»Echt? Wow!«

In dem Biergarten herrscht reges Treiben. Die Stimmung ist entspannt, was vielleicht auch an der tollen Lounge-Musik liegen könnte. Der Abend ist immer noch wunderbar warm und außer uns genießen viele Menschen diese schöne Atmosphäre. Wenn ich ehrlich bin, finde ich dieses Leben um mich herum auf einmal ganz toll. So viel ist auf Hiddensee ja nicht los.

»Tja, und dann wollte ich dir sagen, dass ich dich total vermisst habe. Ohne unsere kleinen Plaudereien waren die Tagungen einfach stinklangweilig.«

»Komm zur Sache, Doris, und spanne mich nicht länger auf die Folter!«

»Also, pass auf: Wir haben einen neuen Chef! Stell dir vor: Der Siegmund wurde entlassen! Und weißt du, warum? Weil eine Mitarbeiterin ihn bei der Geschäftsleitung in Paris angeschwärzt hat. Sie sagte, er würde sich immer an sie heranmachen nach den Tagungen. Und da wäre sie wohl nicht die Einzige! Das zog die fristlose Kündigung nach sich. Ist das nicht herrlich?«

»Wahnsinn! Da hat sich ja eine was getraut!«

»Genau! Und sie wird von allen Kolleginnen gefeiert wie eine Heldin. Wir haben jetzt wie gesagt einen neuen Chef, einen jungen Mann namens René Koch, der echt gut drauf ist. Er macht uns auch bei Weitem nicht mehr so viel Druck wie der blöde Siegmund. Ach, Kerstin, komm doch zurück! Dein Gebiet ist immer noch nicht wieder besetzt. Es wird gerade kommissarisch von Martina betreut, aber der wird es langsam zu viel. Schau mal, was für tolle neue Produkte wir haben.«

Doris will mir die Sache wirklich schmackhaft machen, denn sie zaubert ganz viele neue Beautydinge aus der mitgebrachten Tüte. Ein wunderschönes kirschrotes Lipgloss, das ich sofort ausprobiere, und wunderbaren pastellfarbenen Lidschatten.

Irgendwie hört sich das alles perfekt an.

Vielleicht war es ja gar kein Zufall, dass ich müde von der Autobahn abfuhr und mir ausgerechnet in Potsdam ein Zimmer nahm, ganz in der Nähe von dem Ort, an dem meine ehemalige Firma eine Tagung abhielt? Vielleicht *sollten* Doris und ich uns ja wiedersehen.

Ich verspreche ihr, in Ruhe darüber nachzudenken. Doris will auf jeden Fall dem neuen Chef von unserer Begegnung erzählen, damit er Kontakt mit mir aufnehmen kann.

Den Abend in dem schönen Biergarten mit dem vielen Leben um uns herum habe ich auf jeden Fall sehr genossen. Vielleicht bin ich ja wirklich eine ›Stadtfrau‹ und kann nicht ganz darauf verzichten …

Am nächsten Nachmittag fahre ich nach stundenlanger Fahrt in Stockach von der Autobahn ab in Richtung Bodensee. Als ich in Ludwigshafen den großen, dunklen See ruhig vor mir liegen sehe, geht mir augenblicklich das Herz auf. Die Stimmung ist so wunderschön, dass ich unbedingt anhalten muss.

Sosehr ich die Auszeit auf Hiddensee und das aufregende Leben in Berlin genossen habe, das hier ist doch meine Heimat! Ich gehe zu Fuß das Ufer entlang und sehe vor mir bereits die kleinen Häuschen von Bodman im Sonnenlicht liegen. Dort setze ich mich auf eine Bank und genieße einfach nur die wunderbare Stimmung. Vor mir ziehen viele Segelboote friedlich über das Wasser und in der Ferne sind die Berge heute deutlich zu sehen.

Hier bin ich daheim. Es kommt mir vor, als sei ich ewig weg gewesen! Und eigentlich möchte ich wieder hier sein … und mein altes Leben wiederhaben!

Im Moment schwebe ich wie in einer Seifenblase im luftleeren Raum. Ich mache Krankheitsvertretung für meine Tante auf einer zugegebenermaßen wunderschönen kleinen Insel in der Ostsee. Aber für immer ist das doch nichts!

Vielleicht wird ja doch wieder alles gut mit Marc und mir?

Schließlich hat er die weite Fahrt auf sich genommen, um mich zurückzuholen. Und bei ›Celine Dupont‹ scheint es jetzt ja auch entspannt weiterzugehen. Jedenfalls sah Doris gestern richtig entspannt und fröhlich aus.

Wenn ›mein‹ Gebiet hier in Süddeutschland noch nicht besetzt ist, dann könnte ich doch vielleicht wieder dort anfangen?

Falls sie mich wieder nehmen würden. Aber ich habe ja immer gute Arbeit geleistet. Ich muss mir einfach nur vornehmen, dass es nicht mehr so weit kommen darf, dass ich total überarbeitet bin und keine Zeit mehr für mein Privatleben und die Liebe habe!

Verflixt, warum muss ich jetzt schon wieder an Dirk denken?

Er ist nichts weiter als ein lieber Freund. Und der Abend mit ihm auf dem ›Mittsommerfest‹ und im Fischerboot … nichts weiter als eine wunderschöne Erinnerung.

Er wird weiter seine Kneipe betreiben und hin und wieder eine Affäre haben, wie gerade jetzt mit Mareike. Wir werden uns sicher ab und zu wiedersehen … wenn ich dann und wann auf der Insel bin, schaue ich einfach in der ›Boje‹ vorbei.

Das einzig Wichtige im Moment ist doch, dass Ingrid wieder vollständig gesund wird. Heute Morgen habe ich gleich nach dem Frühstück im Krankenhaus angerufen. Sie hat die Operation wohl ganz gut überstanden, aber man könnte immer noch nicht viel sagen und müsste die nächsten Tage abwarten. Sie liegt noch auf der Intensivstation, soll aber bald wieder auf die normale verlegt werden. Bis dahin bin ich wieder zurück auf Hiddensee. Dort hat Gesine gerade alles bestens im Griff, wie mir ein weiterer Anruf zeigt.

Man wird mich dort wohl also nicht mehr lange brauchen!

Ich wähle Marcs Handynummer.

»Wie schön, dich zu hören, Kerstin! Wo bist du?«, fragt er.

»Ich bin am Bodensee, Marc«, sage ich leise.

»Oh … das ist ja toll! Ich bin allerdings gerade auf dem Weg zur Arbeit. Dann bist du heute Abend zu Hause, wenn ich komme?«

»Nein Marc … heute noch nicht. Ich muss erst zu meiner Mutter und ein paar wichtige Dinge mit ihr besprechen. Ich wollte mich eigentlich nur kurz bei dir melden, dass ich ›im Lande‹ bin. Können wir uns morgen sehen?«

»Natürlich! Ich habe zwar Dienst, aber nur bis 15 Uhr. Ich freue mich …«

Seine Stimme klingt so glücklich. Warum fühle ich mich *nicht* so?

Vermutlich, weil ich erst das Gespräch mit meiner Mutter hinter mich bringen muss.

Meine Mutter steht mit einem lila Strohhut, lila Bermudas und einer weißen Sommerbluse im Garten und schneidet Rosen. Als sie mich sieht, lässt sie die Rosenschere fallen und läuft auf mich zu.

»Kerstin! Du bist wieder da … wann bist du denn angekommen?«

Es sieht tatsächlich so aus, als ob sie sich freut. Wie viel schöner sie gleich aussieht, wenn sie lächelt!

»Gerade eben. Ich bin direkt zu dir gefahren … weil ich mit dir reden muss.«

»Jetzt komm erst mal herein. Du hast doch sicher Durst bei dieser Hitze!«

In der Küche holt sie einen Krug, füllt ihn mit Saftschorle und Eiswürfeln und wir gehen auf die gemütliche kleine Terrasse.

Wie wunderschön alles blüht im Garten! Es muss dieses besondere Bodensee-Klima sein, das die Blumen und Pflanzen so herrlich gedeihen lässt. Jedenfalls ist der Garten ein einziger Traum.

»Hast du einen Gärtner von der Insel Mainau engagiert?«, frage ich interessiert.

Meine Mutter lacht. »Nein, ich verbringe nur hin und wieder mal ein Stündchen hier im Garten. Dabei kann man so herrlich abschalten. Aber deshalb bist du doch sicher nicht gekommen? Ich meine, du brauchst natürlich keinen Grund, mich zu besuchen, aber ... Du sagtest, du willst mit mir reden? Geht es um Ingrid?«, fragt sie besorgt

»Ja ... es geht um Ingrid. Auch.«

Wie gut das kühle Getränk tut! Mir fällt auf, dass am Bodensee ein ganz anderes Klima herrscht als an der Ostsee. Bei dieser Hitze bin ich mit meiner Jeans völlig falsch angezogen.

»Sie ist sehr krank. Es ist Krebs ... und sie wurde gestern operiert.«

»Mein Gott!« Meine Mutter schlägt sich die Hand vor den Mund.

»Ich habe heute schon im Krankenhaus angerufen. Anscheinend hat sie die Operation gut überstanden, aber sie liegt noch auf der Intensivstation.«

Meine Mutter sieht ehrlich betroffen aus.

»Vor ihrer Operation habe ich sie gestern noch einmal besucht. Sie wollte mir etwas Wichtiges sagen ... was dich betraf.«

Meine Mutter sieht mir direkt in die Augen. »Ihr habt also über mich gesprochen, ja?«

Es fällt mir schwer, die richtigen Worte zu finden. »Mama, warum bist du damals von Hiddensee weggegangen?«, frage ich sie direkt.

»Was soll denn das jetzt? Das ist doch alles lange her! Du weißt, warum ich weggegangen bin. Ich war unzufrieden in der DDR und wollte nicht länger in Unfreiheit leben.«

Ich nicke. »Es hatte nicht zufällig etwas mit einem gewissen Stefan Siebler zu tun?«

Meine Mutter läuft auf einmal knallrot an und steht auf. Sie stopft hektisch die geschnittenen Rosen in eine Vase, von der ich bezweifele, dass sie Wasser enthält. »Wie kommst du zu diesem Namen? Hat *sie* dir von ihm erzählt?«

Ich schüttle den Kopf. Statt zu antworten, nehme ich eines der mitgebrachten Schulhefte aus meiner Tasche und lege es vor ihr auf den Tisch. Es ist das mit den schönen Bildern.

Sie nimmt es schweigend in die Hand und es scheint eine Ewigkeit zu dauern, bis sie die Kraft findet, es zu öffnen.

Als sie die Fotos sieht, laufen ihr auf einmal dicke Tränen die Wangen hinunter. »Woher hast du das?«

Sie sieht sich selbst vor vielen Jahren, strahlend und glücklich in dem hübschen Badeanzug. Ihre Schwester Ingrid, ihre Freundin Petra und den Mann, den sie über alles liebte, Stefan. Ihre Hände zittern, als sie über die Fotos streicht und sie fragt noch einmal: »Woher hast du das?«

»Ich habe es zufällig gefunden. Als Ingrid im Krankenhaus war, wurde das Wetter auf einmal furchtbar schlecht. Durch Regen und Sturm konnte ich tagelang das Haus nicht verlassen. Als ich auf dem Dachboden war, entdeckte ich alte Möbel von Oma und Opa, Bücher und Fotos … und in einer alten Kommode war ein Bernsteinkästchen …«

»Das Bernsteinkästchen …! Ich habe es so lange gesucht … Aber Ingrid hatte es an sich genommen.«

»Ja, das hatte sie. Allerdings nicht aus dem Grund, den du vermutest. Mama, es war alles ganz anders.«

Meine Mutter steht auf und geht in die Küche. Ich gehe ihr nach und sehe, wie tiefes Schluchzen ihren ganzen Körper erschüttert, sodass sie sich am Spülbecken festhalten muss.

Wortlos nehme ich sie in die Arme. Ihr ist klar, dass ich ihre Geschichte jetzt kenne. Und von Stefan Siebler weiß … Sie kann sich denken, dass ich herausbekommen habe, dass er mein Vater ist.

»Er war meine große Liebe …« schluchzt sie.

So aufgewühlt habe ich sie noch nie erlebt. Nicht einmal bei der Beerdigung von Papa.

»Ich weiß. Und ich weiß auch, dass du seinetwegen in den Westen geflohen bist. Mama, bitte glaub mir, ich wollte diese Schulhefte eigentlich nicht lesen. Aber was du geschrieben hast, von deiner Jugend auf Hiddensee … das fand ich so schön! Ich freute mich mit dir über diese unbeschwerte Zeit. Und dann konnte ich nicht aufhören zu lesen. Deine Liebe zu diesem Stefan … sie hat mich so sehr berührt.«

Meine Mutter löst sich aus meinen Armen und geht in den Garten zurück. Offenbar hat sie sich wieder im Griff.

»Ja, es war etwas ganz Besonderes mit uns beiden …«, sagt sie träumerisch und blickt auf die wundervolle Pracht der blühenden Blumen in unserem Garten. Von Papa alle gepflanzt und jetzt von ihr so liebevoll gepflegt. »Aber es sollte nicht sein!«

Sie nimmt ein Taschentuch und putzt sich die Nase.

»Damals … auf Hiddensee … wir waren so jung … so unbeschwert und glücklich! Dann traf ich Stefan und wir verbrachten einen Sommer voller Liebe. Jedenfalls dachte ich damals, dass es Liebe ist. Er hat das aber wahrscheinlich anders gesehen. Wenn du alles gelesen hast, ist dir auch bekannt, dass ich von Stefan schwanger wurde?«

Ich nicke.

»Er sagte, er wolle mit mir ein neues Leben in Hamburg beginnen. Dort arbeitete er nämlich, bei einer Werft. Ich hätte stutzig werden müssen, dass er mit mir nach Hamburg ziehen wollte, weil er nämlich eigentlich aus Lüneburg kam. Aber damals dachte ich, es sei wegen seiner Arbeit. Wie auch immer … es fiel mir ganz und gar nicht leicht, meine Heimat zu verlassen. Es war ja nicht so, als ob man mal eben von Stuttgart nach Hamburg zieht. Ich wusste ja überhaupt nicht, was mich im Westen erwarten und wann ich meine Familie und Hiddensee wiedersehen würde. Doch meine Liebe zu ihm war so groß, dass ich bei ihm sein und mit ihm eine richtige Familie gründen wollte. Die Alternative wäre doch gewesen, mein Kind alleine auf Hiddensee großzuziehen! Was Stefan mir über das Leben im Westen erzählt hatte, klang außerdem sehr verlockend. Natürlich wirkte es sehr verführerisch auf mich, auf einmal all die Dinge kaufen zu können, die wir immer entbehrt hatten, oder zu verreisen, wohin ich wollte. Aber das war nicht der Grund für meine Flucht. Schließlich ging es uns doch allen so in der DDR. Das Schlimmste war für uns, eingesperrt zu sein und dass man nie wusste, wem man vertrauen und seine Meinung offen sagen konnte. Das war manchmal schon sehr belastend. Aber wir nahmen es teilweise mit Humor und machten unsere kleinen Witze über unsere Unfreiheit. Vielleicht empfanden wir viele Dinge auch gar nicht so schlecht, weil wir auf Hiddensee ja ohnehin in unserer eigenen kleinen Welt lebten … auf einer Insel, weit weg von allen Ärgernissen, die so mancher in der DDR zu spüren bekam. Ich war fest davon überzeugt, dass das Leben mit Stefan in Hamburg großartig werden würde. Zuerst wollte ich einen Ausreiseantrag stellen, aber dann fürchtete ich, dadurch Probleme zu bekommen. Auch für meinen Vater, der ja Lehrer war, hätte es nichts als Ärger bedeutet. Außerdem hätte sich die ganze Sache unter Umständen über Jahre hingezogen, ich hätte vielleicht meine Arbeitsstelle verloren und meine Familie und Freunde in Schwierigkeiten gebracht. Außerdem wollte Stefan nicht, dass ich mein Baby alleine bekommen und großziehen musste.«

Meine Mutter wischt sich den Schweiß von der Stirn.

Wir trinken beide einen großen Schluck von der Saftschorle. Oh Gott, ist das heiß heute!

»Also fassten wir einen abenteuerlichen Plan. Stefan baute seinen Kofferraum um und wir verabredeten einen Treffpunkt an einem Grenzstein auf der Transitstrecke Hamburg – Berlin kurz vor dem Grenzübergang Berlin-Staaken. Am vereinbarten Tag lief ich stundenlang mit dem Zettel, auf dem stand, wo wir uns treffen wollten, durch die Gegend. Ich irrte durch die Nacht, hatte keine Ahnung, wo ich war und ob ich mich überhaupt auf der richtigen Straße befand. Ich hatte furchtbar Angst und wollte schon umkehren, doch dann tauchte endlich Stefans Mercedes in der Dunkelheit auf. In Sekundenschnelle kam ich hinter dem Baum, hinter dem ich mich verborgen gehalten hatte hervor, trat auf die Straße und Stefan hielt kurz an. Sofort kletterte ich in den Kofferraum und Stefan legte die Abdeckung über mich.«

Obwohl ich die Geschichte ja inzwischen kenne, bin ich wieder erschüttert, was die beiden auf sich genommen haben, nur um zusammen zu sein!

»Auf einmal hielt das Auto an. Wir mussten an der Grenze sein! Ich wusste von Stefan, dass es normal war, dass man anhalten und die Papiere zeigen musste. Glaub mir, es folgten die längsten Minuten meines Lebens! Ich hörte schrille Stimmen und lautes Hundebell. Mein Herz klopfte ganz schrecklich und ich hatte große Mühe, zu atmen, nicht nur wegen der knappen Luft, sondern vor Angst. Dann wurde auf einmal der Kofferraum geöffnet. Ich hatte gleich so ein ungutes Gefühl, plötzlich wusste ich, dass etwas schiefgegangen war und wir ganz bestimmt nicht im sicheren Westen waren! Ich werde nie den Moment vergessen, als die Abdeckung über mir weggeschoben wurde und ich in die grinsenden Gesichter der Grenzer blickte.«

Wieder kommen meiner Mutter die Tränen.

»Stefan sah kreidebleich und furchtbar bestürzt aus, auch er hatte offenbar nicht damit gerechnet, dass wir erwischt würden. Wir wurden beide sofort abgeführt und getrennt voneinander mit einem ›grauen Barkas‹ weggebracht. Das war das letzte Mal, dass ich Stefan gesehen habe. Ich saß in einer winzigen Zelle in diesem Fahrzeug, in dem es keine Fenster gab. Wir fuhren stundenlang durch die Gegend und ich hatte keine Ahnung, wo wir waren. Schließlich kamen wir in einer Art Garage an, in der grelles Neonlicht brannte und wurden, wieder getrennt voneinander, abgeführt. Nun ahnte ich, wo wir waren: im Gefängnis. Stefan habe ich nicht mehr wiedergesehen.«

»Aber warum denn? Ihr wurdet doch sicher irgendwann entlassen!«, frage ich dazwischen.

»Im Gefängnis begann die schrecklichste Zeit meines Lebens. Nicht nur, dass ich schwanger war und nicht einmal für mich genug Essen bekam – aber wahrscheinlich hätte ich sowieso nichts hinuntergebracht, denn es war widerlich und manchmal verdorben oder mit Ungeziefer bestückt. Die Zelle war winzig klein, eiskalt und es gab nur eine harte Pritsche, auf der ich nur nachts liegen durfte. Tagsüber musste ich stehen, war todmüde, durfte mich aber nicht hinlegen. Die ganze Nacht brannte das Licht und wurde erst gegen Morgen gelöscht. An Schlaf war nicht zu denken, denn jede Stunde wurde die kleine Luke, von der die Wärter in das Innere der Zelle sehen konnten, mit einem lauten ›Klack-klack‹ aufgeschoben. Wir wurden ständig beobachtet, sogar, wenn wir auf der Toilette waren. Da die Wärter ständig die Zellen abwechselnd kontrollierten, hallte das ›Klack-klack‹ die ganze Nacht durch die Flure und es war unmöglich, zur Ruhe zu kommen. Ich war total verzweifelt und komplett isoliert, wusste weder, wo Stefan war, noch was aus mir werden würde. Würde ich mein Kind im Gefängnis bekommen? Würde es mir weggenommen werden und vielleicht in ein Heim kommen? Was war mit meiner Familie? Sicher mussten auch sie einiges über sich ergehen lassen. Republikflucht war ein schlimmes Verbrechen. Monatelang quälten mich diese Gedanken und Sorgen und ich konnte mit niemandem darüber reden. Am schlimmsten waren aber die Verhöre, vor allem nachts, der Psycho-Terror … es war einfach entwürdigend. Die Stasi wollte alles wissen, wie lange Stefan und ich uns kannten, wer von unseren Plänen wusste und so weiter. Ich wusste ja nicht, was Stefan ihnen erzählt hatte und was ich überhaupt sagen sollte. Das Schlimmste war, dass sie Stefan die ganze Zeit schlecht machten und ungeheuerliche Dinge über ihn behaupteten. Am Anfang sagte man mir, er sei ein Spion, der mich nur aushorchen wollte … was mich zum Lachen brachte. Was hätte er schon von mir erfahren können? Allerhöchstens etwas über das Leben auf Hiddensee!«

Ich höre interessiert zu, wie meine Mutter über die schreckliche Zeit im Gefängnis spricht.

»Aber dann erzählten sie mir, dass Stefan mich angelogen hatte. Er hätte schon längst eine Frau und sei seit Jahren mit einer anderen verheiratet. Sie nannten mir sogar den Namen … Lydia! Ich werde ihn nie vergessen.

Natürlich habe ich Ihnen nicht geglaubt. Ich dachte, ich

muss nur irgendwie die Zeit im Gefängnis überstehen, dann wird alles gut und wir werden für immer zusammen sein.

Nach ein paar Monaten – ich war inzwischen hochschwanger – wurde ich plötzlich gefragt, wo ich in Zukunft nach meiner Entlassung leben wollte. Ich antwortete mutig: »Im Westen!« und wurde tatsächlich entlassen! Ich kam in ein Aufnahmelager in Gießen, von dem mich mein Onkel Gerd, der am Bodensee lebte, abholte. Er nahm mich mit zu seiner Familie, wo ich die ersten Wochen nach dem Gefängnis verbrachte. Ich glaube, ich habe die ersten Tage und Nächte nur geschlafen! Alle waren unglaublich nett zu mir und halfen mir dabei, eine kleine möblierte Einzimmerwohnung zu finden und mich dort einzuleben.

Doch ich hatte nur einen Gedanken: Stefan! Ich wollte unbedingt wieder mit ihm zusammen sein. Mein Onkel half mir dabei, herauszufinden, ob Stefan auch aus dem Gefängnis entlassen worden war. Eines Tages kam er mit todernstem Gesicht zu mir, steckte mir einen Zettel mit der Adresse und der Telefonnummer von Stefan zu und bestätigte, was die Stasi im Gefängnis zu mir gesagt hatte: Stefan war seit Jahren in Lüneburg verheiratet und besaß dort mit seiner Frau zusammen ein kleines Haus.

Ich war am Boden zerstört, wollte es einfach nicht glauben …

Irgendwie glaubte ich immer noch an einen Irrtum.

Dann fasste ich mir eines Tages endlich ein Herz und rief ihn an. Meine Knie wurden so weich wie Wackelpudding, als ich seine Samtstimme hörte: ›Marie … wo finde ich dich?‹

Ich glaube heute noch, dass vor lauter Aufregung auf einmal die Wehen bei mir einsetzten.

Ich stellte ihm nur eine Frage, eine einzige. ›Ist es wahr, dass du verheiratet bist?‹

›Ja, Marie, aber … lass mich dir erklären …‹

Ich legte auf. Und warf den Zettel mit Stefans Adresse weg und mit ihm all meine Träume und Hoffnungen auf eine gemeinsame Zukunft mit ihm.

Ich war so enttäuscht ... fühlte mich betrogen und verraten von Stefan. Die Stasi hatte also recht gehabt. Seinetwegen hatte ich alles aufgegeben! Meine Träume von einem gemeinsamen Leben hatten mich ins Gefängnis gebracht und in eine fremde Stadt, in der ich mich einsam und alleine fühlte. Dabei war er längst mit einer anderen verheiratet!

Ich fühlte mich fast elender als zu der Zeit, als ich noch im Gefängnis Hohenschönhausen war.

Doch es ging ja nicht nur um mich. Ich hatte die Verantwortung für ein Kind und musste sehen, dass es weiterging. Also atmete ich tief durch, wischte die Tränen ab, bestellte mir ein Taxi und fuhr ins Krankenhaus. Manchmal muss man eben Menschen und Dinge loslassen, auch die, die man am meisten liebt. Selbst wenn gerade *das* am allermeisten schmerzt.

Als ich dich in den Armen hielt, wusste ich, dass es sich trotz allem gelohnt hatte. Dein kleines Gesicht, die zarten Finger haben mich von Anfang an so glücklich gemacht, dass ich alles andere vergessen konnte.

Im Krankenhaus lernte ich Hans kennen, der dort wegen eines Beinbruchs behandelt wurde. Wir trafen uns in der Cafeteria und plauderten ein wenig.

Schon kurz nachdem ich mit dir zu Hause war, rief er mich an und lud mich zum Kaffee ein.«

Meine Mutter seufzt.

»Den Rest kennst du. Ich liebte ihn bei Weitem nicht so, wie er mich ... aber wenn man nicht hat, was man liebt, muss man lieben, was man hat! Und er war treu, zuverlässig, verständnisvoll. Und ein wunderbarer Vater für dich!«

Nun bin ich es, der die Tränen herunterlaufen.

»Warum hast du mir nie gesagt, dass er nicht mein richtiger Vater ist?«

Irgendwie kann ich ihr nicht richtig verzeihen, dass sie mir die Wahrheit so lange vorenthalten hat.

»Ich wollte ja, aber Hans wollte das nicht. Er dachte, du würdest ihn weniger lieben, wenn du wüsstest, dass er gar nicht dein richtiger Vater ist. Du warst ja sein ganzer Stolz und er war der Größte für dich! Ich gebe zu, ich hatte ebenfalls Angst, das zu zerstören, auch wenn mich dieser innere Konflikt all die Jahre zerfressen hat. Er war so gut zu uns ...«

Wieder fängt sie an zu weinen.

»Und ich habe ihn all die Jahre gar nicht gut behandelt. Weil ich tief im Herzen immer noch an einen anderen dachte. Dann starb er plötzlich ... und ließ mich mit meinen Schuldgefühlen ihm gegenüber zurück.«

»Dann wäre doch Zeit gewesen, endlich einmal mit mir zu sprechen?«, frage ich.

»Das ja. Aber du hattest dich innerlich so weit von mir entfernt. Als ob du mir wirklich die Schuld am Tod deines geliebten Papis geben wolltest. Auf einmal war nur noch Marc wichtig, du zogst aus und suchtest dir eine Arbeit, die dich immer noch weiter von mir entfernte. Ich gebe zu, ich war einfach zu feige. Mir fehlte der Mut, dir nach so vielen Jahren auf einmal einen anderen Vater zu präsentieren.«

»Hättest du es mir jemals gesagt?«, frage ich sie. »Wenn ich nicht nach Hiddensee gefahren wäre, wüsste ich heute noch nichts davon.«

»Doch, natürlich. Ich habe immer gehofft, eines Tages eine gute Gelegenheit zu finden, mit dir zu sprechen. Weißt du was? Ich bin richtig froh, dass du es jetzt selbst herausgefunden hast!« Meine Mutter wirkt in der Tat unheimlich erleichtert. Als ob eine große Last von ihr abgefallen wäre, die sie all die Jahre auf ihren schmalen Schultern getragen hat.

Inzwischen ist es dunkel geworden und wir sitzen immer noch im Garten. Keine von uns hat Lust zu kochen und deshalb bestellen wir bei einem Lieferservice eine Pizza. Dazu holt meine Mutter eine Flasche Wein aus dem Keller und zündet ein Windlicht an.

Wann haben wir es uns denn zuletzt derart gemütlich zusammen gemacht? Ich kann mich beim besten Willen nicht an einen Abend wie diesen erinnern.

Noch nie haben wir so offen miteinander gesprochen.

Und Pizza vom Lieferservice, dabei hätte sich meine Mutter früher geschüttelt. Immer musste alles so perfekt bei uns sein. Bloß keine Fertiggerichte! Dabei kommt sie mir in diesem Moment wunderbar entspannt vor. Was natürlich auch am Sanddornlikör liegen könnte, den ich ihr mitgebracht habe.

»Ach, Sanddorn! Wie wunderbar er leuchtet auf Hiddensee im frühen Herbst!«

»Warum sind wir nie mehr zusammen nach Hiddensee gefahren?«, frage ich sie nun. Auch das muss ich jetzt endlich klären.

Meine Mutter seufzt.

»Ach, Kerstin, ich habe viel nachgedacht. Warum alles so gekommen ist … Die ersten Jahre nach dem Gefängnis habe ich alles verdrängt und war nur froh, dass mein ›neues Leben‹ so entspannt und gut verlief. Aber dann fing ich an, mir Gedanken zu machen. Warum wurde ausgerechnet unser Kofferraum an der Grenze kontrolliert? Mir kam der Verdacht, dass uns jemand verraten haben musste.«

Meine Mutter sagt genau dasselbe wie Stefan.

»Als du und ich wieder einmal zu Besuch auf Hiddensee waren, suchte ich in der ›Silberdistel‹ nach dem Bernsteinkästchen. Und konnte es nirgends finden! Dann brauchte ich eines kalten Tages eine Strumpfhose und ging an Ingrids Kommode, um mir von ihr eine auszuleihen. Was denkst du, was ich dort fand?

Das Bernsteinkästchen!

Sie hatte von allem gewusst, von unseren Fluchtplänen mit dem Auto … Mir wurde bewusst, dass sie von Anfang an neidisch und eifersüchtig auf diese Beziehung war … und dann fiel mir ein, dass sie Stefan ja zuerst kennengelernt hatte. Nur sie kann uns verraten haben … weil sie selbst in den Mann verliebt war und mir das Glück mit ihm nicht gönnen konnte.«

Ich schüttle leicht den Kopf, in tiefer Überzeugung, dass Ingrid einen ganz anderen Mann geliebt hatte und niemals ihre Schwester verraten hätte.

»Ich sprach Ingrid darauf an und sie flippte total aus, was auf jeden Fall dafür sprach, dass meine Annahme richtig war. Ich sagte ihr auf den Kopf zu, dass sie ja nur neidisch gewesen war, weil sie selbst zu doof und zu unattraktiv gewesen sei, um sich einen eigenen Mann zu angeln. Darauf knallte sie mit den Türen und verließ wutentbrannt das Haus.

›Wenn du nur hergekommen bist, um Unfrieden zu stiften, dann kannst du am besten gleich wieder gehen!‹, sagte mein Vater, den ich bis dahin noch nie so wütend gesehen hatte. ›Schlimm genug, was du uns angetan hast … aber deine eigene Schwester so zu behandeln, das zeugt schon von großer Kaltschnäuzigkeit! Man sieht, dass die Glitzerwelt im Westen dir offenbar doch eher geschadet hat. Wenn du dich bis morgen früh nicht bei Ingrid entschuldigt hast, kannst du deine Koffer packen, dann wollen wir dich hier nicht mehr sehen!‹

Am nächsten Morgen packte ich meine Koffer, nahm

dich an die Hand und stieg auf den Dampfer. Und kehrte nie zurück.«

Mein Gott, was für ein Stur-Schädel meine Mutter doch ist! Genau wie ihre Schwester.

»Ingrid war es nicht.«

»Was?« Gedankenversunken sieht meine Mutter mich an.

»Ingrid hat euch nicht verraten. Wenn sie einen Grund dafür gehabt hätte, dann höchstens den, dass sie dich nicht verlieren wollte. Du warst ihre Schwester und sie hatte Angst um dich. Und natürlich wäre es ihr lieber gewesen, wenn du auf Hiddensee geblieben wärst. Aber sie hatte keinen Grund, dich und Stefan auseinanderzubringen. Sie hatte nämlich selbst einen Freund, ob du es glaubst oder nicht! Deshalb schlich sie sich immer zu ›Spaziergängen‹ aus dem Haus. Nein, Ingrid hätte dich nie verraten. Dazu ... liebt sie dich viel zu sehr!«

»Ach ja, und warum hat sie mir das all die Jahre nicht gesagt?«

»Weil sie mindestens genauso stur ist wie du! Aber sie hat einen Anfang gemacht, über mich ... weil du ihren eigenen Worten zufolge nicht auch noch ›ihre Beerdigung verpassen sollst‹.«

Betroffen starrt meine Mutter auf ihr Glas mit dem Sanddornlikör. »Aber was ist mit dem Bernsteinkästchen in ihrer Schublade?«

»Das hatte sie bei sich vor der Stasi versteckt. Sie wusste, dass du heimlich Tagebuch schriebst und als die Stasi nach deiner Verhaftung dein Zimmer durchsuchte, war sie so schlau, es an sich zu nehmen.« Als ich bemerke, dass meiner Mutter wieder die Tränen kommen, sage ich: »Für heute haben wir, glaub ich, genug geweint. Gehen wir schlafen ... denn wir haben eine weite Fahrt vor uns.«

»Wohin?«

»Wohin wohl? Ins Krankenhaus nach Stralsund! Es wird höchste Zeit, dass ihr beide, du und Ingrid, mal richtig miteinander redet!«

Todmüde liege ich kurz darauf in meinem alten Jugendzimmer im Bett und sehe aus dem Fenster. In der Hand halte ich meinen ›Hühnergott‹, den Dirk mir geschenkt hat und den ich von Hiddensee als Talisman für das Gespräch mit meiner Mutter mitgenommen habe.

Auch hier scheint der Mond durch das Fenster und verbreitet ein sanftes Licht im Zimmer. Doch ich vermisse das Meeresrauschen, das mich immer so schön in den Schlaf gesungen hat. Und die kleine Katze zu meinen Füßen. Und irgendwie auch Dirk, seine ruhige Art und sein Lächeln.

Wenn ich an unsere Nacht im Fischerboot denke, werde ich ganz wehmütig. Wahrscheinlich kommt jetzt die hübsche Mareike in den Genuss seiner Zärtlichkeit.

Da piepst auf einmal mein Handy und zeigt den Eingang einer SMS. Nein, sie ist nicht von Dirk … wie konnte ich das auch nur annehmen?

Stattdessen lese ich eine Nachricht von Marc. ›Bin gleich bei dir! Zieh dich schon mal aus, mein Kuschelhäschen!‹

14. KAPITEL

Am seidenen Faden

›Mein Kuschelhäschen?‹ So hat Marc mich doch noch nie genannt!

Ich hüpfe schnell ins Bad und mache mich ein wenig zurecht. Vielleicht können wir ja heute Nacht unsere Liebe wieder ein wenig auffrischen und dabei alles vergessen, was passiert ist.

Ich tausche den Bärchen-Schlafanzug, den ich im Schrank gefunden habe, gegen ein verführerisch enges Seidentop und einen winzigen Slip, lege mich zurück ins Bett und warte.

Immer noch scheint der Mond hell in mein altes Kinderzimmer und ich hänge meinen Gedanken nach.

Auch wenn mich diese SMS von Marc irgendwie freut, bin ich doch noch voller Zweifel, ob wir wirklich da anknüpfen können, wo wir aufgehört haben.

Inzwischen ist so viel passiert!

In meinem ganzen Leben ist doch nichts mehr, wie es war.

Nicht einmal meine Eltern sind meine richtigen Eltern. Das heißt, meine Mutter schon, nur mein Vater nicht!

Seitdem ich jedoch die ganzen Zusammenhänge und auch meinen leiblichen Vater Stefan kennengelernt habe, bin ich nicht mehr so ganz schockiert über diese Tatsache. Denn das Gespräch mit meiner Mutter hat mir sehr gut getan.

So offen und ehrlich haben wir noch nie miteinander geredet. Ich hatte das Gefühl, dass wir uns auf einmal ganz nah waren. Nachdem sie endlich die Wahrheit ausgesprochen hatte, schien es, als wäre sie von einer Last befreit.

So lange hatte sie diese Geschichte für sich behalten und mit sich herumgetragen. Endlich kann ich ihr Verhalten, das mir in meiner Kindheit und Jugend so befremdlich erschien, einigermaßen verstehen. Ihre Nörgeleien, ihre Verschlossenheit und Unzufriedenheit waren aus ihrem gebrochenen Herzen entstanden.

Es war ihr vollkommen egal gewesen, *wen* sie heiraten würde, weil sie wusste, sie würde ohnehin nie mehr so tief empfinden können, wie sie es für Stefan getan hatte. Das einzig Wichtige für sie war, dass der Mann, den sie wählen würde, gut zu *mir* war. Und einen solchen Mann hatte sie in Hans gefunden … auch wenn er nicht im Entferntesten dem entsprach, was zu ihr passte. Aber er behandelte mich gut, mehr als das … er liebte mich wie sein eigenes Kind! Weil er ihr eine Zukunft und ein Heim in der Fremde gab, heiratete sie ihn, obwohl sie ihr Herz vor langer Zeit an einen anderen verloren hatte.

Dass auch sie Stefans große Liebe war und er sich bereits von seiner Frau getrennt hatte, habe ich ihr noch gar nicht erzählt. Es waren schon genug Neuigkeiten, mit denen sie fertig werden musste! Daher hebe ich mir den Bericht über meinen Besuch in Lüneburg für unsere gemeinsame lange Fahrt nach Hiddensee auf.

Komisch … inzwischen ist über eine Stunde seit Marcs SMS vergangen und er ist immer noch nicht da. Dabei ist das Krankenhaus doch praktisch um die Ecke …

Selbst wenn er noch kurz zu Hause war, um sich umzuziehen, müsste er längst hier sein.

Das heißt: Wenn er überhaupt zu *mir* wollte.

›Mein Kuschelhäschen‹ – so hat er mich doch nie genannt, denke ich wieder. Außerdem waren wir doch eigentlich für morgen verabredet!

Ich stehe auf, schlüpfe in meine Jeans und einen Pullover und schleiche mich aus dem Haus.

Kurze Zeit später kurve ich um die Ecke der Straße, in der Katrin wohnt.

Es ist nicht so, dass es mich allzu sehr überrascht, was ich sehe. Da steht er, direkt vor Katrins Haus: Marcs brauner Mercedes SLK.

Schon immer habe ich den Zauber des frühen Morgens geliebt. Wenn alles noch schläft, auf dem Gras und den Blumen Tau liegt, ist die Natur einfach am schönsten. Ich ziehe meine Joggingschuhe an und laufe zum See. Ein kaum wahrnehmbarer Nebelhauch liegt über dem Wasser, in der Ferne kann ich die Berge schemenhaft erkennen. Statt zu joggen, laufe ich jedoch gemächlich am Ufer entlang, so kann ich am besten meine Gedanken sortieren.

Heute Nacht habe ich kaum geschlafen, aber das hatte ich auch gar nicht erwartet.

Die Tatsache, dass Marcs Auto vor Katrins Haus stand, hat mich ehrlich gesagt, gar nicht sooo sehr überrascht. Was mich dagegen sehr überraschte, war meine eigene Reaktion darauf. Vor Kurzem war ich noch tief verletzt, als ich entdeckte, dass die beiden mich hintergehen.

Und jetzt?

Im Grunde bin ich fast erleichtert. Als ob ich froh wäre, dass mir dadurch eine Entscheidung abgenommen wurde.

Ich muss mir eingestehen, dass mir selbst nämlich etwas Wichtiges fehlt, um die Kraft zu haben, an die vergangenen Zeiten anzuknüpfen und an eine gemeinsame Zukunft mit Marc zu glauben. Nämlich das Gefühl, ohne ihn nicht leben zu können!

Denn ist das nicht das Essenzielle der Liebe, dass man das Gefühl haben sollte, man würde lieber sterben, als ohne den anderen zu sein?

Dieses Gefühl habe ich bei Marc nicht.

Würden wir es noch einmal miteinander versuchen, ginge es mir vielleicht ähnlich wie meiner Mutter: Ich hätte vermutlich ständig eine unbestimmte Sehnsucht in mir und würde mein Herz irgendwann vor der Liebe verschließen.

Ich setze mich auf eine Bank und überlege, wie es nun weitergehen soll.

Bis vor einigen Wochen ist in meinem Leben alles glattgegangen, wie am Schnürchen. Und auf einmal weiß ich überhaupt nicht mehr, was ich will und welchen Weg ich in Zukunft einschlagen soll.

Der Gedanke, dass ich eine schwerwiegende Entscheidung treffen soll, die mein ganzes weiteres Leben beeinflussen wird, macht mir Angst.

Ein Segelboot gleitet an mir vorüber. An Bord befindet sich ein älteres Paar in Shorts und bunten Shirts, das sich offensichtlich auf den kommenden Tag freut … und das Glück zu genießen scheint, diesen herrlich sonnigen Moment gemeinsam auf dem See erleben zu dürfen.

So etwas wünsche ich mir auch für mein Leben! Einen Mann an meiner Seite, der mit mir gemeinsam durch sonnige Zeiten segelt, gleichzeitig aber auch das Steuer in der Hand behält, wenn es einmal stürmisch wird.

Ob es so einen überhaupt gibt für mich?

Ich mache einen Abstecher zum Bäcker, besorge frische Brötchen und mache mich auf den Heimweg.

Obwohl ich auf meinem Handy sehe, dass Marc versucht hat, mich zu erreichen, rufe ich ihn nicht zurück. Irgendwie habe ich keine Lust darauf, mit ihm zu reden. Außerdem habe ich noch etwas Wichtiges vor: Es gilt, die Ordnung in meiner Familie wieder herzustellen! Inzwischen wird ihm die Zeit mit dem ›Kuschelhäschen‹ schon nicht langweilig werden!

Ich atme tief durch und gehe in mein altes Zuhause, wo meine Mutter bereits mit fertig gepacktem Koffer und einem leckeren Frühstück auf mich wartet.

»Du lieber Himmel, nun fahr doch nicht so schnell! Oder willst du uns vielleicht auch noch ins Krankenhaus bringen?«, nörgelt sie schon wieder, während sie mir gleichzeitig ein von ihr zubereitetes Käsebrot und eine kleine Flasche Apfelschorle reicht.

Wir kommen gut voran, denn ich war nur ganz kurz in meiner alten Wohnung, um ein paar persönliche Dinge wie Kleidung, Schuhe, Kosmetik und Schmuck zu holen. Es hat zugegebenermaßen ganz schön wehgetan, meine gemeinsame Wohnung mit Marc, in der wir viele glückliche Stunden gemeinsam verbracht haben, zu betreten. Besonders unser Foto auf Marcs Nachttisch hat mich zum Weinen gebracht. Ob er es in die Schublade legt, wenn das ›Kuschelhäschen‹ kommt?

Auf einmal hatte ich es eilig, die Wohnung wieder zu verlassen. Ich drehte das Foto um und legte es mit den Gesichtern nach unten auf den Nachttisch. Beim Hinausgehen schnappte ich noch ein paar Bücher, die mir am Herzen liegen, und die Post, die Marc für mich auf dem Küchentisch gesammelt hatte.

Viel habe ich nicht mitgenommen, aber ich weiß ja noch gar nicht, wie es überhaupt weitergehen wird. Erst mal werde ich wohl bei meiner Mutter in meinem alten Jugendzimmer wohnen, wenn ich von Hiddensee zurück bin.

Wenn ich von Hiddensee zurück bin …

Solange Ingrid im Krankenhaus ist, werde ich aber auf jeden Fall noch dort bleiben.

Ich hoffe so sehr, dass sie die Operation wirklich gut überstanden hat und sich schnell erholen und den blöden Krebs besiegen wird. Sie ist ein starkes Persönchen mit viel Kraft, und insgeheim vertraue ich darauf, dass es eine Macht gibt, die sie beschützt und alles heil überstehen lässt.

Meine Mutter ist unglaublich nervös, was ich daran erkenne, dass sie ständig belangloses Zeug vor sich hin brabbelt. Jedenfalls so lange, bis ich ihr von meinem Besuch in Lüneburg erzähle. Erst ist sie unerwartet still und starrt nur grübelnd aus dem Fenster. Dann will sie auf einmal alles genau wissen und ich muss ihr jede Kleinigkeit haarklein berichten.

»Du bist vielleicht ein Mädchen!«, sagt sie erstaunt. »Was du dich alles traust! Das hätte ich nie gekonnt!«

»Na ja, es war schon ein komisches Gefühl, als ich da auf einmal so vor dem Haus stand. Ich habe lange überlegt, ob ich überhaupt klingeln oder einfach wieder wegfahren soll. Aber dann kam Stefan auf einmal heraus und hat *mich* angesprochen«, erzähle ich. »Er hat es mir mit seiner netten, unkomplizierten Art wirklich sehr einfach gemacht. Ich denke mal, es war ja auch für ihn nicht leicht … Vermutlich hat er all die Jahre geglaubt, wir wollten beide nichts mit ihm zu tun haben. Dabei wusste ich ja nicht einmal von ihm!«

»Es ist alles meine Schuld.« Betreten blickt meine Mutter auf ihre Hände. »Ich habe mich oft gefragt: War es wirklich richtig, wie ich mich entschieden habe? Mein einziger

Wunsch war, dass du eine gute, glückliche und unbeschwerte Kindheit hast. Und meine Ehe sollte auch funktionieren. Ich wollte doch Hans, der immer so gut zu uns war, nicht unnötig verletzen.«

Sie sieht mich einen Augenblick von der Seite an.

»Wie wäre es denn gewesen, wenn ich dir auf einmal zwischendurch gesagt hätte, dass dein Vater eigentlich gar nicht dein Vater ist und ich nicht genau weiß, wo dein richtiger Papa lebt? Wie hätte ich dir erklären sollen, dass wir nicht zusammen sind? Und was hätte Hans dabei gefühlt?« Die ganze Geschichte wühlt sie immer noch so auf, dass in ihren Augen schon wieder Tränen schimmern.

In diesem Moment tut sie mir unendlich leid. Obwohl ich eigentlich immer noch wütend auf sie bin, dass sie mir all die Jahre nicht die Wahrheit gesagt hat, kann ich sie auch ein bisschen verstehen. Sie wollte eine gute Zukunft … für mich.

Dieser Liebesbeweis rührt mich tief im Herzen und deshalb sage ich: »Ehrlich gesagt, Mama, habe ich auch keine Ahnung, was ich an deiner Stelle gemacht hätte. Ich bin überzeugt, dass du für uns alle nur das Beste wolltest.«

Dankbar lächelt sie mich an: »Möchtest du noch einen Apfel, Liebes?«

Im Krankenhaus erfahren wir, dass Ingrid nicht mehr auf der Intensivstation liegt. Sie liegt in dem Zimmer, in dem sie schon war, bevor ich an den Bodensee fuhr.

Blass und schmal liegt sie in ihrem Bett, doch ein Strahlen geht über ihr Gesicht, als sie mich erblickt. »Kerstin! Wie schön, dass du da bist …«

»Ja, das finde ich auch … und ich habe dir noch jemanden mitgebracht.«

Vorsichtig schiebe ich die Tür weiter auf und meine Mutter tritt herein.

Ingrid laufen sofort die Tränen herunter: »Marie …«

»Schhh … nicht weinen! Du sollst doch glücklich sein, damit du gesund wirst!«

Doch auch meiner Mutter kommen die Tränen, als sie ihre Schwester in die Arme nimmt.

Schweigend halten sie sich eine Weile fest, dann sagt Ingrid leise: »Da muss man erst fast abkratzen, damit du alter Sturkopp mal nach Stralsund kommst!«

Aber sie lächelt dabei.

»Ach Ingrid … bitte verzeih mir … ich war ja so dumm! Ich hätte schon viel früher kommen sollen! Kerstin hat mir erzählt, dass du das Bernsteinkästchen nur deshalb an dich genommen hast, um mich zu schützen. Damit hast du dich selbst auch in Gefahr gebracht. Und ich habe dich beschuldigt, mich verraten zu haben. Das war gemein von mir und es tut mir so unendlich leid! Ich habe gedacht, du wärst eifersüchtig, weil du selbst in Stefan verliebt warst. Wenn ich nur geahnt hätte …«

»Ich war auch dumm, Marie, und stur wie ein Ochse. Wir haben so viele Jahre verschwendet … Aber jetzt bist du ja da! Es ist noch nicht zu spät.«

»Ähmm …«, versuche ich den Redeschwall der beiden zu unterbrechen, weil ich glaube, es ist besser, wenn ich sie jetzt ein bisschen alleine lasse. Bestimmt haben sie sich ganz viel zu sagen. »Ich brauche nach der langen Fahrt erst einmal einen starken Kaffee und verschwinde kurz in die Cafeteria! Ich komme später wieder.«

Doch die zwei nehmen mich schon gar nicht mehr richtig wahr.

Ich hole mir tatsächlich einen Cappuccino zum Mitnehmen, der überraschenderweise sehr lecker schmeckt und gehe zu meinem Auto zurück. Im Radio kommt das Lied ›Am seidenen Faden‹ von Tim Bendzko und ich muss wieder an den schönen Abend mit Dirk auf dem Mittsommerfest denken. Zu diesem Lied haben wir zum ersten Mal miteinander getanzt. Wie gut es sich angefühlt hat, in seinen Armen zu sein!

Ich kann das Lied nicht zu Ende hören, weil es mich auf einmal so traurig macht. Darum steige ich aus, werfe den Pappbecher mit dem restlichen Kaffee in den Papierkorb und gehe ein Stück, um mich abzulenken. Die Bewegung an der frischen Luft tut mir wie immer sehr gut und bringt mich auf andere Gedanken.

Auf einmal klingelt mein Handy.

»Hallo, Frau Beier!«, sagt eine mir unbekannte Stimme. »Mein Name ist René Koch und ich bin von der Firma ›Celine Dupont‹. Frau Beier, ihre ehemalige Kollegin, Frau Doris Wiedemann, hat mir erzählt, dass Sie sich vor Kurzem getroffen hätten. Sie hat Ihnen sicher berichtet, dass es bei ›Celine Dupont‹ einige Veränderungen gegeben hat. Ich bin jetzt der neue Teamleiter für ganz Deutschland und gerade dabei, ein neues Team zusammenzustellen. Ich weiß von Frau Wiedemann, dass Sie mit Herrn Siegmund nicht so gut klargekommen sind und wollte einfach mal hören, ob das der Grund für Ihre Kündigung war.«

»Ja und nein, Herr Koch. Natürlich hatte ich meine Schwierigkeiten mit Herrn Siegmund, aber das war es nicht allein. Ich sage es ganz ehrlich: Die Belastung mit dem Riesenverkaufsgebiet war mir einfach zu groß. Als meine Tante erkrankte und ich kurzfristig in ihrer Pension aushelfen musste, verordnete ich mir selbst eine kleine Pause vom Außendienst.«

»Das verstehe ich sehr gut. Auszeiten sind wichtig, um wieder leistungsfähig sein zu können. Ich hoffe, Ihre Tante hat sich gut von ihrer Krankheit erholt?

»Noch nicht so ganz. Deshalb bin ich im Moment auch noch hier an der Ostsee. Wenn es um meinen Dienstwagen geht, Herr Koch … sagen Sie mir doch bitte einfach, wo und wann ich ihn abgeben soll …«

»Aber nein, darum geht es ganz und gar nicht! Frau Beier, ich will es kurz machen: Sie waren eine sehr fähige und äußerst beliebte Mitarbeiterin bei ›Celine Dupont‹. Seitdem sie weg sind, ist ihr Gebiet ein wenig … verwahrlost!«, lacht Herr Koch freundlich.

»Ich würde es gerne wieder in professionelle Hände geben. Nachdem Frau Wiedemann mir verraten hat, dass sie noch keine neue Stelle haben, würde ich Sie nun gerne einladen. Ich würde mich freuen, wenn wir uns persönlich kennenlernen könnten und sich vielleicht noch einmal eine Zusammenarbeit daraus ergeben würde.«

Ich denke einen Moment nach.

»Vielen Dank, Herr Koch, es freut mich wirklich sehr, dass Sie bei der Gebietsvergabe an mich denken. Aber … wie gesagt … das Verkaufsgebiet war doch sehr groß. Ich war praktisch nie daheim und daran sind einige private Beziehungen zerbrochen. Ich möchte eigentlich nicht mehr so viel arbeiten.« Vielleicht ist es blöd von mir, aber nun ist es heraus.

»Wie gesagt, wir sind gerade dabei, das Team komplett neu aufzustellen. In diesem Zusammenhang könnte ich mir auch durchaus vorstellen, ihr Gebiet zu verkleinern. Bis jetzt waren Sie ja in Bayern und Baden-Württemberg unterwegs. Wir könnten es auf Baden-Württemberg beschränken, dann wären Sie abends immer zu Hause! Aber – wie gesagt – ich würde diese Dinge gerne persönlich mit Ihnen besprechen. Im Moment bin ich in ganz Deutschland unterwegs … Wo würde es Ihnen am besten passen? In Stuttgart vielleicht oder besser München?«

»Am liebsten wäre mir Hamburg! Das ist nicht so weit von hier.«

Und außerdem könnte ich mal wieder in Lüneburg vorbeischauen, denke ich, und einen kleinen Besuch dort machen. Vielleicht sogar mit meiner Mutter.

Herr Koch ist einverstanden und wir verabreden uns für die nächste Woche in Hamburg.

Zurück im Krankenhaus habe ich Glück und kann mit dem behandelnden Arzt von Ingrid sprechen.

»Sie hat die Operation ganz gut überstanden … auch wenn es direkt danach einen kritischen Moment gab. Nun müssen wir abwarten. Erst muss sie sich etwas erholen und wieder zu Kräften kommt. Dann können wir mit der Behandlung fortfahren und eine Chemotherapie oder Bestrahlungen ins Auge fassen.«

Der Doktor sieht ernst aus.

»Wird sie es denn schaffen?«, frage ich besorgt.

»Wir tun unser Möglichstes, glauben Sie mir. Aber es gibt Dinge, die haben wir nicht in der Hand … Auf jeden Fall ist es hilfreich, dass ihre Tante so eine nette Familie hat, die jetzt für sie da ist. Das wird ihr die nötige Kraft geben. Sie wissen ja, auch die Psyche spielt bei der Genesung eine große Rolle … manchmal hängt das alles an einem seidenen Faden.«

Merkwürdig, dass er das jetzt gerade sagt, wo ich eben noch das Lied ›Am seidenen Faden‹ im Radio gehört habe.

Im Krankenzimmer sitzen die beiden Schwestern mit hochroten Wangen und reden. Sie sehen richtig glücklich dabei aus. Ich dränge zum Aufbruch, doch meine Mutter will Ingrid nicht alleine lassen. Sie möchte noch ein wenig bei ihr bleiben und sich dann in der Nähe ein Zimmer für die Nacht nehmen, damit sie morgen früh gleich wieder hier im Krankenhaus sein kann.

Der Arzt hat recht, die familiäre Unterstützung kann Ingrid nur guttun und den Heilungsprozess unterstützen. Deshalb organisiere ich alles Notwendige für meine Mutter: Ich buche ein Zimmer für sie in einer kleinen Pension ganz in der Nähe, von wo aus sie zu Fuß täglich zum Krankenhaus gelangen kann.

Aber dann habe ich es eilig, mich von den beiden zu verabschieden. Ich möchte nämlich, nachdem ich Mutters Gepäck in die Pension gebracht habe, so schnell es geht nach Schaprode, um noch das letzte Schiff nach Hiddensee zu bekommen.

Denn ich will unbedingt heute Abend noch auf die Insel, weil ich dort etwas sehr Wichtiges zu erledigen habe.

15. KAPITEL

Am Dornbusch

Auf dem kleinen Schiff genehmige ich mir noch einen Kaffee, denn so langsam bin ich wirklich kaputt von der langen Fahrt, dem wenigen Schlaf und den aufregenden Ereignissen der vergangenen Tage.

Ich stehe an Deck und betrachte die kleine Insel, die in der Abendsonne vor mir liegt und langsam immer größer wird. Ein Anblick, der mich jedes Mal aufs Neue glücklich macht.

Wie es meiner Mutter wohl ergehen wird, wenn sie nach so vielen Jahren ihre Heimat wiedersieht?

Wir haben verabredet, dass sie vorerst in Stralsund bei Ingrid bleibt, aber so bald wie möglich nach Hiddensee nachkommt.

Es ist gut, dass die beiden Schwestern wieder zueinandergefunden haben. Auch wenn erst diese schreckliche Krankheit zuschlagen musste und der Umweg über mich erfolgte. Aber noch ist es nicht zu spät und die beiden Schwestern haben wirklich einiges nachzuholen.

Ich bete zu Gott, dass Ingrid die Zeit dazu gegeben wird.

Wie meine Mutter hat auch Ingrid ihre große Liebe verloren und für das gestohlene Glück mit ihrem Malte mit vielen einsamen Stunden bezahlt. Im Gegensatz zu meiner Mutter hat sie aber nicht einfach irgendeinen anderen geheiratet, das konnte sie nicht. Sie blieb alleine und ist heute eine einsame Frau, die noch dazu sehr krank ist. Ich hoffe so sehr, dass auch auf sie das Glück noch irgendwo wartet!

In der ›Silberdistel‹ angekommen, esse ich wieder einmal ein Käsebrot und gehe danach sofort schlafen. Eigentlich wollte ich heute Abend noch etwas Wichtiges erledigen, aber das muss bis morgen warten. Der Schlaf holt mich ein, sobald ich in dem gemütlichen Bett im ehemaligen Zimmer meiner Mutter liege. Wo nur das Bernsteinkästchen ist? Ich würde es meiner Mutter so gerne wiedergeben, es bedeutet ihr so viel!

Als ich am nächsten Morgen die Treppe herunterkomme, steht Gesine schon in der Küche und brät Spiegeleier für die Gäste. Ich habe ganz vergessen, sie zu informieren, dass ich wieder auf der Insel bin!

»Das ist ja schön, dass die Lütte wieder hier ist!«, ruft sie.

Gesine freut sich offenbar, mich zu sehen und will ganz genau wissen, wie es Ingrid geht. Sie ist überrascht, dass meine Mutter bei ihr ist, schließlich weiß sie ja, dass die beiden seit vielen Jahren zerstritten sind. Doch sie fragt nicht weiter nach, sondern radelt frohgemut nach Hause zurück. Nun kann ich mich ja wieder um die kleine Pension kümmern.

Am Nachmittag schnappe ich mir nach getaner Arbeit das Rad und fahre an der Dünenheide und dem Lokal ›Heiderose‹ vorbei Richtung Vitte. Der Himmel zeigt sich strahlend blau, nur vereinzelt ziehen weiße Schleierwolken durch. Endlich ist der Sommer angekommen und es ist richtig heiß.

In dem kleinen, sonst so beschaulichen Vitte herrscht reges Treiben. Überall sitzen Urlauber vor den kleinen Lokalen in der Sonne und genießen kalte Getränke und große Eisbecher. Vor der Bernsteinwerkstatt stehen ein paar Urlauber und betrachten ihre gefundenen Bernsteine, die sie hier selbst verarbeiten wollen.

Ich radle am Hafen vorbei, wo gerade das Fährschiff ›Vitte‹ einläuft. Hier liegen auch die hübschen Fischkutter und geben dem Hafen ein buntes Gesicht.

Ich muss an Dirks Vater Jürgen denken und an das, was er mir über die Fischerei, beziehungsweise, das was davon auf Hiddensee übrig geblieben ist, erzählt hat.

Wie schade, dass sich das alles so entwickelt hat! Ganze Generationen von Fischern haben hier gelebt und ihre Familien doch gut ernährt.

Die Wege zum Strand und zurück sind voll mit Familien in Badesachen, die ihre Kinder, Schwimmringe und riesige Badetaschen tragen. Das Lachen der Kinder, die sich darauf freuen, Sandburgen zu bauen und im Meer zu planschen, ist heute beinahe noch lauter als das Meeresrauschen. In der Luft hängt ein Gemisch aus Sommerwärme, Sonnenmilch und Dünengras.

Sosehr es mich reizt, mich ebenfalls in den warmen Sand zu legen oder in die Fluten zu stürzen, ich habe heute etwas anderes vor.

Ich fahre weiter nach Kloster und stelle mein Rad am Hafen ab. Mein Weg führt mich erst zu dem kleinen Inselsupermarkt, wo ich ein Blumensträußchen erwerbe, dann zum Inselfriedhof und der kleinen Kirche.

Die Inselkirche stammt aus der Zeit des Zisterzienserklosters, von dem der Ort seinen Namen hat. Die Kirche gehörte allerdings nicht direkt zum Kloster, sondern war eine Bauernkirche, in der die Mönche Seelsorge für die Einwohner Hiddensees betrieben.

Ich werfe einen Blick in die kleine Kirche, lese die Inschrift am Eingang: ›Der here do Ick em ersochte erhorde hei mi‹ (Der Herr, da ich ihn ersuchte, erhörte er mich) und freue mich an dem blauen ›Rosenhimmel‹, der wunderschönen Bemalung und dem herabhängenden Engel, die die Decke der Kirche zieren.

Anschließend gehe ich über den kleinen Friedhof und suche die letzte Ruhestätte meiner Großeltern. Ich stelle das mitgebrachte Sträußchen in eine Vase auf das von Ingrid so liebevoll gepflegte Grab.

Wie gerne hätte ich meine Großeltern noch einmal lebend gesehen! So ganz kann ich es meiner Mutter noch immer nicht verzeihen, dass sie aus meiner Meinung nach egoistischen und nicht nachvollziehbaren Gründen mit ihrer Familie gebrochen hatte. Damit hat sie auch mir eine Familie genommen, die mich geliebt hat! Wir hätten so schöne Zeiten zusammen verbringen können, wenn sie nicht viel zu lange so stur gewesen wäre.

Aber sie hat ja auch sich selbst damit bestraft, das wird mir in diesem Moment bewusst. Meine Mutter ist, wie sie ist. Und auch, wenn ich so ganz anders bin als sie und ihre Beweggründe oft nicht verstehen kann, hat sie heute mein tiefes Mitgefühl.

Sie gab den Mann auf, den sie von ganzem Herzen geliebt hatte und musste weit weg von ihrer Heimat in der Fremde ein neues Leben beginnen. Davon hat sie sich nie wieder richtig erholt. Die Umstände der Flucht, der Gefängnisaufenthalt und der Verlust ihrer großen Liebe haben sie verändert und hart und verschlossen gemacht. Als sie glaubte, die Person gefunden zu haben, die ihrer Meinung nach für ihr Schicksal verantwortlich war, konnte sie nicht mehr rational handeln.

Ich streiche über den Grabstein und frage mich, ob meine Großeltern wohl gewusst haben, dass ihre Tochter Marie sie sehr geliebt hat. Und ich auch!

Ich bummle noch ein wenig durch die Ortsmitte und die kleinen Läden und kaufe mir eine Zeitschrift. Unglaublich, kaum ist es Sommer, findet man in den Magazinen bereits wieder die neueste Herbstmode!

Es ist schon fast Abend, als ich mir einen leckeren Cappuccino auf der schönen Terrasse des Hotels ›Dornbusch‹

genehmige und ein wenig in der gekauften Zeitschrift blättere.

Da klingelt auf einmal mein Handy. Es ist Petra, die mich zurückruft. Ich habe von der ›Silberdistel‹ aus heute Morgen angerufen, weil ich mich gerne mit ihr treffen wollte, habe sie aber leider nicht erreicht und auf ihren Anrufbeantworter gesprochen.

»Hallo, Kerstin! Ich habe dich auf dem AB gehört, konnte aber noch nicht zurückrufen!«, begrüßt sie mich. »Schön, dass du wieder auf der Insel bist! Wie war es am Bodensee? Und wie geht es Ingrid?«

Es ist schön, ihre warme und heitere Stimme zu hören.

»Das würde ich dir gerne persönlich erzählen. Hast du vielleicht Zeit für ein Gläschen heute Abend?«

»Für ein Gläschen habe ich immer Zeit!«, verkündet Petra und irgendwie habe ich das Gefühl, dass sie bereits ein oder zwei intus hat. »Aber ich bin noch in Kloster. Ich habe den Laden heute etwas früher zugemacht und mich mit Wolle im ›Klausner‹ am Leuchtturm getroffen. Du weißt schon, mit meinem ›Hintertürchen-Mann‹, hihi!«

»Oh … was für ein Zufall, ich bin auch in Kloster! Ich trinke gerade einen Cappuccino im Hotel ›Dornbusch‹.«

»Du bist auch in Kloster? Na, dann komm doch vorbei!«

»Ach nein, Petra … ich möchte euch nicht stören. Mach dir einen schönen Abend mit deinem ›Hintertürchen-Mann‹!«

»Quatsch … du störst doch nicht! Ich freue mich! Und Wolle muss sowieso gleich gehen, er hilft im Zeltkino aus. Wir wollten ja eigentlich nur ein bisschen spazieren gehen und noch ein Bierchen zusammen trinken.«

»Na gut, wenn das so ist …«, lasse ich mich von ihr überreden.

Ich lege auf und mache mich auf den Weg Richtung Leuchtturm. Einen kurzen Blick über die Insel muss ich mir auf jeden Fall genehmigen, obwohl inzwischen dunkle Wolken aufgezogen sind. Hoffentlich fängt es nicht an zu regnen! Ich muss ja noch ganz nach Neuendorf zurück.

Der Blick hier oben ist aber einfach atemberaubend schön und ich halte die Luft an. Normalerweise sind immer sehr viele Leute hier im romantischen Hochland unterwegs, die sich ebenso wie ich an dem herrlichen Ausblick erfreuen. Doch heute sind die meisten wahrscheinlich wegen der bedrohlich dunklen Wolken wieder zurück ins Dorf oder auf ein Schiff marschiert.

Im ›Klausner‹ dagegen herrscht Hochbetrieb. Hier, in dem Ausflugslokal, das es bereits seit fast 100 Jahren gibt, sitzen viele Leute gemütlich zusammen, die sich nach einem Ausflug zum Leuchtturm an einem leckeren Abendessen oder einem Glas Bier oder Wein erfreuen.

Ich finde Petra und Wolle in der hintersten Ecke sitzen. Die beiden wirken sehr verliebt auf mich, er hat den Arm um sie gelegt und flüstert ihr etwas ins Ohr. Sie trägt eine hummerrote Bluse mit vielen Rüschen und natürlich den dazu passenden Lippenstift. Wie üblich ist ihr Haar perfekt frisiert, aber das Schönste an ihr sind wie immer das unvergleichliche Lachen und die positive Ausstrahlung.

Als Petra mich entdeckt, winkt sie mich sofort zu sich heran und bestellt mir einen Sanddornlikör. Ich muss grinsen, offenbar kann ich meine Leidenschaft dafür nicht mehr länger geheim halten.

Nachdem Wolle sich noch ein bisschen mit uns unterhalten hat, verlässt er uns und wird von Petra zum Abschied stürmisch abgeknutscht.

»Ach, er ist einfach ein Süßer«, sagt sie und blickt ihm seufzend hinterher.

»Warum ist er dann immer noch dein ›Hintertürchen-Mann‹?«, frage ich sie erstaunt. »Er könnte doch dein richtiger Partner sein!«

»Mein ›richtiger Partner‹? Was ist *das* denn? Jemand, den man jeden Abend bekochen muss, dem man von früh bis spät jeden Wunsch von den Augen ablesen darf und der einen dann zum Dank doch irgendwann betrügt?«

»Ach Petra, hör doch auf! Es ist ja nicht immer so.«

»Ach nein, ist es das nicht? Ich hab das oft genug mitbekommen. Denk doch nur an deinen Marc!«

Wenn ich an meinen letzten Abend am Bodensee denke, muss ich ihr leider insgeheim recht geben.

»Apropos … wie stehen denn die Aktien mit ihm?«

»Tja, nicht so gut, wenn ich ehrlich bin. Ich glaube, das wird nix mehr mit uns!«

Petra zieht fragend eine Augenbraue hoch und macht der Bedienung ein Zeichen, dass sie noch zwei Gläser Prosecco und Likör bringen soll. Dabei merke ich diesen bereits und sie selbst hat offensichtlich auch schon genug getrunken.

»Egal! Mach dir nix draus! Du bist so hübsch, du findest doch ruckzuck einen anderen! Ich hatte ja gedacht, dass du und Dirk vielleicht … als ihr neulich so eng getanzt habt beim Mittsommerfest.«

»Ach, Dirk! Hör mir doch mit dem auf!«, antworte ich gereizt. »Der will doch nur eine Frau fürs Bett.«

»Jaaaa? Dirk?« Petra lacht laut auf. »Entschuldige, aber *den* Eindruck macht er mir gar nicht.«

»Doch, doch«, bekräftige ich meine Worte mit heftigem Nicken. »Ich glaube, er ist mit Mareike zusammen.« Ich erzähle Petra von meinem Erlebnis neulich in der ›Boje‹, als ich Mareike spärlich bekleidet in Dirks Wohnzimmer beobachtet habe.

»So, so … spärlich bekleidet … das hört sich wirklich nach Mareike an.« Petra nickt. »So etwas Ähnliches habe ich mir auch schon gedacht. Sie lungert ja jeden Tag dort herum, auf jeden Fall mehr, als man von einer ›Aushilfe‹ eigentlich erwarten würde. Hab mir schon fast gedacht, dass Dirk und sie was laufen haben.«

Wenn Petra das sagt, wird es schon stimmen, auch wenn ich es mir insgeheim anders gewünscht hätte. Immerhin ist sie ja vor Ort und bekommt auch in ihrer ›Klatschzentrale‹« Friseursalon so einiges mit.

»Wie auch immer … Die Männer kannst du doch alle vergessen! Deshalb bleib ich auch lieber allein und gönne mir nur hin und wieder einen ›Hintertürchen-Mann‹.

Petra winkt wieder die Bedienung heran, doch ich bestehe darauf, dass wir bezahlen und nichts mehr trinken.

Schließlich müssen wir ja noch zurück, und zwar durch den Wald. Petra hakt sich bei mir unter, was vermutlich daran liegt, dass sie nicht mehr so ganz trittsicher ist.

»Erzähl mal … wie war es denn sonst so am Bodensee? Hast du Marc gesehen?«

»Nein, denn ich war ja dort, um mit meiner Mutter zu sprechen.«

»Mit deiner Mutter?«

Da fällt mir ein, dass Petra ja überhaupt noch nichts weiß von dem Gespräch mit Ingrid.

Wir machen uns langsam auf den Weg zurück ins Dorf. Es ist schon ziemlich dunkel, was nicht nur an den dunklen Bäumen, sondern auch an den düsteren Wolken liegt, die tief über uns hängen. Auch der Wind hat stark aufgefrischt und ich mache mir Gedanken, ob ich wohl noch trocken zurück nach Hause kommen werde.

»Also, Petra …, ich war doch bei Ingrid im Krankenhaus. Sie hatte ziemlich Angst vor der Operation und vertraute mir etwas an, was sie schon sehr lange belastet hat. Und anschließend *musste* ich einfach mit meiner Mutter darüber reden.«

Petra spitzt neugierig die Ohren: »Ach ja? Was war das denn so Geheimnisvolles?«

»Es ging um den Krach, den Ingrid und meine Mutter vor vielen Jahren hatten. Weswegen wir nie wieder nach Hiddensee gekommen sind.«

»So? Und worüber haben die beiden sich denn so heftig gestritten? Das interessiert mich jetzt aber auch!«

Petra wankt bedrohlich und ich muss ganz schön aufpassen, dass wir beide in der Dunkelheit auf dem Weg bleiben und nicht im Gebüsch landen.

»Meine Mutter gab Ingrid die Schuld am Scheitern ihrer Flucht … was natürlich vollkommener Blödsinn war, denn warum hätte Ingrid sie verraten sollen?«

Petra antwortet nicht, sondern wird plötzlich ganz still. Und auf einmal, ohne dass ich sagen kann, warum, bekomme ich eine Gänsehaut.

Was hat Stefan gesagt: ›Jemand *muss* uns verraten haben. Jemand, dem Marie sich anvertraut hat und der von den Fluchtplänen wusste.‹

Eine eiskalte Hand greift nach meinem Herzen. Der Wind rauscht laut in den Bäumen, aber nicht so laut wie das Blut in meinen Ohren. Ich ahne jetzt, wer die beiden wahrscheinlich verraten hat. Es gab nur einen einzigen Menschen, dem sich Marie anvertraut hatte …

»Petra …«, sage ich leise. »Du warst es, nicht wahr?«

»Ich war *was*?«

Ich lasse unvermittelt Petras Arm los, was sie derart ins Schwanken bringt, dass sie sich an einem Ast festhalten muss.

»Du hast sie verraten, nicht wahr?«

»Kerstin! Jetzt hör mal auf zu spinnen. Was soll denn das jetzt?«

Petra sieht ehrlich verblüfft aus.

»Du hast sie verraten, Stefan und Marie. Du wusstest, dass sie in den Westen wollten.«

»*Was*? Ich wusste überhaupt nichts!«, schreit Petra los. »Und ich weiß auch nicht, was das jetzt auf einmal soll ... nach all den Jahren. Was willst du denn? Deiner Mutter geht es doch gut, sie hat ihr Glück gefunden!«

»Ihr Glück? Ihr Glück war Stefan. Sie wollte ein Leben mit ihm und mit mir. Aber das konntest du wohl nicht ertragen? Dass sie in den Westen ging und du zurück in der DDR bleiben musstest?«

»Du bist ja komplett verrückt geworden!« Petra schüttelt den Kopf, dreht sich um und geht davon. Dann bleibt sie plötzlich stehen, dreht sich noch einmal in meine Richtung und sagt: »Ich verstehe wirklich nicht, was du willst, Kerstin. Bist du hergekommen, um Unfrieden zu stiften? Wenn ja, dann ist dir das gelungen!«

»Ich bin nicht hergekommen, um Unfrieden zu stiften, Petra. Ich möchte nur die Wahrheit erfahren!«

Mir kommt auf einmal eine Idee und ich klopfe ein bisschen auf den Busch. »Als ich bei Stefan war, hat er mir erzählt, dass er beweisen kann, dass sie verraten worden sind.«

Petra wird ganz blass, das kann ich trotz der Dunkelheit erkennen. »Du blöde Kuh!« Sie macht einen Schritt auf mich zu und sieht auf einmal fuchsteufelswild aus. »Und ich habe mich gefreut, dass du hergekommen bist ... Aber du gibst keine Ruhe, bis du nicht alles kaputt gemacht hast!« Drohend baut sie sich vor mir auf.

»Ich habe mich auch gefreut, dich kennenzulernen, Petra«, versuche ich sie zu beruhigen. »Aber ich *muss* die

Wahrheit kennen. Wer das Glück meiner Mutter für immer zerstörte!«

»Pah! ›Das Glück deiner Mutter für immer zerstörte‹?«, äfft sie mich nach. »Und da hast du jetzt eine Schuldige gefunden, nämlich mich. Was weißt du denn schon, wie es hier war … Du hast doch null Ahnung! Das Leben ist nicht immer so, wie du dir das in deinem Kleinmädchenhirn vorstellst! Du kommst hier an und wackelst ein bisschen mit dem Hintern und denkst, du bist Mrs. Superschlau …« Petra spuckt die Worte nur so aus.

»Nein, Petra, ich halte mich keineswegs für Mrs. Superschlau. Aber hier auf Hiddensee bin ich auf ein paar Dinge gestoßen, die meine Familie betreffen und damit auch mich! Ich kann also nicht so tun, als ginge mich das alles nichts an und ›die Vergangenheit ruhen lassen‹. Ich habe bis heute viele Dinge nicht verstanden, vor allem das Verhalten meiner Mutter nicht. Sag mir doch bitte: Warum hast du deine beste Freundin verraten? Die dir vertraut hat? Weil du neidisch und eifersüchtig warst?«

»Ich *habe* sie nicht verraten! Sag das *nie* wieder!«, schreit Petra wieder. Sie gibt mir einen Schubs, dabei fällt meine Zeitschrift auf den Boden. Sie hebt sie auf und für einen kurzen Moment sieht es so aus, als ob sie mich damit schlagen will. Doch stattdessen schleudert sie sie weit weg.

Sie fängt an zu weinen und ich kann die weiteren Worte nur sehr schwer verstehen. »Ich habe sie nicht verraten … wir waren doch Freundinnen. Im Gegenteil, ich wollte nicht, dass sie weggeht … aber dieser Blödmann hatte ihr total den Kopf verdreht. Sie kannte uns ja alle nicht mehr …«, schluchzt Petra. Ihr Gesicht ist tränenüberströmt und sie plappert weiter mehr oder weniger unverständlich vor sich hin. »Ich habe sie kaum noch gesehen … keine Ahnung, warum sie so vernarrt in diesen Stefan war. Wahrscheinlich wegen dem Westkram, den er ihr mitbrachte. Ständig hat sie ihre Nase in den Quelle-Katalog und die Zeitschriften, die er über die Grenze geschmuggelt hatte, gehalten und von der Mode im Westen, tollen Reisen und der Freiheit geträumt. Dabei gab es doch hier auch tolle Männer! Ich habe sie gewarnt, habe gesagt: ›Vernasch ihn einfach und vergiss ihn dann. Dieser Mann ist doch keine Zukunft für dich!‹. So hätte *ich* das nämlich gemacht. Schließlich hatten wir ihn ja gemeinsam kennengelernt. Aber an mir hatte der feine Kerl ja kein Interesse …«

Also war Petra doch neidisch und eifersüchtig gewesen. Vielleicht war sie ja selbst ein wenig in Stefan verliebt gewesen, auch wenn sie immer so tut, als würde sie die Männer nur benutzen.

Aber Stefan wollte nun einmal nicht *sie*, sondern Marie. Und das konnte sie nicht verkraften.

»Das konnte doch nicht gut gehen! Aber Marie war total verblendet und wollte einfach nicht auf mich hören!« Petra ist komplett außer sich, die Tränen laufen unentwegt über ihr Gesicht. »Ich hätte *nie* gedacht, dass sie sich so abhängig macht von dem Kerl. Wenn ich nicht zufällig ein Gespräch von Ingrid und ihrer Mutter mit angehört hätte!«

»Ein Gespräch von Ingrid und ihrer Mutter?«

Seltsam, die beiden wussten doch von nichts. Aber vielleicht hatte Ingrid etwas geahnt und sich ihrer Mutter anvertraut.

»Ich fand es auch komisch, denn ich dachte immer, Marie vertraut nur *mir*. Pah! Dabei war ich doch gar nichts für sie! Mir hat sie das jedenfalls nicht erzählt. Ich musste es aus Ingrids Mund hören, als ich vor dem offenen Küchenfenster stand. Ich hatte auf Marie gewartet und dabei eine geraucht. Dann hörte ich, wie Ingrid sagte, dass sie Angst habe, Marie würde mit dem Westdeutschen flüchten wollen. Sie klang echt besorgt … und ihre Mutter auch. Das hat mich total geschockt! Marie hatte sich mir zwar anvertraut, dass sie schwanger sei, aber dass sie abhauen wollte … hätte ich niemals für möglich gehalten! An diesem Abend gingen wir wieder alle tanzen in der Heiderose. Aber ich hatte überhaupt keinen Spaß, weil ich dauernd daran denken musste, ob Marie wirklich abhauen wollte.«

So langsam wird Petra ruhiger und leiser, aber sie zittert und schluchzt immer noch.

»Aber ich habe sie nicht verraten, Kerstin. Das hätte ich nie getan.«

»Ist schon gut, Petra. Du kannst nichts dafür.« Und irgendwie glaube ich das tatsächlich. Ich nehme ihre Hand und lasse sie nicht mehr los.

Schweigend setzen wir unseren Weg nach Vitte fort. Petra kommt mir auf einmal ganz nüchtern vor, und sie weint den ganzen Weg bis nach Hause.

Tief in Gedanken versunken mache ich mich auf, zurück nach Neuendorf.

Ich fühle mich richtig mies. Die sonst immer so gut gelaunte Petra war ein Nervenbündel, als ich sie heimgebracht habe. Und das ist alles meine Schuld … diese Dinge sind nur geschehen, weil ich endlich die Wahrheit wissen wollte. Und nun kenne ich sie immer noch nicht. Ganz tief in mir drin weigere ich mich, zu glauben, dass Petra wirklich das Fluchtvorhaben ausgeplaudert haben könnte. So oberflächlich und neidisch sie vielleicht gewesen sein mag, kann ich mir doch kaum vorstellen, dass sie so hinterhältig war. Immerhin war Marie ihre beste Freundin und im Grunde hatte sie – wie Ingrid – nur Angst um sie. Diese Gedanken wühlen mich auf und bedrücken mich zugleich.

Glücklicherweise regnet es noch nicht, doch durch die tief hängenden Wolken ist es schon fast dunkel, obwohl es noch gar nicht so spät am Abend ist. Deshalb bemerke ich den Hund auch erst, als er mir fast in mein Rad läuft.

»Gordon! Wo kommst *du* denn her?« Ich blicke mich um, doch nirgends ist eine Spur von seinem Herrchen Dirk zu sehen. »Bist du etwa alleine?«

Gordon bleibt stehen und lässt sich von mir streicheln.

»Komm, ich bringe dich nach Hause.«

Ich schlage den Weg zur ›Boje‹ ein und Gordon trottet zum Glück problemlos neben mir her.

In der ›Boje‹ ist auch heute Abend wieder allerhand los. Mareike steht wie gewohnt in einem Outfit, das betont sexy ist und diesmal aus einem tief ausgeschnittenen Shirt und knappen Shorts sowie Flip-Flops besteht, hinter der Theke und zapft Bier. Außerdem gibt es noch eine weitere Bedienung, die das Essen zu den Tischen trägt. Sie ist ungefähr in meinem Alter und hat kurze schwarze Haare. Sie ist ebenso wie Mareike bildhübsch und hat ihre langen, sonnengebräunten Beine in ebenso knappe Shorts gesteckt.

»Einmal Sanddorn mit Schuss?«, ruft Mareike mir statt einer Begrüßung zu.

Doch ich schüttle den Kopf und zeige stattdessen auf Gordon, den ich am Halsband festhalte.

»Gordon!« Mareike sieht erstaunt aus. »Bist du etwa ausgebüxt?«

»Er lief mir bei der »Blauen Scheune« beinahe ins Rad«, kläre ich Mareike auf.

Sie wischt sich die Hände ab und kommt hinter dem Tresen hervor. »Gordon war eben noch im Garten … Keine Ahnung, wie er …«

»Schon gut. Ich habe mich nur gewundert, dass Dirk nicht bei ihm war und Gordon deshalb hergebracht.«

»Dirk? Schön wär's! Ich muss mich doch hier um *alles* kümmern, weil er mal wieder in Stralsund ist!«

Mareike sieht erbost aus, während wir gemeinsam Gordon nach hinten in die Wohnung bringen. In der ich sie neulich in Unterwäsche gesehen habe.

»In Stralsund? Was macht er denn da?«, frage ich irritiert.

»Na, er richtet doch sein neues Lokal ein.«

»Dirk macht ein neues Lokal auf? In Stralsund?«

»Ja, das ›Hai Society‹. Hat er dir das nicht erzählt?«

Nein, hat er nicht! Zu mir hat er gesagt, er wäre ein ganz armer Schlucker, der mit dem mageren Verdienst in der ›Boje‹ seine Schulden abzahlt. Und jetzt macht er auf einmal ein neues Lokal auf?

»Das wird eine ganz tolle Sache!«, erzählt Mareike begeistert. »Direkt am Hafen, es wird gerade renoviert. Soll ein In-Lokal werden … mit Live-Musik und hübschen Mädels als Bedienungen!« Sie grinst. »So ähnlich wie die ›Boje‹, nur mit suuuuuper Einrichtung, aber auch maritim gestaltet. Und eben mit Live-Bands. Ein paar haben sich schon angesagt, zur Eröffnung nächsten Monat. Das Hai-Logo hat er selbst entworfen, von Werbung versteht er ja was! Wird sicher cool!«

»Hört sich klasse an!«, beeile ich mich zu versichern. Auch wenn ich mir schon wieder die Frage stelle, wie Dirk sich das denn leisten kann.

»Ja, aber ich finde, er könnte sich ruhig öfter um seine Kneipe hier auf der Insel kümmern! Ich meine, Jule und ich im Service, das klappt ja echt super. Und Sascha in der Küche gibt auch sein Bestes. Aber die Lieferungen sind schließlich auch noch da und Gordon, der dauernd raus muss … mir reicht es langsam!«

»Wolltest du denn nicht ins Ausland oder ein Studium anfangen?«, frage ich nach.

»Eigentlich schon. Aber ehrlich gesagt habe ich gar keine Ahnung, *was* ich überhaupt studieren soll. Und ich kann den Laden hier doch nicht alleine lassen! Aber irgendwie werden wir das schon schaffen!«

»Wir«, denke ich traurig. Damit meint sie doch wohl Dirk und sich!

Nachdem wir Gordons Hundenäpfe mit Wasser und Fressen versorgt haben, gehen wir in die Kneipe zurück, wo bereits einige Männer auf ihr Bier warten und Jule, die hübsche Schwarzhaarige, uns zuruft: »Endlich! Ich brauch vier Bier und eine Flasche Bordeaux!«

»Siehst du, was ich meine?«, fragt Mareike und verdreht die Augen.

Zurück in Neuendorf in der ›Silberdistel‹ denke ich noch einmal über die Geschehnisse des heutigen Tages nach.

Ich finde es ja schon sehr seltsam, dass Dirk jetzt auf einmal ein neues Lokal in Stralsund aufmachen will. Noch dazu ein ›In-Lokal‹ mit ›suuuper Einrichtung direkt am Hafen‹. Das hört sich doch nach einer ziemlich hohen Investition an.

Bei mir hat er so getan, als hätte er überhaupt kein Geld und würde jeden Cent sparen, um seine Schulden loszuwerden. Von einer neuen Kneipe hat er mir gegenüber jedenfalls kein Wort erwähnt. Würde mich ja mal interessieren, was er mir noch alles *nicht* erzählt hat. Wenn ich es mir recht überlege, dann weiß ich eigentlich überhaupt nichts von ihm.

Aber so langsam *will* ich auch gar nichts mehr wissen.

Es ist doch offensichtlich, dass Mareike und er ein Paar sind! Sie kümmert sich in seiner Abwesenheit um die ›Boje‹, Gordon und alles andere und gibt dafür sogar ihre Auslands- und Studienpläne auf. Das macht man doch nicht für seinen ›Chef‹.

Nun, mir kann es wirklich egal sein. Ich habe genug herumgestöbert und Dinge herausgefunden, die lange verborgen waren. Alles andere sollte ich vielleicht wirklich besser ruhen lassen … auch und gerade die Vergangenheit!

Bei unserem letzten Gespräch wirkte meine Mutter so glücklich, weil sie und Stefan eben *nicht* Opfer eines Verrats wurden!

Sicher denkt sie jetzt, dass ihre Flucht nur durch eine Routinekontrolle an der Grenze entdeckt wurde. Und das ist doch mit Sicherheit sehr viel besser für ihren Seelenfrieden!

Warum soll ich sie denn jetzt mit einer erneuten Anschuldigung, die sich diesmal gegen ihre ehemals beste Freundin richtet, belasten?

Ich glaube, das würde zu viel Staub aufwirbeln und allen nichts als Kummer bringen. Ungeschehen kann man heute ohnehin nichts mehr machen!

Obwohl ich mich nach der ganzen Aufregung immer noch nicht wirklich gut fühle, kann ich der ganzen Sache auch etwas Gutes abgewinnen: Ich habe meinen Vater gefunden, meinen richtigen Vater!

Aber macht mich das wirklich glücklich? Wäre ich nicht glücklicher, wenn ich immer noch glauben würde, dass Hans Beier mein Vater war?

Beinahe wünschte ich mir, ich könnte die Zeit zurückdrehen … und alles noch einmal ganz anders, besser machen. Würde ich dann wirklich die Aufzeichnungen meiner Mutter lesen?

Wenn ich allerdings an die beiden seligen Gesichter von meiner Mutter und Ingrid denke, dann weiß ich, dass alles genau *so* passieren musste. Die beiden haben sich wiedergefunden und können hoffentlich noch viele schöne Zeiten gemeinsam erleben.

Mein Vater wird immer Hans Beier sein und bleiben. Ich habe ihn geliebt und daran wird sich nicht das Geringste ändern, auch wenn mich ein anderer gezeugt hat. Wie habe ich als Kind immer zu ihm gesagt: ›Ich hab dich so lieb, Papi! Eine Million Mal zum Himmel rauf und wieder runter!‹ Dennoch hat mir auch die Begegnung mit Stefan viel gegeben. Eine Begegnung, die wir beide wiederholen möchten. Vielleicht können wir ja so etwas wie einen freundschaftlichen Kontakt aufbauen. Das wäre wirklich schön. Wieder einmal liege ich im Bett, höre das Meeresrauschen und sehe hinaus in den Himmel, der mich heute leider das Mondlicht vermissen lässt. Trotz der ganzen aufregenden Ereignisse bin ich hier auf Hiddensee zur Ruhe gekommen, auch wenn sich das seltsam anhört. Ich habe zu mir selbst zurückgefunden und erkannt, was mir im Leben wirklich wichtig ist.

Zu meinen Füßen liegt das kleine Kätzchen, das immer dann in der ›Silberdistel‹ aufzutauchen scheint, wenn ich da bin. Als ob sie meine Anwesenheit spürt und denkt, ich würde sie brauchen. Vielleicht ist das ja so … im Moment freue ich mich gerade sehr über die tröstliche Gesellschaft des kleinen Tieres mit dem warmen Fell.

In gewisser Hinsicht haben wir beide viel gemeinsam: Sie sieht auch durchschnittlich aus und scheint auch zu niemandem so richtig zu gehören …

Ich kraule sie mit der einen Hand, in der anderen halte ich den ›Hühnergott‹ und spreche innerlich den Wunsch aus, dass Ingrid wieder richtig gesund wird. Ich mag sie nämlich sehr und finde, dass wir bisher viel zu wenig Zeit miteinander verbracht haben.

Ich bin so froh, dass wir wieder eine ›Familie‹« sind und wünsche mir, dass wir in Zukunft noch viele glückliche Stunden auf Hiddensee oder am Bodensee verbringen werden.

Und ich freue mich auf den Termin mit Herrn Koch von ›Celine Dupont‹ in Hamburg. Ich bin gespannt, was er mir für ein Angebot unterbreiten wird.

Endlich habe ich wieder eine Zukunftsperspektive.

Also ist doch alles gut. Oder etwa nicht?

16. KAPITEL

Die Wahrheit kommt langsam ans Licht

Am nächsten Morgen wache ich auf und fühle mich, als hätte ich und nicht Petra gestern zu viel getrunken. Ich habe schlecht geschlafen, denn ich habe von dem Bernsteinkästchen und seinem geheimnisvollen Inhalt geträumt. Deshalb mache ich mir erst einmal einen starken Kaffee und rufe anschließend gleich bei Petra an.

»Guten Morgen!«, sagt sie freundlich, als wäre nichts gewesen und als könne sie sich nicht an unseren gestrigen Streit erinnern.

»Hallo, Petra! Hör mal ... ich habe nachgedacht ... es tut mir leid wegen gestern«, fange ich vorsichtig an. »Ich weiß nicht, was da in mich gefahren ist. Ich wollte dich nicht beschuldigen, dass du meine Mutter ins Gefängnis gebracht hast!«

»Schon gut!«, unterbricht sie mich. »Du bist momentan in einer Situation, die dich emotional sehr fordert. Das verstehe ich. Und du willst die Wahrheit herausfinden! Auch das verstehe ich nur zu gut. Das steht dir auch zu. Allerdings bin ich die falsche Person dafür. Glaub mir, Kerstin ... du machst die Vergangenheit nicht besser oder ungeschehen, wenn du noch mehr Staub aufwirbelst. Lass es gut sein ... es ist alles soo lange her! Und im Grunde ist doch alles in Ordnung, nicht wahr?

Mein Gott, habe ich einen Brummschädel ... ich hab gestern einfach viel zu viel getrunken. Vielleicht sollte ich auch mal anfangen, etwas Ordnung in mein Leben zu bringen. Was meinst du, sollte ich vielleicht Wolle doch eine Chance geben?« Petra lacht fröhlich.

Sie klingt überhaupt nicht danach, als habe sie ein schlechtes Gewissen wegen der Vergangenheit. Wahrscheinlich habe ich sie wirklich zu Unrecht beschuldigt.

»Ja, ich denke, das wäre keine soo schlechte Idee, aus dem ›Hintertürchen-‹ einen ›Vordertürchen-Mann‹ zu machen!«, lache ich zurück. »Wie gesagt, es tut mir wirklich sehr leid wegen gestern.«

»Ach was! Nun hör schon auf … ich bin doch selber auch ausgeflippt. Alles nur wegen dem blöden Alluhol! Deswegen werden wir uns doch nicht entzweien, was? Hör mal, ich muss Schluss machen. Ich mache gleich den Laden auf. Malte und Gesine haben doch heute den 35. Hochzeitstag und da wird groß gefeiert. Das heißt, ein paar Damen werden sich bei mir aufhübschen lassen! Vorher muss ich noch unter die Dusche, um ein bisschen fit zu werden. Bis bald, Kerstin!«

Nachdenklich lege ich den Hörer auf. Was hat Petra gesagt? Malte und Gesine haben heute Hochzeitstag? Malte …

Ingrid hat mir doch von ihrer großen Liebe erzählt, einem Mann, der verheiratet war. Sie nannte ihn Malte! Kann es sein, dass es derselbe Malte ist und Ingrid mit dem Mann ihrer besten Freundin ein Verhältnis hatte?

So schnell ich kann, schlüpfe ich in meine Jeans und noch bevor ich meine Kaffeetasse ausgetrunken habe, sitze ich bereits auf dem Rad und sause Richtung Schabernack. Nach kurzem Klingeln öffnet mir Gesine in einem hübschen, geblümten Kleid die Tür.

»Kerstin, das ist ja eine Überraschung! Komm doch herein!«, sagt sie freundlich und bittet mich in die gemütliche Küche. »Es ist doch nichts mit Ingrid?«

»Nein, nein …«, sage ich schnell. »Ich habe nur von Petra erfahren, dass ihr heute einen großen Hochzeitstag feiert und wollte euch meine Glückwünsche und ein kleines Präsent vorbeibringen.« Aus meiner Tasche zaubere ich eine Flasche Bodenseewein und eine Pralinenschachtel, die ich in Ingrids Speisekammer gefunden habe und von der ich hoffe, dass sie noch nicht so alt ist wie das Jubelpaar.

»Ja, das stimmt! Der 35. Hochzeitstag!«, sagt Gesine stolz. »Das ist aber lieb von dir, an uns zu denken, Kerstin! Komm doch auf einen Sprung herein und trinke eine Tasse Kaffee mit mir. Später wollen wir ein bisschen feiern, mit ein paar Freunden und der Familie, im ›Café Rosi‹. Nur schade, dass Ingrid nicht dabei sein kann … Aber würdest du uns die Freude machen und vielleicht mitkommen?«

»Nein, danke, liebe Gesine. Ich will euch nicht stören und muss auch gleich wieder weiter. Aber eine Tasse Kaffee trinke ich sehr gerne mit dir.«

»Seid ihr denn schon lange befreundet?«, frage ich, als Gesine mir eine Tasse Kaffee einschenkt.

»Ingrid und ich kennen uns schon seit der Schulzeit. Aber richtig befreundet waren wir früher eigentlich nicht. Man kannte sich eben und traf sich immer irgendwo bei verschiedenen Anlässen. Ich war ja im Gegensatz zu Ingrid schon früh verheiratet … und als dann irgendwann die Kinder da waren, hatte ich mit meiner Familie genug zu tun. Erst als die Kinder größer wurden und langsam aus dem Haus gingen, trafen wir uns irgendwann häufiger. Ich glaube, bei einer Lesung im Henni-Lehmann-Haus haben wir uns näher befreundet. Wir stellten fest, dass wir beide gerne lesen und handarbeiten. Von da an trafen wir uns regelmäßig zum Stricken oder gingen gemeinsam zu Vorträgen.«

Ich bin immer noch verwirrt: Wenn Malte der geheimnisvolle Liebhaber von Ingrid gewesen ist, dann ist seine

Frau … heute Ingrids beste Freundin! Wie das Leben doch manchmal spielt …

»Hör mal, Gesine, ich möchte dich aber wirklich nicht länger aufhalten! Ihr habt heute so einen wichtigen Tag und du hast doch sicher etwas anderes zu tun, als hier zu sitzen und mit mir zu plaudern …«

»Ach was! Ein paar Minuten habe ich schon Zeit. Malte ist sowieso noch am Hafen und ich bin eigentlich schon fertig.«

»Wie schafft man es denn, so lange verheiratet zu bleiben?«, frage ich Gesine, die mir gerade noch einen Riesenpott Kaffee nachschenkt. »35 Jahre … also Respekt, ehrlich!« Ich denke daran, dass ich es bisher nicht einmal geschafft habe, überhaupt erst vor den Traualtar zu treten.

»Ach Kerstin, es ist eigentlich ganz einfach. Zum einen muss man natürlich jemanden finden, den man von Herzen gern hat. Das war bei mir überhaupt kein Problem, denn in Malte war ich schon zu meiner Schulzeit verliebt. Und dann … darf man auch nicht immer gleich weglaufen, wenn Probleme auftauchen. Denn die tauchen auf … in einer langen Ehe und mit Kindern sowieso. Bei uns allerdings waren die Probleme schon ziemlich am Anfang da … aber ich habe nicht aufgegeben und an der Beziehung festgehalten. Ich konnte mir einfach nicht vorstellen, mit einem anderen alt zu werden oder überhaupt nur zusammen zu sein! Zum Glück, kann ich heute sagen. Denn es hat sich gelohnt. Wir hatten auch harte Zeiten, aber heute genießen wir unser Leben und dass wir uns haben.«

Gesine sieht wirklich glücklich aus und ich freue mich für sie.

Lächelnd stehe ich auf, um mich zu verabschieden. Doch durch die vielen Tassen Kaffee meldet sich meine Blase. »Darf ich noch kurz deine Toilette benutzen, bevor ich mich wieder aufs Rad schwinge?«, frage ich deshalb.

»Natürlich, gerne. Den Gang entlang, die letzte Tür auf der linken Seite.«

Staunend sehe ich mich um. Malte und Gesine haben es wirklich hübsch hier. Die Zimmer, in die ich im Vorbeigehen einen Blick werfen kann, sind alle sehr gemütlich eingerichtet und blitzsauber.

Was hat sie gesagt … die letzte Tür auf der rechten Seite?

Ich öffne … doch das ist nicht die Toilette, sondern offenbar das Schlafzimmer von Malte und Gesine.

Ich bin gerade dabei, die versehentlich geöffnete Tür wieder zuzuziehen, da fällt mein Blick zufällig auf einen Gegenstand … einen Gegenstand, der unter dem Bett liegt, aber so hell leuchtet und wunderschön ist … und den ich vor allem kenne und seit einigen Tagen vermisse: das Bernsteinkästchen!

Leise schleiche ich hinein und fische es unter dem Bett hervor. Ich öffne es … da sind sie, die Initialen ›MS‹ und zwei Schulhefte … es ist definitv *das* Bernsteinkästchen!

Die Frage ist nur: Wie kommt es hierher? Unter Gesines Bett?

Ich kann sie mir leicht beantworten. Ich hätte es gleich wissen können, denn nur Gesine hatte Zutritt zu Ingrids Haus in meiner Abwesenheit.

Viel wichtiger ist jedoch: *Warum* ist es hier?

»Hast du die Toilette gefunden?«, höre ich eine Stimme im Flur.

Verflixt, es ist Gesine … ich stehe in ihrem Schlafzimmer … mit dem Bernsteinkästchen in der Hand.

»Was machst du …?«, sie braucht die Frage nicht zu Ende zu stellen, denn sie sieht, was ich in den Händen halte. »Oh … das Kästchen …«

»Wie kommst *du* dazu?«, frage ich sie, bevor sie mich fragen kann, was ich in ihrem Schlafzimmer verloren habe.

Gesine zögert. Sie sieht, dass ich es geöffnet habe und es somit zwecklos ist, es als ihr eigenes auszugeben. »Ja, also … ich … es tut mir leid. Ich habe es neulich, als ich in der ›Silberdistel‹ war, mitgenommen …«

»Ja, das dachte ich mir schon! Aber warum, Gesine?«

Sichtlich nervös zupft sie dauernd an ihrem geblümten Rock herum. Ihr Hals hat auf einmal knallrote Flecken bekommen. »Ich … ähmm …«

Müde lässt sie sich auf ihr mit hellblau gestärkter Bettwäsche bezogenes Ehebett sinken.

»Ach Kerstin … das ist alles soo lange her. Aber als du auf einmal aufgetaucht bist, war es, als ob jemand die Vergangenheit zurückgeholt hätte. Plötzlich musste ich an all das denken, was damals geschehen ist …«

»*Was* ist denn geschehen?«

Ich setze mich neben sie. Gesine schaut auf ihre Hände, die klein und dick und bis auf den Ehering schmucklos in ihrem Schoss liegen. Sie seufzt.

»Wir waren alle so jung … und so unbeschwert. Es war ein wunderbarer Sommer, schon im Mai war es herrlich warm. Malte und ich waren seit drei Jahren verheiratet und ich wünschte mir nichts sehnlicher als ein Kind von ihm. Er aber fühlte sich noch zu jung und wollte immer nur mit den anderen zusammen irgendwo feiern gehen. Es reichte ihm nicht, mit mir in der Stube zu sitzen. Ich spürte, dass er unzufrieden war … er veränderte sich von Woche zu Woche, Tag zu Tag mehr. Er sprach nicht mehr mit mir und wollte auch nicht mehr mit mir … alleine sein … wenn du verstehst …Ich ahnte, dass eine andere Frau dahintersteckte. Und deine Mutter … sie war so schön! Alle Männer waren verrückt nach ihr. Doch sie bemerkte es nicht einmal. Wir waren eine ganze Gruppe von jungen Leuten, die immer zusammen waren. Darunter war auch Jens, der total in Marie verknallt war. Aber auch ihn ließ sie am ausgestreckten Arm verhungern. Das machte mich misstrauisch. Irgendjemanden musste sie doch haben! Und dann hörte ich das Gerücht, dass sie schwanger sei … Ich dachte, eine Welt bricht zusammen. Für mich war alles klar: Malte, der sich immer mehr von mir zurückzog … und heimliche Stunden verbrachte. Und sie, die angeblich nie einen Freund hatte und auf einmal schwanger war. Von wem denn? Es konnte doch nur eine heimliche Liebe sein!«

Gesine fängt an zu weinen. Sie tut mir in diesem Moment unendlich leid! Heute ist ihr Hochzeitstag und da komme ich und erinnere sie an eine leidvolle Zeit in ihrem Leben.

Doch was mache ich da? Schon wieder suche ich die Schuld bei *mir* … dabei hat *sie* doch das Bernsteinkästchen gestohlen.

Darum antworte ich auch nicht, sondern lasse sie weiterreden.

»Wir waren wieder einmal alle zusammen in der ›Heiderose‹. Auf einmal ging Marie alleine nach draußen, als ob sie auf jemanden wartete. Ich schlich ihr nach und beobachtete sie. Sie saß auf einem Stein im Garten und blickte traumverloren in die Sterne. Da sprach ich sie an und fragte sie, auf wen sie denn warten würde. Sie antwortete schnippisch: ›Auf niemanden!‹ Doch ich glaubte ihr nicht und sagte ihr auf den Kopf zu, dass sie ein Verhältnis mit Malte hätte. Marie prustete los und meinte: ›Du spinnst ja, Gesine!‹ Sie lachte mich einfach aus und ließ mich stehen … diese arrogante Zicke! Darauf trank ich eine ganze Flasche Wein alleine aus. Malte saß wie üblich bei seinen Freunden und beachtete mich nicht. Ich ging zu ihm und sagte, ich müsse ihn dringend sprechen. Als wir draußen waren, stellte ich ihn genauso zur Rede wie vorher Marie … ich warf ihm an den Kopf, dass er ein Verhältnis mit ihr habe. Natürlich stritt er alles ab. Zuerst war er amüsiert, dann geschmeichelt … aber als ich keine Ruhe gab und ihn immer weiter beschuldigte, schrie er mich an: ›Hör endlich auf mit deiner dämlichen Eifersucht! Marie hat doch einen Freund, du blöde Kuh! Nur darf niemand von ihm wissen. Aber ich bin es ganz sicher nicht! Sondern der Typ aus dem Westen, der hier immer herumlungert. Vielleicht konzentrierst du deine Spionagetätigkeit zur Abwechslung mal auf die zwei! Die werden nämlich beide nicht mehr lange hier sein!‹«

Natürlich … denke ich, das wusste Malte ja von Ingrid. Und als er sich angegriffen fühlte, gab er dieses Wissen preis.

»Malte war tödlich beleidigt und ging wieder hinein. Ich aber war total am Ende und heulte. Da kam auf einmal Jochen heraus, Petras damaliger Liebhaber. Ich kannte ihn eigentlich nicht so gut, er war aus Stralsund und nicht so oft auf der Insel.

Aber als er mich da so sitzen sah … wie ein Häufchen Elend … setzte er sich mit einer Flasche Wein zu mir. Und ich schüttete ihm mein Herz aus. Über meine dämliche Eifersucht und meine Angst, Malte zu verlieren … und meinen Verdacht auf Marie, die aber angeblich mit dem Westdeutschen zusammen wäre … und mit diesem sogar abhauen wollte. Ich erzählte ihm wirklich *alles*! Nach langer Zeit hörte mir mal wieder jemand richtig zu. Dass Jochen bei der Stasi war, habe ich doch nicht gewusst … erst viel später erfahren.«

Gesine schnieft wieder und ich reiche ihr ein Taschentuch aus meiner Handtasche. Auf einmal verstehe ich alles.

Gesine war die Verräterin. Unabsichtlich und aus Eifersucht heraus hat sie Maries Fluchtpläne an einen Wildfremden ausgeplaudert …

»Erst als ich erfuhr, dass Marie tatsächlich abgehauen und im Gefängnis gelandet war, machte ich mir meine Gedanken. *Ich* war schuld daran, dass eine Freundin von mir im Gefängnis saß! Das habe ich mir selbst nie verziehen.«

»Schhhh …«, beruhige ich Gesine und nehme sie in die Arme. »Du hast keine Schuld. Du konntest doch nicht wissen, dass …«

»… dass Jochen bei der Stasi war und das Auto von diesem Stefan genauer unter die Lupe genommen wird? Doch, ich hätte vorsichtiger sein müssen, ich kannte ihn doch gar nicht.«

Irgendwie haben sie alle Schuld auf sich geladen: Malte, der Gesine betrogen hat. Ingrid, die seine heimliche Geliebte war. Stefan, der Marie nicht die Wahrheit über seine Frau in Lüneburg gesagt hatte. Marie, die völlig zu Unrecht ihre einzige Schwester beschuldigte. Und Gesine natürlich, die unabsichtlich zwei unschuldige Menschen verriet, deren einzige Schuld darin bestand, dass sie sich liebten, obwohl sie es eigentlich nicht durften.

Sie alle haben diese Schuld ihr Leben lang mit sich herumgetragen und jeder auf seine eigene Weise damit umzugehen versucht.

Ingrid hat versucht, alles zu vergessen und auf eine eigene Familie verzichtet. Sie ist sogar eine Freundschaft mit der Frau eingegangen, die ihrem eigenen Glück im Wege stand.

Malte wurde mit der Geschichte insofern fertig, indem er versuchte, nach seiner Affäre seiner Frau in all den folgenden Jahren ein guter Ehemann zu sein, was ihm auch gelang.

Marie, indem sie einen Mann heiratete, den sie zwar nicht liebte, der aber ein wunderbarer Vater für ihr Kind war.

Und Stefan, indem er zu seiner Frau zurückkehrte und ihr ein Leben lang ein ›guter Kamerad‹ war.

Gesine löst sich aus meinen Armen und räuspert sich. »Als ich neulich in der ›Silberdistel‹ war, entdeckte ich auf einmal das Bernsteinkästchen und die Schulhefte darin, die offenbar Maries Tagebuch waren. Weil ich kurz darauf jemanden die Treppe herunterkommen hörte, steckte ich es schnell in meine Einkaufstasche. Ich wollte es zurückbringen, ehrlich Kerstin. Ich wollte nur in dem Heft lesen, wie das alles damals wirklich war …«

Und ob Marie nicht vielleicht *doch* etwas mit Malte hatte … und um damit ihre Schuldgefühle ihr gegenüber ein für allemal loszuwerden, denke ich im Stillen. Laut sage ich aber: »Nun hör schon auf zu weinen, Gesine. Es ist doch alles gut! Die Vergangenheit ist längst passé. Meiner Mutter geht es heute blendend und dir ganz offensichtlich auch! Heute ist *euer* Hochzeitstag und den solltest du von Herzen feiern und glücklich sein. Also ist es höchste Zeit, sich ein wenig frisch zu machen!«

Ich sehe sie an, die von Petra geschnittenen und gefönten Haare, das hübsche Kleid.

Und die roten, verweinten Augen, an denen *ich* schuld bin.

»Was hältst du davon, wenn ich dich ein bisschen schminke, Gesine? Weißt du, ich bin nämlich Kosmetikerin!«

Am Tag nach Gesines und Maltes Hochzeitstag hole ich Petra nach der Arbeit in ihrem Friseursalon ab und entführe sie auf einen Prosecco in die ›Boje‹.

Hier herrscht wie üblich reges Treiben und viele braungebrannte Urlauber sitzen zwischen gut gelaunten Einheimischen und plaudern. Laute Countrymusik übertönt wie üblich das Stimmengewirr und wir haben Mühe noch ein Plätzchen am Tresen zu finden. Verstohlen blicke ich mich im Gastraum um, aber kann weder Dirk noch Mareike irgendwo entdecken.

Vermutlich richten sie gerade ihr neues »schickes In-Lokal Hai-Society« in Stralsund ein, denn ich sehe nur die hübsche Jule und ein anderes langbeiniges Wesen in Shorts, die mit vollen Tabletts unter den bewundernden Blicken der am Tresen sitzenden Männern zwischen den Tischen herumwuseln.

»2 Prosecco!«, ruft Petra Jule gerade zu und grinst mich an. »Wenn man es nicht *so* macht, kommt man zu nichts!«

Petra sieht heute wieder einmal richtig hübsch aus. Wie so oft denke ich, dass dies hauptsächlich ihrer positiven Lebenseinstellung zu verdanken ist. Ihre Augen strahlen mit ihrem Lächeln um die Wette, auch wenn sie heute Abend nur mit mir und nicht mit einem männlichen Wesen unterwegs ist. Nun, da ich weiß, dass nicht Petra meine Mutter und Stefan verraten hat, habe ich ihr gegenüber ein unglaublich schlechtes Gewissen, weil ich ihr am Dornbusch zu Unrecht so große Vorwürfe gemacht habe. Außerdem möchte ich noch einmal in Ruhe mit ihr reden und sie nach diesem Jochen fragen.

»Petra, ich wollte mich noch einmal bei dir entschuldigen. Wegen vorgestern«, fange ich vorsichtig an.

»Ach Kerstin … lass mal gut sein. Es ist schon in Ordnung. Das alles ist so lange her«, seufzt sie gerade und betrachtet dabei die Männer am Tresen.

»Ich glaube, ich sollte mich so langsam besser auf meine Zukunft konzentrieren. Wenn ich mir die Typen hier so anschaue, dann muss ich zugeben, dass Wolle vielleicht doch keine so schlechte Wahl wäre.«

»Das finde ich auch, Petra! Ich kenne Wolle zwar nicht sehr gut … aber er scheint ein ganz netter und lieber Typ zu sein.«

»Ein netter und lieber Typ … das ist er zweifellos. Nicht gerade der ‹Cowboy‹ unter den Kerlen, wenn du mich verstehst! Aber er bringt mich zum Lachen. Das ist doch schon mal was. Und er ist zuverlässig. Wenn ich sage: »Wolle, kannst du mir bitte meine neue Ikea-Kommode zusammenschrauben, dann steht er noch am selben Tag mit seiner Werkzeugkiste vor meiner Tür. Gut, er ist auch nicht der Mann, der einem Blumen und Pralinen mitbringt und einem sagt, dass man die schönste Frau der Welt ist. Aber braucht man das?«

»Ich weiß nicht, Petra. Manche Frauen vielleicht schon«, antwortete ich nachdenklich.

»Aber mir ist auch ein Mann lieber, auf den ich mich verlassen kann.«

Wieder einmal muss ich an Marc und Katrin, eng umschlungen auf unserem gemeinsamen Sofa, denken.

»Und ich glaube, auf Wolle könntest du wirklich zählen. Das sagt mir meine innere Stimme. Aber du musst auf dein Herz hören. Was sagt es dir? Wenn du ihn nicht liebst, dann macht es keinen Sinn. Dann bleibt er besser der ›Hintertürchenmann‹.«

Petra denkt einen Moment nach und antwortet dann leise:

»Liebe? Was ist denn das genau? Ist es nicht auch gerade das, dass man sich auf jemand verlassen kann? Dass derjenige für dich da ist, wenn es dir einmal schlecht geht?«

Ich denke an die Worte, die Stefan bei unserer ersten Begegnung zu mir gesagt hatte:

»Liebe hat viele Gesichter, Kerstin.«

»Dieses ganze Gedöns mit den Schmetterlingen und so … weißt du, das brauche ich in meinem Alter nicht mehr so. Ich war so oft verliebt und dann hat sich hinterher das, was ich für Liebe hielt, als Seifenblase entpuppt.«

Das ist doch eine gute Gelegenheit, Petra nach diesem

Jochen zu fragen. Der damals angeblich bei der Stasi war und von dem ich glaube, dass er derjenige sein könnte, der meine Eltern verraten hatte.

»Sag mal, Petra … ich weiß, dass du jetzt mehr an deine Zukunft als an deine Vergangenheit denkst, aber darf ich dich was fragen? War bei den Typen, in die du verliebt warst, vielleicht auch ein Jochen dabei?«

Petra sieht mich schon wieder misstrauisch an.

»Du kannst es nicht lassen, oder? Wie kommst du denn jetzt auf Jochen? Das ist doch nun wirklich schon ewig her. Und richtig verliebt war ich sicher nicht in ihn. Jochen Steinke …

Er war aus Stralsund und auf einem der Dampfer, die immer zwischen Stralsund und Hiddensee fuhren, tätig. Deshalb war er im Sommer auch oft auf Hiddensee. Irgendjemand hat ihn eines Tages mitgebracht und seitdem versuchte er ständig, sich bei uns dranzuhängen. Manchmal konnte er ganz witzig sein, aber richtig befreundet waren wir eigentlich nie. Er tauchte immer wieder mal auf und verbrachte einen lustigen Abend mit uns. Irgendwann hat sich dann nach einem feuchtfröhlichen Abend so ein kleines Techtelmechtel mit ihm ergeben. Wir haben ein paarmal …« Petra zwinkert mir zu und grinst dabei.

»Aber ich mochte ihn nicht wirklich richtig gerne. Er stellte auch immer so blöde Fragen, die ich ihm natürlich nicht beantwortet habe.«

»Fragen?«

»Ja, er wollte immer alles genau wissen über meine Freunde. Aber so blöd war ich ja nun nicht. So gut kannte ich ihn doch gar nicht. Und ich habe einen großen Unterschied gemacht zwischen den Freunden, mit denen ich gefeiert habe und denen, denen ich wirklich vertraute.

Das haben wir eigentlich alle so gehandhabt in der DDR.

Aber es gab offenbar andere Leute, die ihm vertrauten. Denn nach der Wende stellte sich heraus, dass er nicht nur in unserer Clique versucht hatte, ›Freunde‹ zu gewinnen. Einer war Kurt Wolter, der eigentlich aus Kloster kam, und der hat sich gewundert, dass er in Stralsund nicht nur grundlos seinen Job in einem Hotel verloren hatte, sondern auch nirgends eine schöne Wohnung bekam. Er fragte sich, ob es nur daran gelegen haben konnte, dass er hin und wieder flapsige Bemerkungen über die DDR gemacht hatte. Oder weil er hin und wieder nach Ungarn fuhr und dort auch Kontakte zu Westdeutschen unterhielt. Er stellte die Vermutung an, dass er vielleicht ein Opfer der Firma ›VEB Horch und Guck‹ geworden war.«

»›Horch und Guck?‹«, frage ich belustigt.

»Ja, so nannte man das Ministerium für Staatssicherheit der DDR in der Umgangssprache«, lacht Petra.

»Jedenfalls stellte Kurt nach der Wende einen Antrag auf Einsichtnahme in seine Stasiakte und konnte dort schwarz auf weiß lesen, dass er als nicht linientreuer, unbequemer Querulant galt. Ein Stasimitarbeiter, IM ›Klabautermann‹ hatte alles, was Kurt je Negatives über die DDR gesagt hatte, haarklein weitergegeben, und darüber hinaus erwähnt, dass Kurt seine eigene Mithilfe, sprich seine Freunde auszuhorchen, strikt verweigert hatte. Aus den Texten und Daten ging eindeutig hervor, dass es sich bei IM ›Klabautermann‹ nur um einen einzigen gehandelt haben konnte: Jochen Steinke. Jochen, den er für seinen Freund gehalten hatte. Kurt kam eines Tages bei mir im Laden vorbei und war total schockiert. Er erzählte mir alles und erinnerte mich daran, dass Jochen ja auch bei uns hin und wieder dabei war.«

Petra stutzt und denkt einen Augenblick nach. Um mir dann direkt in die Augen zu sehen.

»Du willst mir doch jetzt nicht wieder unterjubeln, dass die Flucht von Marie und Stefan womöglich gescheitert ist, weil *ich* Jochen davon erzählt habe?«

»Aber nein, Petra auf gar keinen Fall! Ich weiß, dass du das nicht getan hast!«

»Und wie kommst *du* jetzt auf einmal auf Jochen?«

Petra ist immer noch misstrauisch.

»Ich weiß es auch nicht so genau«, lüge ich sie an, denn ich will auf keinen Fall einen Freundschafts-Zwist zwischen Petra und Gesine heraufbeschwören.

»Irgendjemand hat vor Kurzem den Namen fallen lassen im Zusammenhang mit der Stasi und ich dachte, ich frage dich einfach mal danach. Immerhin hätte es doch so sein können. Wenn Jochen bei der Stasi war, dann könnte es vielleicht doch er gewesen sein, der meine Eltern verraten hat.«

»Hm.«

Petra bestellt noch einen Prosecco für sich selbst und den obligatorischen Sanddornlikör für mich. »Vielleicht hast du recht. So könnte es tatsächlich gewesen sein! Er hat mich in der Tat auch öfter über Marie ausgefragt. Damals dachte ich, er sei vermutlich scharf auf sie, wie die meisten Männer. Natürlich habe ich ihm weder über sie noch über sonst jemand irgendwas erzählt. Also von mir wusste er garantiert nichts.« Petra nimmt einen Schluck und sieht mich wieder an.

»Weißt du, Kerstin nach unserem aufregenden Gespräch am Dornbusch habe ich mir Gedanken gemacht und versucht, mich in dich hinein zu versetzen. Es ist sicher nicht einfach für dich, plötzlich mit der Vergangenheit deiner Mutter konfrontiert zu werden. Und ich finde, es ist dein gutes Recht, zu erfahren, wie das alles damals gelaufen ist! Ich glaube, ich würde es auch wissen wollen und keine Ruhe geben, bis ich die Wahrheit wüsste. Warum versuchst du nicht auch, Einsicht in die Stasiakte deiner Mutter zu nehmen? Dort wird doch sicher alles drin stehen, was dich interessiert.«

»Geht das denn so einfach?«, frage ich neugierig.

Ich habe zwar schon davon gehört, dass auch Familienangehörige Einsicht in diese Akten nehmen können, aber mich nie näher mit diesem Thema befasst. Das musste ich ja bis jetzt auch nicht.

»Ich denke schon«, antwortet Petra.

»Aber ich glaube, deine Mutter muss zustimmen, oder besser noch, den Antrag selbst stellen!«

»Vergiss es!«, unterbreche ich sie.

»Meine Mutter hat ihre Vergangenheit irgendwie komplett aus ihrem Hirn ausgeblendet.

Ich glaube, ihre Flucht, der Gefängnisaufenthalt, der Verlust ihrer großen Liebe, das alles war ein absolut traumatisches Erlebnis für sie. Sie wollte nur noch vergessen.

Was ihr auch mehr oder weniger gut gelang. Solange, bis mich Ingrid nach Hiddensee geholt hat. Viele Erinnerungen tauchten auf einmal wieder auf, die sicher sehr schmerzhaft für sie waren und die sie durch ihr neues Leben am Bodensee viele Jahre erfolgreich verdrängt hatte. Aber es kamen ja auch viele schöne Erinnerungen wieder zurück! Dadurch, dass meine Mutter und Ingrid sich endlich wieder versöhnt haben, sieht es so aus, als ob das Glück wenigstens ein bisschen in ihr Herz zurückgekehrt ist. Ich weiß nicht, ob es so gut wäre, wenn sie diese Akte liest. Wird dann nicht alles wieder aufgewühlt?«

Petra nickt bedächtig.

»Vielleicht hast du recht. Auch wenn ich nach wie vor glaube, dass sie wissen sollte, was damals wirklich geschah. Du aber auch. Und deshalb solltet ihr den Antrag stellen, Kerstin. Es ist wichtig für euch beide.«

Wie wahr das ist. Es ist wichtig für uns beide. Meine Mutter hat ein Recht darauf, zu erfahren, ob sie damals wirklich verraten wurde. Selbst wenn sich dabei herausstellen sollte, dass es sich bei dem Verräter um einen Freund gehandelt hatte. Und ich? Ich habe viel herausgefunden, aber die Wahrheit noch immer nicht richtig ans Licht gebracht.

Aber all dies gehört auch zu meinem Leben.

Nachdenklich radele ich zurück in die ›Silberdistel‹. Der Wind hat wieder aufgefrischt und ich bin froh, schon kurz darauf wieder in der warmen Stube zu sein. Ich bereite mir eine große Kanne Tee und mache es mir damit, dem Kätzchen zu Füßen, das sich wieder einmal mit mir ins Haus geschlichen hat, und den alten Fotoalben, die ich auf dem Dachboden gefunden habe, auf dem Sofa gemütlich. Ich betrachte das Foto von meiner Mutter, Ingrid und meinen Großeltern. Sie sehen so glücklich darauf aus. Damals konnten sie nicht ahnen, dass dieses Glück schon bald zerbrechen würde.

Ich wähle die Handynummer meiner Mutter und sie ist auch gleich am Apparat.

»Kerstin! Dass du so spät noch anrufst«, begrüßt sie mich gähnend.

»Ich wollte nur mal kurz hören, wie es Ingrid geht.«

»Ach, na ja. Schwer zu sagen. Die Ärzte sagen, sie habe die Operation gut überstanden. Aber irgendwie ist sie immer sehr müde. Wir haben heute den ganzen Tag wieder geredet und dabei ist sie immer wieder eingeschlafen.«

»Das ist ja auch kein Wunder. Es war ja eine nicht ganz einfache Operation«, gebe ich zu bedenken.

Ganz zu schweigen von der Aufregung, ihre Schwester nach so vielen Jahren wiederzusehen.

»Ach Kerstin, ich fühle mich so schlecht. Ich habe so viel falsch gemacht! Und dabei Menschen vor den Kopf gestoßen, die ich doch liebe«, schluchzt meine Mutter auf einmal unvermittelt. »Was, wenn es jetzt zu spät ist?« Meine Mutter fängt an zu weinen.

»Mama, hör sofort auf mit diesen Selbstvorwürfen! Hast du nicht gesehen, wie glücklich du Ingrid gemacht hast?«

»Ja, schon, aber es ist soviel Zeit vergangen. Wir haben, ich habe ein ganzes Leben vergeudet.«

Ihre Schuldgefühle kann ich gut verstehen. Keiner wird sie ihr je nehmen können. Dennoch versuche ich, sie zu trösten:

»Das ist doch nicht wahr, Mama. Ich finde zwar auch, dass du dich falsch verhalten hast, aber du hast deinen Preis dafür gezahlt und dich viele Jahre quasi selbst bestraft, indem du auf den Kontakt zu deiner Familie verzichtet hast. Aber es ist doch noch nicht zu spät. Ich bin jedenfalls Ingrid unfassbar dankbar dafür, dass sie den ersten Schritt getan hat und mich auf die Insel geholt hat. Das hätte sie schon längst tun sollen. Aber ihr wart eben beide zu stur.

Wichtig ist doch, dass wir jetzt wieder zusammen und eine Familie sind. Außerdem hat es sich nach all den Jahren herausgestellt, dass es nicht Ingrid war, die euch verraten hat. Dennoch finde ich, du solltest herausfinden, ob es damals Zufall war, dass Stefan und du an der Grenze kontrolliert wurdet, oder ob es wirklich einen entsprechenden Tipp von jemandem gab.«

»Wie meinst du das?«, schnieft meine Mutter immer noch ins Telefon.

»*Wen* meinst du damit, etwa Petra?«

»Nein, auf gar keinen Fall! Ich weiß nicht, ob es überhaupt so war. Ich denke nur, wir sollten uns Klarheit verschaffen und einen Antrag stellen. Einen Antrag auf Einsicht in deine Stasiakte. Beim »Bundesbeauftragten für die Unterlagen des Staatsicherheitsdienstes der ehemaligen Deutschen Demokratischen Republik.«

Das habe ich inzwischen im Internet recherchiert. Wie erwartet ist meine Mutter jedoch alles andere als begeistert von dieser Idee.

»Kerstin, ich weiß nicht. Ich habe früher auch schon einmal daran gedacht, aber ich hatte einfach Angst.«

Sie braucht nicht weiterzusprechen. Ich weiß, wovor sie Angst hatte. Sie hatte Angst davor, schwarz auf weiß zu lesen, dass jemand, den sie geliebt und dem sie vertraut hatte, sie vielleicht verraten haben könnte. Lieber verschloss sie die Augen vor dem, was sie für die Wahrheit hielt. Und ihr Herz.

»Bitte Mama! Es ist wichtig für uns beide, die Wahrheit zu erfahren. Ich glaube nicht, dass du in dieser Akte etwas Schlechtes über die Menschen, die dir nahe waren, lesen wirst.«

Und das meine ich so.

Von meinen Gedanken über diesen geheimnisvollen Jochen erwähne ich lieber mal noch nichts. Ich möchte nicht schon wieder jemand zu Unrecht verdächtigen, der möglicherweise mit der ganzen Sache nichts zu tun hat. Trotzdem geht mir seit den Gesprächen mit Gesine und Petra sein Name nicht mehr aus dem Kopf. Was mag er für ein Mensch sein? Wie konnte er anderen Freundschaft vorspielen und mit ihnen feiern, um sie kurz darauf heimtückisch in die Pfanne zu hauen und wichtige und unwichtige Dinge aus ihrem Privatleben weiter zu geben? Hatte er einen persönlichen Vorteil davon?

Ich erinnere mich, dass ich einmal einen Bericht über einen ehemaligen Stasimitarbeiter gelesen hatte, der sich damit herausredete, dass er selbst nicht als auffällig und dem Staat nicht zugetan gelten wollte und sich deshalb zur Mithilfe überreden ließ. Ob Jochen so einer war?

Es kann ja sein, dass nicht alle ehemaligen Stasileute heimtückische Spitzel waren.

Manche waren vielleicht wirklich nur so ideologisch verblendet und derart überzeugt von dem Staat DDR, dass sie glaubten, das Richtige zu tun, um etwaige Feinde des Systems zu entlarven und somit die guten DDR-Bürger zu beschützen.

Manche wollten vielleicht lediglich jene Vorteile nutzen, die ihnen durch diese Mithilfe zuteil wurden, wie bessere Wohnungen, berufliche Aufstiegschancen und dergleichen.

Für mich, die ich im Westen aufgewachsen bin und nichts anderes als die Freiheit kennengelernt habe, ist es schwer, die Handlungsweisen von Menschen wie Jochen zu verstehen. Wieder einmal hat der Wind aufgefrischt und treibt düstere Wolken über das wilde Meer. Sie sind so dunkel wie meine Gedanken. Und doch habe ich das unbestimmte Gefühl, dass wir schon bald wissen werden, wie sich alles zugetragen hat.

Auch, wenn wir die Geschehnisse nicht rückgängig machen können …

Wir werden die Wahrheit ans Licht bringen!

17. KAPITEL

Drei Monate später … Auf zu neuen Ufern!

Es ist dieser Himmel über mir … unvergleichlich groß … unvergleichlich blau … unvergleichlich schön.

Wieder sitze ich auf dem kleinen Schiff von Schaprode nach Neuendorf und spüre die warme Sonne, die noch immer hell vom Himmel scheint, obwohl es bereits Herbst ist. Vor mir liegt die kleine Insel, so zauberhaft schön, wie ein Gemälde.

Ich betrachte die vielen Schwäne, die hier auf dem Bodden zu Hause sind. Es sind unglaublich viele, so viel mehr als am Bodensee.

Der Wind fährt sanft durch mein Haar, das unbedingt wieder einmal geschnitten werden muss. Vielleicht sollte ich einen kleinen Besuch bei Petra machen, solange ich auf der Insel bin?, denke ich.

Ich schließe die Augen, höre das Schiffsmotorengeräusch, das mir inzwischen so vertraut ist wie der Motor meines Autos. Meine Gedanken schweifen zu meiner ersten Fahrt hierher, im Frühjahr, als ich total ausgebrannt und enttäuscht auf Hiddensee ankam und eigentlich nur eine kleine Pause von meinem anstrengenden Alltag einlegen wollte.

So viel ist seitdem geschehen! Geheimnisse wurden ersetzt durch Wahrheiten, alte Familienbande neu geknüpft, Beziehungen aufgelöst und Freundschaften geschlossen.

Marc und ich haben uns endgültig getrennt.

Der Tag nach der stürmischen Nacht, in der ich mit Petra in der ›Boje‹ über die Liebe und über Jochen gesprochen hatte, war ganz klar, der Himmel tiefblau und die See wie blank poliert. Und auch meine Gedanken waren auf einmal glasklar.

Als Marc mich anrief und mir Vorwürfe machte, weil ich schon wieder einfach verschwunden sei und nicht auf seine Anrufe reagiert hätte, sagte ich nur: »Ach Marc, ich dachte nicht, dass du mich sehr vermissen würdest. Schließlich hast du doch das ›Kuschelhäschen‹!«

Er war einen Moment lang verblüfft und versuchte dann, sich herauszureden.

Doch ich unterbrach ihn und sagte: »Ich glaube, unsere Zeit, so wunderschön sie gewesen sein mag, ist einfach vorbei. Und zwar nicht, weil deine ›Kuschelhäschen-SMS‹ irrtümlicherweise auf meinem Handy gelandet ist und dein Auto vor Katrins Haus stand … oder ich euch beide nackt auf unserem Sofa erwischt habe. Vielmehr haben mir diese Dinge gezeigt, dass schon lange etwas nicht gestimmt hat bei uns.«

»Kerstin, es tut mir so leid. Ich hatte so gehofft, wir könnten da weitermachen, wo wir aufgehört hatten. Deshalb bin ich extra nach Hiddensee gekommen … aber du hast ja auch dort abweisend reagiert.«

»Ja, Marc, du hast dich bemüht. Glaub mir, mir tut das Ganze wirklich sehr leid! Ich habe hier auf Hiddensee viel nachgedacht. Natürlich gebe ich dir nicht alleine die Schuld. Mir ist bewusst, dass ich auch viel falsch gemacht und dich viel zu oft allein gelassen habe! Aber ich habe mir wohl auch etwas anderes gewünscht … einen richtigen Partner, der für mich da ist! Der auf mich wartet und auffängt, wenn ich ihn brauche. Und nicht ständig Erwartungen an mich stellt, um sich dann, wenn ich die Erwartungen nicht erfülle, mit meiner besten Freundin einzulassen. So gesehen haben sich unserer beider Erwartungen wohl nicht erfüllt!«

Als ich die Worte aussprach, wurde mir endlich bewusst, dass ich schon die ganze Zeit so gedacht hatte. Ich hatte es mir nur nicht eingestehen wollen. Vielleicht war dieser Gedanke ja schon viel länger da gewesen und ich hatte die Hochzeit nicht nur aus ›terminlichen Gründen‹ abgesagt und auf unbestimmte Zeit verschoben. Weil ich instinktiv gefühlt hatte, dass es nicht das Richtige mit uns war!

Wenn ich dagegen an die Liebesgeschichte meiner Mutter und Stefan denke: Was sie alles riskiert und auf sich genommen hatten, nur um zusammen zu sein!

Wie hatte Stefan gesagt: ›Wenn man jemanden wirklich liebt, dann will man nur mit diesem Menschen zusammen sein. Alles andere ist unwichtig.‹

Mir wurde bewusst, dass ich Marc wohl doch nicht so sehr geliebt hatte. Denn richtig gefehlt hat er mir auf Hiddensee eigentlich nicht, nur unsere gemeinsamen schönen Erlebnisse und die Sicherheit einer festen Beziehung.

»Es passt einfach nicht mehr mit uns, Marc … Ich wünsche dir alles Gute!«, sagte ich leise. Und auf einmal tat es doch weh.

Tränen liefen mir über das Gesicht, als er antwortete: »Na gut, du scheinst es wirklich ernst zu meinen, Kerstin. Ich habe es versucht … aber es hat nicht funktioniert. Danke für die schöne Zeit mir dir!«

Auch wenn es heute, nachdem einige Wochen vergangen sind, noch immer schmerzt, habe ich keine Zweifel, dass die Entscheidung richtig war. Marc und ich wären auf Dauer nicht glücklich miteinander geworden. Es wäre immer nur eine halbherzige Sache gewesen. Wir konnten unsere Ansprüche gegenseitig nicht erfüllen und hätten uns auf Dauer nicht gut getan. Wahrscheinlich hätte ich – wie meine Mutter – irgendwann mein Herz eingefroren.

Vor Kurzem habe ich Marc und Katrin zusammen in Friedrichshafen an der Uferpromenade gesehen. Sie wirkten sehr verliebt und der kleine Paul hüpfte fröhlich vor ihnen her.

Natürlich gab es mir einen Stich, und doch war es gleichzeitig ein gutes Gefühl, den kleinen Jungen so glücklich zu erleben. Endlich hat auch er einen Vater, der sich um ihn kümmert.

Katrin und ich haben uns am Telefon ausgesprochen. Sie versuchte, mir zu erklären, dass sie das alles nicht so gewollt, sich aber wirklich in Marc verliebt hatte. Und dieses starke Gefühl für ihn hatte alles andere in den Hintergrund gedrängt. Sosehr ich sie auch verstehen kann, habe ich immer noch Mühe, ihr zu verzeihen. Der Vertrauensbruch von ihrer Seite hat mich, wenn ich ehrlich bin, wesentlich mehr geschmerzt als der von Marc, dem Mann, den ich heiraten wollte. Katrin war meine engste Vertraute, ein Mensch, auf den ich mich seit Kindheitstagen hundertprozentig verlassen konnte. Ich hätte meine Hand für sie ins Feuer gelegt! Von ihr derart hintergangen zu werden, kann ich nicht von heute auf morgen vergessen. Auch wenn ich ihr wirklich Glück wünsche, denn auch sie hat ja nur ein Herz, das nach Liebe sucht.

Wer weiß, vielleicht wartet ja auch auf mich noch irgendwo das Glück?

Marc und ich haben vereinbart, dass er die Möbel behält, sodass ich nur meine privaten Sachen aus der Wohnung holen musste. Ich wohne inzwischen wieder in meinem alten Jugendzimmer bei meiner Mutter, habe aber meist das ganze Haus für mich allein. Meine Mutter ist nämlich sowieso so gut wie nie zu Hause.

Nachdem das Bernsteinkästchen endlich wieder in die richtigen Hände gekommen war und ich ihr noch mehr von der Begegnung mit Stefan erzählt hatte, wurde sie nämlich unruhig. Sie betrachtete das Papier mit Stefans Adresse, das ich ihr gegeben hatte, und legte es wieder weg. Dann holte sie es wieder hervor … um es gleich danach wieder wegzulegen. So ging es eine Weile hin und her, bis ich es irgendwann nicht mehr aushielt und sagte: »Jetzt ruf ihn schon endlich an!«

Das erste Telefongespräch dauerte allein zwei Stunden. Dann verabredeten sich die beiden in Hamburg. Da mein Termin mit Herrn Koch von ›Celine Dupont‹ dort noch ausstand, konnte ich meine Mutter wunderbar im Auto mitnehmen. Sie war aufgeregter als ein Schulmädchen vor dem ersten Schultag! Sollte sie doch nach so vielen Jahren zum ersten Mal dem Mann wieder begegnen, den sie zuletzt gesehen hatte, als er ihr half, in seinen Kofferraum zu klettern.

Ich weiß nicht, was die beiden miteinander sprachen an diesem Tag, bei diesem ersten Treffen in Hamburg. Und ob es ihnen je gelingen wird, die Schatten der Vergangenheit zu vergessen. Ich weiß nur, dass meine Mutter seit diesem Tag ein anderer Mensch geworden ist.

Denn an jenem Abend fuhr sie nicht wie geplant von Hamburg mit mir zurück nach Hause, sondern schrieb mir nur eine kurze SMS: ›Alles in Ordnung, Kleines. Mach dir keine Sorgen! Stefan und ich wollen noch ein bisschen Zeit miteinander verbringen. Deshalb nehme ich mir hier ein Zimmer! Danke für alles!‹

Und die beiden verbringen in der Tat sehr viel Zeit miteinander! Meine Mutter ist häufig bei Stefan in Lüneburg, doch Stefan hat inzwischen auch den Bodensee lieben gelernt und kommt regelmäßig zu uns. Über diese Besuche freue ich mich auch immer sehr. Stefan und ich sind uns seither sehr viel nähergekommen und auch, wenn ich ihn noch immer nicht ›meinen Vater‹ nennen kann, ist aus dem Fremden mittlerweile ein Freund geworden. Jemand, auf den man sich verlassen kann und in dessen Anwesenheit man sich sehr wohlfühlt! Ich kann jetzt sehr gut verstehen, dass meine Mutter sich vor vielen Jahren in diesen Mann verliebt hat. Nicht nur, weil er aus dem Westen kam und deshalb etwas Besonderes für sie war. Es ist etwas zwischen ihnen, das man nicht beschreiben kann. Wie ein unsichtbares Band, das selbst nach so vielen Jahren und so vielen Geschehnissen nicht zerstört worden ist. Die beiden wirken sehr harmonisch auf mich, wie zwei Teile eines Ganzen. Kein Wunder, hat meiner Mutter so viele Jahre etwas gefehlt!

Etwas, das sie kennen- und lieben gelernt hatte und dann von heute auf morgen entbehren musste.

Obwohl sie und ihre eigene Sturheit ja selbst schuld daran waren!

Sie hat sich seit dieser Sache wirklich sehr verändert. Ein bisschen kann man die fröhliche, unbeschwerte junge Frau in ihr erkennen, der ich in ihren Aufzeichnungen begegnet bin und die sie einst gewesen sein muss, bevor das Leben seine Spuren hinterließ.

Ich glaube, sie hat in der letzten Zeit viel nachgedacht und bedauert all die Dinge, die sie falsch gemacht hat. Zugleich freut sie sich jedoch wie ein Kind über das unerwartete Geschenk, das sie vom Leben noch einmal bekommen hat.

Ein Geschenk, das sie ohne Ingrids kleine ›Nachhilfe‹ allerdings nicht erhalten hätte …

Inzwischen ist das kleine Schiff auf Hiddensee angekommen und läuft in den Hafen von Neuendorf ein. Nun spüre ich so langsam, dass es Herbst wird. Die Sonne steht nicht mehr ganz so hoch und es wird schon ein wenig kühl. Ich schließe den Kragen an meiner Jacke und gehe vom Hafen aus mit schnellem Schritt Richtung ›Silberdistel‹.

Es ist seltsam, auf das Haus zuzugehen. Einerseits ist es ein Gefühl des Heimkommens, andererseits bin ich traurig, weil ich dieses Mal nicht erwarten kann, dass die Tür auffliegt und ich mit den Worten: ›Kerstin, du bist schon da! Warum hast du denn nicht angerufen?‹ empfangen werde.

In der Gewissheit, dass das Haus leer und kalt sein wird, werden meine Schritte langsamer.

Ich öffne die Tür und atme tief den vertrauten Duft ein.

Im Haus ist alles unverändert und doch ist alles so ganz anders als im Sommer, als ich zuletzt hier war. Wie immer ist alles blitzsauber, gemütlich und warm. Ich bleibe kurz stehen und genieße die Stille, die nur vom Ticken der Wanduhr unterbrochen wird.

Dann gehe ich nach oben, in ›meine‹ kleine Stube, stelle meinen Koffer ab und öffne das Fenster weit. Das Meer rauscht so laut, als wollte es mich unbedingt in dieser Minute bereits nach draußen locken. Ich kann es wirklich nicht abwarten, wieder hinauszugehen und die wunderbar frische Luft einzuatmen!

Bevor ich allerdings wieder nach unten gehe, öffne ich die Nachttischschublade und tatsächlich: Da ist er … der ›Hühnergott‹, den Dirk mir damals am Strand geschenkt hat. Ich hatte den Stein bei meiner Abreise in der Schublade vergessen und lasse ihn jetzt in meine Jackentasche gleiten.

Beim Hinausgehen treffe ich auf jemanden, der um die Ecke biegt und offenbar bereits auf mich gewartet hat: »Kätzchen, was machst du denn hier?«

Die kleine Katze streicht um meine Beine und ich gehe in die Knie, um sie zu streicheln. »Leider habe ich jetzt keine Zeit für dich … aber wir sehen uns später!«, bedaure ich. Weil ich so getrödelt habe, muss ich mich jetzt nämlich ein wenig beeilen!

Trotzdem nehme ich mir noch einen winzigen Moment, um die kleine Katze, die extra zu meiner Begrüßung gekommen ist, auf den Arm zu nehmen. Wie gut, dass ich mich bei Weitem nicht mehr selbst so unter Druck setze wie noch vor Kurzem!

Denn ich habe im vergangenen Sommer ein paar wichtige Dinge auf dieser stillen Insel gelernt: Zum Beispiel, dass man langsam gehen sollte, wenn man es eilig hat. Denn nicht immer gibt einem das Leben die Zeit für die wirklich wichtigen Dinge oder Menschen, die einem am Herzen liegen.

Und die Zeit, die man verloren hat, kommt nie zurück …

Mein neuer Job macht mir wirklich viel Freude und ich arbeite nach wie vor sehr viel und sehr gerne. Trotzdem gerate ich nicht mehr an die Grenzen meiner Belastbarkeit. Was vielleicht auch ein bisschen damit zu tun haben könnte, dass ich gar nicht mehr für ›Celine Dupont‹ arbeite!

Obwohl ich noch vor ein paar Monaten drauf und dran war, das Angebot des netten Herrn Koch anzunehmen. Jedenfalls befand ich mich bereits auf dem Weg nach Hamburg zu dem Termin mit ihm und hatte meine Mutter im Schlepptau, die sich ja zum ersten Mal wieder mit Stefan treffen wollte. Vor lauter Aufregung über das bevorstehende Date zwang sie mich allerdings bei jeder Raststätte zum Anhalten, weil sie angeblich ständig auf die Toilette musste.

Doch das war gut so! Denn bei einem dieser Stopps holte ich mir gerade einen Cappuccino an der Tankstelle, als mein Handy klingelte. Es war Herr Engel von der Firma ›Tausendschön‹ aus Lübeck: »Hallo, Frau Beier, bitte verzeihen

Sie, dass ich mich erst heute bei Ihnen melde! Aber bei uns in der Firma ging es drunter und drüber ...«, seufzte er. »Wir hatten einige Personalausfälle aufgrund von Krankheit ... dann war noch Messe in Berlin, auf der wir unsere neuen Produkte vorstellen wollten. Die Verpackung dafür war nicht fertig und so weiter ...«

»Aber Herr Engel, das ist doch kein Problem. Das verstehe ich!«, antwortete ich freundlich.

»Danke für ihre Nachsicht! Jedenfalls ... bei dem ganzen Chaos fielen Sie mir auf einmal wieder ein. Sie haben bei ihrem Besuch neulich so einen guten Eindruck hinterlassen ... und ... um es kurz zu machen: Haben Sie noch Interesse daran, für uns zu arbeiten?«

Ich war perplex. Nachdem sich Herr Engel wochenlang nicht gemeldet hatte, war ich eigentlich davon ausgegangen, dass die Firma ›Tausendschön‹ nicht an einer Zusammenarbeit mit mir interessiert war. Und nun das ... gerade, als ich auf dem Weg zu einem Gespräch mit meiner alten Firma war ... war das Schicksal?

»Wie würden Sie sich denn eine Zusammenarbeit mit mir vorstellen, Herr Engel?«, fragte ich neugierig.

»Nun, das würde ich Ihnen gerne in einem persönlichen Gespräch mitteilen, Frau Beier. Ich weiß ja, dass Sie am Bodensee sind ...«

Ich stand da, an dieser Raststätte, mit meinem Pappbecher Kaffee in der Hand und tat etwas vollkommen Irrationales, Verrücktes. In diesem Moment verließ ich mich einzig auf mein Bauchgefühl, auch wenn ich natürlich zum damaligen Zeitpunkt überhaupt nicht sagen konnte, ob es das Richtige war. Dennoch hörte ich mich selber sagen: »Nein, ich bin nicht am Bodensee ... ich bin auf dem Weg nach Hamburg. Also könnte ich bei Ihnen vorbeikommen, sogar heute noch!«

Herr Engel war hocherfreut und so war ich, kaum, dass ich meine Mutter am Hamburger Hafen abgesetzt hatte, bereits wieder auf dem Weg aus Hamburg heraus nach Lübeck.

Schon beim Betreten der Firma ›Tausendschön‹ wurde ich begrüßt wie eine alte Freundin. Irgendwie fühlte ich sofort, dass hier meine Zukunft lag.

Herr Engel bot mir eine Stelle an, die zwar weit mehr Eigenverantwortung von mir fordert, aber gleichzeitig wesentlich schlechter bezahlt ist als mein alter Job. Dennoch willigte ich sofort ein und unterschrieb noch am selben Tag den Arbeitsvertrag. Ich sagte Herrn Koch von ‹Celine Dupont‹ in Hamburg ab und gab meinen Dienstwagen zurück.

Im tiefen Bewusstsein, das Richtige getan zu haben, fuhr ich – wie gesagt ohne meine Mutter – mit der Bahn zurück. Seit diesem Tag bin ich nun auch ein ›Tausendschönchen‹ und bin überaus glücklich dabei!

Ich bin nicht mehr ›nur‹ Repräsentantin der Kosmetikfirma, sondern Verkaufsleiterin für ganz Deutschland. Das hört sich nun so an, als wäre ich noch viel mehr unterwegs als zuvor, ist aber überhaupt nicht so! Ich bin nur dann unterwegs, wenn ich eine neue Repräsentantin für ein neues Gebiet einstellen muss. Das meiste kann ich vom Schreibtisch – oder vom Laptop – aus oder mit dem Telefon erledigen. Einmal im Monat halte ich eine Schulung für die Mitarbeiterinnen ab, bisher meist in der Firma in Lübeck, in Zukunft aber vielleicht abwechselnd in den einzelnen Bundesländern, in denen die Mädels arbeiten. Ich habe einen neuen Dienstwagen, der keinerlei Ähnlichkeit mit dem schicken Audi von ‹Celine Dupont‹ hat, der mich allerdings auch überall hin zuverlässig begleitet. Es ist ein kleiner weißer Fiat 500 mit einem Tausendschönchen, dem Firmenlogo, darauf.

Herr Engel, den ich inzwischen Alex nenne, lässt mir in allem freie Hand. Ich habe viel Einfluss sowohl auf die Einführung und Präsentation neuer Produkte, als auch auf die Gestaltung der Verpackungen. Ich habe das Gefühl, er freut sich riesig, in mir so etwas wie eine ›rechte Hand‹ gefunden zu haben und auch, wenn er gut damit leben kann, dass ich die meiste Zeit am Bodensee bin, spüre ich doch, dass er mich gerne noch öfter um sich hätte.

Nach meiner Schwärmerei über Sanddorn hat Herr Engel, beziehungsweise Alex, seine Chemiker ein wenig herumprobieren lassen.

Da Sanddorn eine heilende Wirkung hat, die Haut regenerieren, der natürlichen Hautalterung entgegenwirken und Entzündungen vorbeugen kann, ist er bestens geeignet für die wertvolle Pflege reifer, trockener und sensibler Haut. Deshalb haben die Jungs sich nicht nur eine wunderbare neue Gesichtspflege einfallen lassen, die von meiner Mutter, Petra, Gesine und Co begeistert aufgenommen wurde, sondern auch gleich noch eine Sonnenpflege kreiert, die sich ganz hervorragend verkauft.

Mein neuer Job gefällt mir wirklich außerordentlich gut und ich bin froh, mich an jenem Tag auf mein Bauchgefühl verlassen zu haben!

Hin und wieder treffe ich mich mit meiner alten Kollegin und Freundin Doris. Wenn ich sie sehe, top gestylt und mit ihrem schicken Audi, dann bin ich jedes Mal froh, dass ich mich anders entschieden habe und nicht zu ›Celine Dupont‹ zurückgegangen bin. Trotz neuem Chef sieht Doris nämlich immer sehr abgehetzt und müde aus.

Was nützt es ihr da, dass sie viel mehr verdient als ich? Sie hat ja keine Zeit, das Geld auszugeben!

Ich gehe in den Schuppen und hole mein Rad. Dabei fällt mir der ›Hühnergott‹ aus der Tasche. Wie es Dirk wohl geht?

Wir haben uns nicht wiedergesehen und sein neues Lokal, das ›Hai-Society‹ kenne ich auch noch nicht. Meine Mutter und Stefan haben es allerdings schon besucht und waren begeistert von der tollen Atmosphäre und dem leckeren Essen.

Ich betrachte den Stein kurz und denke daran, was Dirk mir damals am Strand geraten hat. Vor lauter Arbeit das ›Leben‹ nicht zu vergessen …

Was mich angeht, ich habe seinen Rat befolgt, aber was ist mit ihm? Ich hoffe wirklich sehr, dass er, auch wenn er jetzt wieder ein erfolgreicher Geschäftsmann ist, trotzdem noch Zeit zum ›Leben‹ und für die Dinge und Menschen hat, die ihm wichtig sind. Zeit für Gordon, Mareike und nicht zuletzt seinen Vater, der ihn damals ja sozusagen gerettet hat.

Der frische Wind und die Bewegung auf dem Rad tun mir gut. Ich fahre an der Dünenheide und an den orange leuchtenden Sanddornbüschen vorbei, weiter durch Vitte hindurch. Hier geht es nicht mehr ganz so lebhaft zu wie im Sommer, als viele Urlauber das kleine Örtchen bevölkerten. Lediglich hier und da sieht man jemanden gemütlich durch den Ort schlendern, in einem der hübschen Lokale sitzen oder vor einem der kleinen Geschäfte in die Auslagen sehen. Ich radle an Petras Friseursalon vorbei, der heute geschlossen hat. Sie hat mir geschrieben, dass sie und Wolle jetzt ein Paar sind, was sie sehr glücklich mache. In gewisser Weise sei ich dafür verantwortlich, weil ich ihr wohl den Schubs in die richtige Richtung gegeben hatte. Ich freue mich so sehr für sie. Es ist eben nie zu spät für das Glück! Man muss ihm nur eine Chance geben. Auch ich habe viel von Petra gelernt. Hätte sie mir nicht den Tipp mit dem Antrag auf Einsicht in die Stasiakte meiner Mutter gegeben, würden wir heute noch nicht die Wahrheit kennen. An dem Tag, als wir die Akten einsahen, war meine Mutter zunächst emotional zu aufgewühlt, um selbst das Geschriebene zu lesen. Ihrer Meinung nach sollte ich zuerst einen Blick hineinwerfen. Je mehr ich las, desto mehr fand ich all meine Vermutungen bestätigt. IM ›Klabautermann‹ hatte durch seine Hiddensee-Aufenthalte und seine Freundschaft zu der Clique meiner Mutter neben allerlei Nebensächlichkeiten tatsächlich Maries Westkontakt zu Stefan herausgefunden. Und alle Informationen, die er sammeln konnte, weitergegeben.

Aus der Akte geht genau hervor, dass er Petra offenbar öfter konkret auf Marie angesprochen hatte. Diese hatte allerdings nicht ein Sterbenswörtchen über Marie oder deren Freund aus dem Westen verlauten lassen! Eine wahre Freundin. In den Akten wurde dagegen natürlich auch die Begegnung von IM ›Klabautermann‹ mit Gesine in der ›Heiderose‹ erwähnt, bei der sie unabsichtlich über Maries Freund Stefan aus dem Westen gesprochen hatte. Daraufhin wurde natürlich Stefans Wagen besonders beobachtet und an der Grenze kontrolliert. Das Unheil nahm seinen Lauf. Meine Mutter beobachtete mich die ganze Zeit, während ich die erschütternden Details über ihre Flucht und ihren Gefängnisaufenthalt las. Am Ende atmete ich tief durch und klappte die letzte Akte zu. Tief betroffen reichte ich ihr die Akten und konnte nur mit Mühe die Tränen zurückhalten.

Was musste sie nur durchmachen! Kein Wunder, dass sie sich so verändert hatte.

Vielleicht wäre es in all den Jahren gut für sie gewesen, darüber zu sprechen, um die ganze Sache besser zu verarbeiten. Sie aber hatte sich dafür entschieden, die schrecklichen Dinge für immer für sich und in ihrem Herzen eingeschlossen zu behalten. Sie hatte alles mit sich abgemacht und dabei den Falschen die Schuld daran gegeben.

Ich gab meiner Mutter die Papiere, denn es war wichtig für sie zu sehen, dass die Menschen, die sie geliebt hatte, ihr nie geschadet hätten. Mit zitternden Händen nahm sie die Akten an sich. Die ganze Zeit, während sie las, liefen Tränen über ihre Wangen. Ich legte meinen Arm um sie, streichelte ihre Schultern und versuchte, allein durch meine Anwesenheit ein wenig Trost zu spenden. Doch ich konnte mir gut vorstellen, dass alles, was sie jetzt las, all das verdrängte Leid wieder aufwühlte. Am schlimmsten war es für sie sicher, über die sogenannten Zersetzungsmaßnahmen der Stasi im Gefängnis zu lesen, die die beiden Liebenden auseinanderbringen sollten.

So las sie zum Beispiel, dass Stefan bei jedem Verhör nach ihr gefragt und sich nach ihrem Wohlergehen erkundigt hatte. Er war sogar in Hungerstreik getreten, um ein Treffen mit ihr ermöglicht zu bekommen – ein Unterfangen, das selbstverständlich nicht von Erfolg gekrönt war. Sämtliche Verhöre mit Marie wurden detailliert geschildert. Meine Mutter hatte sich als starke Frau erwiesen, die alle Anschuldigungen, die gegen Stefan vorgebracht wurden, standhaft nicht glaubte und ihre Tränen zurückhielt, bis sie wieder in ihrer Zelle war. Da sie nicht wissen konnte, was Stefan bei den Verhören aussagte, gab sie lediglich einsilbige Antworten, aus denen die Stasi nicht viel heraushören konnte. Lediglich bei Fragen nach ihrer Familie konnte sie auch einmal etwas lauter werden. Ihres Wissens hatten ihre Eltern und ihre Schwester ja wirklich nichts von ihren Fluchtplänen geahnt oder gar gewusst. Da sie mit niemand darüber gesprochen hatte, nicht einmal mit ihrer besten Freundin Petra, wähnte sie ihre Lieben in Sicherheit. Sie konnte ja nicht ahnen, dass es Gesine war, die sich in ihrer

Angst um ihre Ehe dem Falschen anvertraut hatte. Es ist müßig, darüber nachzudenken, was hätte geschehen können, wenn Gesine nicht die verhängnisvollen Worte unabsichtlich ausgeplaudert hätte. Ihr einziger Fehler war, dass Jochen der falsche Gesprächspartner war.

Aber woher hätte sie auch wissen sollen, dass Jochen bei der Stasi war?

Ich kann mir gut vorstellen, dass es bestimmt vielen Menschen in der damaligen DDR so ging. Wem konnte man wirklich vertrauen? Wenn sogar sogenannte Freunde, die alles über einen wussten, Informationen an die ›VEB Horch und Guck‹, sprich die Stasi, weitergaben?

Was mich vor allem beschäftigt, ist die Frage: Wie konnten die Stasileute weiterleben, wenn durch ihr Zutun wieder einmal jemand im Gefängnis gelandet war? War es ihnen nicht bewusst, dass sie Unrecht getan hatten? Oder verschlossen auch sie die Augen davor? Nach dem Motto: ›Das war eben damals so … Wer nicht für den Staat war, war gegen ihn. Und selber schuld, wenn er dann Nachteile davon trug.‹

Nachteile in Form eines Gefängnisaufenthaltes. Ich habe so viel über all das nachgedacht. Diese Dinge sind geschehen und die Vergangenheit kommt nicht zurück. Und ›Was wäre wenn‹-Überlegungen haben die Menschheit ja nun bekannterweise wirklich nicht gerade weitergebracht. Und dennoch wüsste ich gerne, was dieser Jochen für ein Mensch war. Leider werde ich das wohl nie erfahren, denn er lebt nicht mehr. Petra hat über ein paar Bekannte herausgefunden, dass er nach der Wende offenbar in den Westen ging – ausgerechnet in den Teil Deutschlands, den er zuvor so verachtet hatte!

Dort war er in Hamburg in einem Inkasso-Unternehmen tätig.

Eines Nachts hatte er offenbar unter Alkoholeinfluss mit seinem Sportwagen einen schweren Autounfall, den er nicht überlebte. Es fällt mir schwer, Mitleid darüber zu empfinden. Auch wenn es vielleicht charakterlich verwerflich ist, so gefällt mir doch viel besser der Gedanke, dass es vielleicht ja doch so etwas wie eine ausgleichende Gerechtigkeit gibt.

Nach nur wenigen Minuten bin ich wieder einmal in Kloster. Dieser Ort hat von Anfang an seinen eigenen Zauber auf mich ausgeübt, dem ich mich einfach nicht entziehen kann. Auch heute fühle ich mich hier seltsam getröstet und geborgen. Es gibt keinen besseren Ort auf der Welt für das, was wir vorhaben.

Die anderen sind bereits alle da und warten schon auf mich. Ich bin froh, dass Stefan bei meiner Mutter ist. Er hat den Arm um sie gelegt und hält sie ganz fest. Ich kenne diese versteinerte Miene an ihr, und doch habe ich sie in der letzten Zeit selten so gesehen.

Genau genommen nicht mehr, seitdem Ingrid und Stefan in ihr Leben zurückgekehrt waren.

Erst wieder, als wir den Anruf aus dem Krankenhaus bekamen.

Das Begräbnis findet auf dem kleinen Inselfriedhof statt, auf dem auch Ingrids und Maries Eltern ihre letzte Ruhe gefunden haben.

Ich bin erstaunt, wenn auch nicht allzu sehr, wie viele Menschen hier sind. Die ganze Insel scheint gekommen zu sein, um sich von Ingrid zu verabschieden.

Ich entdecke Petra und Gesine, fast alle Nachbarn und viele Leute aus Neuendorf, die ich inzwischen vom Sehen kenne.

Die einfühlsamen Worte des Pfarrers und von Gesine berühren mich wirklich sehr.

Meine Mutter sitzt immer noch wie versteinert da, doch auf einmal erhebt sie sich und tritt vor die Trauergemeinde. Mit Tränen in den Augen sagt sie: »Manche Dinge im Leben lassen wir geschehen, ohne etwas dagegen zu tun. Vielleicht, weil uns der Mut fehlt … oder wir zu eigensinnig sind und nur an uns selbst denken. Dabei müsste man nur ein klitzekleines bisschen über seinen Schatten springen, bevor es zu spät ist. Denn es kann immer zu spät sein. Wir wissen nicht, wie viel Zeit wir bekommen, um den Menschen, die uns viel bedeuten, zu sagen, dass wir sie lieben.« Als meine Mutter diese Worte ausspricht, sieht sie mich direkt an. »Denn die verlorene Zeit kommt nie zurück. Du wirst immer in meinem Herzen sein, Ingrid!«

Eine Frau neben mir flüstert ihrer Nachbarin zu: »Sie kommen zu spät, die Worte der Reue!«

Was weiß sie schon? Meine Mutter hat vieles falsch gemacht in ihrem Leben, aber sie bereut diese Dinge tatsächlich von Herzen und wird sicher Zeit ihres Lebens darunter leiden. Doch machen wir nicht alle Fehler? Niemand von uns ist perfekt!

Ich stehe auf und gehe nach vorne, begleitet von einem aufmunternden Lächeln meiner Mutter.

Nachdem ich tief durchgeatmet und mich kurz geräuspert habe, sage ich mit fester Stimme: »Auch wenn uns nur eine kurze gemeinsame Zeit gegeben war, so hat Ingrid mir doch sehr viel bedeutet. Ich kann leider nur wenig über ihr Leben oder ihr Wesen erzählen, das können andere besser als ich. Aber eines kann ich mit Sicherheit sagen: Ingrid war ein Mensch, der auf sein eigenes Glück verzichtet hat, um andere Menschen nicht unglücklich zu machen. Das allein sagt *alles* über sie aus.

Ich möchte ein paar Worte wiedergeben, die sie mir in einem Brief geschrieben hat, damit ich sie am heutigen Tage vorlese: Es handelt sich um ein Gedicht von Henry Scott Holland, eine Inschrift in der St. Paul's Cathedral London, das Ingrid so wunderschön fand, dass sie beschloss, dass ich es auf ihrer Beerdigung vortragen sollte:

›Der Tod ist gar nichts.
Ich bin nur mal in den nächsten Raum gegangen.
Ich bin ich und du bist du,
und wir sind füreinander immer noch, was wir immer waren.
Nenne mich bei meinem alten, vertrauten Namen,
sprich auf die gewohnte beiläufige Art mit mir.
Bleib beim gleichen Tonfall,
zwinge weder Ernst noch Kummer in deine Stimmung,
lache, wie wir immer über unsere kleinen Scherze gelacht haben.
Lächle. Wirklich! Denke an mich und bete für mich.
Lass meinen Namen ein normales Wort im Hausgebrauch sein,
wie er es immer war.
Lass ihn zwanglos ausgesprochen sein,
ohne die Spur eines Schattens darin.
Das Leben bedeutet, was es immer bedeutet hat,
und ist, was es immer war.
Warum soll ich aus dem Sinn kommen,
wenn ich aus den Augen bin?
Ich warte auf dich,
irgendwo ganz in der Nähe,
gleich um die Ecke.
Alles ist gut.‹«

Nun kommen mir doch die Tränen. Ich war mir so sicher gewesen, dass sie es schaffen würde! Als ich sie das letzte Mal im Krankenhaus besucht habe, hat sie so optimistisch und fröhlich gewirkt und mir noch einmal für meine Hilfe gedankt.

»Wie kann ich das nur je wiedergutmachen?«, hat sie gefragt.

»Eigentlich müsste ich mich bei dir bedanken, Ingrid.«, habe ich geantwortet. »Die Zeit auf Hiddensee hat mir so gutgetan.«

»Trotzdem …«

»Du musst nichts ›wiedergutmachen‹, Ingrid. Wenn du mir aber etwas schenken möchtest, dann hätte ich da schon einen Wunsch …«

»Ja? Welchen Wunsch hast *du* denn, den *ich* dir erfüllen könnte?«, fragte sie verwundert.

»Das ›Kökenschapp‹.«

Ich wusste zwar nicht, wo ich es überhaupt hinstellen sollte, geschweige denn, wie ich es von der Insel wegtransportieren sollte, aber mein Herz hängt einfach daran.

»Was? Das olle Ding? Das kannst du gerne haben!«

Wir lächelten uns an.

»Kerstin, du sollst wissen, dass die ›Silberdistel‹ dein Zuhause ist und immer sein wird, was auch geschehen mag!«

Ich habe genickt, sie in die Arme genommen und mich von ihr verabschiedet.

»Kerstin?«, sagte sie, als ich schon an der Tür war. »Pass auf dich auf!«

Ich glaube, sie wusste es schon … doch ich habe in diesem Augenblick nicht geahnt, dass es ein Abschied für immer sein würde …

Nach der Beerdigung geht die ganze Trauergesellschaft in das ›Hotel Dornbusch‹ zum Kaffee. Alle … außer mir.

Ich muss erst noch ein bisschen alleine sein, mit mir, meiner Traurigkeit und meinen Gedanken, verspreche aber, nachzukommen.

Meine Mutter hat Verständnis dafür und nimmt mich in die Arme. Ich bin so froh, dass sie heute nicht alleine ist. Stefan lässt sie nicht aus den Augen und hält ständig ihre Hand.

Sie wird vermutlich noch sehr lange brauchen, um die Dinge, die wir erfahren haben, zu verarbeiten. Und vermutlich nie ihr Schuldgefühl gegenüber ihrer Familie verlieren.

Das Verhältnis zu mir ist seitdem jedoch viel besser geworden. Meine Mutter zeigt mir ständig, wie wichtig ich ihr bin und wie sehr sie mich liebt.

Das Glück, das sie gerade nach all den Jahren erneut an der Seite von Stefan wieder erlebt, scheint sie nie wieder loslassen zu wollen.

Insgesamt ist meine Mutter viel weicher und versöhnlicher geworden. Sie hat sogar Gesine verziehen, weil sie weiß, dass Gesine ihr nie im Leben schaden wollte. Und dass alles nur ein dummer Zufall war.

Es hängt eben alles im Leben »an einem seidenen Faden« … und manchmal ist Glück und Unglück nur einen Flügelschlag voneinander entfernt.

Wie erwartet ist mir auch heute wieder die Natur ein großer Trost. Ich schlage den Feldweg, der mit ›Honiggrund‹ ausgeschildert ist, in Richtung ›Hochland‹ ein. Er führt mich über hügelige Wiesen, die umsäumt sind von leuchtenden Sanddornbüschen und auf denen Kühe und Schafe friedlich weiden. Am Leuchtturm gehe ich heute vorbei weiter in den Wald Richtung der Gaststätte ›Zum Klausner‹.

Hier muss ich wieder an den aufregenden Abend mit Petra denken. Damals habe ich doch tatsächlich sie für die Verräterin gehalten!

Die Ereignisse von damals haben alle auf ihre Weise verändert. Nun wird es Zeit, diese Dinge hinter sich zu lassen und nach vorne zu sehen.

Ich gehe an der Gaststätte vorbei und die 100 Stufen lange ›Klausner-Treppe‹ hinunter zum Weststrand. Der Strand hier ist steinig und der Weg ganz schön beschwerlich. Ich gehe an der ›Hucke‹ vorbei, einer 400 Meter langen Steinmauer, die in den 30er-Jahren zum Schutz des Kliffs gebaut wurde.

Die Steine sind nass und glitschig und ich muss aufpassen, wo ich hintrete. Schließlich habe ich heute keine Turnschuhe an wie sonst bei meinen Spaziergängen, sondern trage zu meinem schwarzen Hosenanzug passende schwarze Ballerinas mit rutschiger Sohle.

Ich nehme den ›Hühnergott‹ aus der Tasche, um ihn ins Meer zu werfen. Er hat uns kein Glück gebracht, denn obwohl ich so für Ingrid gebetet habe, ist sie nicht mehr da.

Als ich daran denke, dass Ingrid nie wieder die Schönheit ihrer Heimat sehen wird, treibt es mir wieder die Tränen in die Augen. Warum musste sie gehen, kaum, dass sie wieder glücklich mit uns, ihrer Familie, war? Ich finde keine Antwort auf diese Frage … .

Dann hole ich weit aus, werfe den Stein ins Meer … und … verliere das Gleichgewicht. Ich taumele, suche nach Halt, den ich natürlich nicht finde, knicke mit dem Fuß um und falle der Länge nach hin.

Aua! Mein rechter Knöchel tut höllisch weh und ich fühle mich unfähig, aufzustehen.

Was nun? Weit und breit ist kein Mensch zu sehen.

In der Tasche krame ich nach meinem Handy, aber natürlich ist der Akku leer. Ausgerechnet jetzt! Ich versuche erneut, aufzustehen, aber der Schmerz raubt mir den Atem.

Ganz ruhig bleiben, Kerstin, denke ich. Wieder probiere ich, mich irgendwie hochzurappeln, doch es geht beim besten Willen nicht.

Wunderbar … bis die anderen bemerken, dass ich immer noch nicht zurück bin, kann es ewig dauern.

Auf einmal sehe ich einen Hund auf mich zulaufen. Gordon? Kann das sein? Bestimmt ist er wieder ausgebüxt. Aber da ist er ganz schön weit gelaufen, so allein.

Schon ist die kalte Hundeschnauze bei mir und schnüffelt aufgeregt um mich herum. Er fängt laut an zu bellen, rennt weg, um dann sofort umzudrehen und zu mir zurückzukehren. Dabei bellt er unaufhörlich laut weiter.

Ich höre einen Pfiff, und obwohl Gordon und ich wissen, dass ihm dieser Pfiff gilt, bleibt er dennoch bei mir und bellt weiter.

Er will Hilfe holen! Das ist es! Vielleicht haben wir ja Glück und sein Bellen wird gehört.

Und wir haben Glück! Wenige Minuten später sehe ich eine Gestalt auftauchen. Noch ist sie weit entfernt, aber ich kenne den Gang.

Dirk! Aufgeregt beginnt mein Herz zu klopfen, als hätte ich einen Marathonlauf hinter mir. Wenn nur nicht der Fuß so wehtun würde! Ich versuche wieder, aufzustehen, lasse es aber bei dem Versuch.

Als Dirk auf mich zukommt, sage ich nichts, sehe ihm nur entgegen, so ruhig ich nur kann.

Er aber grinst und sagt: »Da hat Gordon ja einen schönen Fang gemacht! Jetzt werden die Bodensee-Nixen sogar schon auf Hiddensee an Land gespült.«

Trotz der großen Schmerzen muss ich lachen.

»Was ist passiert, kleine Nixe?« Dirk kniet sich neben mich und betrachtet meinen Knöchel, den ich fest umklammert halte.

»Aua!«, sage ich, als er ihn sanft berührt. »Ich bin ausgerutscht und habe irgendwie das Gleichgewicht verloren …«

»Kannst du aufstehen?«

»Ich versuche es …«

Dirk reicht mir die Hand und zieht mich hoch. »Geht es?«

»Na ja, so einigermaßen.«

Es tut immer noch schrecklich weh, aber ich kann so einigermaßen an seinem Arm den Strand entlanghumpeln.

Ich bemerke, wie Dirk mich immer wieder von der Seite betrachtet und vor sich hingrinst.

»Hätte nicht gedacht, dass wir uns unter diesen Umständen wiedersehen.«

»Und ich hätte nicht gedacht, dass wir uns überhaupt einmal wiedersehen!«, antworte ich gereizt.

»Hmmm … ja, du musstest ja unbedingt an den Bodensee zurück! Dabei hatte ich immer gehofft, du würdest mich wieder einmal in der ›Boje‹ besuchen!«

»In der ›Boje‹? Da warst du doch überhaupt nicht mehr …«, schimpfe ich vor mich hin. Ich hänge an seinem Arm wie ein nasser Sack und hüpfe mehr oder weniger auf einem Bein. Der Weg am Strand scheint kein Ende zu nehmen und ich fühle mich schrecklich.

Schrecklich – und geborgen zugleich. Ich hoffe nur, dass Dirk nicht merkt, dass mein Herz noch immer so stark klopft, nur weil er mir seinen Arm gereicht hat.

»Und woher weißt du, dass ich angeblich nicht mehr in der ›Boje‹ war?«, fragt Dirk mich provozierend.

»Weil ich ein paarmal dort war … Einmal habe ich Gordon zurückgebracht, der offenbar ausgebüxt war. Und das andere Mal … na ja … da habe ich Mareike gesehen … und wollte euch nicht stören.«

»Du hast Mareike gesehen und wolltest *uns* nicht stören? Du hättest *uns* doch nur beim Arbeiten gestört, da hättest du ruhig reinkommen können.«

»Nöööö … das war sicher nicht beim Arbeiten. Also mir ist ja bekannt, dass deine Mitarbeiterinnen sich gerne sexy anziehen dürfen, aber nur im Spitzenslip und oben ohne … das dürfte wohl selbst in der ›Boje‹ ein bisschen zu wenig sein.«

»Moment mal …« Dirk bleibt so abrupt stehen, dass ich schon wieder taumele. »Du hast Mareike halb nackt gesehen? In der ›Boje‹?« Er lacht laut auf.

»Na ja … nicht direkt in der ›Boje‹ … mehr so in deinem Wohnzimmer.«

Ich kann nicht verhindern, dass mir die Röte ins Gesicht steigt. »Also, es war so … vorne hat niemand aufgemacht, aber weil Gordon so laut gebellt hat, dachte ich, du müsstest zu Hause sein, du gehst doch normalerweise nie ohne deinen Hund weg. Und da bin ich nach hinten ums Haus gelaufen und habe durch das Fenster gespickelt …« Oh Gott, ist das peinlich!

»Und da hast du Mareike gesehen, in der Unterbüx und oben ohne?«

»Ja, sie hat irgendwas am CD-Player gemacht und ist ein bisschen durchs Wohnzimmer getanzt. Und dann ist sie halb nackt in den Flur … zu dir …«

»Zu mir ganz sicher nicht!«, Dirk prustet los. »Du dachtest also, dass Mareike und ich? Haha …«

»Sehr witzig!«

»Nein, Kerstin, das ist eigentlich gar nicht witzig. Denn Mareike ist nicht nur ein Schulmädchen für mich, zugegeben ein ziemlich hübsches, aber eindeutig zu jung für mich.

Und außerdem ist sie die Tochter eines Freundes und insofern sowieso für mich tabu.«

»Aber es war doch eindeutig, dass sie da jemanden bezirzen wollte! Oder …« Auf einmal bin ich mir gar nicht mehr so sicher. »Doch, doch … sie hat auch mit jemandem gesprochen, das konnte ich sehen.«

»Na, wenn das so ist, dann werde ich mir die junge Dame wohl einmal vorknöpfen. Ich war in letzter Zeit ziemlich oft in Stralsund und hatte sie gebeten, auf die ›Boje‹, das Haus und vor allem auf Gordon aufzupassen. Weil ich so häufig weg war, habe ich einen zusätzlichen Koch eingestellt, Sascha. Und er und Mareike haben sich wohl ein bisschen ineinander verguckt. Aber dass sie während meiner Abwesenheit … und noch dazu in meinem Haus … also da muss ich wohl mal ein paar Takte mit den beiden reden!« Dirk ist auf einmal das Lachen vergangen.

Dafür fühle ich mich komischerweise trotz der Schmerzen viel besser. Also hat er gar nichts mit Mareike? Irgendwie gefällt mir dieser Gedanke. Aber dann fällt mir ein, dass er ja in Bezug auf seine finanzielle Situation alles andere als aufrichtig zu mir war und ich sage: »Ich habe schon von Mareike gehört, dass du sehr oft in Stralsund warst. Du hast dort ein neues Lokal eröffnet?«

»Das hat sie dir erzählt? Ja, ich hörte von einem Gast hier auf der Insel, dass dort eine tolle Räumlichkeit am Hafen zur Verpachtung stünde. Spontan kam mir eine Idee für eine tolle Bar. Ich bewarb mich und bekam den Laden!« Dirk grinst wieder. »Schließlich kann es ja nicht ewig so weitergehen mit der Knapserei. Irgendwann muss man ja auch wieder einmal etwas verdienen. Ich muss nach vorne sehen … und meine Zukunft planen. Ich will irgendwann die Schulden los sein und dann auch mal wieder einen schönen Urlaub machen und solche Dinge.« Dabei sieht er mich wieder von der Seite an. »Das ›Hai Society‹ ist echt toll geworden. Wir haben uns viel Mühe gegeben mit der Einrichtung, dem Logo und allem.«

»Wir?«

»Ja, mein Vater und ich! Oder dachtest du, ich schaffe das alleine? Wie denn auch, mit den ganzen Schulden? Nein, die Bar läuft auf meinen Vater, er hat mir das Geld dafür gegeben. Aber nur unter der Bedingung, dass ich nicht wieder mit dem Saufen anfange! Dabei kann er ganz beruhigt sein, dazu habe ich gar keine Zeit mehr.«

»Das klingt ja alles wunderbar«, sage ich. Obwohl ich immer noch so traurig bin, hüpft mein Herz auf einmal. Dirk ist nicht mit Mareike zusammen und hat mich auch nicht belogen!

»Ja, du musst dir den Laden unbedingt anschauen! Wie lange bleibst du denn? Ich nehme mal an, das Hamsterrad wartet bereits?«

»Das Hamsterrad gibt es nicht mehr! Aber ich bin trotzdem nur ein paar Tage hier. Ich bin ja nur … wegen Ingrids …«

»Es tut mir so leid, Kerstin!« Er sieht mir direkt in die Augen und hält meine Hand. »Mein Vater hat mir gerade erst erzählt, dass Ingrid gestorben ist. Ich war in Stralsund und habe das überhaupt nicht mitbekommen. Daraufhin bin ich auch gleich nach Kloster, aber auf dem Friedhof war keiner mehr. Man sagte mir, die Trauerfeier wäre im ›Hotel Dornbusch‹, aber auch da warst du nicht … nun, dann dachte ich mir, dass ich dich wahrscheinlich hier finde.«

Also war es gar kein Zufall, dass Dirk gerade am Strand aufgetaucht ist! Mein Herz klopft immer lauter und ich habe Angst, er könnte es hören.

In der Ortsmitte steht eine Pferdekutsche und Dirk fragt, ob sie uns nach Vitte bringen kann. »Dein Rad kann ich später holen.«

Er hilft mir beim Einsteigen, was wieder große Schmerzen verursacht.

»Meine Liebe, ich glaube, ich bringe dich am besten gleich in die Klinik. Das sieht mir doch sehr nach einem Bänderriss aus. Ich denke nicht, dass der Inselarzt da viel helfen kann.«

»Oh nein! An das Krankenhaus in Stralsund möchte ich gar nicht erst denken!«, wehre ich mich.

»Nein, ich hatte eigentlich an die Klinik in Bergen auf Rügen gedacht! Ich bringe nur schnell Gordon nach Hause und sage Mareike Bescheid. Dann bringe ich dich hin«, lächelt Dirk.

Fürsorglich legt er in der Kutsche eine Decke um mich. Dabei würde ich mich so viel lieber jetzt in seinen Arm kuscheln.

Aber ich weiß ja gar nicht, ob er das überhaupt möchte. Vielleicht gibt es ja in Stralsund schon längst eine Freundin?

»Wie war das nun mit dem Hamsterrad … das gibt es nicht mehr?«

»Nein, zum Glück! Ich war kurz davor, wieder hineinzuklettern. Aber dann erinnerte ich mich daran, was du gesagt hast. Dass man vor lauter Arbeiten das ›Leben‹ nicht vergessen darf. Und ich kehrte um und schlug einen neuen Weg ein.«

Ich erzähle Dirk von der Firma ›Tausendschön‹ und Herrn Engel, der für mich wirklich so etwas wie ein Engel war. Und dass ich heute viel weniger verdiene, dafür aber glücklich bin, weil ich das liebe, was ich tue und nicht ständig unter diesem enormen Leistungsdruck stehe.

»Ich hoffe, du bist jetzt nicht selbst wieder im Hamsterrad gelandet?«, frage ich ihn.

»Aber nein … so weit lasse ich es nicht mehr kommen, Kerstin. Nie mehr! Ich war nur am Anfang sehr engagiert, um den Laden zum Laufen zu bringen. Und ich muss mich natürlich weiterhin kümmern. Aber ich brauche nicht ständig vor Ort zu sein, das würde auch Gordon nicht gefallen. Ich hatte das große Glück, richtig gutes Personal zu finden, auf das man sich verlassen kann!«

Viel zu schnell sind wir auf einmal in Vitte angekommen. Meinetwegen hätte diese Fahrt mit der romantischen Kutsche, Schulter an Schulter mit Dirk, noch ewig dauern können. Nach diesem furchtbaren Tag sind Dirks warme Stimme und sein Verständnis wie Balsam für meine Seele.

»Und dein Freund? Was sagt er dazu, dass du den Job gewechselt hast? Bestimmt freut er sich sehr, dass du jetzt mehr Zeit für ihn hast!«

»Welcher Freund?«, frage ich erstaunt.

»Na, der, der im Sommer mit dir auf der Terrasse der ›Silberdistel‹ gefrühstückt hat, als ich dir dein Armband zurückgebracht habe. Er hat dich doch mit zurück an den Bodensee genommen.«

»Oh … es gibt offenbar einiges, was ich dir noch erzählen muss«, sage ich leise. »Es ist ganz schön viel passiert, seitdem wir uns das letzte Mal gesehen haben.«

»Das macht nichts, ich habe Zeit!« Wieder lächelt Dirk.

»Was den ›Freund‹ angeht …«, sage ich langsam, »… den habe ich mitsamt dem Hamsterrad verlassen.«

Dirk antwortet nicht, sondern sieht mir tief in die Augen. Und in seinen lese ich die Antwort auf all meine unausgesprochenen Fragen.

Wir sind da. Dirk steigt aus und nimmt mich beim Absteigen von der Kutsche endlich in die Arme.

»Halt mich fest«, flüstere ich in sein Ohr »und lass mich bitte nie wieder los!«

Ich erinnere mich an einen Satz, den Ingrid zu mir sagte, als wir am Bodden spazieren gingen: »Weißt du, mine Lütte, es gibt Dinge im Leben, die können uns ganz schön aus der Bahn werfen. Doch dann dürfen wir nicht gleich aufgeben, sondern es genügt, wenn wir einen anderen Weg einschlagen … auch, wenn wir noch gar nicht wissen, wohin dieser führen wird. Denn oft sind es gerade die Umwege, die uns zu unserem Ziel bringen.«

ENDE

DANKSAGUNG

Von ganzem Herzen danke ich meinen vielen Leserinnen und Lesern, die meinen Geschichten und auch mir stets mit großer Freude und Herzlichkeit begegnen.

Die vielen schriftlichen und persönlichen Kontakte und Begegnungen, vor allem bei meinen Lesungen, berühren mich immer sehr und machen mich sehr glücklich!

An dieser Stelle möchte ich auch allen Buchhändlern und -innen herzlich danken, die diese Lesungen organisieren und veranstalten und netterweise Leseempfehlungen für meine Bücher aussprechen (hoffentlich auch für dieses Buch!).

Mein besonderer Dank gilt dem gesamten Team des Gmeiner Verlags, das mich in jeder Hinsicht großartig unterstützt und mir stets mit Rat und Tat zur Seite steht. Allen voran möchte ich Claudia Senghaas von ganzem Herzen danken. Nicht nur, weil sie am meisten Arbeit mit mir hat und praktisch immer für mich da ist, sondern weil sie eine wunderbare Lektorin und inzwischen eine besonders gute Freundin für mich geworden ist. Ihre klugen Ideen und Anregungen bringen mich oft zum Nachdenken und sogar zum Ändern meines Manuskriptes, was die Qualität mit Sicherheit entscheidend verbessert. Dabei vollbringt sie das Wunder, mich glauben zu machen, es seien meine eigenen Ideen gewesen!

Ganz besonders herzlich danke ich meiner Mutter Rosemarie in der Ferne für die vielen guten Gespräche voller Erinnerungen an unsere gemeinsamen unbeschwerten Hiddensee-Ferientage und die wunderbare Zeit mit der Familie!

In diesem Zusammenhang möchte ich mich natürlich auch von Herzen bei meinen lieben Verwandten auf Hiddensee bedanken, die mir bei Kaffee und Kuchen nicht nur viel über Hiddensee und die Fischerei dort erzählten, sondern auch die hochdeutschen Sätze ins Plattdeutsche übersetzten! Auch wenn diese Geschichte nicht das Geringste mit unserer Familie zu tun hat, so habe ich doch viele wunderschöne Erinnerungen an gemeinsame glückliche Zeiten auf Hiddensee, die mich zu diesem Buch inspiriert haben.

Ich vermisse euch oft!

Bedanken möchte ich mich zuletzt besonders bei Hermann für seine großartige Unterstützung in jeglicher Hinsicht, bei Dieter für die vielen inspirierenden und fruchtbaren Gespräche über das Buch, sein unendliches Verständnis für mein stundenlanges Abtauchen in eine andere Welt (meine Autoren-Kollegen werden wissen, was ich meine!) sowie die gemeinsamen Besuche des ehemaligen Stasi-Gefängnisses Hohenschönhausen und des DDR Museums in Berlin … und last but not least bei meinen Kindern Marc, Sandrina und Simona, die mir durch ihre Liebe täglich zeigen, was im Leben zählt. Ich liebe euch!

Christine Rath

Christine Rath
Wildrosengeheimnisse
978-3-8392-1456-5

»Große Gefühle am Bodensee!«

Maja Winter ist endlich glücklich mit ihrem »Café Butterblume« am schönen Bodensee und ihrem Freund Christian. Doch mit der Ruhe ist es vorbei, als eine schöne junge Frau verschwindet, die zuletzt in ihrem Café gesehen wurde. Christian verhält sich zunehmend rätselhaft und dann wird auch noch im Café eingebrochen. Zum Glück gibt es den sehr attraktiven Kommissar Michael, der die Ermittlungen übernimmt. Als schließlich Majas alte Liebe Leon wieder auftaucht, ist das Gefühlschaos endgültig komplett.

GMEINER
Wir machen's spannend

Unser Lesermagazin

2 x jährlich das Neueste aus der Gmeiner-Bibliothek

24 x 35 cm, 40 S., farbig; inkl. Büchermagazin »nicht nur« für Frauen und HistoJournal

Das KrimiJournal erhalten Sie in Ihrer Buchhandlung oder unter www.gmeiner-verlag.de

GmeinerNewsletter

Neues aus der Welt der Gmeiner-Romane

Haben Sie schon unsere GmeinerNewsletter abonniert?

Monatlich erhalten Sie per E-Mail aktuelle Informationen aus der Welt der Krimis, der historischen Romane und der Frauenromane: Buchtipps, Berichte über Autoren und ihre Arbeit, Veranstaltungshinweise, neue Literaturseiten im Internet und interessante Neuigkeiten.

Die Anmeldung zu den GmeinerNewslettern ist ganz einfach. Direkt auf der Homepage des Gmeiner-Verlags (www.gmeiner-verlag.de) finden Sie das entsprechende Anmeldeformular.

Ihre Meinung ist gefragt!

Mitmachen und gewinnen

Wir möchten Ihnen mit unseren Romanen immer beste Unterhaltung bieten. Sie können uns dabei unterstützen, indem Sie uns Ihre Meinung zu den Gmeiner-Romanen sagen! Senden Sie eine E-Mail an gewinnspiel@gmeiner-verlag.de und teilen Sie uns mit, welches Buch Sie gelesen haben und wie es Ihnen gefallen hat. Alle Einsendungen nehmen automatisch am großen Jahresgewinnspiel mit attraktiven Buchpreisen teil.

GMEINER

Wir machen's spannend